国家社科基金
GUOJIA SHEKE JIJIN HOUQI ZIZHU XIANGMU
后期资助项目

王彦泓及其诗歌研究

The Study on WangYanhong and his Poetry

耿传友 著

上海古籍出版社

2013年国家社科基金后期资助项目13FZW068

国家社科基金后期资助项目
出版说明

后期资助项目是国家社科基金设立的一类重要项目，旨在鼓励广大社科研究者潜心治学，支持基础研究多出优秀成果。它是经过严格评审，从接近完成的科研成果中遴选立项的。为扩大后期资助项目的影响，更好地推动学术发展，促进成果转化，全国哲学社会科学工作办公室按照"统一设计、统一标识、统一版式、形成系列"的总体要求，组织出版国家社科基金后期资助项目成果。

全国哲学社会科学工作办公室

目　　录

绪　论

一　一种奇异的阅读和接受现象

王彦泓(1593—1642),字次回,江苏金坛人。《读书》2011 年第 6 期载有周朝晖《永井荷风与晚明诗人王次回》一文,在文中周朝晖提到,他在日本唯美主义文学家永井荷风的文集里遇到了“前所未闻的中国明末诗人王次回(即王彦泓)的诗歌”,惊讶地发现永井荷风“频繁引用王次回诗作,而且天衣无缝地嵌在行文之中”,对其触动更大的是永井荷风在《初砚》中竟将王彦泓的《疑雨集》与波德莱尔的《恶之花》相提并论:

> 我不懂诗,漫读欣赏而已。时下我邦文坛崇尚西洋文艺,言及支那诗歌艺术,不过只是充斥着清寂枯淡的情趣或是对豪壮磊落气概的宣示而已,缺乏揭示抒写人性的秘密和弱点。此论初闻颇觉在理,然而当我一度翻读王次回的《疑雨集》之后,才发现全集四卷中,几乎全是痴情、悔恨、追忆、憔悴、忧伤的文字。《疑雨集》诗中那端丽的形式、幽婉的辞句、病态的感情常常使我想起波特莱尔的诗。支那的诗集中我不知道还有像《疑雨集》那样着重描摹感觉、感官内容的作品。比之波特莱尔,那横溢在《恶之花》中倦怠纤弱的美感,简直不过就是《疑雨集》的直接翻版、移植而已矣。(见《永井荷风全集》第十四卷《断肠亭杂稿·初砚》,岩波书店一九三六年版)

这段话令周朝晖浮想联翩,不禁感慨:“失之东隅,得之扶桑,没想到故国沉沦几百年的王次回,竟然在孤悬汪洋一隅的日本找到知音,并滋养了唯美主义文学大师的创作。”在惭恨自己孤陋寡闻之余,周朝晖发愿要搜读王彦泓诗集,让他感到遗憾的是,“逛了大中城市的各种书店,查遍古典诗歌书架,收效甚微”。

这大概能反映了王彦泓诗歌的目前阅读和接受情况,王彦泓诗歌几乎从普通读者的阅读视野里消失,甚至不少中国古代文学研究专家对其也不甚熟悉,除章培恒、骆玉明主编的《中国文学史新著》外①,在目前通行的文学史著作中,找不到介绍王彦泓和他的《疑雨集》的文字。

实际上,王彦泓在中国并没有"沉沦几百年",自明末以来的300多年间,王彦泓的诗歌曾两度流行,受到非常广泛的欢迎,并引起激烈的争论,构成一种奇异的、令人注目的阅读和接受现象。纵观王彦泓诗歌阅读和接受的历史进程,具有以下两个突出特点:

(一)接受的钟摆现象

王彦泓诗歌的接受过程,曾经历过两次高潮和低潮的起伏,借鉴刘学锴《古典文学研究中的李商隐现象》一文的说法,可称之为"钟摆现象"②。

在明末清初相当长的一段时间内,王彦泓诗主要依靠传抄流传。王彦泓《有女郎手写余诗数十首,笔迹柔媚,纸光洁滑,玩而味之》(《疑雨集》卷下)提供了一个具体案例:

> 笔砚精良映绮疏,瘦璃人作瘦筋书。古钗妙迹看来似,黄绢妍词愧未如。疏懒未成投芍药,清新先荷赏芙蕖。从今咏到关心句,一望枝娘柳下居。

> 无聊私咏隔天涯,不道吟哦到齿牙。江令诗才犹剩锦,卫娘书格是簪花。长将唾压香浓染,怕被娘窥烛半遮。想得笑和桃叶语,羡伊根蒂属王家。③

这是反映王彦泓诗在同时代人中接受情况的一段鲜活而生动的材料,可见王彦泓在当时已有一定的知名度,连闺阁中也有知音。这无疑让王彦泓十分得意,他由女郎对自己诗的喜爱想到李商隐笔下的柳枝,有意无意间,他把自己放在了与李商隐相并列的位置。

入清后,王彦泓的名声越来越大。贺裳《皱水轩词筌》说:

> 王次回,名彦泓,后为云间学博,余从母孙也。喜作艳诗而工,凡数百首,见者沁入肝脾,其里习俗为之一变,几于小元白云。④

王彦泓诗使"其里习俗为之一变",足征其在当地受欢迎的程度。随着王彦

---

① 章培恒、骆玉明主编《中国文学史新著》,复旦大学出版社、上海文艺出版总社2007年版。在《中国文学史新著》中,章培恒先生花了4页的篇幅讨论王彦泓,认为在竟陵正盛之时,王彦泓"异军突起,以其富于个性的诗歌,作出了自己的贡献"。

② 刘学锴《古典文学研究中的李商隐现象》,《社会科学辑刊》1998年第1期。

③ 王彦泓《疑雨集》,清康熙刻本,国家图书馆有藏。如不特别注明,本书所引《疑雨集》文字皆据此本。

④ 贺裳《皱水轩词筌》,《昭代丛书》本,上海古籍出版社1990年版。

泓诗影响的扩大,其被传抄的频率越来越高,逐渐成了时人写作艳体诗的范本。严绳孙在为《疑雨集》初刻本所写的序中指出:"今《疑雨集》之名籍甚,江左少年传写,家藏一帙,溉其余沈,便欲名家。"①

"溉其余沈"者除欲为名家的"江左少年"外,还有一些真正的名家。王士禛对王彦泓诗非常熟悉,他所审定的由徐釚编的《本事诗》里,选有王彦泓诗六首②,他在《倚声初集》中指出:"次回艳情诗数百篇,刻画声影,有义山、致光所未到者。"③王士禛本人也好作艳体诗,曾与彭孙遹等作艳体唱和,创作了数量可观的艳体诗,传唱都门,成一时风流绝唱④。袁枚所说的"次回才藻艳绝,阮亭集中,时时窃之"⑤,大概针对的就是王士禛《香奁体唱和诗》之类的艳体之作。纳兰性德的创作受《疑雨集》滋养处甚多,词中频繁化用王彦泓的诗句,笔者据李勖《饮水词笺》统计,共有 71 处⑥。

随着王彦泓诗受众的增加,社会影响的愈益广泛,渐渐引起刻书者的重视,最终在康熙庚午(1690)得以刊布流传。侯文灿《〈疑雨集〉序》说明了《疑雨集》被刊刻的来龙去脉:

> 明万历中,金沙王次回先生以博学好古名闻于时。其为诗多艳体,向尝于《列朝诗集》中窥其一二,意殊未竟也。岁庚午,余选词于亦园。既辍简,客有谓余者曰:"次回先生诗,沉博绝丽,无语不香,有愁必媚,'玉台''西昆'而后,不易多得,惜其遗稿未刻也。盍付之梓?"余曰:"诺。"因出其所藏《疑雨集》以示余。……嗟乎!物之出也有候,其藏也有待。先生之去今,百有余年矣,而先生之精神,有尝萃于是者。余之为是刻也,余非知先生者也。夫亦先生之诗,所为光怪陆离,久而欲出者,自不可遏抑焉尔。⑦

《疑雨集》的刊刻,使王彦泓诗得以大量而迅速地传播,侯氏自称"非知先生者也",但他在王彦泓诗接受史上的意义,是值得重重写上一笔的。

随着时间的推移,清初的历史文化情境悄然发生变化。到清代中期,儒

---

① 严绳孙《〈疑雨集〉序》,《疑雨集》卷首。

② 徐釚《本事诗》,影印清光绪十四年邵武徐氏刻本,《续修四库全书》第 1699 册。

③ 邹祗谟、王士禛《倚声初集》卷十五,影印清顺治十七年刻本,《续修四库全书》第 1729 册。

④ 参看王利民《王士禛诗歌研究》第四章第四节《王士禛的香奁体诗》,中华书局 2007 年版,第 154—161 页。

⑤ 袁枚《小仓山房文集》卷十七《再与沈大宗伯书》,《小仓山房诗文集》下,上海古籍出版社 1988 年版,第 1504 页。

⑥ 纳兰性德《饮水词笺》,李勖笺,中国华侨出版社 2012 年版。纳兰词化用王彦泓诗歌的详细情况参看第五章第一节《纳兰词与王彦泓诗》。

⑦ 侯文灿《〈疑雨集〉序》,《疑雨集》卷首。

家的诗教观逐渐占了上风，对王彦泓诗批评的声音日益响亮起来。黄之隽壮齿时非常喜爱《疑雨集》，并为之作注，但终因“觉其纤亵悖诗教”而“弃之”①。力主“温柔敦厚”的沈德潜，在编《国朝诗别裁集》时，斩钉截铁地把《疑雨集》作为“反面教材”全盘否定：“如王次回《疑雨集》之类，最足害人心术，一概不存！”②阳湖人钱初喜欢写诗，偶然得到王彦泓《疑雨集》，大为称赏，旦夕吟咏，并模仿《疑雨集》写诗。陆继辂得知后，力劝其改弦易辙③。王衍梅见有人诵《疑雨集》，作诗规劝：

> 云雨荒唐竟梦思，非关宋玉有微词。浪传乐府携《桃叶》，失笑巴人和《竹枝》。绮靡至今犹作俑，淫奔自古不存诗。祖龙已死囊萤在，付于荼毗尚恨迟。④

在这样的形势下，王彦泓诗的影响力自必一步步萎缩。

降及晚清、民国，随着沈德潜一派诗论影响的逐渐削弱，王彦泓的地位逐渐恢复，再次走红，形成了王彦泓诗接受的第二次高潮。这主要表现在以下几个方面：

一是《疑雨集》发行量惊人，读者以千万计。1921 年，朱瘦月发表《不羡鸳鸯室诗话》，其中有一段文字涉及王次回《疑雨集》刊印和销售情况：

> 《疑雨集》初为苏州木刻袖珍本，长广均三寸余。清光绪末扬州吴梦兰主京师《国学萃编》月刊时，特遍征题词，用铅字排印，式颇精雅，继上海扫叶山房、著易堂、文瑞楼、文明书局、朝记书庄各家皆有石印本。扫叶、文明因是书销行逾百万册，为牟利计，更延通人笺注，另行出版。惜鲁鱼亥豕，各本皆然，求一完善无疵者，竟不可得。长沙叶德辉思以矫之，曾仿旧籍精刊，然亦未免此病。甚矣哉！刻书之大不易也。⑤

扫叶山房、文明书局两家销售的《疑雨集》就超过百万册，足见其受读者欢迎的程度。此后，不仅朱瘦月提到的一些刊本一版再版，而且出现了一些新的刊本。据笔者调查，仅在 1905—1936 年间，《疑雨集》就被印了三十多次，表之于下：

---

① 黄之隽《𢈪言》，清乾隆刻本，《四库全书存目丛书》集部第 271 册，第 429 页。

② 沈德潜《国朝诗别裁集 · 凡例》，清乾隆二十五年教忠堂刻本，《四库禁毁书丛刊》第 158 册。

③ 陆继辂《候补觉罗官学教习钱君行状》，《崇百药斋文集》卷十九，《续修四库全书》第 1497 册。

④ 王衍梅《有诵〈疑雨集〉者作此示之》，《绿雪堂遗集》卷十四，清刻本。

⑤ 《小说月报》1921 年第 7 卷，闰 5 月增刊。

表一　1905—1936 年王彦泓《疑雨集》刊印一览表①

书名(卷数)	版本形态	初刻时间	翻印时间	备注
《疑雨集》四卷	湖南郎园叶氏观古堂刻本	1905 年	1908 年、1919 年、1935 年	
《疑雨集》四卷	上海扫叶山房石印本	1909 年	1910 年、1911 年 1912 年、1914 年、1915 年、1916 年、1919 年、1921 年、1926 年、1928 年	
《疑雨集》四卷	上海著易堂石印本	1909 年		长洲张荣培植甫校
《疑雨集》四卷	丰记印书局铅印本	1909 年		吴仲重刊,沈宗畸校
《〈疑雨集〉注》四卷	上海扫叶山房石印本	1911 年	1915 年、1919 年、1922 年、1924 年、1927 年	丁国钧注
《王次回〈疑雨集〉注》四卷	上海文明书局石印本	1918 年	1920 年、1921 年、1925 年、1926 年、1930 年	句漏后裔释
《疑雨集》四卷	上海锦章书局石印本	1919 年		
《疑雨集》四卷	上海扫叶山房新式标点本	1926 年		陈益标点
《疑雨集》四卷	上海启智书局新式标点本	1934 年		
《疑雨集》四卷	上海大达图书供应社新式标点本	1935 年		
《疑雨集》四卷	上海中央书店新式标点本	1935 年	1936 年	储菊人校订

王次回诗歌在此期间拥有的读者数量,毫无疑问要比《疑雨集》印行的数字要多出几倍,当以千万计,可以说出现了“王次回热”。另外,还出现了伪托王彦泓的《疑云集》,也颇为流行②。

二是覆盖的地域较广,甚至流传至国外。王彦泓《疑雨集》在上海、北

① 笔者根据复旦大学中国古代文学研究中心明集目录卡片提供的线索,到中国国家图书馆、上海图书馆、南京图书馆、北京大学图书馆、南京大学图书馆、复旦大学图书馆、华东师范大学图书馆、上海师范大学图书馆、安徽大学图书馆、安徽省博物院等作了仔细的查验。

② 参看第一章第三节《著作考》之《〈疑云集〉辨伪》。

京、广州和湖南都有刊行，其流传区域非常广。台湾作家连横《诗荟余墨》有多处提到《疑雨集》，且看其中的两处：

> 今之作诗者多矣，然多不求其本。《香草笺》能诵矣，《疑雨集》能读矣，而四始六义不识，是犹南行而北辙，渡江而舍筏也。
>
> 少年作诗，多好香奁，稍长即便舍去。施耐公山长有《艋津赠阿环》七律三十首，滞雨尤云，怜红惜绿，置之《疑雨集》中，几无以辨。及后自编诗集，弃而不存。然清词丽句，传遍句阑，可作曲中佳话。①

连横对《疑雨集》虽有轻视之意，但却道出了《疑雨集》为台湾读者喜爱的事实。文中提到的施耐公就是施士洁，他写了不少艳体诗。我们不知道施士洁《艋津赠阿环》与《疑雨集》有多大程度的联系，但可以肯定的是，连横对《疑雨集》是很了解的，他自己也在"《疑雨集》能读矣"的行列，否则，他怎能说出"置之《疑雨集》中，几无以辨"这样的话呢？台湾作家赖和在《谨复某老先生》中也曾提到王彦泓②。

王彦泓诗也流传到了日本，为一些日本作家所喜爱。黄遵宪曾向日本宫岛诚一郎推荐《疑雨集》，说王彦泓"天赋艳才，最能写男女之事，无微不备"③。永井荷风不但极力推崇《疑雨集》，拿王彦泓与法国文学史上的重要作家波德莱尔相提并论，而且在《初砚》(1917)、《曝书》(1918)、《雨潇潇》(1921)等文章里时加引用④。永井荷风的父亲永井禾原也是王彦泓诗的爱好者，其《来青阁诗集》里载有《新岁竹枝词仿王次回体即用原韵》十三首⑤。芥川龙之介在《上海游记》里引用过《疑雨集》里的诗，说明他对《疑雨集》也不陌生⑥。

三是读者的文化跨度很大，超越政治的分歧。王彦泓《疑雨集》现存版本提供了丰富的读者信息。首先，一些现存的《疑雨集》曾为名人藏书。北京大学图书馆有《疑雨集》一残本，此残本是王国维的藏书，中有王国维题记："此系大兴朱少河先生锡庚家旧钞，虽非足本而较胜坊刻。宣统改元八月国维记。"收藏于国家图书馆的五知堂板《疑雨集》，书前有"韧佩仙馆

---

① 连横《雅堂文集》卷四，《台湾文献丛刊》第八辑，台湾大通书局 1984 年版。

② 赖和《赖和作品选集》，中国广播电视出版社 1987 年版。赖和的这篇文章最早载于《台湾民报》九十七号，1926 年 3 月 21 日。

③ 《黄遵宪全集》(上)，中华书局 2005 年版，第 739 页。

④ 参看郑清茂《王次回研究》，《中国文学在日本》，纯文学出版社有限公司 1981 年版。

⑤ [日] 大木康《日本文学中的南京秦淮》，章培恒、梅新林主编《中国文学古今演变研究论集》，上海古籍出版社 2002 年版。

⑥ [日] 芥川龙之介《中国游记》，陈生保、张青平译，北京十月文艺出版社 2006 年版。

印”,为吴梅旧藏,由其后人捐赠给国家图书馆。书中有一些批点,指出刊刻之误,在卷三的末尾有批曰:“有佳酿苦无善殽,以《疑雨集》三卷下酒三升。”由此可见,王国维、吴梅都曾是《疑雨集》的爱好者。其次,晚清民国新刊印的《疑雨集》一般会有新的序跋,而序跋的作者毫无疑问都读过《疑雨集》,有的还对《疑雨集》用功甚深。如常熟丁国钧曾在光绪元年与桐乡金次良一起读书,金次良笈中有旧抄本王彦泓《疑雨集》,二人“课余相与览讽以为乐”①。朱太忙在弱冠时“即熟读《疑雨集》不啻数十过”,并由此萌发编纂《艳体诗汇选》之意②。再次,有的刊本还附录有题辞或批点。如京都国学萃编社1909年刊行的《疑雨集》就附有一册《疑雨集题辞》,内容包括“序”3篇、“题词”96篇,作者有江峰青、沈宗畸、吴清庠、王谢家、王佺孙、金绶熙、朱点衣、定信、令汝楫、李维藩、王潜刚、郑钟琪、阿邻、韩叔密、戴坤、史恩培、金葆桢、张仁寿、陈寅、钟绳武、李靖国、李盛基、孙奇、张瑞毓、陈索然、王延钊、孙熙鼎、吴仲、汪笑梅、沈雯、勒德慧、畹兰女史、赵静芙、晨风阁侍史兰睇、袁祖光、叶玉森、余际春、吕调元、张其镃、张瑜、沈豫善、童闰、朱素贞等43人,这些序文和题词的作者都是“王彦泓迷”。

翻阅、检索晚清民国刊行的图书报刊,我们可以频繁发现王彦泓的踪影。在《玉梨魂》中,徐枕亚借梦霞之口称赞《疑雨集》“情词旖旎,刻露深永”③。张恨水《春明外史》第二十回有一段提及《疑雨集》:

> 这天晚上,杨杏园吃过晚饭之后,一看时间还早,不必就上报馆,随手在书架子上抽了一本书就着灯看。翻开来却是一本《疑雨集》,随手翻了两页,有一张一寸多长的硬皮纸,覆在书页上,是一个小照的背面。上面歪歪斜斜,行书带草的写了几行字:微睇憨笑可怜生!垂手拈衣总有情。欲把阿侬比新月,照人只是半分明。自己一想,是了,这还是上半年害病,梨云私自送的一张小照,不要去看它了。④

第三十七回写杨杏园与才女李冬青的爱情,再次涉及《疑雨集》:杨杏园信笔所写、登在报纸上《乍见》三首,李冬青看后致信杨杏园,认为这几首诗“文情并茂,置之《疑雨集》中,几不可辨矣”⑤,并附诗三首:

---

① 丁国均《〈疑雨集〉注序》,《疑雨集》卷首,扫叶山房石印本。

② 朱太忙《〈疑雨集〉序》,《疑雨集》卷首,大达图书供应社1935年新式标点本。

③ 《玉梨魂》第七章,江西人民出版社1986年版,第40页。

④ 《春明外史》第二十回《纸醉金迷华堂舞魅影 水流花谢情海咏归槎》,北岳文艺出版社1993年版。

⑤ 《春明外史》第三十七回《玉臂亲援艳诗疑槁木 珠帘不卷绮席落衣香》,北岳文艺出版社1993年版。

无奈柔肠着絮泥，新诗几首仿无题。怪他绝代屠龙手，一瓣心香属玉溪。

才子佳人信有之，洛妃颜色次回诗。低吟光动惊鸿句，我亦倾心乍见时。

画出如花尚带羞，谓渠抗鬟更低头。游仙应有诗千首，新得佳人号莫愁。

李冬青的诗又何尝不是“文情并茂，置之《疑雨集》中，几不可辨矣”！她把“次回诗”与“洛妃颜色”相提并论，赞誉之情溢于言表。徐枕亚、张恨水把《疑雨集》写进自己的小说中，并借笔下的人物予以赞美，表明他们都曾非常熟悉和喜爱《疑雨集》。《玉梨魂》《春明外史》都先后在报刊连载，单行本出版后，发行量巨大，乃当时的畅销书，它们对《疑雨集》的推崇，可能会吸引读者去阅读《疑雨集》，从而进一步扩大了王彦泓《疑雨集》的影响。《游戏世界》是当时非常有市场的刊物，其中多处载录刊物撰述同人叠王彦泓《疑雨集》句为酒令的事①，且看郑周寿梅《游戏世界撰述同文别署酒令》：

苕狂　狂心全被酒扶持
天笑　笑看如花更一嗔
寒云　云端唤出月娥身
指严　严闺初放踏青人
涵秋　秋扇轻将屈戌敲
独鹤　鹤伴经行虎结邻
小凤　凤头弓样改蛮靴
漱石　石家吹竹蔡家丝
君博　博山清昼起孤烟
寄尘　尘情端不上娇颦
红蕉　蕉葛裁衫透雪肌
小蝶　蝶襖鸾绦结束新
忆凤　凤凰声韵不如雏
知新　新春初唱想夫怜

① 1921年《游戏世界》第3期录有郑逸梅《集〈疑雨集〉句分嵌游戏世界撰述同人别署》，凡12条；1922年《游戏世界》第11期录有郑周寿梅女士《游戏世界撰述同文别署酒令》（叠金坛《疑雨集》句），凡35条；1922年《游戏世界》第12期录有章梅魂《游戏世界人名酒令》（叠王次回句），凡17条。

枕绿　绿梅花下著卿卿
雪芳　芳兰竟体总堪怜
灵凤　凤窠飞散别枝春
长风　风光踪迹记当年
大可　可人风格自飘然
心木　木樨天气独来时
凤竹　竹声如肉骤难分
吟水　水沉熏彻藕丝衫
不才　才着思量便渺然
小白　白日闲逢一暗惊
半梅　梅兰簇髻敞头新
瘦菊　菊黄时节蟹堪持
小青　青鸟心忙未敢催
律西　西子愁眉忍更妍
豁公　公主亲拈与翠花
一尤　尤物当前命易轻
笑烟　烟岭湖光短榻前
戍生　生前掩面郁金床
王天　天壤王郎嗜好奇
逸梅　梅花应恨旧盟寒
灵兰　兰熏经月尚霏微

叠《疑雨集》诗句而成的酒令所涉及的这35人，大都是当时的文化名流，对清末民初文坛稍有了解的人都不难体会到这份名单的分量。虽然酒令的具体玩法不能确定，但可以肯定的是，参与酒令游戏的这些人当都对王彦泓《疑雨集》非常熟悉。举例言之：李涵秋在17—20岁时刻意模仿王彦泓写诗①；叶灵凤在《秋灯夜读抄》中说自己二十岁之前只晓得读王彦泓的《疑雨集》②；据郑逸梅在《敝帚小识》中回忆，他初学诗时曾效颦王彦泓《疑雨集》作"凝香词"百首③；张枕绿在《最小》第一百八十二号上发表《王次回式之欠债者》，文中引了王彦泓《谏诟逋者》一诗。《最小》第七十六号上刊载有刘醉客《最小同文酒令》，该酒令也是集《疑雨集》句，列入条目者有寒云、枕

① 贡少芹《李涵秋》，天忏室出版部1923年版，第166页。
② 樊善标、危令敦主编《香港文学大系》（散文二），商务印书馆（香港）有限公司2014年版。
③ 《学林漫录》八集，中华书局1983年版，第245页。

绿、小青、茗狂、舍我、萱百、明霞、天白、唐村、逸梅、寄尘、文芳、碧波、天石、吉森、菊高、寄梦、襄国、智先、浩泉、亚光、听潮生、木公、孝文、醉客等 26 人,他们当也都曾熟读过《疑雨集》。

以上所论及的王彦泓诗歌的读者,后来大都被目为“鸳鸯蝴蝶派”,或被称为旧派文人,其实许多属于新文学阵营和革命阵营的文人同样爱读王彦泓诗歌。例如:胡适《藏晖室日记》1910 年正月二十九记读王次回《疑雨集》①。顾颉刚在《写歌杂记》中提到,胡适曾对他说:“此诗(指《野有死麇》)之义,经学家虽讲为峻拒,文学家却是讲为互恋的。记得王次回诗中即有此类句子。”顾颉刚依了这个指导,果然在《疑雨集》中找到了类似的诗②。郁达夫致孙荃的信中提到王彦泓有《疑雨》《疑云》二集,并抄录其中的诗给孙荃读③。冰心在《两栖动物》中回忆,她在十二岁时经常穿行于两群表兄姐之间,替他们传书递简,有一位表兄写了“此生幽愿可能酬,未敢将情诉蹇修。半晌沉吟曾露齿,一年消受几回眸。微茫意绪心相印,细腻风光梦借游。妄想自知端罪过,泥犁甘堕未甘休”给一位表姐,虽然这位表兄并没有因此得到那位表姐的青睐,但冰心依然认为是“很好的诗”。然而,在冰心十七八岁时,她在小舅舅杨子玉先生的书桌上看到王次回的《疑雨集》,竟也有这首诗:“原来就以为很有诗才的那位表兄,也是一个‘文抄公’!”④冰心由此开始爱上《疑雨集》,后来在作品中不断引用。如在给弟弟冰仲的信中,她说:“我何等的追羡往事!‘当时语笑浑闲事,过后思量尽可怜。’这两语真说到入骨。但愿经过两三载的别离之后,大家重见,都不失了童心。”⑤“当时语笑浑闲事,过后思量尽可怜”也是王彦泓的诗句,与冰心表兄抄的那首诗,同出自《奏记妆阁》。1919 年 2 月,恽代英在日记中曾抄录王彦泓《悲遣十三章》,有的还附有小注,随笔记下自己读诗时的感受,摘录如下:

神伤不哭愧前贤,虚读《南华》十八篇。曾有达人难达处,风刀将断喘丝悬。(我自命旷达,然为葆秀赔万行泪矣。)

青瞳枯涩渐无光,犹自瞢腾觅阿娘。苦是舌根闲强后,模糊言句费

---

① 《胡适日记全编》第 1 册,安徽教育出版社 2001 年版,第 23 页。

② 《吴歌·吴歌小史》,江苏古籍出版社 1999 年版,第 132 页。

③ 于听《郁达夫风雨说》,浙江文艺出版社 1991 年版,第 127 页。

④ 最初发表于《散文世界》1986 年第 6 期。见《冰心全集》第八册(1986—1994),卓如编,海峡文艺出版社 2012 年版,第 25—27 页。

⑤ 最初发表于《晨报儿童世界》1924 年 9 月 7 日,后收入《寄小读者》。见《冰心全集》第二册(1923—1941),卓如编,海峡文艺出版社 2012 年版,第 77 页。

猜详。(令我思葆秀呓语之顷。)

儿孳婢捧藉重裀,半转孱躯万苦辛。若使有灵还负痛,泉途扶侍托何人。(于葆秀产后不得安息之苦,我亦怃然不置。)

尸堂揭白写形模,几遍端相未是他。欲倩画工追笑靥,可堪连岁泣时多。(葆秀遗像却神似,出于意外。)

半月前还弄剪刀,剩抛金线几多条。病中改出裙花样,为向灵筵挂几朝。(若葆秀则四五日前尚健如我,倏然以去,梦想不及。)

影堂灯火碧荧荧,消息都无去杳冥。曾是向来行立处,纸钱灰烬满中庭。(此言如出我口。)

悼亡非为爱缘牵,俨敬如宾近十年。疏阔较多欢洽少,倍添今日泪绵绵。(我等则从欢洽中骞然吹断,令人永不能忘。)

幢幡收卷散花场,烧罢人间七七香。净土天宫随意住,可知尘世独凄凉?(葆秀言,与我居三年,当往我所不知处。戏言乃有所合。)

最后恽代英感慨道:

我读此一一合之葆秀之事,每不禁怃然泪下。借他人酒杯,浇自己块垒,亦无聊之至极也。但愿天下有情眷属,皆得偕老百年,莫留情天之缺憾如我也。①

恽代英显然对王彦泓诗产生了共鸣。如果不是出于恽代英自己的记载,今天的读者恐怕很难相信这位无产阶级革命家在阅读《疑雨集》时有如此强烈的感受,这使我们对王彦泓诗歌的接受效果有了非常深切的了解。

王彦泓诗歌也被一些艺术家相中,将其向其他艺术形式转化。张大千作有《王次回诗意图》,此仕女图是据王次回诗“别来清减转多姿,花影长廊瞥见时。双鬓淡烟双袖泪,偎人刚道莫相思”诗意而作②。李叔同创作有书法作品《苏体行书节录王次回先生〈问答词〉横》《苏体行书王次回〈和孝仪看灯词〉横》③。有的读者还把兴趣转向与王彦泓及其诗歌相关的空间与事物。1914 年,无锡侯疑始寓居北京九条胡同,因王彦泓诗有“曲折胡同到九条”句,乃以邻刹及门前石井推证之所寓果为阿锁故居,便招客征诗,严复、

① 恽代英《恽代英日记》,中央档案馆等编,中央党校出版社 1981 年版,第 488—489 页。

② 包立民《张大千二十年代初的设色仕女画》,《张大千艺术圈》,中国文联出版公司 1999 年版,第 49 页。

③ 《天津文史》第 22 期彩页七、封底,1999 年 10 月。这两件书法作品现藏天津西洋美术馆。

易顺鼎的诗文集中都收有应征之作[①]。南社诗人张挥孙,曾赴金坛访王彦泓故宅,看到除废柱危栏外,寒烟古树而已,为之怃然[②]。

在文学和文化圈形成的王彦泓热,逐渐扩大到公众领域。如果说前引《游戏世界撰述同文别署酒令》还多少保留些文化内涵的话,霜红《霜红楼女子酒令》(集《疑雨集》句)则完全把王彦泓诗歌当作大众"消费"的对象[③]。现引录于下:

弄玉当年未嫁时(未嫁者饮)
拢髻斜阳换翠簪(簪翠簪者饮,梳髻者饮)
今宵多半要装绵(服绵绸者饮)
楞严初读面生红(面红者饮)
尊前一笑两相同(相对笑者各饮一杯)
窗前有时思梦笑(窃笑者饮)
微风一道染衣香(洒香水者饮)
病容尤好莫羞郎(新病初起者饮,各和一杯)
鬓态易迷花影乱(鬓发蓬松或髻花欹斜者饮)
寻幽赖有潘郎共(夫潘姓者饮一杯,各和一杯)
别上菱花镜一奁(席次以镜照面扑粉者罚三杯)
梨花淡淡玉亭亭(守制服孝者饮)
玉纤长沁沦茶香(索茗饮者罚三杯)
香盘腻发春云湿(敷生发油最多者饮)
睡鬟鬆落瑞香花(簪花落地者饮)
丽华身后恰归来(姓张者饮三杯,夫姓张者饮一杯,并唱曲调一种)
横波不待回头见(目左右视者饮,回头者饮)
笑倩回灯整翠裾(整裙者饮)
更有清溪妹第三(姊妹行三者饮)
从今注定鸳鸯牒(刚字人者饮,各和一杯)
怯暑心情犹喘月(咳嗽者饮)
背人佯不隐红鞋(红鞋者饮)

---

① 严复《疑始寓九条胡同,因金坛王次回赠妓左阿锁,有"曲折胡同到九条"句,乃以邻刹及门前石井推证之所寓果为阿锁故居,遍征题咏》,王栻主编《严复集》第2册,中华书局1986年版,第387页;易顺鼎《侯君疑始所居九条胡同为〈疑雨集〉中左阿锁故居,召客征诗,因赋二首》,《琴志楼诗集》卷一八,上海古籍出版社2004年版,第1341—1342页。

② 郑逸梅《艺林散叶》,《郑逸梅选集》第三卷,黑龙江人民出版社1991年版,第163页。

③ 《晚霞杂志》1922年第3期。

卷袖厨娘用玉钩(卷袖者饮)
进酒难如断酒难(各连饮三杯)
也知重向灯前见(离灯最近者饮一杯)
单占名花第一名(名有花字或在花卉类者饮)
谁堪待阙鸳鸯社(未字人或正待字者饮)
似浓如淡不曾云(涂粉不匀者罚三杯)
近来行止学矜庄(自学庄重者饮)
办得欢前行一遍(各晋一觞)
绿叶成阴色韵全(孕者饮)
重毫丝履绣鹣鹣(绣鞋者饮)
喜见唇樱染麝毫(唇点朱粉者饮)

此令凡33条,有些条目不免让人绝倒。在此酒令中,王彦泓诗句丰富的情感内涵被剥去,原有的抒情或审美功能遭致削弱,成为单纯的文字游戏,对理解诗歌本身没有多少价值。但这不仅更直观地反映《疑雨集》受读者欢迎的程度,而且也有力地拉近了王彦泓诗歌和大众的距离。我们若要了解当时王彦泓诗歌的传播和阅读情况,集《疑雨集》句酒令值得特别关注。

综上所述,王彦泓《疑雨集》在晚清民国受到非常热烈的欢迎,其爱好者既有普通的读者和评论者,也有第一流的学者和作家,既有旧派文人,也有新文学阵营的作家,既有国民党官员,也有属于革命阵营的共产党人。

虽经历过两次流行,但王彦泓《疑雨集》的经典化并没有真正完成,随着抗日战争的爆发,其影响逐渐削弱,慢慢从人们的阅读视野里淡出,新中国成立后大陆很少再有人提起。直至现在,《疑雨集》在中国大陆几乎没有单行过,其间虽偶尔有人提及,但似乎都没有产生什么影响。本书开头提到的,周朝晖为搜读王彦泓诗集而“逛了大中城市的各种书店,遍查古典诗歌书架”,结果却“收效甚微”,足以说明王彦泓被目前冷落的程度。

(二)评价的巨大分歧

在作品接受过程中,出现不同评价是完全正常的,但在对王彦泓诗歌的评价中,我们看到的分歧却是大得非同一般。读者褒贬不一,王彦泓诗激发了人们强烈的爱和恨。

对于王彦泓诗的评价,于儒颖(韬仲)是首先值得注意的人物。王彦泓《余旧诗悉已遗忘,而韬仲皆为存录。展阅一过,觉无端往事交集胸怀,怅然久之。因呈四韵》(《疑雨集》卷下)说:

不堪重对旧诗篇,潦倒欢场二十年。多为微辞猜宋玉,敢持才语傲非烟。春风鬓影弹琴看，夜月歌声隔巷怜。今日掩门梅雪下，药炉声沸卧床前。

由此诗可知，于儒颖是王彦泓很多诗篇的存录者，如果不是于儒颖，它们可能已因王彦泓自己的“遗忘”而失传。于儒颖更是王彦泓诗价值的发现者，否则他怎会有心去“存录”王彦泓的诗呢？王彦泓《送韬仲叔之东昌》(《疑雨集》卷下)进一步说明这一点：

望衡对宇互欣然，曳屐相过只几砖。花下有甘须并剖，卷中无句不同研。身堆恨事襟怀共，社立狂名毁誉连。别后不知谁是客，一般凄绝度残年。

于儒颖与王彦泓住处相近，情趣相投，相交甚契，时相过从。“卷中无句不同研”清楚地表明他对王彦泓所写诗歌的重视与期待。

在同时代人中，王彦泓的诗歌既有于儒颖这样的知音，也不乏鄙视者，似乎后者所占的比例更大。在崇祯己巳，王彦泓小试失意后写道：

国士那争月眼评，未应萧飒减欢情。有才轻艳真为累，作计疏狂不近名。酒肆不疑惭阮籍，春城无处忆韩翃。浮荣本自关心浅，未息尘机为夙盟。(《疑雨集》卷上《小试失意自遣》)

诗人自视甚高，以“国士”自许，对自己的境遇强烈不满：自己虽然如韩翃那样富有诗才，但因为偏于轻艳，不仅没有韩翃那样幸运，反而为才所累；自己一如好酒的阮籍，作计疏狂，但阮籍的行为为人赞美，自己却遭人怀疑。换句话说，王彦泓轻艳的诗风，虽然给他带来了知名度，但也给他带来不少麻烦。由“有才轻艳真为累”不正可窥视出世人对王彦泓诗歌的否定吗？

袁枚和沈德潜因《疑雨集》引起的争论，充分显现对王彦泓诗歌评价的分歧。袁沈之争，是由沈德潜选清诗引起的。袁枚先写了《答沈大宗伯论诗书》，对沈德潜《国朝诗别裁集》的编选原则“诗贵温柔，不可说尽，又必关系人伦日用”颇不以为然①；后语意未尽，又写了《再与沈大宗伯书》②，专门对沈德潜不选王彦泓《疑雨集》进行质疑，信的开头说：

闻《别裁》中独不选王次回诗，以为艳体不足垂教。仆又疑焉。夫《关雎》即艳诗也，以求淑女之故，至于辗转反侧，使文公生于今，遇先生，危矣哉！《易》曰：“一阴一阳谓之道。”又曰：“有夫妇然后有父子。”

① 袁枚《小仓山房文集》卷十七，《小仓山房诗文集》下，上海古籍出版社1988年版，第1502—1504页。

② 袁枚《小仓山房文集》卷十七，第1504—1506页。

阴阳夫妇,艳诗之祖也。

接下来,袁枚以史实说明写艳体诗与人的品行没有直接关系,并指出沈德潜最尊崇的王士禛在创作上也深受“才藻艳绝”的王彦泓的影响:

傅鹑觚善言儿女之情,而台阁生风。其人,君子也。沈约事两朝,佞佛,有绮语之忏。其人,小人也。次回才藻艳绝,阮亭集中时时窃之。先生最尊阮亭,不容都不考也。

进而袁枚对选诗之道提出自己的看法,认为“诗之道大而远”,选者应该具备史家意识,“无庸拘见而狭取之”:

选诗之道,与作史同。一代人才,其应传者皆宜列传,无庸拘见而狭取之。宋人谓蔡琰失节,范史不当置《列女》中,此陋说也。夫《列女》者,犹云女之列传云尔,非必贞烈之谓。或贤或才,或关系国家,皆可列传,犹之传公卿,不必尽死难也。诗之奇平艳朴,皆可采取,亦不必尽庄语也。杜少陵,圣于诗者也,岂屑为王、杨、卢、骆哉?然尊四子以为万古江河矣。黄山谷,奥于诗者也,岂屑为杨、刘哉?然尊西昆以为一朝郛郭矣。宣尼至圣,而亦取沧浪童子之诗。所以然者,非古人心虚,往往舍己从人;亦非古人爱博,故意滥收之;盖实见夫诗之道大而远,如地之有八音,天之有万窍,择其善鸣者而赏其鸣足矣,不必尊宫商而贱角羽,进金石而弃弦匏也。

在信的最后,袁枚认为诗人不必兼善众体,只要“就其诣之所极”,就应该兼收之,提出“艳诗宫体,自是诗家一格”:

且夫古人成名,各就其诣之所极,原不必兼众体。而论诗者,则不可不兼收之,以相题之所宜。即以唐论,庙堂典重,沈、宋所宜也;使郊、岛为之,则陋矣。山水闲适,王、孟所宜也;使温、李为之,则靡矣。边风塞云,名山古迹,李、杜所宜也;使王、孟为之,则薄矣。撞万石之钟,斗百韵之险,韩、孟所宜也;使韦、柳为之,则弱矣。伤往悼来,感时记事,张、王、元、白所宜也;使钱、刘为之,则仄矣。题香襟,当舞所,弦工吹师,低徊容与,温、李、冬郎所宜也;使韩、孟为之,则亢矣。天地间不能一日无诸题,则古今来不可一日无诸诗。人学焉,而各得其性之所近,要在用其所长而藏己之所短则可,护其所短而毁人之所长则不可。艳诗宫体,自是诗家一格。孔子不删郑、卫之诗,而先生独删次回之诗,不已过乎?至于卢仝、李贺险怪一流,似亦不必摈弃。两家所祖,从《大招》《天问》来,与《易》之龙战,《诗》之天妹,同波异澜,非臆撰也。一集中不特艳体宜收,即险体亦宜收。然后诗之体备而选之道全。谨以鄙意私于先生,愿与门下诸贤共详之也。

袁枚《再与沈大宗伯书》大约写在乾隆二十六年左右①,是针对沈德潜《国朝诗别裁集·凡例》而发,沈氏云:"诗必原本性情,关乎人伦日用及古今成败兴坏之故者,方为可存,所谓其言有物也。若一无关系,徒办浮华,又或叫号撞搪以出之,非风人之旨也。尤有甚者,动作温柔乡语,如王次回《疑雨集》之类,最足害人心术,一概不存。"②他与沈德潜一主艳情,一反艳情,文学观念尖锐对立,势如水火,王彦泓《疑雨集》中的艳体诗无疑是冲突的具体焦点。

面对袁枚的质疑,沈德潜并没有回应,或许他根本不屑于回应,因为这是他一贯的选诗主张,二十多年前编选《明诗别裁集》时,沈德潜就声明屏去"浮艳淫靡"之作③;四十多年前编选《唐诗别裁集》时,沈德潜就明确指出:"《诗》本六籍之一,王者以之观民风,考得失,非为艳情发也。……集中所载,间及夫妇男女之词,要得好色不淫之旨,而淫哇私亵,概从阙如。"④而袁枚则一直对沈德潜不选王彦泓诗耿耿于怀,后来撰写《随园诗话》时旧事重提:"本朝王次回《疑雨集》,香奁绝调,惜其只成此一家数耳。沈归愚尚书选国朝诗,摈而不录,何所见之狭也!尝作书难之云:'《关雎》为《国风》之首,即言男女之情。孔子删诗,亦存《郑》《卫》,公何独不选次回诗?'沈亦无以答也。"⑤

袁枚、沈德潜关于王彦泓《疑雨集》该选不该选的争论,引起了强烈反响,成为后来评论者的热门话题,斥责袁枚者有之,折中者有之,批评沈德潜者亦有之。

斥责袁枚者,当以章学诚最为激烈,从他抨击袁枚《随园诗话》的话语,不难推断他对袁沈之争的立场:

> 略《易》《书》《礼》《乐》《春秋》而独重《毛诗》;《毛诗》之中,又抑《雅》《颂》而扬《国风》;《国风》之中,又轻国政民俗而专重男女慕悦;及男女慕悦之诗,又斥诗人风刺之解而主男女自述淫情;甚且言采兰赠芍,有何关系,而夫子录之,以驳诗文须有关系之说。自来小人倡为邪

---

① 郑幸《袁枚年谱新编》,上海古籍出版社 2011 年版,第 305 页。

② 沈德潜《国朝诗别裁集·凡例》,清乾隆二十五年教忠堂刻本,《四库禁毁书丛刊》第 158 册。

③ 沈德潜《明诗别裁集·序》,上海古籍出版社 1979 年版。

④ 沈德潜《唐诗别裁集·凡例》,上海古籍出版社 1979 年版。

⑤ 袁枚《随园诗话》卷一,人民文学出版社 1982 年版,第 15 页。

> 说，不过附会古人疑似以自便其私，未闻光天化日之下，敢于进退六经，非圣无法，而恣为倾邪淫宕之说，至于如是之极者也！①

“甚且言采兰赠芍，有何关系，而夫子录之，以驳诗文须有关系之说”虽针对袁枚《随园诗话》卷十四“选家选近人之诗，有七病焉。……动称纲常名教，箴刺褒讥，以为非有关系者不录。不知赠芍采兰，有何关系，而圣人不删”而发②，实也可看作对袁枚《答沈大宗伯论诗书》《再与沈大宗伯书》的指斥。章学诚的文学观与沈德潜虽不尽相同，但在根本上是相通的，都遵循儒家的诗教观，教化意味浓厚。因此，他对袁枚“进退六经，非圣无法”之举极为不满，挥舞封建道德的大棒向袁枚进行挞伐。另如：

> 声诗三百，圣教所存，千古名儒，不闻异议。今乃丧心无忌，敢侮圣言，邪说倡狂，骇人耳目。六义甚广，而彼谓《雅》《颂》劣于《国风》；《风》诗甚多，而彼谓言情妙于男女。凡圣贤典训，无不横征曲引，以为导欲宣淫之具，其罪可胜诛乎！③

章学诚对袁枚如此深恶痛绝，以至于欲除之而后快。当听说刘墉欲诛杀袁枚时，章学诚认为刘墉是“知所务矣”，并赞扬刘墉“有古大臣之风烈”，而对老师朱筠为袁枚求情，则深表遗憾④。

章学诚之后论及袁沈之争斥责袁枚者为数不少，如刘声木《论疑雨集》说：

> 长洲沈文悫公德潜，编《明诗别裁集》□□卷，不收广文诗，钱塘袁简斋明府枚贻书诤之，见于《小仓山房尺牍》。撰述各有体裁，焉能强人就我，况文悫书名《别裁》，此类诗自不能编入。明府不知顾名思义，妄为牵引，实为荒谬。譬如明府专喜放诞，强以宋儒语录置其撰述之中，能乎不能？此理至明，不待智者而后知之。⑤

至当代仍不乏章学诚的同调，如黄海章《中国文学批评简史》认为：“袁以王次回的《疑雨集》为香奁绝调，为书难沈，不选其诗。是则他所指的艳诗，纯粹是黄色的毒物，乃用《关雎》来为之辩护，这是一种重大的歪曲。”⑥

也有一些批评家在评论袁沈之争时并不简单地站在哪一方，而是具体

---

① 章学诚《书坊刻诗话后》，《文史通义》内篇五，民国嘉业堂《章氏遗书》本。

② 袁枚《随园诗话》卷十四，人民文学出版社 1982 年版，第 465 页。

③ 章学诚《诗话》，《文史通义》内篇五，民国嘉业堂《章氏遗书》本。

④ 章学诚《论文辨伪》，《文史通义》外篇一，民国嘉业堂《章氏遗书》本。

⑤ 刘声木《苌楚斋五笔》卷五，中华书局 1998 年版。

⑥ 黄海章《中国文学批评简史》（增订本），广东人民出版社 1981 年版，第 195 页。

分析,平亭是非。如黄培芳《香石诗话》:

> 《小仓山房诗集》门人薛起凤序谓:"随园先生论诗之旨,一见于集中《答归愚宗伯书》,再见于《续诗品》三十二首。"《续诗品》语近自然,自有佳处。《再与沈公书》则驳其明诗独不选王次回诗,至引孔子删诗,首《关雎》而不去《郑》《卫》。论固大矣,愚窃不谓然。书词有云:"《关雎》即艳诗也。"此语大谬。孔子曰:"《关雎》,乐而不淫,哀而不伤。"《小序》曰:"《关雎》,太姒之德也。"《御纂诗义折中》曰:"《关雎》,文王之本也。"此古今圣贤定论,岂寻常写艳可比,何得援此借口?试观次回《疑雨集》,果能不淫不伤否乎?孔子删诗,贞淫并录。贞者为万世法,淫者为万世戒,终不离乎"思无邪"之旨,非存采兰赠勺之句与后人学也。若沈公之选明诗,不过备一代诗格,为学者取法,亦能如孔子之意,存次回作以为戒乎?不存以为戒,宁必存以为法乎?次回艳诗自在,好之者选之读之,自无不可;而沈公不以入选,持一家之论,亦未尝不是。至作书难之,妄引圣人,甚不伦矣。抑《别裁》一集,遗美颇多,不他之问,而是之问,何耶?书词又云:"以求淑女之故,至于辗转反侧,使文王生于今遇先生,危矣哉!"此徒取快意,复成何议论?谓足以折服沈公之心乎?余论诗,未尝废香奁一体,余非恶夫艳诗也,恶夫附会之言邻于非圣,启后生无忌惮之渐,故辨之。①

黄培芳论诗虽也持儒家诗教观,但他对袁沈之争的辨析也有不少合理之处。首先,黄培芳对艳体诗并非一味地排斥,他虽尊崇《诗经》,对袁枚引《诗经》为王彦泓艳体诗辩护的"非圣"之举不满,却赞成艳体诗为诗中一体,"好之者选之读之,自无不可"。《香石诗话》还举了王隼《无题》诗一百首中的若干句子,如"合欢枝上结相思,不断缠绵是兔丝""欲扑流萤懒下阶,愿随明月入君怀""侍儿亦解相思苦,偷种当归与合欢"之类,认为"皆情深韵远"②,而这些诗句不啻《疑雨集》复出。其次,黄培芳认为沈德潜之所以不选王彦泓诗,是因为他编选《国朝诗别裁集》是"备一代诗格,为学者取法",这对理解和把握沈德潜的选诗原则富有启发意义。既然目的是为学诗者提供范本,强调"温柔敦厚",排斥"缘情绮靡",就很好理解了。方孝岳《中国文学批评》对袁沈之争的评述与黄培芳近似,他虽然认识到"袁枚的原意未尝不是为救弊而发,他想拿性灵二字来医诗学界那些讲空架子或搬弄书卷的毛病",但对袁枚臆解经典以饰其说也颇有微词:

---

① 黄培芳《香石诗话》卷三,清嘉庆刻本。

② 黄培芳《香石诗话》卷二。

袁枚主张那种绘画媟亵状态的《疑雨集》实在已经和起初的艳歌大相径庭,《关雎》一诗,经学家的解说当然很多,我们不暇征引;但即请看《关雎》的本文,又岂有丝毫和《疑雨集》那种艳体诗相近的地方?他拿《易经》的话来比譬,更是有意取闹。①

在叙及袁、沈关于选不选王彦泓《疑雨集》这段公案时,赞成袁枚者在清代也不乏其人,他们多批评沈德潜的偏狭和道学气。如叶德辉《重刻〈疑雨集〉序》认为沈德潜"兢兢别裁,殆不免于村夫子之见矣",并希望后之人"续金坛之艳缘,祛归愚之腐习,庶乎榛苓香草,不失风骚之传"②。吴仲为《疑雨集》题词时则称赞袁枚为王彦泓诗的"异代知音":

一般骚怨非无记,六义风诗未可删。异代知音者谁氏,夷门而外有仓山。(坊间通行本为侯氏所刊,而以《别裁》不登次回诗争之于沈归愚者,则袁简斋也。)③

20世纪80年代以来,随着文学观的嬗变,儒家诗教观开始受到批评,"文以载道"的意识被重新审视,赞成袁枚、批评沈德潜逐渐成了学界的主导倾向。如邬国平、王镇远《清代文学批评史》认为沈德潜拘守封建伦常而泯灭个人情感,云"袁枚对沈氏的批评十分有力"④。袁济喜《新编中国文学批评发展史》指出,袁枚对沈德潜的批驳"有力地回击了沈德潜在格调的幌子下,对于男女爱情诗的一概封杀"⑤。章培恒、骆玉明主编的《中国文学史》则直斥沈德潜为"矫饰虚伪的假道学"⑥;在《中国文学史新著》中进一步对袁沈之争作了细致深入的分析,指出袁枚以一种旷放不羁、轻视名教的个人姿态,在文学理论方面提出了一系列冲决传统诗教的激进主张,把自晚明即已开始,在清初受到阻断,以李贽"童心说"、袁宏道"性灵说"为代表,合乎人性的文学思想重又标举了出来⑦。

王彦泓诗歌传播和接受中的上述现象,虽然与研究对象的独特性相关,但它们某种程度上也触及了文学史研究中的一些共性问题,每一项都可能

① 方孝岳《中国文学批评》,世界书局1936年版,第158页。

② 叶德辉《重刻〈疑雨集〉序》,《疑雨集》卷首,叶氏观古堂刻本。

③ 王彦泓《疑雨集》后附《疑雨集题辞》,国学萃编社编,丰记印书局1909年印。

④ 邬国平、王镇远《中国文学批评通史》陆《清代卷》,王运熙、顾易生主编,上海古籍出版社1996年版,第438页。

⑤ 袁济喜《新编中国文学批评发展史》,中国人民大学出版社2006年版,第312页。

⑥ 章培恒、骆玉明《中国文学史》下,复旦大学出版社1996年版,第495页。

⑦ 章培恒、骆玉明《中国文学史新著》下卷,复旦大学出版社、上海文艺出版总社2007年版,第454页。

潜藏着有待发掘的丰富内涵，启迪人们去思考和研究。

王彦泓诗歌接受高潮与低潮之间的两次起伏，明显能看出社会思潮及与之相关的文学批评观念的深刻影响。当政治对文学的影响减弱，文学接受的伦理教化目的淡化时，就会形成王彦泓诗歌接受的高潮；当政治对文学的干预增强，文学接受的伦理教化目的强化时，就会形成王彦泓诗歌接受的低潮，这两种潮流的起伏便构成了王彦泓诗歌接受史。

至于评价的巨大分歧，尤需细加辨析。王彦泓诗歌之所以受到一些人的批评、贬斥和抨击，大体有以下三点"理由"：一是诗多艳体，格调甚卑，甚至"坏人心术"；二是感情轻薄浮佻，多为游戏之作，甚至"肉欲地狎玩女性"①；三是刻意模仿，全无创新。这些否定性的评价，都是针对王彦泓的艳体诗，于今看来，这些"理由"恐怕都难以成立。

先说"刻意模仿"的问题。这主要是研究李商隐的学者提出的，他们在研究李商隐诗歌的影响时，常常会提到王彦泓的《疑雨集》和《疑云集》，把它们当作刻意模仿李商隐的例子而加以否定。《疑云集》为伪书，下文有具体考证，暂置而不论。《疑雨集》有个别诗篇确实存在李商隐影响的痕迹，但不能就此说王彦泓刻意模仿李商隐，这正如李商隐的有些诗受到杜甫、李贺的影响，我们不能说李商隐刻意模仿杜甫、李贺一样。王彦泓"博学好古"②，转益多师，接受的影响是多方面的。他也试图摆脱前代诗人的影响，有所创新。王彦泓在《试笔》中说："诗家窠臼宜翻洗，人日慵拈薛道衡。"(《疑雨集》卷下)并在《白山茶插髻甚可观，因书二绝》中对汤显祖给予了很高的评价："玉茗先生迥出尘，语言无处不清新。"(《疑雨集》卷上)可见，王彦泓追求的是自出机杼，赞赏的是清新出尘。王彦泓的诗确实也在转益多师中实现了继承和创新的统一，不少评论者曾指出这一点。如王士禛指出："次回艳情诗数百篇，刻画声影，有义山、致光所未到者。"③吴雷发酷爱王彦泓的诗，说其"不由熟径，仍入人心坎中"，指出"香奁艳体，至王次回《疑雨集》而极，实度越温、李"④。钱钟书也认为"王次回诗很好，不是义山'无题'的传统"⑤。我们看王彦泓下面这首诗(《疑雨集》卷上)：

几层芳树几层楼，只隔欢娱不隔愁。花外迁延惟见影，月中寻觅略

① 舒芜《伟大诗人的不伟大一面》，《读书》1997 年第 3 期。

② 钱谦益《列朝诗集小传》丁集下，上海古籍出版社 1983 年版。

③ 邹祗谟、王士禛编《倚声初集》卷十五，顺治十七年刻本，《续修四库全书》第 1729 册。

④ 吴雷发《香天谈薮》，上海书店据 1913 年上海中国图书公司和记铅印《香艳丛书》本影印，1991 年版。

⑤ 钟来因《钱钟书致钟来因信八封注释》，《江苏社会科学》2000 年第 3 期。

闻讴。吴歌凄断偏相入，楚梦微茫不易留。时节落花人病酒，睡魂经雨思悠悠。

此诗就被有些研究者认为完全是模仿李商隐下面这首诗：

来是空言去绝踪，月斜楼上五更钟。梦为远别啼难唤，书被催成墨未浓。蜡照半笼金翡翠，麝熏微度绣芙蓉。刘郎已恨蓬山远，更隔蓬山一万重。

这两首诗确实有很多相似之处：都以《无题》为题，都以感情阻隔为主题，都写了梦醒后的孤寂、怅惘和无奈。但细加分辨，还是有很大差别的。王彦泓把缠绵悱恻、哀怨怅惘的爱情表达得真真切切，没有遮掩，一般读者都会把它理解为纯粹的爱情诗，不会认为别有寄托。而李商隐的这首诗却朦胧迷幻，相当多的人并不把其作为爱情诗来读，而认为其有风人之旨，如冯浩就认为这首诗"盖恨令狐绹之不省陈情也"①；叶葱奇也说"这是大中元年商隐重入秘书省后接受郑亚的聘请，将远赴桂林时所作"②。他们的说法并不一定为所有人接受，不过说这首诗寄托着李商隐坎坷不平的政治遭遇和抑郁难抒的人生感慨，当为大多数读者认可。而且王彦泓的这首诗是其早期的作品，李商隐这首诗是其集中意思相对明晰之作，至于王彦泓后来写的像"悼亡非为爱缘牵"（《疑雨集》卷上《悲遣十三章》）、"逢新偏忆旧缠绵"（《疑雨集》卷下《残岁即事》）、"岂惮谗唇工贝锦，尚甘诗骨堕泥犁"（《疑雨集》卷下《无题》）、"黄祖怒时偏自喜，红儿痴处绝堪怜"（《疑雨集》卷下《感旧》）这一类个性鲜明、不惮袒露心扉的诗句，恐怕是李商隐诗中所没有的。严绳孙把王彦泓诗歌与之前包括李商隐诗歌在内的艳体诗作了比较：

诗发乎情，而《王风》之变，桑中洧外，列在三百，为艳歌之始。其后《读曲》《子夜》，寂寥促节。在唐则玉溪惝恍，旨近楚骚；韩相香奁，言犹微婉。于是金坛王先生彦泓，以闳肆之才，写宕往之致，穷情尽态，刻露深永，可谓横绝今古也。③

我们认为，这是符合王彦泓诗歌实际的概括。所以，我们固然不应忽视李商隐对王彦泓诗歌的影响，但也不必因此而贬低王彦泓的创作成就。

说王彦泓诗感情轻薄浮佻，"肉欲地狎玩女性"，并不符合实际情况。其实这在一定程度上是由误解造成的。署名王彦泓的伪书《疑云集》在晚清出

① 李商隐《玉溪生诗集笺注》，冯浩笺注，上海古籍出版社 1979 年版，第 388 页。
② 李商隐《李商隐诗集笺注》，叶葱奇疏注，人民文学出版社 1985 年版，第 139 页。
③ 严绳孙《疑雨集序》，《疑雨集》卷首，清康熙刻本。

现,随后大量刊行,除个别人提出质疑外,大都认为王彦泓著有《疑云集》《疑雨集》,由于"云雨"在中国文化中又具有特殊内涵,这样便造成严重的误导,王彦泓被烙上艳体诗人甚至性爱诗人的鲜明印痕。《香艳杂志》第1期《滑稽闺语》"王次回未曾经过人道"条载:

> 一友善滑稽,一日同人论诗及王次回。友曰:"王次回好作香奁诗,说得如许浓艳,其实未曾经过人道。"众诘之曰:"次回有妻有女,汝何以妄断为未曾经过人道。"友笑曰:"尔者不观其集名乎?云雨者,人道之谓也。疑云疑雨,是于人道有所未知也,不过一色界之思想家而已。人谓其有妻有女,吾不信也。"

这或许只是玩笑而已,当不得真,但却反映了因《疑云集》的出现,一些徒闻其名的人对王彦泓诗歌生发的想象。谭正璧《诗歌中的性欲描写》曾述及王次回诗集的名称问题:

> 至于《疑云》《疑雨》二集,但观其名的人,以为内容写的至少十之七八是些云雨私情,孰知十之一二也没有!这正是王次回的有意欺人!他好似在替书局作广告,完全有名无实!①

谭正璧显然仔细阅读过《疑云集》《疑雨集》这两部诗集,他说王彦泓的"有意欺人"虽不符事实,但指出"云雨私情"占王彦泓诗"十之一二也没有"确是事实。由于《疑云集》为伪书,其中纵有"云雨私情"也与王彦泓无关,所谓"云雨私情"的联想,只不过是望文生义罢了。

至于《疑雨集》,王英志《袁枚评传》曾将其写男女之情的诗歌分为五类:一是写年轻少女对爱情的向往,如《花烛》《催妆》等;二是写新婚少妇幸福、羞涩的心理活动,如《无题》《即事》等;三是写对死去伴侣的思念之情,如《死别》《空屋》等;四是表白对爱情的忠贞不渝,如《和于氏诸子秋词》《感遇》等;五是写倚香依玉之冶态者,如《个侬》②。王英志先生总结得虽然很全面,但还可略作如下补充:

一是写男性对爱情的憧憬,如《奏记妆阁六首》其四(《疑雨集》卷下):

> 此生幽愿可能酬,不敢将情诉蹇修。半刻沉吟曾露齿,一年消受几回眸。微茫意绪心相印,细腻风光梦借游。妄想自知端罪过,泥犁甘堕未甘休。

---

① 谭正璧《诗歌中的性欲描写》,光明书局1928年版,第59页。

② 王英志《袁枚评传》,南京大学出版社2002年版,第451页。

这首诗充分展现了抒情主人公对爱情的渴望、憧憬和因无法把握结局而在追求爱情时的矛盾犹豫、畏葸不前的微妙心态,同时也传达了抒情主人公对待这份感情的珍视、执着与坚定。

二是表现恋人分别的痛苦,如《无题》(《疑雨集》卷上):

> 绕枕离怀话未穷,河梁只在此楼中。迎愁月剩三分白,隔泪灯摇一点红。有雾不曾遮别路,随风想得过花丛。王昌望里千回首,满院帘栊飏晓风。

两情缱绻,彼此之间说不完的痴心话儿,然而欢会地也是分手地,想到即将到来的分离,不由得人心情不从欢转悲。这时天色已晓,月色逐渐失去光彩,似乎也满含愁绪。两人隔灯相对,望着摇动的灯火,不禁潸然泪下。此情此景,凄恻感人。

三是写爱情受到身份地位限制与环境压迫时的沉痛和愤懑。如《可叹》(《疑雨集》卷下):

> 捣麝成尘到底香,焚兰涅玉任披猖。传讹易惑人成虎,负气难甘父攘羊。薄命固当输织室,清言端合死排墙。东亭友爱风流尽,每读遗文泣数行。

捣麝成尘、焚兰涅玉,这是爱情遭到严重压抑后的抗议和悲歌。双方因主婢有别、身份关系不平等,遭到无端污蔑指责,而又因个性高傲、礼法森严而难以辩白,承受了极大痛苦。死别生离之后,作者为世间不再有王东亭这样乐于成人之美的亲友而悲泣。

可见,王彦泓诗对男女恋情发展的不同阶段、各种情境都有生动的描绘,可以说尽态极妍,无微不备,且大多数的诗都是感情真挚之作,可能列入“感情轻薄浮佻”只有“写倚香依玉之冶态者”一类。就是涉及“倚香依玉”内容的诗篇,有的仍别具打动人的力量。如《疑雨集》卷上有《妓有幽怨抱疴强对客者,悲而赋之》:

> 卧客朝酲正未醒,寒妆先罢影伶俜。香侵病肺常嗔见,歌会愁心暂喜听。爱把远书看亹亹,记将幽梦说惺惺。分明蜡烛身相似,才上欢筵泪已零。

诗中写了妓女虽病还需勉强对客、虽愁仍要假装欢笑的无奈与无助,读之让人酸鼻。如果不是对妓女充满了深深的同情,绝写不出这样的诗!当然,王彦泓个别诗中确实存在“儇薄语”,如《即夕口占绝句十二首》之五(《疑雨集》卷下):

> 斗帐香篝不漏烟，睡鞋暖窄困春眠。教郎被底摩挲遍，忽见红帮露枕边。

这首诗是否定王彦泓诗的人常常提及的。但是，在《疑雨集》中，这类诗并不是很多，仅十余首。如果只把眼光盯在个别的诗上，而置大多数“感心娉目，回肠荡气”的诗篇不顾，显然是偏颇的。以此为理由否定王彦泓的诗歌，难以让人信服。

因王彦泓诗多艳体而加以否定，沈德潜可堪称代表，他在《国朝诗别裁集·凡例》中对诗歌“方可为存”的范围作了严格的限定，认为只有写“人伦日用”及“古今成败兴坏之故”的才有价值，而王彦泓《疑雨集》不仅与此“一无关系”，而且“动作温柔乡语”，当然没有价值。沈德潜观点的实质是强调文学的道德伦理功能，而根本忽略文学的审美价值，对此袁枚曾撰写《再与沈大宗伯书》与之辩驳，对此我们在上文已有所论及。考虑到中国古代文学研究的现状，这里再略作补充。

沈德潜曾因诗得到乾隆皇帝的恩宠，他对待艳体诗的看法其实代表着最高统治者的意见。乾隆曾在阅四库馆进呈书时谕示：

> 昨阅四库馆进呈书，有朱存孝编辑《回文类聚补遗》一种，内载《美人八咏诗》，词意媟狎，有乖雅正。夫诗以温柔敦厚为教，孔子不删郑卫，所以示刺示戒也。故三百篇之旨，一言蔽以“无邪”。即美人香草以喻君子，亦当原本风雅，归诸丽则。所谓托兴遥深，语在此而意在彼也。自《玉台新咏》以后，唐人韩偓辈务作绮丽之词，号为“香奁体”，渐入浮靡。尤而效之者，诗格更为卑下。今《美人八咏》内所列《丽华发》等诗，毫无寄托，辄取俗传鄙亵之语，曲为描写，无论诗固不工，即其编造题目，不知何所证据。朕辑《四库全书》，当采诗文之有关世道人心者。若此等诗句，岂可以体近香奁，概行采录。所有《美人八咏》诗，着即行撤出。至此外各种诗集内有似此者，亦着该总裁督同总校分校等详细检查，一并撤出，以示朕厘正诗体、崇尚雅醇之至意。①

乾隆所强调的“诗以温柔敦厚为教”“当采诗文之有关世道人心者”，这与沈德潜选诗的标准并没有什么实质不同。乾隆的谕示无疑是编撰《四库全书》的指导思想，在这种思想的主导下，连朱彝尊的《风怀诗》二百韵尚且以“流宕艳冶，不止陶潜之赋闲情”而从《曝书亭集》中删去②，像王彦泓《疑雨集》

① 《钦定四库全书总目》卷首一，文渊阁《四库全书》本。

② 《钦定四库全书总目》卷一百七十三，文渊阁《四库全书》本。

这样所谓“害人心术”的作品自然更不会被采录。这种偏重从教化的角度评价艳体诗的观念很长时间一直占据主导地位，在这种观念之下，爱情，便不值得一个堂堂男儿花费太多的精力；单纯写爱情的作品，自然也被视为文学的末流。因此，写男女情爱的艳体诗很长时间里并没有受到足够重视，而且常常遭到曲解和贬斥；评论者在评价这类作品时，往往并不从自己的感受出发，即使暗里读得津津有味，明里却不好意思表明自己的爱好，感情上被打动了，理智上却依然认定格调不高。这已经成了中国人欣赏、评价艳体文学作品的心理习惯。如可称得上王彦泓诗歌的知音和倾倒者的严绳孙，一方面称王彦泓“以闳肆之才，写宕往之致，穷情尽态，刻露深永，可谓横绝今古”，而同时又指出其“不可谓为正音”①。实质上，他与沈德潜的认识并没有根本的不同：如果仅从艳体诗自身的角度，沈德潜大概也会赞成王彦泓的诗是“横绝今古”，否则他就不会说“最足”害人心术了；正因为深恐《疑雨集》会对读者造成不良的影响，他才对其弃而不录的。甚至到了20世纪，虽然文学观念有了一些变化，但从伦理道德的角度否定艳体诗的观念依然很普遍。如梁启超，他尽管认为温庭筠、李商隐这一派的诗“就‘唯美的’的眼光看来，自有他的价值”，但仍不能算“诗的正宗”②，这简直是严绳孙观念的翻版。而在朱彝尊把《风怀》诗编入集后的二百多年，刘声木依然对此事耿耿于怀，称《风怀》一诗“实为全集之玷”，并对为其笺证者加以批评③。到了20世纪80年代，主流观念对艳体诗的认识依然停留在沈德潜的水平上，仍然以伦理道德为标准。康正果在《风骚与艳情》的后记中提到，他以《韩偓诗析论》为硕士毕业论文，因为文中有一部分内容讨论了艳情诗的构成与演变，被取消参加答辩的资格。理由竟然是：妄谈艳诗，渲染色情，如此内容，不宜答辩④。甚至到20世纪90年代中期，研究艳体诗依然存在诸多顾虑。李连庆《宫体诗选》前言说：“我们甘‘冒天下之大不韪’，斗胆选编了这本宫体诗选集。”⑤连选编宫体诗就有如此大的心理压力，不难想见主流观念对艳体诗的排斥态度。

这种偏重道德伦理、强调文学教化功能的文学观念很大程度上也是近百年一般文学史家的主导观念。2003年5月16日，章培恒先生在《中国古代文学概论》课上谈到我的博士论文选题时说：

---

① 严绳孙《〈疑雨集〉序》，《疑雨集》，清康熙刻本。

② 梁启超《中国韵文里头所表现的情感》，《饮冰室诗话》，时代文艺出版社1998年版。

③ 刘声木《论风怀诗》，《苌楚斋四笔》卷二，中华书局1998年版。

④ 康正果《风骚与艳情》，河南文学出版社1998年版。

⑤ 李连庆《“名士悦倾城”——〈宫体诗选〉前言》，《宫体诗选》卷首，海南出版社1996年版。

> 假如论文能成功，即通过这个论文而引起大家对于王彦泓的注意，实际显示了现在在古代文学研究中具有普遍意义的问题，即：我们现在所肯定的作家其实都是根据前人的东西肯定，真正我们自己发现的很少。从受外国人的影响有中国文学史以来，中国文学史的书上所肯定的作家实际上都是《四库全书总目提要》上肯定的那些作家，真正自己发现的就是五四时候提倡新文化的人所发现的，一个是从李贽到袁宏道、晚明小品的一条线，另外一个就是戏曲小说。除此以外就是《四库全书总目提要》的评价，不过我们翻新花样，杜甫原来说是忠君，现在说是人民诗人，换个标签而已。王彦泓是晚明精神的产物。五四新文化运动的人，周作人、林语堂等虽然对晚明精神肯定，但实际上他们在这方面做工作的时间不多，从二十年代到抗战爆发。抗战爆发后大家没时间去搞这些东西，而且后来评价的标准也越来越功利主义，他们没有来得及发现的王彦泓等人就没有人管了。清代到乾隆后文学思想上有个很大的反复，对李贽、晚明的一批人全部加以否定，所以原来在康熙时期评价还不错的王彦泓后来虽然有袁枚在那里大声疾呼，说他是清代最好的艳体诗人，但最后还是没有能够被重视。就是说在文学史上因为我们长期的评价还是受《四库提要》等传统思想的影响，许多应该提出的作家还是没有提出。另外，我们的评价标准还有许多和《四库提要》差不多，即不注重文学心灵上的作用，偏重文学所谓功利性的作用。如果你的论文能够成功，就意味着在我们文学史上还有许多课题可以做。新的课题的注意并不是说所谓部长级的作家、局长级的作家都研究完了，我们开始研究处长级的，而是说以前的评价标准需要新的思考，等我们对评价标准有了新的想法以后也就有许多新的课题可以做，没有受到注意的作家我们可以发现应该注意的，已经受到注意的作家我们要看还可以从什么角度对他做评价。①

今日的形势已大不同于往昔。现在，越来越多的研究者逐渐意识到，文学是通过提供美感来打动人的东西，并把追求自由、个性作为文学的审美价值取向，不再把所谓的道德伦理价值作为文学的根本追求。在这种文学观念下，作为一个在相当长的时间里受到众多读者异乎寻常喜爱的，而且对后

① 这是一次讨论课，参加者还有张黎、张文飞、冯昌梅、顾迎新、陆海晹、甄炜妮和蔚然。每个听课者找一个研究课题，了解分析已有研究成果，找出自己的研究方向、设想。笔者当时已确定王彦泓为博士论文选题，故对王彦泓的研究现状及研究设想作了陈述，章先生听后给予了指导。这段文字根据听课笔记整理。

来一些作家的创作产生过很大影响的作家，王彦泓是很值得也很应该加以研究的，理应在文学史上获得相应的位置。

王彦泓是以写艳体诗出名的，《疑雨集》因此也成了艳体诗的代名。其实，稍加浏览《疑雨集》，实不难发现，其内容的多样性与一般文人的诗集并没有根本的差别。如永井荷风在《初砚》中写道："明人王次回《疑雨集》有诗数首打动我心，录以聊慰心中之忧。"①他所抄录的有《岁暮客怀》一首、《强欢》一首、《愁遣》一首、《不寝》一首、《述妇病怀》二首、《悲遣十三章》二首、《寒词》一首，这九首诗都不属于艳体诗。超然（冯迥）在《文林摭语》中曾摘录《疑雨集》中的一些诗句，以说明王次回的"非言情之什"也很出色：

> 次回之艳体诗，固属专门名家，其非言情之什、侧艳之篇，亦颇思致清妍，风神婉丽，置之唐宋诸名家诗中，几不复能辨楮叶，试为摘录于左。如"穷途易感如扬子，旧里难归似柏人"，"泼翠林峦三代器，斩新花鸟六朝文"，其比例抑何新确也；如"有才轻艳真为累，作计疏狂不近名"，"都无长物惟存砚，净扫闲心胜爱香"，其标寄抑何哀艳也；如"衰杨傍水疑人立，坏叶凌风作蝶飞"，"果实带生趋晓市，禾苗忍死持秋霖"，"病酒心情频卧起，酿花时节乱晴阴"，其摹写抑何细腻也。他如"朋欢散后清言绝，家信来疏噩梦频"，"永夜独醒如露鹤，他年相吊只秋蝇"，"雪后蕙花犹几箭，雨前茶叶不多枪"，"客呈便面求新句，婢掣搔头拔晚香"，以上诸句，或体物幽清，或抒怀凄切，有元、白之明切而无其俚，有皮、陆之生峭而无其涩，较之獭祭温、李者胜，较之皮傅杜、韩者胜。此等才人，吾直当买丝绣之。②

像冯迥（超然）这样相对持平的声音似乎被掩盖和遮蔽，王彦泓艳体之外的诗歌似乎并没有引起多少人的注意，在大多数读者的印象中，王彦泓成了专写艳体诗的诗人③。海纳川《冷禅室诗话》也指出：

> 人只知王次回《疑雨集》为言情之作，以为全集不脱香奁本事窠臼，其实亦不尽然。王集中凡朋友赠答之诗，山川凭吊之作，皆屏去浮华，力求简奥，始信大家固无不能也。④

---

① ［日］永井荷风《初砚》，陈德文译，《永井荷风散文选》，百花文艺出版社 1997 年版，第 234—236 页。

② 《独立周报》第十四—十五期，1913 年第二卷。

③ 据郑逸梅记载，某次酒叙，有人拈"次、如"二字为鸢肩格，易顺鼎先成一联"艳体次回《疑雨集》，美人如是绛云楼"，合座为之搁笔。说明参加酒叙的都共同认可王次回《疑雨集》为艳体诗专集。

④ 张寅彭《民国诗话丛编》二，上海书店出版社 2002 年版，第 695 页。

王彦泓是否能进入大家行列尚可商议,但王彦泓和他的《疑雨集》确实到了应该被认真对待的时候了。

二 研究现状

随着王彦泓诗歌的流行,在民国期刊上已出现了研究王彦泓诗歌的专门文章。如卢冀野《读王次回疑雨集》对王彦泓诗歌作了具体的解读,既有否定性评价,批评其中的一些作品油滑、芜秽和琐碎,也有肯定性的评价,称赞其中的一些诗句宛转陈词,耐人寻味。① 林俪琴《李义山与王次回》将王次回与李商隐并称“天才”而“崇拜”,对把他们的经历和诗歌成就作了简单的比较②。王芸孙《谈疑雨集》将中国旧诗中描写艳情的诗歌分为香奁派、无题派和写实派,推尊王彦泓为写实派艳诗的开山老祖,不但认为王彦泓有些诗篇所表现的“才、情、功力、风趣、神韵,无不达到炉火纯青的境界”,而且把王彦泓《疑雨集》与曹雪芹《红楼梦》相提并论:“他的身世和境遇,与《红楼梦》作者曹霑,颇有些相类,不过曹霑以小说作他的情史的记录,而次回是以诗句作他的情史的歌颂,其表现的方式,各有不同而已,《红楼梦》既成为世间著名的小说,则《疑雨集》,又岂不是古今有数的好诗呢?”③这些文章只能算是对王彦泓诗歌的鉴赏,与我们今天所说的学术研究论文稍有距离。

中国台湾学者郑清茂是较早对王彦泓进行专门研究的学者,他不仅发表了论文《王次回研究》④,而且点校出版了《王次回诗集》⑤。《王次回研究》对王彦泓的著作、生平、家世和交游进行了考证,对王彦泓的诗歌也给予了初步分析,为进一步的研究奠定了基础;但由于受到资料条件的限制,他的考证和分析比较简略。

新中国成立后,大陆学界对王彦泓一直很冷落,直至 20 世纪 80 年代才有个别学者开展了相关的研究工作,钟来因《王彦泓探考》⑥、《〈金瓶梅〉·汤显祖·利玛窦·王彦泓父子——明季文学史上的文人关系》对王彦泓生卒年代、家世、生活道路、著作、交游等作了简单考察⑦。黄世中《王次回“疑

---

① 《东南论述》1926 年第 10 期。后收入《酒边集》,会文堂新记书局 1934 年版。

② 《紫罗兰》1929 年第 4 卷第 8 期。

③ 《华文大阪每日》1939 年第 2 卷第 2 期。

④ 郑清茂《王次回研究》,《台大文史哲学报》第十四期,1965 年 11 月出版。后收入《中国文学在日本·王次回研究》,台湾纯文学出版社有限公司 1981 年版。

⑤ 王彦泓撰、郑清茂校《王次回诗集》,台湾联经出版社事业公司 1984 年版。

⑥ 钟来因《王彦泓探考》,《徐州师范学院学报》(哲社版)1985 年第 3 期。

⑦ 钟来因《〈金瓶梅〉·汤显祖·利玛窦·王彦泓父子——明季文学史上的文人关系》,《福建论坛》1986 年第 2 期。

云”“疑雨”诗探考》对王彦泓生平作了研究,并重点考索了诗歌本事①。近十多年,王彦泓逐渐受到学界关注。除了笔者发表的相关研究成果外,专门研究王彦泓的论文还有:康正果《词淫和意淫——谈王次回及其〈疑雨集〉》②、邱江宁《论王次回“艳体诗”的产生及影响》③、张宏生《情感体验与字面经营——纳兰词与王次回诗》④、陈艳《文学传统的背离:王次回的情感世界》⑤、曹育恺《艳情·嗜癖与末世书写——论被遗忘的诗人王次回》⑥、骆新泉《王彦泓艳情诗情感梳理》系列论文等⑦,这些论文或探讨王彦泓诗歌的特征,或考察王彦泓诗歌的影响,或梳理王彦泓诗歌表达的情感,都具有一定的启发性。还有一些学位论文涉及到王彦泓,其中最值得注意者是熊啸的博士论文《明清艳诗初论》,其认为王彦泓是以恋爱为事业的孤独开拓者,在诗中所表现出的人生态度与理想为中国文学史中所少见,并将《疑雨集》作为艳诗发展的高峰进行论述⑧。此外,国外英文期刊也发表了专门研究王彦泓的论文。Li Xiaorong,“I Sliced My Flesh Into Paper, and Ground My Liver Into Ink”: Wang Cihui's (1593—1642) Sensualist Poetry as an Alternative Route to Self - Realization 首次将王彦泓诗歌翻译成英文,并把其放到中国诗学传统和晚明文化的语境中进行研究⑨。Lucrezia Botti, Legitimising Xianglianti Poetry: The Early Reception of Wang Cihui's (1593—1642) Yiyu ji as a Case Study 对王彦泓在清初的接受情况进行了考察⑩。

三　研究构想

纵观海内外相关研究成果,表明王彦泓及其诗歌具有极为重要的研究价值。但由于王彦泓长期被冷落,学界关注的时间较短,研究尚处于初始阶

① 黄世中《王次回“疑云”“疑雨”诗探考》,《温州师院学报》(哲学社会科学版)1988 年第 2 期。后收入《古代诗人情感心态研究》,浙江大学出版社 1990 年版。

② 康正果《词淫和意淫——谈王次回及其〈疑雨集〉》,《万象》第三卷第七期,2001 年 7 月。

③ 邱江宁《论王次回“艳体诗”的产生及影响》,《学海》2011 年第 1 期。

④ 张宏生《情感体验与字面经营——纳兰词与王次回诗》,《社会科学》2012 年第 2 期。

⑤ 陈艳《文学传统的背离:王次回的情感世界》,《中国诗学》第 22 辑,人民文学出版社 2016 年 12 月。

⑥ 曹育恺《艳情嗜癖与末世书写——论被遗忘的诗人王次回》,《中极学刊》第十辑,2016 年 7 月。

⑦ 骆新泉《王彦泓艳情诗情感梳理》(一)、(二)、(三)、(四),分别见《常州工学院学报》(社科版)2015 年第 1 期、2015 年第 5 期、2016 年第 4 期和 2017 年第 4 期。

⑧ 熊啸《明清艳诗初论》,上海师范大学 2015 年博士论文。

⑨ Li Xiaorong,“I Sliced My Flesh Into Paper, and Ground My Liver Into Ink”: Wang Cihui's (1593—1642) Sensualist Poetry as an Alternative Route to Self - Realization, Ming Studies, 67, 30 - 53, May 2013.

⑩ https://www.ames.cam.ac.uk/news-events/eas/deas-graduate-seminar/michaelmas-2016.

段,还有很多有待拓展和深化的学术空间。本书拟在已有研究基础上,对王彦泓进行全面系统的研究。全书主体部分包括五章:

第一章《王彦泓家世、生平、著作与交游考证》。目前对于王彦泓家世的研究,要么非常简略,甚至连王彦泓的父亲是谁都不提;要么存在根本的错误,如有的学者认为王彦泓的父亲是王肯堂,其实这是错误的,由于这一根本问题没有解决,对王彦泓家世的认识存在很大缺陷。关于王彦泓生卒年的认识,由于缺乏可靠的文献资料,目前的结论尚处于推测阶段,需进一步加以考证。对于王彦泓婚姻、仕宦等情况,由于研究者多使用托名王彦泓的《疑云集》作为立论的依据,自然不可能得出可靠的结论。目前学界对王彦泓的交游知之甚少,需要进一步补充材料。本章拟利用新发现的《三旌义门王氏族谱》、金坛《于氏族谱》《王癸源诗》等资料,结合王彦泓的著作对其家世、生平与交游进行考证;对王彦泓的传世作品进行全面调查,详细考察和辨析《疑雨集》现存各种版本,辨别《疑云集》真伪等。

第二章《王彦泓的诗歌创作与晚明文学新思潮》。本章拟从整体上考察王彦泓的诗歌创作,侧重探讨王彦泓的诗学观念及其与晚明文学新思潮的内在关联,抉发其和"童心—性灵"说的相通之处,分析王彦泓诗歌的艺术特征。

第三章《王彦泓的艳体诗》。本章拟在对"艳体诗"概念进行辨析和界定的基础上,着重从本事、寄托、抒情特点和诗史意义四个方面对王彦泓艳体诗进行论述,并对一些误读现象加以辨析。

第四章《王彦泓的其他诗歌》。本章拟主要考察王彦泓的"悼亡诗"和"感怀诗",分别对其进行美感的描述和艺术魅力的揭示,考察其与既往诗学传统的关系。

第五章《王彦泓诗歌影响专题研究》。本章拟选择纳兰词化用王彦泓诗、《才子牡丹亭》引用王彦泓诗批评《牡丹亭》、国学萃编社刊印的《疑雨集题辞》三个专题展开研究,具体考察王彦泓诗歌的影响。

余论部分拟以王彦泓《疑雨集》为出发点,进一步探讨中国艳体诗的历史命运及文学史书写。

第一章　王彦泓家世、生平、著作与交游考证

第一节　家世考

关于王彦泓的家世，已有一些学者作过探讨，为进一步的研究奠定了基础。但由于受到资料的限制，均存在一些问题：要么非常简略，甚至未提王彦泓的父亲、祖父；要么存在根本错误，误把王肯堂当作王彦泓的父亲。因此，有必要对王彦泓的家世进行考辨。

一　先世

钟来因《王彦泓探考》①、黄世中《王次回"疑云""疑雨"诗探考》都认为王樵是王彦泓的祖父②，王肯堂是王彦泓的父亲。他们主要根据之一是钱谦益《列朝诗集小传》"王广文彦泓"条的记载：

> 彦泓，字次回，金坛人。恭简公樵之诸孙也。以岁贡为华亭训导，卒于官。博学好古，与其叔叔闻为同志。诗多艳体，格调似韩致光，他作无闻焉。③

"恭简公樵"指的是王樵（1521—1599）。他们认为，王彦泓既然是王樵的"诸孙"，王樵当然就是王彦泓的祖父。

这种推断并不能成立，"诸孙"与"孙子"并不是对等的概念。如宋代梅尧臣《林和靖诗集序》说："先生少时多病，不娶，无子。诸孙大年能掇拾所

---

① 钟来因《王彦泓探考》，《徐州师范学院学报》（哲社版），1985年第3期。

② 黄世中《王次回"疑云""疑雨"诗探考》，《古代诗人情感心态研究》，浙江大学出版社1990年版。

③ 钱谦益《列朝诗集小传》丁集下，上海古籍出版社1983年版，第659页。

为诗，请予为序。”①林和靖既然“无子”，“孙子”从何而来？“诸孙”大年恐怕只能是本家孙辈。而且“诸孙”并不一定限制在孙辈。钱谦益在《列朝诗集小传》中也称王镨（字叔闻）为“恭简公樵之诸孙也”②，王彦泓既然“与其叔叔闻为同志”，那么，钱谦益所说的“诸孙”并不是指“孙子”，只是本家子孙的意思。王樵与王彦泓到底是什么关系呢？

王彦泓《送五叔父北上兼和来韵》（《疑雨集》卷下）说：

> 狂澜文运已多年，正赖如椽力挽牵。金马故为家旧物（自注：先太史己卯、己丑，故祝家叔以丁卯、丁丑），火牛频遇圣朝怜（自注：先高祖正德丁丑，先伯父万历丁丑）。吾宗自爱诗传钵，臣叔尤耽易绝编。堪报先公还一事，表章经学御筵前。

按《明清进士题名碑录索引》③，正德丁丑科第二甲第十七名为金坛人王臬，他是王樵之父。王彦泓既然称王臬为高祖，王樵当为其曾祖父，而非祖父。

焦竑（1541—1620）《南京都察院右都御史方麓王公行状》有这样的叙述：

> 公讳樵，字明逸，别号方麓。……子四：长启疆，以选贡为涉县令，先公卒，娶按察使贺公邦泰女；次肯堂，翰林院检讨，余同籍进士，娶都察院都事于公明照女；次干城，娶尚宝卿靳公弘女；次岳升，娶云南守张公祥鸢女，皆邑诸生。女一，嫁马震器，早卒。孙五：长懋锟，娶司寇姜公宝孙女，次懋锫，娶汝州同知蔡公近仁女，启疆出；次懋镔，娶处士虞公一凤女，次懋锷，娶贡士孙公云仍女，干城出；次镜，娶余女，岳升出。皆诸生。孙女四，婿为荆本端、孙胤蕃、周绳祖、虞大复。曾孙四，彦湞、彦泓，懋锟出；彦溉、彦泳，懋镔出；彦湞，郡诸生，聘刑部郎中于公玉立女；余皆幼。④

《三旌义门王氏族谱》的记载与焦竑文中的相关内容相同⑤。可见，王樵应为王彦泓的曾祖父，而非祖父。王肯堂应为王彦泓的叔祖父，而非父亲。王彦泓的父亲应为王楙锟。《三旌义门王氏族谱》有王楙锟的小传：

> 任九讳楙锟，后更讳历昌，字伯弢，别号滏生，亦称癸源。戊十四公

① 《宛陵先生集》卷六十《林和靖诗集序》，《四部丛刊》本。

② 钱谦益《列朝诗集小传》丁集下。

③ 朱保炯、谢沛霖编撰《明清进士题名碑录索引》，上海古籍出版社1980年版。

④ 焦竑《澹园集》卷三十三，中华书局1999年版。

⑤ 《三旌义门王氏族谱》，清光绪刻本，南京大学图书馆藏。

长子。性姿警敏，博极群书。君自幼即濡染家学，祖研父书，生而习之，殆鸷鸟之禀气于掷卵时也。所著有《羼提集》。诗文在徐庾、温李之间，而抒之以性灵，标之以迥悟，采春华者却步焉。领万历癸卯乡荐。君门阀既高，方壮岁登科，兼才名倾一时，旁观拭目，谓将继太史公而起，骎度骅骝前矣。其后竟用数奇，伏枥以老。晚由学博迁南安令。南安故仕国，君用柱后惠文抨击豪强无所避。有富人黄沧溪者，怒于郑公子铼，铼父毓麒官户部郎，居乡横甚，惑于其子肤诉，乃亲率苍头庐儿数十人，擒沧溪于其家，立扑杀之，而弃尸于道不收。君闻，为列上其事于两台，逮捕郑铼对狱。铼匿不敢出。两晋士大夫为郑父子居间求解者百端，终不听，追讨益峻。久之，购铨部某公书至，请移狱家人，且要君以美迁。自持关节已到，乃出官就讯。比狱具，毓麒论死，铼及家人俱从坐有差。方虑狱时，士民观者数千，见君讫法，欢声若雷，而衔君者于是切骨矣。无何蝎谮语闻京师，会考察，遂摭他事为科道纠拾，坐赃至万余金，后虽遇赦豁免，而其家竟用是毁。有是哉，强项吏之不可为也！生嘉靖丙寅年八月二十二日，卒崇祯己巳年九月十六日。配姜氏，封孺人，生隆庆丁卯年十月十八日，卒崇祯癸酉年九月二十九日。①

王樵在给儿子王启疆的信中告诫他“居官如江心之舟”②，王樵的体验在王楙锟的经历中得以印证。王楙锟小传中提到户部郎郑毓麒，为万历四十年壬子举人，万历四十四年丙辰进士。王楙锟任南安令的时间为天启三年，而其为科道纠拾，在天启五年③。王楙锟在南安令任上秉公执法，虽为老百姓所赞扬，自己却遭到如此大的不幸，无疑给他的内心造成了巨大的震动。王楙锟大概在崇祯登基时遇赦获免，这虽然让他惨痛的内心获得些许安慰，但伤痕却是无法抹平的。从王镨《读从兄南安令崇祯太平曲有感》中我们不难体会到这一点：

洗眼乾坤正，回头日月新。百年垂半日，千载中兴辰。凤下辉堪揽，河清颂好陈。真逢击壤乐，犹欲叩阍申。忆昨衣冠祸，将舒刀锯嗔。风云资腐质，霜露落饕唇。兰锜三宫拟，桐封五等频。倾储穷弓玉，空厩赐麒麟。金虎通严寝，城狐列要津。貔貅符悉绾，鹰隼翅虚振。对簿陈公老，收资萧傅贫。忠肝涂赤石，义骨葬黄尘。独座生令喜，诸生死效颦。山河青海并，俎豆素王邻。不愧曹嵩假，宁忧王莽真。遣弓安□

① 《三旌义门王氏族谱》卷五，清光绪刻本。

② 王樵《方麓集》卷九《与长男启疆书》，影印文渊阁《四库全书》本。

③ 参看《泉州府志》，清乾隆二十八年（1763）刻本。

业，凭几密丝纶。光夏传家吉，从商及弟亲。三灵呵玺绂，九庙集吟呻。呼吸皇图巩，张弛祖德遵。威弧入手劲，衢酌匠心匀。艾捷三年效，丛收七日神。天恩正稠叠，霆断不逡巡。豕肆然灯腹，罾经衣宝身。剥肤消积甲，按月辇亡珍。一洗宫廷孽，惟余旃厦寅。山龙蠲泽国，简蠹课严宸。花静崆峒昼，云遥洛水春。乙书延伟论，甲第伫勋臣。幽魄含彪炳，明姿出暖堙。望云同梦寐，吟泽破酸辛。饭瓮家家备，醽觞个个醇。黄龙神雀降，丹甑白环臻。斯世皆醇粹，吾兄尚隐沦。西川豪杰士，南国放流人。拔薤威谁匹，吟花语绝伦。偷金逢怨口，酌水别遗民。强项违廷简，冥心惬野莼。声非《五噫》激，文似《九歌》驯。黼黻皇猷烂，丹青帝德纯。如无青史采，定下紫泥询。扑簌终相倚，浮华蚤见甄。飘零伤物役，衰谢困躬畇。钼止公畦棱，行穷墅渎滨。扣舷随泛泛，持翳入蓁蓁。筒洒时牵鲫，竿投夜揭鳈。龟巢知足雨，鸟食卜盈菌。小赋夸乌柿，遐瞻陟白苹。时清甪里隐，主圣务光踆。壞室琴声满，绳枢辙迹湮。因歌太平曲，停酒拭乌巾。①

关于王楙锟的诗文，王修《诒庄楼书目》“王癸源诗”条有如下记载：

明王历昌撰。历昌金坛人，万历癸卯举人，官南安令。伯弢、伯卿、癸源皆其字也。子彦泓，字次回，即著《疑雨集》者。此集旧为丹徒陈氏鸿绶所有，乃顺治五年其族人无可手抄者。向无刻本，黄氏《千顷堂书目》无其目，即钱氏《列朝诗集》、朱氏《明诗综》亦无其诗，流传之罕可想。前有同治十三年丹徒陈鸿绶手跋；并有誉阁、榆枋斋图记，陈鸿绶印三印。

后附有王无可跋：

伯弢诗无净本，次回不无因循，亦不自料短算。余与叔冽亡后取其乱帙多本录之。自题有曰《东览诗》，曰《溪上集》，曰《羼提集》，曰《紫昌集》。乙巳之前不注年，乙巳至丙辰忽而记年，此后则仅辛酉岁表而出之，余无标识矣。某作为某集，某集为某年，俱无从考别也。戊子十二月初十日。②

毫无疑问，王癸源诗对研究王彦泓是非常有价值的材料。《浙江省立图书馆馆刊》第三卷第一期《善本展览说明辑录》云：

---

① 钱谦益《列朝诗集》丁集第十四，顺治九年毛氏汲古阁刻本，三联书店 1989 年缩版影印。
② 《诒庄楼书目》卷八，清刻本。

《王癸源诗钞》，存一卷一册，长兴王氏诒庄楼藏，明金坛王历昌撰。历昌，彦泓之父。原稿本旧藏诒庄楼，见《诒庄楼书目》，今已失去，幸钞存一卷。

顺此线索，笔者在浙江图书馆发现了《王癸源诗》的抄本一册。该诗册卷首载录王无可跋，主体部分按体裁编排，先后为四言、乐府、词、五言古、七言律、五言绝句和七言绝句。《王癸源诗》录有不少艳体诗，如《褒甫新得蔡姬索赋》：

小小香车下宋家，凌波微步玉莲花。莫交见惯生人妒，时倩湘裙手自遮。

未式扫蛾山自远，才盘堕马婿先狂。朝来折简同人道，近得宫腰梦柳长。

花房烛夜腻成堆，喜气氤氲醉不开。休白梦中轻跌宕，错疑蔡女荡舟来。

这些诗与王彦泓艳体诗的风味很相似，若置于《疑雨集》中，几乎不可分辨。

了解王彦泓父亲王椒锟的上述经历与创作，有助于我们对王彦泓诗歌的深入理解。这里有几点非常值得重视：第一，王椒锟的遭遇给王家带来灾难性的后果，“其家竟用是毁”，最直接的表现是王彦泓不得不为偿还债务而苦恼，王彦泓诗中的穷愁悲叹，一部分是与此相联系的。第二，家境的急剧变化使王彦泓对人生、世情产生了不同寻常的感受和体验，这恐怕也正是他的一些感怀之作能够打动读者的重要原因之一。第三，王椒锟“诗文在徐庾、温李之间，而抒之以性灵，标之以迥悟”，他的诗歌创作对王彦泓产生了很大影响，与父亲一样，王彦泓也喜爱创作艳体诗。由于先前的研究者对王椒锟的经历与创作缺乏了解，他们对王彦泓诗歌所作的有些推测当然也就距事实甚远了。

根据焦竑《南京都察院右都御史方麓王公行状》和《三旌义门王氏族谱》，王彦泓的祖父为王启疆。《三旌义门王氏族谱》对王启疆有如下记载：

戊十四公讳启疆，字宇定，别号栗庵。丙九公之冢子。少善属文，下笔千言，如吐宿构，每试于有司，文辄先成，奏卷常在第一，比发案，名亦在第一，往往以是倾其流辈焉。公食饩最早，迨以明经谒选，年犹未登，强仕。主爵者惜其年富，劝且藏器待时，公殊不顾。选浙江平湖训导，迁福建漳州府教授，以两台交荐，升彰德府涉县知县。为政宽简，涉人安之。会有巡方者操切其属人，不能堪。时恭简公致政家居，公以亲

> 老乞终养。归子舍三年,得肺疾,先恭简公一月而卒。后用子官赠文林郎。生嘉靖丙午年三月二十六日,卒万历乙亥年七月二十七日。配贺氏,赠太孺人,生嘉靖乙巳年七月二十五日,卒万历戊申年九月三十日。①

王樵《方麓集》有《与长男启疆书》二十二则,这些信从王启疆到平湖任学官始,至他任涉县知县止②。从这些信中我们可以了解到王启疆的一些具体情况:第一,王启疆性情疏放,傲物好酒。在第八则书中王樵谆谆告诫:"居家以谨饬为先,待人须有分寸,大抵:和,勿便至忘形;介,勿便至傲物。此二者汝性易犯,戒之!记之!饮酒至醉与酒后多言,仕途尤忌。不但官僚之前,即待门下诸生,亦不可以相厚之故而蹈疏放之失。记之!记之!"第二,因平湖为王樵旧游之地,王启疆颇得王樵的一些相知朋友照应,而升任涉县县官后,便遇到一个"遇下无礼"的上司,王启疆颇为不堪。第三,王启疆很有才干,深为百姓爱戴。在第二十二则书中,王樵写道:"河南宪司承差樊嘉谟来言……汝革商税,革加耗,小民十分感颂。因汝告归侍亲,俱赴上司保留,又求我致书止汝,得汝在涉县多做一年官,实百姓之福。我闻言感动,特笔相慰。民心如此,端不可负之,爱民之事,尤须行之有终,使实惠法及人而后可。勉之!勉之!"读至此,我们不难理解王彦泓的父亲王棅锟为什么会不惜得罪权贵而把郑毓麒父子正法,而正因为此,王棅锟的悲惨结局更值得同情和深思。

王彦泓的曾祖父王樵为嘉靖丁未进士,在当时享有很高的声誉。汤显祖在《寿方麓王老先生七十序》中云:"盖余未仕时,即知东南江海之上,明经术,守先王之道者,方麓王先生一人而已。……颇闻公不爱西方圣人之书,而其子其孙好之。达观氏者,吾所敬爱学西方之道者也。吾问彼东南来谁当有道者,达观曰,必方麓王先生也。"③王樵在《明史》中有传,传中附有其父王臬、其子王肯堂:

> 王樵,字明远,金坛人。父臬,兵部主事。谏武宗南巡,被杖。终山东副使。樵举嘉靖二十六年进士,授行人。历刑部员外郎。著《读律私笺》,甚精核。胡宗宪计降汪直,欲赦直以示信。樵言此叛民与他纳降异,直遂诛。迁山东佥事,移疾归。万历初,张居正柄国,雅知樵,起补浙江佥事,擢尚宝卿。刘台劾居正,居正乞归。诸曹奏留之,樵独请全

① 《三旌义门王氏族谱》卷五,清光绪刻本。

② 王樵《方麓集》卷九《与长男启疆书》,影印文渊阁《四库全书》本。

③ 汤显祖《汤显祖全集》(二),北京古籍出版社1999年版,第1052页。

谏臣以安大臣，略言："自古明主欲开言路，言不当，犹优容之；大臣欲广上德，人攻己，犹荐拔之。如宋文彦博于唐介是也。今居正留而台得罪，无乃非仁宗待唐介意乎！"居正大恚，出为南京鸿胪卿。旋因星变自陈，罢之。家居十余年，起南京太仆少卿，时年七十余矣。岁中再迁大理卿，寻拜南京刑部右侍郎。诚意伯刘世延主使杀人，樵当世延革任。寻就擢右都御史。给事中卢大中劾其衰老，帝令致仕。

樵恬澹诚悫，温然长者。邃经学，《易》《书》《春秋》皆有纂述。卒赠太子少保，谥恭简。

子肯堂，字宇泰。举万历十七年进士，选庶吉士，授检讨。倭寇朝鲜，疏陈十议，愿假御史衔练兵海上。疏留中，因引疾归。京察，降调。家居久之，吏部侍郎杨时乔荐补南京行人司副。终福建参政。肯堂好读书，尤精于医，所著《证治准绳》该博精粹，世竞传之。①

王樵著述颇丰，据焦竑《南京都察院右都御史方麓王公行状》，王樵的著作主要有：《周易私录》《尚书日记》《诗考》《周官私录》《春秋辑传》《四书绍闻编》《读律私笺》《考定周易参同契》《老子解》《王氏族谱宗约家训》《迟庵府君年谱言行录》《方麓居士集》《戊申笔记》《紫薇堂札记》《省往录》《镇江府志》若干卷。

二 其他相关的王氏家族成员

王肯堂

上文所引《明史·王樵传》对王彦泓的叔祖父王肯堂已有介绍，这里再略加补充。周作人在《郁冈斋笔麈》中说：

《宇宙风》新年号"二十四年爱读书"中有王肯堂的《笔麈》一种，系叶遐庵先生所举，原附有说明云：

"明朝人的著述虽很有长处，但往往犯了空疏浮诞的通病，把理解和事实通通弄错。王肯堂这一部书，不但见地高超，而且名物象数医工等等都由实地研究而发生很新颖坚确的论断，且其态度极为忠实。王肯堂生当明末，好与利玛窦等交游，故他的治学方法大有科学家的意味。这是同徐光启、李之藻、金声等都是应该推为先觉的，所以我亦很喜欢看这本书。"②

① 《明史》卷二百二十一《王樵传》，中华书局1984年版。
② 《风雨谈》，《周作人自编文集》，止庵校订，河北教育出版社2002年版。

王肯堂博学多识，他所作的《郁冈斋笔麈》涉及医、佛、数、历、六壬、奇门、阳宅等，相当广泛①。当然，我们最感兴趣的还是他在文学方面的主张。周作人文中抄录了几则，并稍加评论，今录于下：

"文字中不得趣者便为文字缚，伸纸濡毫，何异桎梏。得趣者哀愤侘傺皆于文字中销之，而况志满情流，手舞足蹈者哉。"

"《品外录》录孙武子《行军篇》，甚讶其不伦，后缀欧阳永叔《醉翁亭记》，以为记之也字章法出于此也。何意眉公弃儒冠二十年，尚脱头巾气不尽。古人弄笔，偶尔兴到，自然成文，不容安排，岂关仿效。王右军《笔阵图帖》谓凝神静思，预想字形，大小偃仰，平直振动，令筋脉相连，意在笔前，然后作字。吾以为必非右君之言。若未作字先有字形，则是死字，岂能造神妙耶。世传右君醉后以退残笔写《兰亭叙》，旦起更写皆不如，故尽废之，独存初本。虽未必实，然的有此理。吁，此可为得趣者道也。夫作字不得趣，书佣胥吏也。作文不得趣，三家村学究下初缀对学生也。"此言很简单而得要领，于此可见王君对于文学亦是大有见识。其后又有云：

"四月四日灯下独坐，偶阅袁中郎《锦帆集》，其论诗云：'物真则贵，真则我面不能同君面，而况古人之面貌乎？唐自有诗也，不必《选》体也，初盛中晚自有诗也，不必初盛也。李杜王岑钱刘，下逮元白卢郑各自有诗也，不必李杜也。赵宋亦然。陈欧苏黄诸人，有一字袭唐者乎？又有一字相袭者乎？至其不能为唐，殆是气运使然，犹唐之不能为《选》，《选》之不能为汉魏耳。今之君子，乃欲概天下而唐之，又且以不唐病宋。夫既以不唐病宋矣，何不以不《选》病唐，不汉魏病《选》，不《三百篇》病汉，不结绳鸟迹病《三百篇》耶。'读未终篇不觉击节曰：'快哉论也，此论出而世之称诗者皆当赧面咋舌退矣！'"案此论见卷四《与丘长孺书》中，与《小修诗序》所说大旨相同，主意在于各抒性灵，实即可为上文所云得趣之解说也。

据王肯堂为《郁冈斋笔麈》所作的序，此书为王彦泓父王楙锟出资所刻，王彦泓应该有机会读到此书。从王彦泓的诗歌创作看，他的诗学观念与袁宏道"性灵说"是相通的。

除了《郁冈斋笔麈》外，王肯堂留下的著作多为医学方面的，不再列举。《御选历代诗余》录有他两首词：

---

① 王肯堂《郁冈斋笔麈》，影印明万历三十年刻本，《续修四库全书》第1130册。

《醉花阴》

柳花飞去分鸾恨。一晌无音信。马识旧游踪，行过门前，伫立浑忘进。　　金笼鹦鹉呼声近。名姓犹相认。侍女乍传言，刬袜相迎，不得撩双鬓。①

《多丽》

步花阴，满园春色飘零。过横塘、曲阑斜折，崎岖转入水亭。坐无聊、起看画障，行还倦、闲拨炉熏。暗觉声喧，微窥影乱，映门一线露罗裙。双扉启、缟衣翠袖，相簇度银屏。霎时间，虚窗雪艳，素壁霞明。　　细看伊莲随步起，果然兰并肌芬。脸盈盈、疑开蛤帐，腰细细、堪试香尘。腻发盘云，修眉偃月，珊瑚一颗蹙朱樱。擎浆处、春纤如削，浑是玉雕成。临别去、流波回觑，障面笑狂生。②

另外，王肯堂曾以重资购买《金瓶梅》抄本二帙，是较早接触《金瓶梅》的文人之一③。

王镨

钱谦益《列朝诗集小传》"王广文彦泓"条称王彦泓"与其叔叔闻为同志"。叔闻乃王镨的字，他与王彦泓虽为叔侄，形同挚友，王彦泓《疑雨集》多次提到他。如《访叔闻郊墅》(《疑雨集》卷下)：

几度披萝独访君，醉吟醒读隔篱闻。白杨废圃鸦千点，绿水闲门鸭一群。肯屑汉宫金买赋，拟寻萧寺冢埋文。聊堪自悦难持赠，淡宕新诗似白云。

钱谦益对王镨非常推重，在《列朝诗集小传》中用了相当长的篇幅对其加以介绍：

镨，字叔闻，金坛人。恭简公樵之诸孙也。数踏省门，不得举，闭门下键，读书尚志，欲期古人于千载之上。流俗无知之者。中年薄游荆湘，又依其叔有三，之长安，国事日非，东西交讧，登临吊古，忧时叹世，胸中块垒，发之于诗，往往牢愁结轖，不能尽其百一。归里，益不自聊，

---

① 《御选历代诗余》卷二十三，影印文渊阁《四库全书》本。

② 《御选历代诗余》卷九十九，影印文渊阁《四库全书》本。

③ 屠本畯在《山林经济籍》经部卷八《燕史固书第十二》中说："《金瓶梅》流传海内甚少，书帙与《水浒传》相埒。相传为嘉靖时，有人为陆都督炳诬奏，朝廷籍其家，其人沉冤，托之《金瓶梅》。王大司寇凤洲先生家藏全书，今已失散。往年，余过金坛，王太史宇泰出此，云以重资遘抄本二帙。"参看钟来因《〈金瓶梅〉·汤显祖·利玛窦·王彦泓父子——明季文学史上的文人关系》，《福建论坛》1986年第2期。

> 屏居郭外，游于酒人，日沉饮自放而已。乱后，每抠衣循发，以不即死为耻。悲歌流涕，有沉渊立槁之志。一日，从里人饮，大醉，病卧三日，遂不起。丙戌之十月也，年已七十矣。叔闻送人下第诗，有“一夕残秋带客还”之句，吾友于中甫见而激赏之，命其二子从之游。中甫二子之能诗，多自叔闻发之，余游于氏父子间最久，而不知叔闻。丁亥冬，过金坛，得其诗于御君，篝灯疾读，俯仰太息，当吾世有叔闻，而不能知，且叔闻或知余，而余不知叔闻，余之陋则已甚矣！然世之习叔闻而不能知，读其诗而不能识，又心薄之者，不少也。昔人有言，亲见扬子云，禄位容貌，不能动人，又况以其尔雅之词，深婉之致，进于攘遗拾沈东涂西抹者之前，能不嗑然而笑乎！然则叔闻生而不见知于人，死而吾党思之，为之彷徨追赏，亦未为不遇也。若夫叔闻之晚节，又当与谢皋羽、郑所南齐名于千载之后，后之君子颂其诗，论其世，将有如吴立夫、程克勤者，采而录之，余又浅之乎知叔闻矣。①

《三旌义门王氏族谱》也有王镨的小传：

> 任十八讳镨，字叔闻，晚或自称叔坟。丙五公诸孙也。崇祯末年正贡生，会变革，遂不赴春官。一日从城饮，醉归，仆道浅水中，村人扶至家，信宿而卒。王氏自迟庵公以来，世以学行著，君于诸父群从间为最后起。君出双山行谊，太史公文章举以归之矣。尚志箪瓢，萧然高寄。其貌粥粥，其息深深。然至于考镜得失之林，臧否人伦之故，孤情绝照，殆有渊乎不可涯者焉。处众中或竟日忘言，有扣之者酬对简淡，顾令岳岳者折角以去。尝从余一至京师，余时方守剧曹，碌碌职事，而君日翳身斗室，静对一篇，如不知身在长安者，余不能窥其际也。性嗜酒，得酒辄醉，则益拱默。平生所作诗文，往往乘醉落笔，率取烂刺尾发牍背以供书，书已，辄纳一大竹筒，故多随手散佚，存者盖寡。他文惜已不传，诗存者千余首。文极雄浑，驰骋之才而波澜独老，盖以体御其气者也。诗格不落中晚以后，典则醇深，卓然雅奏。先后鹊起骚坛者，或失则秾，或失则纤，故当以独步推君，其他驴鸣蛙闹，自以为雄益，视之蔑如也。手评书十余种，多为友人购藏于家，不可复出。晚岁尤酣释乘《楞严》，手自注者三，故能轻视去来，若委蜕也。杂著有《史论》一册，以《晋书》不为韩延之立传，乃辑合其本末，为之论赞。……呜呼！是可以知君矣。余尝谓君风致高逸，当世罕俦，自与柴桑老人，千载同调，因私谥之

---

① 钱谦益《列朝诗集小传》丁集下，上海古籍出版社1983年版，第612—613页。

为靖节先生，后有来哲，必以余为知言也。生万历己卯年九月初八日，卒顺治丁亥年九月二十五日。①

结合钱谦益所作小传和家谱的事行，王镨的生平事迹已十分清楚。不过，这里有一个问题，就是王镨的卒年。钱谦益《列朝诗集小传》中王镨的卒年为"丙戌之十月也"，而族谱中却为"丁亥之九月也"。我想族谱的记载应该是正确的。因为从族谱中写作者的语气看，他对王镨相当熟悉和了解，而钱谦益对王镨的了解则只是来自别人的介绍。而且，《王叔闻先生诗钞》前钱谦益的序也说王镨卒于"丁亥之九月也"②。

《江南通志》著录有《王叔闻诗集》二十卷，未见③。钱谦益编有《王叔闻先生诗钞》，《列朝诗集》选有王镨的诗多达九十首。

王楙铻

在《疑雨集》中，王彦泓还提到"仲父水部公"，族谱也有相关的记载：

任十讳楙铻，字仲弢，别号雪崖。戊十四公次子。由乡校入南雍，领万历壬子乡荐。既连质于春官，乃筮令处之缙云，在任六年，升工部都水司主事，未几卒官。生隆庆己巳年闰六月二十六日，卒崇祯戊辰年五月初九日。④

王镜、王楙镕

《疑雨集》还提到王彦泓的五叔、六叔。王彦泓五叔王镜北上时，王彦泓有诗送他：

狂澜文运已多年，正赖如椽力挽牵。金马故为家旧物（自注：先太史己卯、己丑，故祝家叔以丁卯、丁丑），火牛频遇圣朝怜（自注：先高祖正德丁丑，先伯父万历丁丑）。吾宗自爱诗传钵，臣叔尤耽易绝编。堪报先公还一事，表章经学御筵前。（卷下《送五叔父北上兼和来韵》）

由诗中自注知，王彦泓五叔为丁卯举人。查《金坛县志》，天启丁卯中举的有王观宗，他"字惟士"，为"王肯堂从子"⑤。王氏族谱对他有较为详细的记载：

任十九讳镜，字观宗，以字行，更字惟士。戊二十九公之长子。为焦宫谕弱侯馆甥，因籍江宁。年十八廪于庠，已卒业太学，十试京兆，始

① 《三旌义门王氏族谱》卷五《事行》，清光绪刻本。
② 王镨《王叔闻先生诗钞》，清乾隆清芬馆藏板，《四库禁毁书丛刊》第165册。
③ 《江南通志》卷一百九十四，清乾隆元年刊本，复旦大学图书馆藏。
④ 《三旌义门王氏族谱》卷五，清光绪刻本。
⑤ 《金坛县志》，清乾隆十五年刻本，上海图书馆藏。

领天启丁卯乡荐,而君年逾艾矣。君年少气盛,芥视一切,生平颇厚自奉,姬妾车裘,翩然豪举,晚岁折节为恭俭,而事佛尤谨,于布金、饭僧、放生、戒杀诸善奉行孳孳不倦,穷交故人子无归者,收视之若己子。崇祯乙卯,邑大饥,君捐赀首倡即宋刘文清公故粥局,设粥以赈,邦人赖之。即老,困公车,而壮心尤不自已。崇祯庚辰下第,以拣选令闽漳平。其弟楙镕尝从容讽劝:"以衰年远吏,不若邱园之乐。"君不听,慨然曰:"余欲邀一命以及所生也。"于是空家之任,举先世手泽遗编,及平生爱玩,悉携以自随。平俗窳,号为难治,而君吏事,实非所尤,筮令四年,殊阙民誉。会秩满,已迁福州府同知,未赴,卒任所。……生万历庚辰年八月十七日,卒崇祯甲申年正月初二日。①

王彦泓的六叔父为楙镕,字陶元,与王观宗同为王岳升所出,因王肯堂无子,为王肯堂后。在王肯堂去世时,他只有九岁②。

王彦湞

王彦湞是王彦泓的哥哥,《三旌义门王氏族谱》这样记载:

元三讳彦湞,字孟原。任九公冢子。生而夙慧,见者莫不有宁馨之叹。恭简公奇爱之,为作《字说》。束发食糈,文誉籍甚胶庠。三试京兆,一中副榜。未几遘疾,卒,玉折兰摧,人以为恨焉。生万历乙酉年闰九月初十日,卒万历辛亥年正月初一日。配于氏,为如庵公女,孀居,常依止母家,贞操三十年,为中外所仰。既殁,族姻私谥为端介洁肃,生万历戊子年五月初七日,卒崇祯庚辰年六月初五日……。③

三　后嗣

王彦泓有一子,名元楷,为其妻贺氏所出,不幸早卒。他的女儿王朗,字仲英。《江南通志》说:

秦德澄妻王氏,无锡人。金坛王彦泓女。彦泓风度清峻,以诗名于世。氏素承庭训,聪慧,善吟咏,兼工绘事,为没骨花鸟,于前人规格外,自辟畦径。年二十余,寡居守节,自号孱提道人,又曰无生子。有集三卷,自为序之。④

---

① 《三旌义门王氏族谱》卷五,清光绪刻本。

② 《镇江府志》卷七,《中国地方志集成》江苏府县志辑 27－28,江苏古籍出版社 1991 年影印清乾隆刻本。

③ 《三旌义门王氏族谱》卷五,清光绪刻本。

④ 《江南通志》卷一百七十六。

据胡文楷《历代妇女著作考》，王朗的作品有《羼提阁诗集》《断肠草》《古香亭词》等。她的诗在当时闺阁中很有影响，《神释堂脞语》说：

近日闺秀诗，宗义山者两家：冰仙得其浓丽，仲英领其清遥，秋菊春兰，各一时之秀。王小词尤足情致，如龙女遇柳毅时，苕艳惊人，而雾鬟风鬟，有可怜之色。①

邹祇谟对王朗的词非常欣赏，把她和王士禛并称"二王"：

仆最爱王仲英"学绣青衣艰刺凤。自把金针，代补翎毛空"之句，天然神骏，不数易安。及读阮亭"郎似桐花"二语，不觉叫绝。昔卓珂月以太白、后主、易安为三李齐名，今即以仲英、阮亭为二王，自堪并垂天壤。②

《江南通志》说她的画能于"前人规格外，自辟畦径"，当有一定的成就。郑昶在《中国画学全史》中，把她归入《墨梅》门③。

对于王朗，现在研究者多有误解。胡文楷《历代妇女著作考》说她为"无锡秦松龄之继母"。郑清茂《王次回研究》由此得出王朗是嫁给秦家作后妻的④。其实，王朗是秦松龄的嗣母而非继母。《锡山秦氏宗谱》对王朗的生平有简短的记载：

（秦德澄）字以时，邑庠生。以松龄贵，赠文林郎、翰林院庶吉士加一级，候赠资政大夫、礼部左侍郎。生万历乙卯二月二十六，卒崇祯戊寅八月初十。配金坛王氏学博彦泓女，赠孺人，候赠太夫人。生万历癸丑七月三十，卒顺治戊子九月三十。嗣子二：一嗣德操子松龄，一嗣德湛子松岱；女一，适华实椒，王出。⑤

王朗的诗词作品多毁于战火，我们共辑得诗十八首，词四首，一残阕，一残句。抄录于下：

《遣婢》

短发披肩记昔年，无端作别总堪怜。煎茶每伴清宵月，淅米同饮傍午烟。解韵自能工短调，知书多为整残篇。从今蛱蝶分飞后，独坐幽窗思悄然。

---

① 转引自胡文楷《历代妇女著作考》，商务印书馆 1957 年版。

② 《词苑萃编》卷八《品藻六》，影印清嘉庆刻本，《续修四库全书》第 1733 册。

③ 郑昶《中国画学全史》附录四《现近画家传略》，《民国丛书》第一编。

④ 郑清茂《中国文学在日本·王次回研究》，台湾纯文学出版社有限公司 1981 年版。

⑤ 《锡山秦氏宗谱》卷七《世系》，清乾隆刻本，上海图书馆藏。

《忆文婉》

相逢春日乍秋霜，忆别长栏又短廊。散朗玉人天际远，碎烦愁客病中忙。寸心不耐终宵雨，一面难酬九转肠。会少离多从古恨，只今偏我系情长。

《梦与文婉说梦》

一片平生意，依依向夜阑。不知身是梦，犹说梦君难。

《锡山龙光塔》

月淡暮烟浓，松风度晚钟。游人归去尽，塔影挂前锋。

《悼稚女慧》

多蓑凉帽百家衣，触目伤心尽与姨。闲步北轩聊散闷，窗棂犹挂粉虞姬。

《夜梦亡母二首》

睡里时闻小字呼，病躯依旧倩儿扶。片时言笑分明记，我欲牵衣痛已无。

每夸子女盛他人（母在每以子女小慧夸于人），慈愿焉知总失真。今日儿夭兼婿死，夜台应痛未亡身。

《奔丧金沙阻风宝带桥》

石尤风急卷旌幢，泣向篷根泪点双。沉痛并将行路恨，尽随波浪入吴江。

《两侯夫人见访敬赠以诗》

芳兰竟体玉为容，占断人间林下风。应是大罗无寂寞，暂教游出广寒宫。（朝宾夫人）

未见神交意已亲，闺中诗伯仰斯人。一从花外传新句，添却蓬庐满座春。（用宾夫人）

《怀云间扬夫人》

故人飘渺隔云间，日日愁眉对远山。却记昨宵明月下，又教魂梦过吴关。

《小春望夜月》

罨画楼垂四面帘，卷帘明月正孤悬。人间却怨吴刚斧，斫碎清光不肯圆。

《忆旧》

清宵无奈忆从前，犹记盈盈十五年。到得上元明月夜，花灯影里试秋千。

《悼嫂》

年来尝约共优游，竹里花间笑语幽。却怪君先九泉去，那堪呜咽过西州。

《病中次文婉韵》

茶灶匡床月影移，明早又是疟来期。幽居幸得琅轩伴，清影摇窗病亦宜。

《秋闺杂言》

万叠云山锁故园，凭高欲望怅无言。中宵偶作还家梦，最怯三更听断猿。

乱离狼藉旧时书，展向秋阳走蠹鱼。扶病出帘亲检点，囊中诗草泪痕余。

博山香细理冰丝，翠竹修梧淡月时。孤调恐成鸾鹤怨，夜深还赋柏舟诗。

以上辑自《梁溪诗抄》①。

《浪淘沙·闺情》

几日病淹煎，昨夜迟眠。强移心绪镜台前。双鬓淡烟低髻滑，自亦生怜。　不贴翠花钿，懒易衣鲜。碧油衫子褪红边，为怯游人如蚁拥，故拣阴天。

疏雨滴青帘，花压重檐。绣帏人倦思恹恹。昨夜春寒眠不足，莫卷湘帘。　罗袖护掺掺，怕拂妆奁。兽炉香倩侍儿添。为甚双蛾长翠锁，自也憎嫌。

斜倚镜台前，长叹无言。菱花蚀彩个人蔫。吩咐侍儿收拾去，莫拭红绵。　满砌小榆钱，难买春还。若为留住艳阳天。人去更兼春去也，烦恼无边。

《浣溪沙·春愁》（残阕）

抱月怀风绕夜堂。看花写影上纱窗。薄寒春懒被池香。

---

① 《梁溪诗抄》卷五十一《闺媛》，清刻本，复旦大学图书馆藏。

残句

昨夜睡浓兼好梦，一身春懒起还迟。

以上辑自陈维崧编《妇人集》①。

《满江红 · 自遣》

剪剪清寒，小楼昨、夜衾嫌薄。禁几阵、东风吹断，护花铃索。醉软烟丝牵恨乱，离披蝶板敲愁落。为慵春、笔债满床头，都耽阁。　愁与病，浑难却。花飞尽，容如削。笑年年依旧，一身落魄。金屋自惭元不称，樊笼也任长牢络。问苍苍、生此不祥人，何如莫。

以上辑自顾贞观、纳兰性德编《今词初集》②。

第二节　生平考

关于王彦泓的生平，已有一些学者作过考察，这为进一步的研究奠定了基础。但由于资料有限，他们对王彦泓生平中一些问题的研究还仅是推测，且有若干值得商榷之处。本节选择王彦泓生平的几个重要而又存在不同看法的时间点加以考证。

一　生卒年考

关于王彦泓的生卒年，目前还存在一些不同的看法③。笔者发现了金

① 陈维崧编、冒褒注《妇人集》，《如皋冒氏丛书》本。

② 顾贞观、纳兰性德编《今词初集》，上海图书馆藏清康熙刻本，《续修四库全书》第1729册。

③ 关于王彦泓的卒年，主要有三种说法：1. 明万历时期。如《全明词》就持这种观点（饶宗颐初纂，张璋总纂《全明词》，中华书局2004年版）。这种说法是侯文灿在为《疑雨集》写的序中最先提出的。他在序中说："明万历中，金沙王次回先生，以博学好古，名闻于时"，并指出自己是"岁庚午（1690）"后在别人的建议下开始刊刻《疑雨集》的，而这时"先生之去今，百有余年矣"。2. 清朝。孙星衍、冰心、施蛰存、舒芜等都持此说。孙星衍《孙氏祠堂书目 · 内篇》把王彦泓《疑雨集》排在《渔洋山人诗集》《渔洋山人精华录》《曝书亭集》《亭午文编》之后。冰心在《两栖动物》中说："后来在我十七八岁时，在我小舅舅杨子玉先生的书桌上，看到清代专写香奁诗的王次回的《疑雨集》中，就有这首诗。"（《冰心选集》第三卷，河北教育出版社1992年版）施蛰存在论及李商隐诗的影响时说："清代中期以后，诗人专好作情诗，专好学李商隐的无题诗，流品愈下，出现了王次回的《疑云集》和《疑雨集》。"（施蛰存《北山四窗》，上海文艺出版社2000年版）舒芜在《女性的发现》中说："周作人还引了清代专作艳体诗的王次回歌咏缢女的诗句。"（舒芜《周作人的是非功过》，人民文学出版社1993年版）他们只不过是重复袁枚、沈德潜的意见，没有进行任何论证。3. 崇祯壬午（1642）。这种说法以台湾学者郑清茂为代表，人陆钟来因、黄世中也持此说。他〔转下页〕

坛王氏的族谱，中有王彦泓的小传，清楚地记载了王彦泓的生卒年：

> 元五讳彦浤，字次回，任九次子。以岁贡为松江训导，卒于官。博雅有俊才。诗工艳体，格调逼真韩致光。所著有《泥莲》《疑雨》等稿，尝手录成秩，笔精墨妙，人称双绝；所评阅子史唐宋诗集十余种，并为好事者珍藏。而竟以湎于酒色，甫艾而逝。……生万历癸巳年九月十五日，卒崇祯壬午年六月十八日。①

还有一些材料可证明族谱的记载是符合实际的。先看王彦泓的卒年。刻于乾隆辛丑的《王叔闻先生诗钞》有《次回殡发夜送之》两首②：

> 邻鸡咿喔已三啼，大雪垂篁塞寺溪。若是生前送行处，能无诗句悼衰疲。
>
> 剩有生前缘未断，停棺两载对柴门。如今一别湖阳去，恸绝何时再抚坟。

叔闻是王镨的字，《疑雨集》曾多次提到他③。《王叔闻先生诗钞》共五卷，依次为《云溪存草》《病余存草》《楚游草》《北征草》《罗隐秀才遗稿》。吴培源在序中说："其末集自名为《罗隐秀才遗稿》，盖以昭谏自况也"。罗隐(833—910)，字昭谏，他曾十次应试都没能考中进士。至五十五岁时方遇钱镠，受其赏识。后梁篡唐，进钱为吴越王，且以谏议大夫招罗隐。罗隐不应，

〔接上页〕们主要根据王彦泓《疑雨集》壬午年的一条小注："六月十八日戌时长逝矣。哀哉痛哉！廿二日闻讣后，记此。其青衣启祥来说。"这条小注在《疑雨集》壬午年下。《疑雨集》是按年编排的，起自乙卯，终于壬午。《疑雨集》戊辰年下，收有十三首《新岁竹枝词》，其五有小注："是岁崇祯元年，新天子更化，朝野欣然，有再生之喜。"戊辰为崇祯元年(1628)，以此下推，壬午年当为崇祯十五年，即1642年。关于王彦泓的生年，郑清茂、钟来因、黄世中都认为是万历癸巳(1593)。他们的关键证据只有一条：《金坛县志》说王彦泓"年甫艾而没"，王彦泓卒于崇祯壬午(1642)，向上推五十年，他应该生于万历癸巳(1593)。综合起来看，侯文灿、袁枚等并没有提出证据，而如果《疑雨集》壬午年这条小注可靠的话，王彦泓卒于崇祯壬午(1642)是没有问题的。但是，叶德辉对这条小注的可靠性提出过疑问，而郑清茂等先生都没有看到叶德辉之前的《疑雨集》版本，因此，并不能从根本上解决叶德辉的疑问。而根据《金坛县志》考订王彦泓的生年，问题更大，因为清代的《金坛县志》清楚地记载王彦泓为"国朝人"，而民国的《金坛县志》并没有"年甫艾而没"这句话。因此，郑清茂先生谨慎地说："还不敢断言。"郑清茂等先生的结论之所以没有为大多数人所接受，固然存在人们对他们的研究成果不了解的因素，我想，更为重要的原因还是他们没有提供充分、可靠的证据材料。

① 《三旌义门王氏族谱》卷五，清光绪刻本。

② 王镨《王叔闻先生诗钞》，影印清乾隆清芬馆藏板，《四库禁毁书丛刊》第165册。

③ 《疑雨集》卷上有《京口寓兴次叔闻韵》《云间独归留别叔闻于青溪归后寄之》，卷下有《访叔闻郊墅》。

并劝钱讨梁①。王镨以罗隐自况,末集以《罗隐秀才遗稿》为名,可知其入清以后作品当在该集中。据《清史稿·世祖本纪》,清兵于顺治二年(1645)四月破扬州,五月下南京,至六月便“平江左”。《次回殡发夜送之》编在《北征草》中,应在此前。以通常之例,江浙地域因气候关系,发殡往往在冬季,诗中的“大雪垂篁塞寺溪”正好与此例合。也就是说,王彦泓殡发的时间不迟于1644年冬季,而从“停棺两载对柴门”看,说他卒于崇祯十五年(1642),是完全可信的。

另外,《疑雨集》壬午年有一条小注:“六月十八日戌时长逝矣。哀哉痛哉!廿二日闻讣后,记此。其青衣启祥来说。”这条小注和族谱记载的时间也完全一致。当然,我们注意到,叶德辉曾对小注表示过怀疑:

> 光绪五年,广东双门底登云阁有新刻本,即据袖珍本重雕。长沙粟谷青户部检出以见示,字句讹夺,或在疑似之间。因与谷青分卷校雠,重写付刻,而后可以句逗焉。惟四卷壬午年下忽有有小注“六月十八日戌时长逝”云云。与上下文不相属,以无别本可证,亦姑仍之。②

叶德辉怀疑小注的原因是它“与上下文不相属”,“无别本可证”,其实是有不少版本可以证明的。笔者对《疑雨集》的版本作了调查,所寓目较早的版本有侯文灿初刻本(国家图书馆藏)、味兰轩藏板(上海师范大学图书馆藏)、聚秀堂梓(安徽博物馆藏)、骚余馆藏板(复旦大学图书馆藏)和另外两种未标明刊刻地的巾箱本(南京图书馆藏)等,这些刊本中都有这条小注。笔者在南京图书馆还看到一个抄本,封面题有“原本韩偓,媲美冯班”,写有抄写时间的地方已经破损,能辨清的只有“辰”字,好在残叶被夹在书中,对接起来看为“甲辰”,书后有“小玲珑馆马氏藏”印。小玲珑馆在扬州,为原籍安徽祁门的马曰琯(1688—1755)、马曰璐(1695—1776)兄弟的宅园,这里的“甲辰”当为雍正甲辰(1724),而在这个抄本中也有上述的小注。可见,这条小注并不是广东双门底登云阁新刻本加上去的,而是由来已久,值得相信。

关于王彦泓的生年,王樵(1521—1599)《方麓集》中的一些资料可供旁证。《方麓集》卷九有《与长男启疆书》二十二则,第十九、二十则是③:

> 吾与汝母俱康健,家下大小俱平安。彦湞聪慧端谨,勤读书。九月

---

① 参看汪德振《罗隐年谱》,《中国史学丛书》,商务印书馆1937年版。

② 叶德辉《重刻〈疑雨集〉序》,《疑雨集》,清观古堂刻本。

③ 王樵《方麓集》卷九,影印文渊阁《四库全书》本。

十五日丑时又得一男，禄相如渞，可谓联瑞矣。余不暇多及，唯慎节自爱。

吾告归四次，未蒙允俞。侍郎将及考满，人颇劝以少留，以待赠先荫后之恩。不料又转都院。到任，即上谢恩疏；疏下，即欲上乞休疏。而科中为人所误，乃论吾恋位。颇闻南北清论，皆谓吾精神尚健，临事精明，深以其去为惜。然于吾私计，则甚得也。已于九月三十日到家，一家大小俱平安。

王樵是王彦泓的曾祖父，他于万历二十三年六月（1595）转南京都察院右都御史，同年八月致仕①。《与长男启疆书》二十二则是按时间先后排列的，由第二十则语意看，第十九则所说的九月十五日丑时所生的男孩当不迟于万历二十二年（1594）。王樵曾为信中提到彦渞写过《彦渞字说》：

曾孙彦渞为吾三世嫡长孙。今岁戊戌八月，督学使者试其可进，进之郡庠。年才十有四，于礼未应有字，吾以为既游庠序，则朋友相呼，非字何以称？则又为之字曰“孟原”，夫水之不已而渐进于海，以其有原也。渞乎！渞乎！俟汝之知所进也，尚当以原之说为汝申之。②

文中所说的“戊戌八月”当为万历戊戌（1598），由这一年王彦渞十四岁可知他生于万历己酉（1585），以常理而言，小孩读书多在七八岁，王彦渞既然已经“聪慧端谨，勤读书”，那么他这时应该至少七八岁。由此可以推知，王樵在信中提到的“九月十五日丑时”所添的男孩当在万历癸巳（1593）左右，这个时间正好与家谱中王彦泓的生年相符。

综上所述，王彦泓生年为万历癸巳（1593），卒年为崇祯壬午（1642）。

二　与贺氏结婚时间考

目前研究者一般认为，王彦泓在万历乙卯（1615）与贺氏结婚，因为王彦泓这一年写有《催妆诗》六首（《疑雨集》卷上）：

娇羞不肯下妆台，侍女环将九子钗。寄语倦妆人说道，轻施朱粉学慵来。

十步笙歌响碧霄，严妆无力夜迢迢。休将双黛凭人试，留与张郎见后描。

① 参看王樵《方麓集》卷一《谢恩疏》《四乞休疏》。

② 王樵《方麓集》卷十三。

说嫁心惊尽日痴，尊前玉箸镇双垂。不知夫婿尤怜惜，却忆娇嗔阿母时。

羞向明窗结佩珰，穿衣宝镜暗生光。生憎乌鹊来相噪，嘿嘿无言下象床。

当初忍笑画鸳鸯，真个如今拟凤凰。别却群仙拜王母，已闻青鸟报刘郎。

云作双鬟雪作肌，天教分付与男儿。转身拭泪银河畔，别却鸳机再不归。

然而，从阅读的感觉看，这几首诗似乎并非为自己新婚而写，而是贺别人新婚之作。像“休将双黛凭人试，留与张郎见后描”“不知夫婿尤怜惜，却忆娇嗔阿母时”这样戏谑的话大概只能对别人来说。在《随园诗话》中，袁枚曾指出：

近人新婚，贺者作催妆诗，其风颇古。按：《毛诗》“间关车之牵兮”一章，申丰曰：“宣王中兴，士得行亲迎之礼，其友贺之而作是诗。”北齐婚礼，设青庐，夫家领百余人，挟车子，呼新妇，催出来。唐因之有催妆诗。中宗守岁，以皇后乳媪配窦从一，诵《却扇诗》数首。天祐中，南平王钟女适江夏杜洪子，时已昏暝，令人走乞《障车文》于汤篔。篔命小吏四人执纸，倚马而成，即催妆也。①

袁枚提供的例证是针对“其风颇古”的，我们这里举个离王彦泓时代较近的例子。在《桃花扇》中，侯朝宗梳栊李香君的晚上，杨龙友送了一首《催妆诗》②：

生小倾城是李香，怀中婀娜袖中藏。缘何十二巫峰女，梦里偏来见楚王。

在《先声》中，孔尚任借副末之口说《桃花扇》写的是“明朝末年南京旧事。借离合之情，写兴亡之感，实事实人，有凭有据”。在《凡例》中他也指出“朝政得失，文人聚散，皆确考实地，全无假借。至于儿女钟情，宾客解嘲，虽稍有点染，亦非乌有子虚之比”。当然，文学与历史毕竟是两码事，虚构、点染是其基本特征；我们也不能把作者的话奉为金科玉律。不过，杨龙友确有其人。就算杨龙友这首《催妆诗》是属于“点染”之列，贺者作催妆诗的情况在

① 袁枚《随园诗话》卷十五，人民文学出版社 1982 年版。

② 孔尚任《桃花扇》卷一第六出，人民文学出版社 1998 年版。下文所引有关《桃花扇》的内容均出自此本。诗本余怀作，见《板桥杂记》中卷。

当时恐怕也是很普遍的，否则，孔尚任凭什么说“亦非乌有子虚之比”？

当然，也有自赋催妆诗的，钱谦益就是其中的一位。《蘼芜纪闻》卷上引沈虬《河东君传》说：

> 辛巳六月虞山于茸城舟中与如是结缡。学士冠带皤发，合卺花烛，仪礼备具。赋《催妆诗》，前后八首。云间缙绅哗然攻讨，以为亵朝廷之名器，伤士大夫之体统，几不免老拳，满船载瓦砾而归，虞山怡然自得也。

钱谦益自赋八首催妆诗包括《合欢诗》四首，《催妆词》四首。当时和钱诗者甚众，仅《东山酬和集》载录者就有三十五首。有意味的是，馆于钱家的黄陶庵即使在别人的再三劝说之下，他也不肯作和诗①。钱谦益因与柳如是结缡而遭到“攻讨”，以至于“满船载瓦砾而归”，这固然主要是由于钱谦益以匹嫡之礼待柳如是，违反当时社会风习，招来多数士大夫的鄙视，而他自赋催妆诗的行为，无疑也加剧了这种鄙视。有人坚决不作和诗，不正是对钱谦益自赋催妆诗行为的不满吗？和诗如此之多，不也说明贺者作催妆诗的情况在当时非常普遍吗？这使人想起唐代的陈峤。陈峤也有《自赋催妆诗》：“彭祖尚闻年八百，陈郎犹是小孩儿。”而诗下的注说：“峤暮年仅获一名。还闽，近八十，以身后无依，强娶儒家女。合卺之夕，文士悉赋催妆诗，咸有生黄之讽。峤亦自成一章。”②从注中透漏出的信息是，为别人作催妆诗比自赋催妆诗更为常见。

当然，还不能就此得出这六首《催妆诗》是王彦泓贺别人新婚而作的结论。但是，如果仅仅因为王彦泓在乙卯年写有《催妆诗》而认为他在这一年结婚，则是需要质疑的。

王彦泓有个女儿王朗，她嫁给了无锡秦德澄，《锡山秦氏宗谱》有这样的记载：

> （秦德澄）字以时，邑庠生。以松龄贵赠文林郎、翰林院庶吉士加一级，候赠资政大夫、礼部左侍郎。生万历乙卯二月二十六，卒崇祯戊寅八月初十。配金坛王氏学博彦泓女，赠孺人，候赠太夫人。生万历癸丑七月三十，卒顺治戊子九月三十。嗣子二：一嗣德操子松龄，一嗣德湛子松岱；女一，适华实椒，王出。③

王朗出生于万历癸丑（1613）七月三十，如果王彦泓在万历乙卯（1615）才和

---

① 参看陈寅恪《柳如是别传》第四章《河东君过访半野堂及其前后之关系》，上海古籍出版社1982年版。

② 《御定全唐诗》卷八百七十一，影印文渊阁《四库全书》本。

③ 《锡山秦氏宗谱》卷七《世系》，清乾隆刻本，上海图书馆藏。

贺氏结婚的话,王朗就不可能是贺氏所出。然而,这并不符合事实:

其一,前引家谱中的王彦泓小传,后还有:"配贺孺人,生万历癸巳年八月初四日,卒崇祯戊辰年三月二十八日。"此外并没提及其他妻妾。如果王彦泓在贺氏之前已经娶过妻子并且生有一女,族谱中不会只字不提。

其二,王朗存诗有《夜梦亡母》二首,本章第一节有引。从这两首诗看,王朗的生母正是贺氏。王彦泓在"苦是舌根闲强后,模糊(一作朦胧)言句费猜详"诗后注曰:"此时惟外父与予及两儿女在榻前耳。予苟非入目刺心,亦安能悬写至此。"(《疑雨集》卷上《悲遣十三章》)由此知贺氏去世时,遗有一儿一女。这一儿一女的命运王彦泓在辛巳年《挽同学杨子常乃郎定夫》(《疑雨集》卷下)中曾提及:"莫怪两翁相视血,女未亡人男嗣绝。""女未亡人男嗣绝"和《夜梦亡母》中的"今日儿夭兼婿死"意思完全相同。不难看出,王朗所写的亡母正是贺氏。

这里还有一个问题需要解决。当贺氏于崇祯戊辰(1628)病重弥留之际,王彦泓有诗写道:

> 娇痴稚女最关情,新读《毛诗》一半生。忍死看他成长去,喘丝亲训两三声。(《疑雨集》卷上《述妇病怀》)

郑清茂先生认为这个"娇痴稚女"可能是王朗,同时推测王朗在她母亲去世时,该已六七岁,正是开始认字读书的年龄,所以说她"新读《毛诗》一半生"①。郑先生说这个"娇痴稚女"是王朗与我们的看法一致,而推测王朗此时的年龄为六七岁则值得商榷。古人让女孩读书的目的与男孩子不一样,至多不过是如《牡丹亭》中南安太守杜宝所说的为了"他日嫁一书生,不枉了谈吐相称"②。因此,在古代女孩子一般很少读书,即使读书,也不可能太早。我们还注意到,《牡丹亭》里的杜丽娘开始读《毛诗》时"年已二八"③,《孔雀东南飞》中刘兰芝自诉经历时说自己"十三能织素,十四学裁衣。十五弹箜篌,十六诵诗书"④。杜丽娘、刘兰芝虽然是文学作品里的人物,但作者既然把她们开始读诗书的年龄安排在十六岁,大概离事实不会太远。因此,从"新读毛诗一半生"中不但不能推出王朗此时的年龄为六七岁,而且恰恰说明了《锡山秦氏宗谱》中记载的王朗出生时间是可靠的。

既然王朗为贺氏所出,而王朗又生于万历癸丑(1613)七月三十,那么,

---

① 郑清茂《中国文学在日本·王次回研究》,台湾纯文学出版社有限公司1981年版。
② 汤显祖《牡丹亭》第三出《训女》,《汤显祖全集》(三),北京古籍出版社1999年版。
③ 汤显祖《牡丹亭》第十出《惊梦》,《汤显祖全集》(三)。
④ 《玉台新咏笺注》卷一《古诗为焦仲卿妻作》,中华书局1985年版。

王彦泓与贺氏结婚的时间绝不可能在万历乙卯(1615)。由于资料的限制，我们无法确定王彦泓和贺氏结婚的具体时间，但以常理推测，应该不迟于万历壬子(1612)。

三　任华亭训导时间考

关于王彦泓仕宦的情况，诸书多有记载。钱谦益《列朝诗集小传》①、《御选历代诗余》②、乾隆《镇江府志》等作“华亭训导”③，而《三旌义门王氏族谱》《金坛县志》则作“松江训导”④。华亭当时属于松江府，因此，这两种说法并不冲突。但是，朱彝尊《明诗综》却作“慈溪儒学教授”⑤，这恐怕是错误的。因为《疑雨集》卷下庚辰年有《松郡迎春遥忆故园诸女伴仍用前韵》，辛巳年有《将返棹松江书怀留别韬仲》，可知王彦泓做官的地方应在松江。根据《明史·职官志四》，明代在府学设儒学教授，在县学没有儒学教授一职，而慈溪在当时是宁波府属县，是不可能设儒学教授的。

王彦泓哪一年开始任职华亭训导，上述书籍都没明确记录，而现在研究者提出的说法也有值得商榷之处⑥。下面试对此加以探讨。

据《三旌义门王氏族谱》，王彦泓以“岁贡为松江训导”。根据晚明的考贡之法，每岁预将次年应贡生员严加考试，取其优者充贡，次年四月到部听候廷试，经过廷考、国子监考、吏部考、第二次廷考等“四考”，始得授教职⑦。将王彦泓入京考贡前后所作的诗篇按时间线索排列，我们大致可以推知王彦泓获得教职的时间。

《疑雨集》卷下《北行留别》云：

> 花时为客最难拚，恨叶情条满故园。惜别倍贪歌宛转，寻欢频见涕潺湲。情深为我留颜色，泪尽烦卿强笑言。传语同心众闺阁，莫拈红豆且栽萱。

---

① 钱谦益《列朝诗集》丁集下，上海古籍出版社1983年版。

② 《御选历代诗余》卷一百一十，影印文渊阁《四库全书》本。

③ 乾隆《镇江府志》卷三十，《中国地方志集成》江苏府县志辑27－28，江苏古籍出版社1991年影印。

④ 包括清乾隆十五年刻本、清光绪十一年木活字本、民国《重修金坛县志》(上海商务印书馆，1926年铅印本)。

⑤ 朱彝尊《明诗综》卷七十二，影印文渊阁《四库全书》本。

⑥ 郑清茂先生认为王彦泓任华亭训导的时间为崇祯戊寅(1638)，他主要的证据材料是署名王彦泓的《疑云集》。然而，《疑云集》是一部伪书，不足为凭。因此，这一说法也就难以成立。还有的学者笼统地说王彦泓二十七岁以后即作华亭训导，这更为缺乏根据。

⑦ 参看陈宝良《明代儒学生员与地方社会》第五章《生员的仕进之途》，中国社会科学出版社2005年版。

此诗当作于王彦泓离家上京考贡之时，由“花时为客最难拚”可知为春天。在旅途中，王彦泓遇到赴科考的姓单的生员，作《同舟单兄韵》三首。在逗留北京期间，王彦泓创作好几首怀念朋友的诗篇，包括《京寓有怀端己》、《寄怀韬仲》、《寄怀孝尼》二首、《在北有怀仲父叔器，时里中传余陷敌。去年从父楚游，亦误传陷寇，何其相类也》等诗篇。而写给阿锁的诗最多，有 29 首，这些诗记录了二人“数月来的情事踪迹”，其中有“问郎灯市可曾游？可买香丝与玉钩？可有绣帘楼上看，打将瓜子到肩头。”这样的诗句。据《燕都游览志》，灯市在东华门王府街东，崇文门街西，亘二里许，自正月初八起，至十八日罢，这表明王彦泓正月初尚在北京。在离开京城时，王彦泓《车中再赠》写道：

> 坐郎兜里泪相看，双箸垂痕舐不干。橄榄味前偏耐等，蔗竿甜后却轻拚。婴年弄玉言犹在，嫁日量珠事匪难。归到乱红争笑处，可能还念缟梅寒？
>
> 舆马频催日渐西，犹贪一刻把柔荑。愁颜几日花欹雨，欢绪从今絮堕泥。举盏未歌先哽咽，凭鞍欲语更凄迷。无聊寄倩桃根姊，一唤离鸾梦里啼。

从时间看，应该还是在春天。现存《疑雨集》的各种版本，都注明《寄怀孝尼》二首、《在北有怀仲父叔器，时里中传余陷敌。去年从父楚游，亦误传陷寇，何其相类也》等诗为崇祯乙亥秋所作，而将上述其他诗篇编入崇祯丙子，显然有误①。在崇祯九年丙子年底，唐宇昭（云客）进京赴考，王彦泓有诗相赠：

> 吟坛饮社共髫年，互语闲情事几联？我已荷衫卸拘束，君今芸阁伫摩编。才华淡写宫眉妩，标格平趋国步妍。预想捷书春夜到，玉人喧笑画屏前。（《疑雨集》卷下《送云客赴春官》）

在嘱咐朋友的同时，也有放下科举枷锁后的轻松，“我已荷衫卸拘束”，说明此时的王彦泓已任职华亭训导，不再参加科举考试了。

总而言之，王彦泓崇祯八年乙亥春天离家进京考贡，崇祯九年丙子年初获任华亭训导。而就在这个低得不能再低的职位上，王彦泓一直停留到他生命的最后一刻。

---

① 《疑雨集》“丙子年”诗编年极为混乱，所收诗篇至少包括王彦泓崇祯乙亥、丙子、丁丑和己卯所作的诗歌，甚或掺入了伪作。参见本书第三节《著作考》。

第三节　著 作 考

关于王彦泓的著作,《三旌义门王氏族谱》卷五“王彦泓小传”云:

诗工艳体,格调逼真韩致光。所著有《泥莲》《疑雨》等稿,尝手录成秩,笔精墨妙,人称双绝;所评阅子史唐宋诗集十余种,并为好事者珍藏。

乾隆庚午(1750)于枋等撰《金坛县志》、光绪乙酉(1885)汪国风等纂《金坛县志》所载均与家谱相同,但民国十五年(1926)《重修金坛县志》记载却有所不同:

王彦泓,字次回。岁贡生。任松江训导。博雅有俊才。诗工艳,格调逼真韩致光。所著有《泥莲》《疑雨》《疑云》等集,尝手录成秩,笔精墨妙,人称双绝。

所谓《疑雨》,当指《疑雨集》,所谓《疑云》,当指《疑云集》。《疑雨集》由侯文灿初刻于康熙年间,传本甚多,清代前中期的诗词选本,很多都载有这部诗集,其为王彦泓的著作,没有疑义。《疑云集》至晚清才出现,在此之前,未见任何记载,其来历尚需考察。

一　《疑雨集》的版本、窜入的伪作及编年问题

(一) 版本考述

我对《疑雨集》今存版本作了较为仔细的调查,发现至少有 19 家 43 种。版本虽多,但并不复杂。从卷数看,有二卷本、四卷本两种。现在的研究者一般都是根据四卷本来研究的。笔者在国家图书馆发现了二卷本,即侯文灿初刻本,通过比较,四卷本实系二卷本分拆而成:二卷本分卷上和卷下,卷上即四卷本的卷一、卷二,卷下即四卷本的卷三、卷四。而且每种版本的篇目都完全相同,一般都有严绳孙、侯文灿的序。可见,现存的《疑雨集》都同属于一个系统,均以侯文灿刻本为祖本。不过,这些版本有优有劣,它们之间存在大量的异文。现对几种重要的版本略加介绍。

1. 无注本

(1) 侯文灿初刻本

二卷。左右双边,单鱼尾,半页 9 行,行 21 字,版心题“亦园藏本”。国家图书馆有藏。书前有严绳孙和侯文灿的序。严绳孙,字荪友,无锡人。长

于诗词，著有《秋水集》，是纳兰性德的好朋友。朱彝尊在《承德郎日讲官起居注右春坊右中允兼翰林院编修严君墓志铭》中说他“康熙四十一年正月卒，享年八十”①，由此推之，他的生卒年为1623—1702。

对于侯文灿初刻本的刊刻时间，目前存在着不同的看法。王云五主持的《续修四库全书提要》认为侯文灿刊《疑雨集》于康熙丙辰(1676)②，而黄世中先生则认为乾隆十五年庚午(1750)始由侯文灿刻播③。这两种说法似都存在问题。侯文灿在为《疑雨集》所作的序中是这样说的：

> 明万历中，金沙王次回先生以博学好古名闻于时。其为诗多艳体，向尝于《列朝诗集》中窥见其一二，意殊未竟也。岁庚午，余选词于亦园。既辍简，客有谓余者曰：“次回先生诗，沉博绝丽，无语不香，有愁必媚，‘玉台’‘西昆’而后，不易多得，惜其遗稿未刻也。盍付之梓?”余曰：“诺。”因出其所藏《疑雨集》以示余。余读而爱之，为之弁其首曰：凡物之精神尝萃于是者，其光怪陆离，必有不可遏抑之处。……先生既殁，其遗孤尚幼，诗几散轶矣。而故交弢仲于君，藏之巾笥，屡欲售之剞劂，后因循未果。蠹蚀尘侵，又几散轶矣，而今尚有录而存之者。嗟乎！物之出也有候，其藏也有待。先生之去今，百有余年矣，而先生之精神，有尝萃于是者。余之为是刻也，余非知先生者也。夫亦先生之诗，所为光怪陆离，久而欲出者，自不可遏抑焉尔。

侯氏在序中清楚表明，他是于“岁庚午”选词结束之后在别人的建议下才刊刻《疑雨集》的，在这以前他并没看到过《疑雨集》。侯氏所说的“选词”，大概是指《古名家词》，侯氏在《〈古名家词〉序》后署“时康熙己巳嘉平亦园侯文灿序”与此合④。可见，侯氏刊《疑雨集》当在康熙庚午(1690)或之后的一两年，至迟当不迟于康熙壬午(1702)。

(2) 骚余馆藏板

四卷。大约刻于乾隆时期。左右双边，单鱼尾，半页9行，行21字。国家图书馆、复旦大学图书馆有藏。此版本似乎在一定时间内很通行，如《乐府小令》《巾箱小品》所收录的都是这种版本，但其讹谬较多。

(3) 五知堂藏板

四卷。左右双边，单鱼尾，半页9行，行21字。书前有“纫佩仙馆印”。

---

① 朱彝尊《曝书亭集》卷七十六，《四部丛刊》本。

② 《续修四库全书提要》12，台湾商务印书馆1972年版，第185页。

③ 黄世中《古代诗人情感心态研究》，浙江大学出版社1990年版，第220页。

④ 侯文灿编《古名家词》，《宛委别藏》本，台湾商务印书馆1981年版。

为吴梅旧藏，由其后人捐献于国家图书馆。经过比勘，此版本讹谬之处较骚余馆藏板更多。

（4）叶氏观古堂刻本

四卷。左右双边，双鱼尾，半页11行，行22字。光绪乙巳（1905）初刻，其后至少又被重印三次。书前有叶德辉《重刻〈疑雨集〉序》：

> 前明王次回《疑雨集》，专为香奁艳诗。钱牧翁《列朝诗集》、朱竹垞《静志居诗话》、王文简《渔洋诗话》，均极推重之。乾隆时，沈归愚选《明诗别裁集》，摈斥不录，袁子才作书诤之。见所作《随园诗话》。……
>
> 余幼时见书棚通行袖珍本，讹谬甚多。家有其书，屡为友人持去。近则科举将废，声律一事，已渐无人考求。彼汉魏六朝已降，各家之诗，且坐视其泯灭，而无所顾惜，何况是集之晚出者乎！光绪五年，广东双门底登云阁有新刻本，即据袖珍本重雕。长沙粟谷青户部挾出以见示，字句讹夺，或在疑似之间。因与谷青分卷校雠，重写付刻，而后可以句逗焉。惟四卷壬午年下忽有小注"六月十八日戌时长逝"云云。与上下文不相属，以无别本可证，亦姑仍之。①

观古堂刻本版式宽大，字迹清晰，又经过叶德辉、粟挾校雠，看起来较为精良。此本也是非常受欢迎的一个版本。然而，由于依据的底本较差，校雠中存在的误断之处也不少。如观古堂刻本《疑雨集》卷三《训婢》：

> 收书拂扇叠诗笺，敌得灵光赋一篇。浴砚定须频换水，炙香宜令慢生烟。未妨帘下窥侯曲，只莫泥中恼郑元。休厌酒阑亲涤缶，卓文君也在炉边。

"只莫泥中恼郑元"中的"元"乃是因为避清圣祖康熙玄烨的讳，而改"玄"为"元"，这用的是《世说新语》的典故："郑玄家奴婢皆读书。尝使一婢，不称旨，将挞之。方自陈说，玄怒，使人曳着泥中。须臾，复有一婢来，问曰：'胡为乎泥中？'答曰：'薄言往愬，逢彼之怒。'"②根据律诗的文体特点，"侯曲"也当是人名，与"郑玄"相对，但怎么也查不到出处。而在侯文灿初刻本中为"未妨帘下窥侯白"。据《隋书》："侯白字君素，好学有捷才，性滑稽，尤辩俊。举秀才，为儒林郎。通脱不恃威仪，好为诽谐杂说，人多爱狎之，所在之处，观者如市。"③"未妨帘下窥侯白，只莫泥中恼郑玄"是非常工整的一联，

---

① 叶德辉《重刻〈疑雨集〉序》，清光绪刻本，复旦大学图书馆藏。

② 刘义庆撰、刘孝标注、朱铸禹汇校集注《世说新语汇校集注·文学第四》，上海古籍出版社2002年版。

③ 《隋书》卷五十八，中华书局1973年版。

显然是观古堂刻本把“侯白”误断为“侯曲”。因此，在使用观古堂刻本时，需要非常小心。需要指出的是，叶德辉这段小序问题也很多：第一，王彦泓《疑雨集》并非“专为香奁艳诗”，应该说它的内容是非常广泛的；第二，沈、袁有关是否该选《疑雨集》之争，是由沈德潜选《清诗别裁》引起的，叶德辉误当成选《明诗别裁》；第三，现存《渔洋诗话》并没有提到王彦泓《疑雨集》，不知叶德辉所据何本。

（5）上海著易堂石印本

四卷。宣统元年印，题“精校本疑雨集”。南京图书馆藏。书中有重校缘起：

> 《疑雨集》一书，为金坛王次回先生原著。始刻于梁溪侯氏，一时风行海内，几欲家置一编。然历年既久，几经翻刻，鲁鱼帝虎，舛误滋多，读者病焉。兹本局觅得家藏旧本，不敢草率行事，即付石印，因延聘通人，详加雠校，误者正之，阙者补之，以望尽善尽美，使读者展卷了然，更无遗憾。星霜两易，始克告成。爰特倩名手重录一通，详校再三，始行上石。现已出版，存书无多，定价从廉。如欲订购者，请认明本局图记，庶不致误。至是书字迹之工整，纸张之光洁，刷印之精良，装订美备，尤为余事，看识者自能鉴别焉。本局主人识。

此虽为书商广告语，却也名副其实。此本恐怕是根据侯文灿刻本而校，和流行最广的扫叶山房本相比，确实精良得多。

（6）扫叶山房石印本

四卷。宣统元年初印，其后被重印多达十次，流行颇广。

2. 注本

现存《疑雨集》注本主要有两家：其一为常熟丁国钧注本，题“疑雨集注”，扫叶山房石印。丁国钧在序中说明了他注《疑雨集》的缘由和经过：

> 光绪纪元之岁，桐乡金君次良读书吾家。笈中有旧抄本王次回《疑雨集》，系次回故交于君弢仲所手录，足正坊刻之误者者甚夥。次良曾影抄副本二，因乞藏其一。课余相与览讽以为乐。遇隶事奥隐处，次良时时持卷相质，余辄为标著于书眉。积年余，书眉几满，而次良别去。临行，坚以全注是集相劝勉。余意亦愿成之。搜采群籍，稿凡两易。中间游闽、游皖、游鄂，恒置行箧，偶一展阅，时复增补所未备。细字错互，猝不易认。而意渐厌倦，杂厕乱帙中，不复省视。今岁，赵剑秋都转托曹君直舍人，索观甚殷。盖前同肄业南菁书院时，曾见余是注焉。因检旧稿，重加董理，付写官录成清本。昔黄石牧先生曾注是集而未成，余

> 因同学之怂恿，得积渐成稿。缮写甫竟，嗜痂者争假传录，并有愿任剞劂者。昔次良墓木已拱，不复见是注之有定本焉。抚卷泫然。时宣统戊申孟冬，常熟丁国钧秉衡氏记于江南图书馆。

王彦泓博学好古，其所用典故极为庞杂，丁国钧断断续续历数十年注《疑雨集》，实为不易。丁国钧注本1911年初版后屡经重印，到1927年时就已经达到五次，这对《疑雨集》的流传无疑起了推波助澜的作用。其二为句漏后裔注，题"王次回疑雨集注"，上海文明书局刊本，1918年初版，也被多次重印。句漏后裔注本在丁国钧注本后，其显系根据丁注本增益而成，因此较为赅备。

（二）窜入的伪作

笔者在为《疑雨集》作笺注时发现，卷下所收的《龙友尊慈七十寿歌》当为伪作。《龙友尊慈七十寿歌》的内容如下：

> 金筑峰峦双凤翅，茗兰柯叶香风炽。拔秀钟灵到硕人，闺阁典型林下气。璇源遥溯自涂山（越为大禹之后），拾得神螺赣水湾。国士当年杨万里，才华独步卧龙蟠。良姻妙选高门簿，婉嫕浑如出寒素。姜橘亲调奉舅姑，荆簪一洗铅华御。同看淮南一县花，悬鱼拔薤在冰衔。横经讲席三年后，桐封骄僭消萌芽。越东估客滇南士，讴吟是处题碑记。次第看山到永嘉，携归只有酬恩泪。凤诏频褒内助贤，翟珈辉映紫泥鲜。闺房风义相师友，人羡齐眉鹤发仙。买得名姝曾劝进，靓妆深夜持茶问。整容拱手诵尚书，温公心感清河郡。荀家龙种谢家雏，和璧隋珠岂在多。片玉已成清庙器，一鸣飞占上林柯。鳣堂暂息鲲鹏驾，声谊文章动天下。广被频招气类游，米车恐触尊慈骂。钟陵遥隔彩云西，梦里时因啮指啼。于今益信无投杼，自古何劳有断机。壮游不用离肠绕，胪唱应偕鹤觞到。雷电催开梦笔花，露华益茂忘忧草。忆昔狂童犯顺年，腥风血雨暗蛮天。讹传梦怪日千变，怪梦惊心徒忧煎。须臾风霁烟霾息，爱女门楣森鼎立。相逢一笑话团圞，不羡珠圆钦玉洁。玉洁珠圆抢攘时，造物疑于阿母私。定知仙树秾枝叶，各有吉祥云护持。只今兰玉盈阶砌，绕膝含饴还问字。置笏终须满一床，藏书近欲过千笥。况复修心向鹿车，香台时礼妙莲花。故应不羡生天福，慧业文人聚一家。①

此诗编年于崇祯丙子（1636）。在《疑雨集》的各种注释本中，都认为这首诗中的龙友为贵州的杨文骢，相关的研究论著常将此诗作为王彦泓与杨文骢交游的证据，有的学者亦依据此诗论述杨文骢的家世。

---

① 王彦泓《疑雨集》，清康熙刻本。

杨文骢，字龙友，乃明清之际著名的诗人和画家，孔尚任在《桃花扇》中将其塑造为周旋于清流与浊流之间的八面玲珑的人物。据白坚《杨文骢年谱》，杨龙友崇祯甲戌(1634)任华亭教谕，己卯(1639)调任青田知县，辛巳(1641)调任永嘉知县，壬午(1642)调任江宁知县。甲申(1644)之变后，福王朱由崧立于南京，改元弘光，杨文骢先后任兵部职方司主事、兵部员外郎、兵部郎中等职，甲申(1644)十二月二十七日，迁兵备副使，巡按常州、镇江二府，监郑鸿逵、郑采军①。杨文骢母亲七十寿辰时，万寿祺参加了寿宴，并写了《杨司马监军南徐，母夫人迎自京国，是日七十岁矣，衙堂开宴》一诗记其事②：

东海云霓承憓日，北堂鸠翟拜恩回。令公牙帐军中宴，天姥霞车帝所来。鹤息三千能羽变，人生七十遇花开。不知世泽深多少，琪树阶前处处栽。

根据杨文骢的生平经历，他以司马的身份监军南徐在清顺治乙酉(1645)初，白坚《杨文骢年谱》将万寿祺此诗系于这一年的三月是可靠的。既然杨文骢母亲顺治乙酉(1645)方寿登七十，王彦泓岂能在崇祯丙子(1636)就写出《龙友尊慈七十寿歌》这样的诗呢？会不会是《疑雨集》编年错误呢？这决不可能，因为王彦泓崇祯壬午(1642)就已去世，而这一时间离杨文骢母亲七十寿辰尚有三年。《龙友尊慈七十寿歌》中的“龙友”会不会是与其同名的另一个“杨龙友”呢？这种假设同样不能成立。杨文骢崇祯甲戌安葬父亲杨师孔时，曾请董其昌作《明故亚中大夫浙江布政使右参政鲁源杨公墓志铭》(以下简称《墓志铭》)，请陈子龙作《明故亚中大夫浙江布政使右参政鲁源杨公墓碑》(以下简称《墓碑》)，所叙述的杨文骢的家世与《龙友尊慈七十寿歌》(以下简称《寿歌》)若合符契。为便于将杨文骢家世情况与《寿歌》所述相对照，先引《墓志铭》于后，限于篇幅，在此仅择其关键之处加以摘引：

按状，公讳师孔，字泠然，号鲁源。……既丧丁恭人，义不再娶，郡守刘公曰：“此奇节，非孝子所安也。”为缔姻于越公女，荆布相庄，劝读益力。万历丁酉举于乡，又三年辛丑成进士。筮仕为山阳令。山阳属淮郡，东南一都会也。部院开幕府其中，时有矿税中使陈增、鲁保怙宠，同城横甚，大中丞李道甫欲以法裁之，而有司慑于齿马，不能应。公为政，但以洁己爱民为要领。淮民好讼，公以讼止讼，凡蛮触之争，不令游徼操勾摄之权，第使讼者自拘其所讼，即解仇不复赴谳亦听之，即拟罪

---

① 白坚《杨文骢传论》附录《杨文骢年谱(简编)》，上海人民美术出版社 1990 年版。

② 万寿祺《隰西草堂诗集》卷三，民国八年罗氏铅印明季三孝廉集本，《续修四库全书》第 1394 册。

而求末减亦听之，要使无所利于终讼，则讼心自微，鹰化鸠、雀化蛤为是耶？公盖宽然长者，似无击断。忽一日捕丽阁诸大猾，格杀百数十人，郡中大快。识者曰："公盖神勇不怒者，藉令公当日先见锋颖，渠魁能无佚罚乃尔？"于是抚臣能公，条上山阳治行最江南北。而二阁为公摧角距，则大怨，欲迹其瑕中伤之。赖公伐蘖，清操无可点，而一切故常奇羡，毫末不得入，足关二阁口。……庚戌，加翰林院检讨，充福王讲官。……丁巳冬，补昌平州学正。已，升国子学正。已，升工部都水司主事。……明年，奉命榷浙南关。先是浙抚急军兴得请，两关皆加派，公不立新条，但悉核故额，以羡余充数，不加赋而用足。昔闻其语，处脂膏而不润；今见其人，又为祛寒陋之习，定悃载之期。日计不足，月计有余。菜佣可宽，吞舟不漏，商民均感，立石颂德焉。癸亥，事竟报命，量移屯田司郎中。拮据陵工，功力不浅。其余以裁减中涓帽价，触逆珰贤，公不自安，遂有去志。会滇省学缺，当事以属公。滇于公为归途，过家上冢，买臣荣际，而安酋为梗，须从蜀道。公间关叱驭，得官兵五千护行，脱于豺虎，险远极矣。滇土于公，残膏剩馥，沾溉有年。而公之抽秘谈经，故其长技，爰宣诏旨，更定章程。伏波马式，潜通制举之科；王子鸡神，转作得贤之颂。质一变至于文，文一变至于道，蒸蒸雅化焉。……戊辰，升浙江参政，分守温、处，驻括苍，海防倭，山防矿。公文武具宜，政成游刃，绰有余裕。会当入贺，次于南徐，末病委顿，从孝廉谏，将请急矣。忽报虏骑薄都城，亟投袂起，扶疾就道，至于德州，喟然叹呼侄文骅曰："死无他恨，恨不能勠力灭虏，以贼遗君父耳。"目遂瞑。①

以此来与《寿歌》相对照，那么，第一，《墓志铭》说杨文骢的父亲杨师孔"既丧丁恭人，义不再娶，郡守刘公曰：'此奇节，非孝子所安也。'为缔姻于越公女"，与《寿歌》中"璇源遥遡自涂山，拾得神螺赣水湾"及作者自注"越为大禹之后"语合，《墓志铭》中的"荆布相庄，劝读益力"也与《寿歌》"良姻妙选高门簿，婉嫕浑如出寒素。姜橘亲调奉舅姑，荆簪一洗铅华御"之语相合。另，叶象荷《明故敕赠杨母胡太孺人墓志铭》亦载杨师孔"续娶武定府同知越公文辉女"②。第二，杨师孔任山阳县令时洁己爱民，打击豪强，与《寿歌》中"同看淮南一县花，悬鱼拔薤在冰衔"语相合。第三，杨师孔奉命榷浙南关

① 董其昌《明故亚中大夫浙江布政使右参政鲁源杨公墓志铭》，转引自《民国贵州通志·人物志》，贵州人民出版社2001年版。

② 贵州省博物馆编《贵州省墓志选集》，贵州省博物馆1986编。

时，不立新条，不加税额，结果"商民均感，立石颂德焉"；受命督滇学政期间，"爰宣诏旨，更定章程。伏波马式，潜通制举之科；王子鸡神，转作得贤之颂"，这与《寿歌》中"越东估客滇南士，讴吟是处题碑记"相合。第四，《墓志铭》说："会当入贺，次于南徐，末病委顿，从孝廉谏，将请急矣，忽报虏骑薄都城，亟投袂起，扶疾就道，至于德州，喟然叹呼侄文骅曰：'死无他恨，恨不能勠力灭虏，以贼遗君父耳。'目遂瞑。"而据《杨文骢年谱》，杨师孔崇祯元年（1628）升浙江参政，分守温处道，驻处州；崇祯二年（1629），杨文骢奉父为天台、雁荡之游。这与《寿歌》中"次第看山到永嘉，携归只有酬恩泪"相合。此外，陈子龙所作《墓碑》说杨师孔"生平无姬妾音乐之好，特嗜书史，旁及山水鼎彝"①，也与《寿歌》中"买得名姝曾劝进，靓妆深夜持茶问。整容拱手诵尚书，温公心感清河郡"之语相应。天启元年（1621），彝族安邦义等叛乱，数次进围贵阳城，龙友曾募士随父拒守，次年围解。这与《寿歌》中"忆昔狂童犯顺年，腥风血雨暗蛮天。讹传梦怪日千变，怪梦惊心徒忧煎"相合。据杨文骢《独坐括苍山中怀周又新、薛伯玉、李卓如三妹丈》诗后注释②，杨文骢三个妹婿分别为周又新、薛伯玉、李卓如，三人因避安氏之乱举家金陵与杨文骢家同住在一起，也可与《寿歌》中"须臾风霁烟霾息，爱女门楣森鼎立"相映照。至于杨文骢的才华与交游，自然可与《寿歌》中"荀家龙种谢家雏，和璧隋珠岂在多。片玉已成清庙器，一鸣飞占上林柯。鳣堂暂息鲲鹏驾，声谊文章动天下"相互发明。

由于《龙友尊慈七十寿歌》中的"龙友"与贵州杨文骢存在这么多的相通点，而明清之际的士人中并无另一个"杨龙友"的家世、生平可与《龙友尊慈七十寿歌》相比附，所以《龙友尊慈七十寿歌》就是为贵州杨文骢母亲所作的七十寿歌。杨文骢母亲七十寿辰为清顺治乙酉（1645），而王彦泓早在崇祯壬午（1642）就已去世，那么，《龙友尊慈七十寿歌》就不可能是王彦泓所作，当是窜入《疑雨集》的伪作。既然如此，就不能以此诗作为王彦泓与杨文骢交游的证据。

（三）编年问题

《疑雨集》所收作品，按年代先后排列，起于万历乙卯（1615），终于崇祯壬午（1642）。经过仔细辨析，我们发现编年存在不少错误。

这要先从王彦泓进京谒选的时间谈起。据《三旌义门王氏族谱》③，王

---

① 陈子龙《安雅堂稿》卷十五，明末刊本。

② 杨文骢《杨文骢诗文三种校注》，贵州人民出版社 1990 年版，第 115 页。

③ 王嘉渊等《三旌义门王氏族谱》卷五，清光绪刻本。

彦泓以“岁贡为松江训导”①。按晚明的考贡之法，每岁预将次年应贡生员严加考试，取其优者充贡，次年四月到部听候廷试，经过廷考、国子监考、吏部考、第二次廷考等“四考”，始得授教职②。明代末期，程序虽有所简化，但贡生仍需进京谒选才能任教职。王彦泓进京谒选期间创作了大量诗歌，现存《疑雨集》的各种版本，均将这些诗歌编于“丙子年”，但在个别诗篇中注明为“乙亥年作”——《寄怀孝尼》诗题后注明“此下四首皆去秋所作，追忆录此”，包括《寄怀孝尼》“莫问行人寄问疏”一首，《旅况诗寄云客》二首，《在北有怀仲父叔器，时里中传余陷敌。去年从父楚游，亦误传陷寇，何其相类也》一首，在《寄孝尼第二首》后注明“此亦乙亥年作”。若将王彦泓入京前后所作的有时间线索的诗歌进行排列，便可推断出王彦泓进京及离京的大致时间。

《疑雨集》卷下《北行留别》云：

> 花时为客最难拚，恨叶情条满故园。惜别倍贪歌宛转，寻欢频见涕潺湲。情深为我留颜色，泪尽烦卿强笑言。传语同心众闺阁，莫拈红豆且栽萱。

此诗当作于王彦泓离家上京之时，由“花时为客最难拚，恨叶情条满故园”之语可知为春天。在进京途中，王彦泓遇到参加科考的姓单的生员，作《和同舟单兄韵》三首，第一首颔联为“茶香经雨歇，花事过淮无”，可见此时淮河以北的花尚未开放。逗留北京期间，王彦泓创作好几首怀念朋友的诗篇，包括《京寓有怀端己》（首联为“长夏知君断杂宾，旧吟兰水句清真”，知作于夏天）、《寄怀韬仲》《寄怀孝尼》二首、《在北有怀仲父叔器，时里中传余陷敌。去年从父楚游，亦误传陷寇，何其相类也》等诗篇。写给阿锁的诗最多，至少有29首。阿锁乃京城名妓，进士介松年因迷惑于她而惊动崇祯皇帝，被吏部除名，递解回籍③。王彦泓离京前在与阿锁分别的筵席上口占十六首，诗

① 有关王彦泓任教职的记载很多。《三旌义门王氏族谱》《金坛县志》作“松江训导”，《御选历代诗余》、乾隆《镇江府志》、钱谦益《列朝诗集小传》等作“华亭训导”。华亭当时属于松江府，因此，这两种说法并不冲突。但是，朱彝尊《明诗综》却作“慈溪儒学教授”，这恐怕是错误的。因为《疑雨集》卷下庚辰年有《松郡迎春遥忆故园诸女伴仍用前韵》、辛巳年有《将返棹松江书怀留别韬仲》，可知王彦泓做官的地方是在松江。据《明史·职官志》，明代在府学设儒学教授，县学没有儒学教授一职，而慈溪在当时是宁波府属县，是不可能设儒学教授的。

② 陈宝良《明代儒学生员与地方社会》第五章《生员的仕进之途》，中国社会科学出版社2005年版。

③ 参看《疑雨集》卷下《左卿阿锁》其二诗中自注“进士介松年惑之，为逻骑发其事，奉旨：松年着吏部除名，递解回籍，寓僧杖赎左大饶他”。

前的小序作了这样的说明：

> 临行，阿锁欲尽写前诗，凡十一首。既而色有未满，曰："斯语太文，妾不用此。可为别制数章，取数月来情事踪迹历历于心者谱之。勿诳勿艳，勿誉妾姿艺，如一语有犯即罚君一杯。"余曰："固然，但每诗成而卿以为可，亦引满赏此，何如？"一笑许诺。遂口占为下酒。

其中的第十三首为：

> 藕花飘紫水拖蓝，秋夜河灯净业庵。此景却疑身是梦，与卿携手在江南。（连饮至此，红霞上颊，似不胜酒，因触往事云。）

晚明北京于农历七月十五日中元节夜，有燃莲花灯于水上以烛幽冥的习俗，谓之"放河灯"。刘侗《帝京景物略》卷二《春场》云："七月十五日，诸寺建盂兰盆会，夜于水次放灯，曰放河灯。"①此诗说明王彦泓与阿锁七月十五日就已在北京净业庵"携手"。其中的第四首为：

> 问郎灯市可曾游？可买香丝与玉钩？可有绣帘楼上看，打将瓜子到肩头？

据刘侗《帝京景物略》卷二《春场》，灯市自正月初八起，至十八日罢。由此诗可知王彦泓"灯市"时尚在北京。王彦泓离京也当距"灯市"结束不会太久，否则不仅与此诗的情境不符，也与两人的"情事踪迹"只有"数月"不合。王彦泓还写有《车中再赠》二首，其一云：

> 坐郎兜里泪相看，双箸垂痕舐不干。橄榄味前偏耐等，蔗竿甜后却轻拚。婴年弄玉言犹在，嫁日量珠事匪难。归到乱红争笑处，可能还念缟梅寒？

"归到乱红争笑处，可能还念缟梅寒"是借时序物象所作的比喻，也可证王彦泓离京的时间当为初春时节。

王彦泓还有一些诗歌可作旁证。前引《疑雨集》卷下《送五叔父北上兼和来韵》有句云："狂澜文运已多年，正赖如椽力挽牵。金马故为家旧物（先太史己卯、己丑，故祝家叔以丁卯、丁丑），火牛频遇圣朝怜（先高祖正德丁丑，先伯父万历丁丑）。"据《三旌义门王氏族谱》，王彦泓的五叔父为王镜，字观宗。注中的"先太史"为王肯堂，万历己卯（1579）举人，万历己丑（1589）进士；先高祖为王臬，正德丁丑（1517）进士。王家"火牛频遇圣

---

① 刘侗《帝京景物略》，明崇祯刻本。

朝怜”，王彦泓于此祝愿天启丁卯（1627）中举的五叔父崇祯丁丑（1637）能“力挽狂澜”，再传捷报。简言之，王彦泓五叔父“北上”是参加崇祯丁丑（1637）的会试。会试二月在北京举行，南方的考生一般前一年的冬天就从家里出发，此诗在《疑雨集》中编于“丙子年”是对的。既然是送五叔父“北上”，说明王彦泓此时已不在北京。《疑雨集》卷下另有《送云客赴春官》：

> 吟坛饮社共髫年，互语闲情事几联？我已荷衫卸拘束，君今芸阁伫摩编。才华淡写宫眉妩，标格平趋国步妍。预想捷书春夜到，玉人喧笑画屏前。

云客是唐宇昭的号，字孔明，为唐顺之玄孙，武进人。生万历壬寅（1602），卒康熙壬子（1672），明崇祯丙子（1636）举人①。唐云客与王彦泓五叔父王镜一样，也是去北京参加会试，诗中在祝愿朋友的同时，也有放下科举枷锁后的轻松。“我已荷衫卸拘束”，说明此时的王彦泓已经不再需要参加科举考试，这意味着他已就任华亭训导。

综上所述，王彦泓崇祯乙亥（1635）春离家进京谒选，崇祯丙子（1636）初春获任华亭训导后离开北京。如果上述分析不误的话，《疑雨集》编于“丙子年”的诗歌，除了诗中已注明为“乙亥年”的5首外，还至少有19首应当编于乙亥年，包括《无题》八首、《北行留别》一首、《同舟单兄韵》三首、《京寓有怀端己》一首、《寄怀韬仲》一首、《左卿阿锁》三首、《再访左卿》二首。

《疑雨集》还有一些诗歌的编年存在错误。

《疑雨集》卷下《郑超宗母七月七夕七旬初度》云：

> 巉巉白岳英灵囿，不钟男子钟闺秀。天上光潜婺女星，人间瑞启康成后。夫君早岁擅豪华，置驿邀宾家法奢。肯为无衣开荩箧，屡因沽酒拔金钗。森森玉树盈阶砌，机杼声中课经艺。孙绕芝兰七叶兴，儿传俎豆双珠贵。阿鸿指日去摩天，阿母高怀自洒然。谈麈故存林下气，板舆真称地行仙。高堂桐竹新凉早，瓜藕筵中陈火枣。断机余缕付穿针，凤毛麟角争呈巧。曝衣楼上古仪型，俭制俱堪士女师。孟被未由参气类，班书纵拟爱文词。洛阳声价陶公久，美誉宁因范逵有。要识薪刍剉荐心，教成竹木匡时手。岁岁花前梵呗声，无生悟后即长生。顿令千古痴儿女，一洗银河怅望情。

① 唐鼎元《明唐荆川先生年谱》，民国二十八年铅印本，《北京图书馆馆藏珍本年谱丛刊》第47册。

此诗编年于崇祯丙子(1636)。郑超宗即郑元勋,先籍徽州歙县,在扬州构筑影园。郑元勋母七旬初度,其专门请当时的名流陈子龙、陈继儒分别写了寿序①,排场非常大。郑元勋在《先妣张太夫人行述》中说:

> 己卯七夕寿登七十。先是受道家张真人符箓,建大醮许日,有白鹤翔舞之瑞。设帨时康强怡悦,四方名公巨卿争颂祷,登堂而拜者数百人,皆叹羡去。②

在《行述》中,郑元勋还记载了郑母的生卒年:

> 先妣生于隆庆庚午七月七日午时,卒于崇祯庚辰十月初八日酉时,享年七十有一。

既然郑元勋母七旬初度的时间为崇祯己卯(1639)七月七日,那么,《郑超宗母七月七夕七旬初度》创作时间当为崇祯己卯(1639)而非丙子(1636)。考虑到《龙友尊慈七十寿歌》为窜入的伪作,《郑超宗母七月七夕七旬初度》是否王彦泓所作可能还是个问题。

《疑雨集》卷下有《戏赠弢仲叔四十初度》(时丁娘在坐):

> 十样生香十索篇,裙裾妙悟有诗传。柔乡永锡君难老,惑溺才当不惑年。

此诗编年为崇祯丙子(1636),亦有误。弢(一作韬)仲是《疑雨集》中出现频率最多的人物,也是王彦泓最好的朋友,对王彦泓诗歌的保存和流传起了关键作用。王彦泓崇祯庚午(1630)年有诗《余旧诗悉已遗忘,而韬仲皆为存录。展阅一过,觉无端往事交集胸怀,怅然久之。因呈四韵》(《疑雨集》卷下),可见《疑雨集》的许多诗篇正是由弢仲记录、保存下来的。王彦泓《送弢仲叔之东昌》(《疑雨集》卷下)云:

> 望衡对宇互欣然,曳屐相过只几砖。花下有甘须并剖,卷中无句不同研。身堆恨事襟怀共,社立狂名毁誉连。别后不知谁是客,一般凄绝度残年。

由此可知二人住处相距甚近,他们时相过从,并结社唱和。从诗句"花下有甘须并剖,卷中无句不同研"来看,《疑雨集》中的作品也包含有弢仲的辛劳。金坛《于氏族谱》对弢仲有这样的记载:

---

① 陈子龙《郑母张孺人七十寿序》(《安雅堂稿》卷六,明末刊本)、陈继儒《郑母张太君七十寿序》(郑庆祜《扬州休园志》卷二,清乾隆三十八年刻本,《四库禁毁书丛刊》史部第 41 册)。

② 郑庆祜《扬州休园志》卷六,清乾隆三十八年刻本,《四库禁毁书丛刊》史部第 41 册。

（于儒颖）字弢仲，号小音。宏景公次子。万历戊戌八月初三日生。居城，附监生。娶武进龚氏江西按察司讳道立公孙女……顺治壬辰七月初六日卒。①

于弢仲万历戊戌（1598）八月初三生，则其“四十初度”为崇祯丁丑（1637）而非崇祯丙子。因此，《戏赠弢仲叔四十初度》当编年于崇祯丁丑（1637）。

据前引侯文灿初刻本序文可知，在王彦泓生前，《疑雨集》没能刊刻。在王彦泓去世后，因“遗孤尚幼”，《疑雨集》“几散轶矣”。后来，《疑雨集》为王彦泓好友于弢仲收藏，于弢仲多次找机会刊刻，但都没有结果，《疑雨集》“蠹蚀尘侵，又几散轶矣”。《疑雨集》能留存下来，实属不易！但由于数次“几散轶矣”，《疑雨集》编年出现了错误，甚至窜入了伪作。因此，基于《疑雨集》探讨王彦泓生平和交游时需保持适度的谨慎，不要为错误的编年及窜入的伪作所误导。

二　《疑云集》辨伪

目前研究者大都认为王彦泓著有《疑雨集》和《疑云集》②。但也有人对署名王彦泓的《疑云集》提出疑问的，例如：徐珂曾指出《疑云集》有22首词实为徐的老师俞廷瑛所作，是“奸贾射利，攘师词以附益之，冀使卷帙稍富耳”③；钱钟书先生也敏锐地感觉到，《疑云集》不像王彦泓的风格，真假难定④。笔者注意到，《疑云集》共收诗531首，词102阕，其中有193首诗见于清末俞廷瑛《琼华诗集》，102阕词竟全部见于俞廷瑛《琼华词集》，只不过个别文字略有差异而已。此外，尚有至少112首诗或与事实不符，或与《疑雨集》相矛盾，或自身前后冲突。笔者认为署名王彦泓的《疑云集》完全是一部伪书，在相当大的程度上实为剽袭、窜改清末俞廷瑛《琼华诗集》《琼华词集》而成。

---

① 福兼堂刊《于氏族谱》第十五本，清光绪庚辰（1880）重修。

② 现有的几篇研究论文，郑清茂《中国文学在日本·王次回研究》、钟来因《王彦泓探考》、黄世中《王次回“疑云”“疑雨”诗探考》都把《疑雨集》《疑云集》作为王彦泓的作品；康正果《词淫和意淫：谈王次回及其〈疑雨集〉》虽主要论述对象是《疑雨集》，但在行文中也使用了《疑云集》的文字，而且在文后“作者附注”中指出，文中有关王彦泓的家世生平，参考了钟来因《王彦泓探考》，说明他对《疑云集》为王彦泓所作并无异议。郑清茂先生整理的《王次回诗集》（台湾联经出版事业公司1984年版），也正是由《疑雨集》《疑云集》两部分组成。另外，一些研究唐代文学的学者，在谈到李商隐、韩偓诗歌的影响时，也提到“王次回《疑云集》”，如施蛰存《唐诗百话》（上海古籍出版社，1987年版，第688页）、刘学锴《李商隐诗歌接受史》（安徽大学出版社，2004年版，第463页）等。

③ 徐珂《可言》卷五，《天苏阁丛刊》二集。

④ 钟来因《钱钟书致钟来因信八封注释》，《江苏社会科学》2000年第3期。

（一）对俞廷瑛《琼华诗集》《琼华词集》的窜改

《疑云集》以“黄山程文远”刊本为最早，扫叶山房石印，题“王次回先生著”。上海图书馆有藏。笔者所寓目的还有上海国学维持社1918年刊印《疑云集》(王文濡据“程文远刊本”点勘，现美国哈佛燕京学社有藏。中国台湾学者郑清茂校《王次回诗集》所收《疑云集》，就是据此本而施以新式标点)、上海大东书局1922年刊印《疑云集》(国家图书馆有藏)、大达图书供应社1935年刊印《疑云集》(上海图书馆有藏)、中央书店1935年刊印《疑云集》(南京图书馆有藏)。它们之间的差异非常微小。另有雷瑨注释、扫叶山房1929年刊印的《注释疑云集》(复旦大学图书馆有藏)，其本文部分与其它版本也基本相同。

《琼华诗集》和《琼华词集》题“吴县俞廷瑛筱甫”。它们被装订为上、下两册，其中上册三卷，皆诗，下册三卷，其中诗一卷，词二卷。上海图书馆有藏。半页九行二十一字，黑口，左右双边，单鱼尾。

《琼华诗集》卷一卷端第一行下有“徐珂读”印。前有作者自序，云：

> 予于咸丰乙卯编次所作古今体诗八卷，名之曰《琼华集》。庚申之变，罹于兵火。厥后流离迁徙，转入戎幕，飞书驰檄，日昃不遑，风雅之途，几若冰炭。同治癸亥，以署鄞县丞事由衢州至宁波，阅十有三年，始迁杭州，其间存诗无几。迨光绪丁丑，同人招要入诗社，东涂西抹，作三五少年伎俩。然仕宦不进，才亦浸退，视昔所编次者，有不及无过之矣。乃复珍而惜之，录而存之，不啻以千金视敝帚者。殆孟氏所谓失其本心者欤！光绪九年冬十一月。吴县俞廷瑛自识于杭州。

先按《疑云集》的编次，将见于《琼华诗集》的193首诗列表如下(《疑云集》有明确编年，《琼华诗集》按时间顺序编次，除开头几篇外，时间线索比较清晰，为便于讨论，尽可能编年。又原诗有同题多首者，或未标明篇数，今据实计入)：

《疑云集》	《琼华诗集》
《游仙》(卷一)(1632)	《游仙》(卷一)
《春寒》(卷一)(1632)	《春寒》(卷四)(1887或1888)
《闺词》“花朝，孝先、弢仲邀赴龙山精舍，作此辞之”①(卷一)(1632)	《闺词》“戊寅花朝，秋珊邀赴冶春诗社，作此辞之”(卷二)(1878)
《射覆》(卷一)(1632)	《射覆》(卷一)

① 本文所引《疑云集》文字，如不特别注明，皆以“黄山程文远”初刊本为准。

（续　表）

《疑云集》	《琼华诗集》
《投壶》(卷一)(1632)	《投壶》(卷一)
《扫花》(卷一)(1632)	《扫花》(卷一)
《品茗》(卷一)(1632)	《品茗》(卷一)
《忆旧》(卷一)(1632)	《忆旧》(卷四)(1885)
《记得》(卷一)(1632)	《记得》(卷四)(1885)
《偶成》(卷一)(1632)	《偶成》其一(卷四)(1884),其二(卷四)(1885)
《悼红吟》(卷一)(1632)	《悼红吟》(卷一)
《秋花分咏同端己作》(卷一)(1632)	《秋花杂咏》(卷一)(1877)
《闺怨》(卷一)(1632)	《闺怨》(卷四)(1885)
《题荆文始姊夫〈红楼别絮图〉》(卷一)(1632)	《题徐韵笙维城〈红楼别絮图〉》(卷四)(1885)
《遇邻媪》(卷一)(1632)	《遇邻媪》(卷四)(1886)
《偶成》(卷一)(1632)	《偶成》(卷四)(1887 或 1888)
《雨窗》(卷一)(1632)	《雨窗》(卷四)(1887)
《游仙》(卷一)(1632)	《游仙》(卷四)(1885)
《偶作》(卷一)(1632)	《偶作》(卷四)(1884)
《忆梅》(卷一)(1632)	《忆梅》(卷二)(1877)
《寻梅》(卷一)(1632)	《寻梅》(卷二)(1877)
《赏梅》(卷一)(1632)	《赏梅》(卷二)(1877)
《惜梅》(卷一)(1632)	《惜梅》(卷二)(1877)
《十二月十七日,招云客、孝先、弢仲、端己小饮成即事一首》(卷一)(1632)	《十二月十七日,招二屏凤藻、江秋珊、钱子奇国珍、汪咏之昌小饮寓斋成即事一首》(卷二)(1877)
《题康元始诗集》(卷一)(1632)	《题江秋珊梦花草堂诗集》(卷二)(1878)
《帘波》(得香字)(卷一)(1632)	《帘波》(得香字)(卷一)
《香篆》(得帘字)(卷一)(1632)	《香篆》(得帘字)(卷一)
《岁事》(卷一)(1632)	《岁事》(卷四)(1883)
《壬申除夕》(卷一)(1632)	《癸未除夕》(卷四)(1883)

（续　表）

《疑云集》	《琼华诗集》
《踏灯词偕云客作》（卷一）（1633）	《踏灯词》（卷四）（1886）
《买灯词》（卷一）（1633）	《买灯词》（卷二）（1878）
《观物四首》（卷一）（1633）	《观物四首》（卷三）（1879）
《偕孝先子巨万束坡酒肆小饮，成四绝句》（卷一）（1633）	《偕同人饮于金波桥酒肆，成四绝句》（卷三）（1885）
《妆阁》（卷一）（1633）	《妆阁》（卷三）（1885）
《庭竹》（卷一）（1633）	《庭竹》（卷三）（1885）
《戏作》（卷一）（1633）	《戏作》（卷三）（1885）
《懊恼》（卷一）（1633）	《懊恼》（卷三）（1885）
《选佛词》（卷一）（1633）	《选佛词》（卷一）（1878）
《不寐》（卷一）（1633）	《不寐》（卷三）（1881）
《蝇》（卷一）（1633）	《蝇》（卷三）（1879）
《牡丹》“以天香二字为韵”（卷一）（1633）	《牡丹》“以天香字为韵”（卷四）（1885）
《赴钟陵舟中晚眺》（卷一）（1633）	《晚眺》（卷二）（1878）
《新秋》（卷一）（1633）	《新秋杂咏》（卷三）（1881）
《即事》（卷一）（1633）	《即事》（卷二）（1877）
《晚眺》（卷一）（1633）	《有感》（卷四）（1885）
《偶成》（卷一）（1633）	《偶成》（卷四）（1887 或 1888）
《有感》（卷一）（1633）	《有感》（卷一）（1877）
《明妃》（卷一）（1633）	《明妃》（卷三）（1879）
《饯菊》（卷一）（1633）	《饯菊》（卷三）（1879）
《约梅》（卷一）（1633）	《约梅》（卷三）（1879）
《一品锅同戈庄学联句》（卷一）（1633）	《一品锅》（卷二）（1877）
《寒夜书怀》（卷一）（1633）	《寒夜书怀》（卷四）（1883）
《立春日作》（卷一）（1634）	《立春日作》（卷四）（1883）
《春秋列国宫词》（卷一）（1634）	《春秋列国宫词》（卷二）（1877）
《杨花曲同孝先端己豉仲作》（卷一）（1634）	《杨花曲》（卷二）（1878）
《暮春四绝》“逸其二”（卷一）（1634）	《西游湖上》（卷二）（1878）

（续　表）

《疑云集》	《琼华诗集》
《石画》（卷一）（1634）	《石画》（卷一）（1877）
《铁画》（卷一）（1634）	《铁画》（卷一）（1877）
《绣画》（卷一）（1634）	《绣画》（卷一）（1877）
《烙画》（卷一）（1634）	《烙画》（卷一）（1877）
《玉茗花》（卷一）（1634）	《玉茗花》（卷一）（1877）
《即事》（卷一）（1634）	《即事》（卷二）（1879）
《偶步》（卷一）（1634）	《偶步》（卷二）（1879）
《猫》（卷一）（1634）	《猫》（卷二）（1879）
《雷雨后月色大皎》（卷一）（1634）	《雷雨夜月色大皎》（卷二）（1879）
《偶成》（卷一）（1634）	《偶成》（卷二）（1879）
《中秋》（卷一）（1634）	《中秋》（卷四）（1884）
《新声》（卷一）（1634）	《新声》（卷四）（1884）
《酿酒》（卷一）（1634）	《酿酒》（卷三）（1879）
《待雪》（卷一）（1634）	《待雪》（卷三）（1880）
《打冰词》（卷一）（1634）	《打冰词》（卷二）（1877）
《舟中偶成》（卷一）（1634）	《舟中偶成》（卷四）（1885）
《立春后三日，孝先招同子荆、弢仲、端己饮于龙山精舍，分韵得人字》（卷二）（1635）	《戊寅立春后九日，同人宴秦澹如都转缃业于吴山之太虚楼，分韵得人字》（卷二）（1878）
《春日偶成》（卷二）（1635）	《春日偶成》（卷四）（1885）
《三月七日，小岖山修禊，分韵得毕字》（卷二）（1635）	《三月七日，海潮寺修禊，分韵得毕字》（卷四）（1886）
《游长荡湖偶作》（卷二）（1635）	《游湖偶作》（卷四）（1884）
《秋香》（卷二）（1635）	《秋香》（卷一）（1877）
《秋色》（卷二）（1635）	《秋色》（卷一）（1877）
《秋影》（卷二）（1635）	《秋影》（卷一）（1877）
《秋声》（卷二）（1635）	《秋声》（卷一）（1877）
《饯秋》（卷二）（1635）	《饯秋》（卷三）（1880）

（续　表）

《疑云集》	《琼华诗集》
《感怀》（卷二）（1635）	《冬至前四日，边竹潭保枢招饮于秋珊寓斋作消寒三集，时菊花犹未尽残也，因即以晚菊为题得七律一首》（卷四）（1883）
《冬至前二日，子荆招饮作消寒会，时菊花犹未残也，因即以晚菊为题》（卷二）（1635）	《感怀》（卷三）（1880）
《元旦试笔》（卷二）（1636）	《辛巳元旦试笔》（卷三）（1881）
《新正七日，同人集云客斋中，分得种字，成五言三十二韵，并怀六叔父衡湘》（卷二）（1636）	《新正七日，同人集颐情馆，分得种字，成五言三十二韵，并怀江秋珊明州》（卷三）（1881）
《郊外闲步》（卷二）（1636）	《闲步湖上》（卷三）（1881）
《偶成》（卷二）（1636）	《偶成》（卷三）（1881）
《清明日，同人宴集龙山，得七律二首，叠韵》（卷二）（1636）	《清明日，同人宴集湖舫，得七律二首》（卷三）（1881）
《北行》（卷二）（1636）	《丁丑二月北行口占》之四（卷一）（1877）
《宿河西务和壁间韵》（卷二）（1636）	《宿河西务和壁间韵》（卷一）（1877）
《河西务早发》（卷二）（1636）	《河西务早发》（卷一）（1877）
《仲谓答我寓斋杂咏诗次韵为报》（卷二）（1636）	《鹭臣以咏寓斋花木诗见示，次韵奉答》（卷一）（1874）
《汤婆》（卷二）（1636）	《汤婆》（卷二）（1879）
《元旦立春》（卷三）（1638）	《丙戌元旦立春》（卷四）（1886）
《拟田家诗》（卷三）（1638）	《拟田家诗》（卷三）（1880）
《戊寅仲冬二日，云客招赏菊花》（卷三）（1638）	《己丑仲冬二日，许星台方伯招赏晚菊》（卷三）（1889）
《十一月初九日同人小集斋中分赋月夜龙山探梅》（卷三）（1638）	《十一月初九日同人小集斋中分赋月夜孤山探梅》（卷三）（1883）
《十二月十九日，孝先召集同人，祝东坡生日于龙山，成七古一首》（卷三）（1638）	《十二月十九日，许星台方伯应铎召集同人，祝东坡生日于吴山，成七古一首》（卷四）（1885）
《拟左太冲咏史》（卷三）（1639）	《拟左太冲咏史》（卷三）（1880）
《七夕偶成》（卷三）（1639）	《七夕偶成》（卷三）（1879）
《雨到云间》（卷三）（1639）	《雨过富阳》（卷四）（1885）

（续　表）

《疑云集》	《琼华诗集》
《喜雨》（卷三）（1639）	《大雨》（卷四）（1885）
《初到葺城感赋》（卷三）（1639）	《送邓笏臣嘉纯之衢州》（卷四）（1887）
《落叶四首》（卷三）（1639）	《落叶四首和洗蕉老人韵》（卷四）（1877或1888）
《重九日舟中作》（卷三）（1639）	《重九日陪孙稼生廉访家谷游湖上》（卷三）（1879或1880）
《东坡生日，用小坡〈斜川集〉中〈大人生日〉韵五首，寄孝先，并示里中诸同人。上年十二月十九日，孝先召集同人，祝东坡生日于龙山，余成七古一首，同人约余来岁作东道主。今年滞迹云间，深以莫践前约为憾。青阳逼岁，旅感丛生，回首乡关，益增离索，因作此以寄焉》（卷三）（1639）	《东坡先生生日，同人依翁覃谿学士苏斋故事，用小坡〈斜川集〉中〈大人生日〉韵五首》（卷三）（1880）
《岁暮述怀》（卷三）（1639）	《岁暮述怀》（卷三）（1880）
《花朝日，删社诸友招饮，予未赴也。翌日，莲公以所作见示，并以不到为讯。次韵报之》（卷三）（1640）	《花朝日，秋珊招饮于所居之花坞夕阳楼，予未赴也。翌日，子奇以所作见示，并以不到为讯。次韵报之》（卷二）（1878）
《和友人留别原韵》（卷三）（1640）	《和江秋珊赴甬留别原韵》（卷三）（1880）
《有感》（卷三）（1640）	《有感》（卷四）（1885）
《岁暮归家自述所怀》（卷三）（1640）	《祝秦散之六十生辰即次自寿原韵》（卷四）（1888）
《食鲜蕨菜因赋》（卷三）（1641）	《小梧宗山馈鲜蕨菜赋谢》（卷三）（1641）

《琼华词集》分上、下两卷，前有俞廷瑛的自序。《序》云：

> 词有定律，少时不甚为之，嫌其拘也。光绪戊寅、己卯间，预西泠吟社，社中诸子以词相尚，从而效之。十年以来积三百余首，删其二而存其一，则仁和谭君仲仪所订定也。吴县俞廷瑛自识。

《疑云集》中的102阕词全部见于《琼华词集》，且内容几乎完全相同，只是一部分词题有所不同罢了。今仅把词题不同者列表对照如下：

《疑云集》	《琼华词集》
《南浦·新柳和元甫韵》	《南浦·新柳和边竹潭》
《金缕曲·端己将赴吴中，于余扇头书所作词，画兰一枝，亦题小令，拈此为谢》	《金缕曲·沈子佩昌宇将赴杭州，于予扇头书所作词，画兰一枝，亦题小令，拈此寄谢》

（续　表）

《疑云集》	《琼华词集》
《浣溪沙·姚妹》	《浣溪沙》
《玉蝴蝶·题湘云〈百蝶图〉册子》	《玉蝴蝶·题上虞谢韦舟〈百蝶图〉》
《壶中天·题端己别业》	《壶中天·题山阳段笏林〈秋林习隐图〉》
《点绛仙·京口阻风》	《点绛仙·湖上阻风》
《菩萨蛮》	《菩萨蛮·题宗载之〈陌上寻钿图〉》

《疑云集》有这么多的诗词见之于俞廷瑛的《琼华诗集》《琼华词集》，绝不可能是巧合。这里存在两种可能：一是《疑云集》剽袭、改窜俞廷瑛的《琼华诗集》《琼华词集》，二是俞廷瑛窃王彦泓的作品以为己作。到底那种可能更为合理呢？

笔者将同时见之于《疑云集》与《琼华诗集》的 193 首诗、同时见之于《疑云集》与《琼华词集》的 102 阕词作了对勘，主要有以下几种情况：

第一，内容完全相同。诗如《游仙》《春寒》《射覆》《投壶》《扫花》《品茗》《忆旧》《记得》《偶成》《雨窗》《偶作》《忆梅》《寻梅》《赏梅》《惜梅》《秋香》《秋色》《秋影》《秋声》《拟田家诗》《拟左太冲咏史》《岁暮述怀》等，词如《浪淘沙》《唐多令》《喝火令》《清平乐》《买陂塘》《多丽》《河传》《青玉案》《浣溪沙》《踏莎行》《十六字令》《江城梅花引》《金缕曲》《卜算子》《寿楼春》《虞美人》等。这种情况较多，限于篇幅，不再一一列举。这类诗词基本为浮泛之作，没有直接与作者相关的信息。

第二，两书内容基本一致，但一些关键信息却并不相同。

1. 人名、地名不同。在《疑云集》中，有些诗词与《琼华诗集》《琼华词集》中的诗词只是人名、地名不同，其它则基本一致。如：《疑云集》卷一《闺词》“花朝，孝先、弢仲邀赴龙山精舍，作此辞之”，《琼华诗集》卷二作《闺词》“戊寅花朝，秋珊邀赴冶春诗社，作此辞之”；《疑云集》卷一《十二月十七日，招云客、孝先、弢仲、端己小饮，成即事一首》，《琼华诗集》卷二作《十二月十七日，招二屏凤藻、江秋珊、钱子奇国珍、汪咏之昌小饮寓斋，成即事一首》；《疑云集》卷二《立春后三日，孝先招同子荆、弢仲、端己饮于龙山精舍，分韵得人字》，《琼华诗集》卷二作《戊寅立春后九日，同人宴秦澹如都转缃业于吴山之太虚楼，分韵得人字》；《疑云集》卷三《十二月十九日，孝先召集同人，祝东坡生日于龙山，成七古一首》（卷三，戊寅年），《琼华诗集》卷四作《十二月十九日，许星台方伯应鑅召集同人，祝东坡生日于吴山，成七古一首》；《疑云集》卷四《金缕曲·端己将赴吴中，于余扇头书所作词，画兰一枝，亦题小令，拈此为谢》，《琼华词集》卷上作《金缕曲·沈子佩昌宇将赴杭州，于予扇头书所作词，画兰一枝，亦题小令，拈此寄谢》等。

2. 时间不同。在《疑云集》中，有些诗只是与《琼华诗集》中的诗写作时间不同，其它则完全一致。如《疑云集》卷二丙子年《元旦试笔》，《琼华诗集》卷三作《辛巳元旦试笔》；《疑云集》卷三戊寅年《元旦立春》，《琼华诗集》卷三作《丙戌元旦立春》等。

3. 数字不同。在《疑云集》中，有些诗与《琼华诗集》中的诗数字不同，其它则基本一致。如《疑云集》卷三《岁暮述怀》中的"读书二十年，作客二十载"，《琼华诗集》卷三《岁暮述怀》作"读书三十年，服官二十载"。

4. 其它不同。如《疑云集》卷一《玉茗花》只有正文，没有注；而《琼华诗集》卷一《玉茗花》的正文与前者完全相同，却有注："用《疑雨集》诗意""蒋心余先生著传奇九种，《临川梦》其一也"。

通过考察、辨析同时见于《疑云集》与俞廷瑛《琼华诗集》《琼华词集》诗词的关键信息，我们认为是《疑云集》改窜、剽袭俞廷瑛《琼华诗集》《琼华词集》。主要理由如下：

其一，《疑云集》有诗三卷，编年从壬申到辛巳。王彦泓生万历癸巳(1593)，卒崇祯壬午(1642)①。如果《疑云集》真是王彦泓创作的话，当作于崇祯壬申到辛巳间。然而，在《疑云集》中，有些诗的编年与诗中的时间完全不符，而在《琼华诗集》中则若合符契。试举几例：

1.《疑云集》卷三戊寅年有《元旦立春》一首：

> 蜡鼓送残年，新声到耳边(《琼华诗集》为"甲子从头数，重逢丙戌年")。欣当椒酒暖，恰称菜盘鲜。佳节诚难遇，韶光倍可怜。凭栏闲觅句，且自学坡仙。

根据历法常识，按公元月日计算，立春在每年的2月3日至5日之间交节。根据《两千年中西历对照表》②，崇祯戊寅元旦为公元1638年2月14日，根

① 《三旌义门王氏族谱》卷五，清刻本，南京大学图书馆藏。袁枚、沈德潜误把王彦泓作清朝人，《生平考》一节对此有具体考证。

② 薛仲三、欧阳颐《两千年中西历对照表》，生活·新知·读书三联书店1956年版。如《疑雨集》卷上崇祯戊辰年《新岁竹枝词》之二说："春朝岁旦古难并，十九年来见两巡。记得簸钱时未远，对门除夕看迎春。"根据《两千年中西历对照表》，崇祯戊辰元旦(这里的"元旦"，指农历正月初一)为公元1628年2月5日，而十九年前的万历己酉元旦为公元1609年2月4日，都为立春日，与诗句"十九年来见两巡"完全相符。

本不可能是立春日。古人对节气的变化比现代人敏感得多,以常理言,是不会把立春时间搞错的,特别是“春朝岁旦”这样容易给人留下深刻印象的情况,王彦泓绝不可能在戊寅年写出《元旦立春》这样的诗来!这首诗在《琼华诗集》则作《丙戌元旦立春》,从上文所引《琼华诗集》的序文可以看出,俞廷瑛主要生活在清咸丰、同治、光绪间,丙戌当为光绪丙戌(1886),而这一年的元旦为公历2月4日,正是立春日。显然,只能是《疑云集》窜改《琼华诗集》。

2.《疑云集》卷一《十二月十七日,招云客、孝先、韬仲、端己小饮,成即事一首》“缇室早报葭灰飞,胜六未放阳春回”后有注:“逾冬至将一月。”(《琼华诗集》卷二《十二月十七日招二屏凤藻江秋珊钱子奇国珍汪咏之昌小饮寓斋成即事一首》作“自上月十八日冬至后,雨雪连绵,至今未已”。)这首诗在壬申年下,根据《两千年中西历对照表》,崇祯壬申年十二月十七日为公历1634年1月26日,按历法常识,崇祯壬申年冬至交节只能在公历1633年12月21日至23日之间,崇祯壬申年十二月十七日逾冬至已一月有余,而非“将一月”。据《琼华诗集》编次,《十二月十七日招二屏凤藻江秋珊钱子奇国珍汪咏之昌小饮寓斋成即事一首》当作于光绪丁丑(1877),十一月十八日为公历1877年12月22日,正是冬至日,这与《琼华诗集》中“上月十八日冬至”相合。这也说明是《疑云集》窜改《琼华诗集》而非相反。

3.《疑云集》卷二崇祯丙子年有《清明日,同人宴集龙山,得七律二首,叠韵》:

> 有约龙山(《琼华诗集》作“苏堤”)共探春,平明策骑向湖滨。已过上巳刚三日,小聚同朋只四(《琼华诗集》作“十”)人。打桨中流桃叶远,插檐一路柳条新。持杯笑看苍鳞色,烟雨空蒙画入神。
>
> 记否当年共赏(《琼华诗集》作“赋冶”)春,酒船风阻泊江滨。难从流水寻残梦,应有垂杨识旧人。裙屐一时酬唱在,峰峦千古画图新。主张端属于东海,万卷罗胸笔有神。

“上巳”是指农历三月三日;诗中说“已过上巳刚三日”,表明这一天为农历三月初六。然而,根据《两千年中西历对照表》,崇祯丙子三月初六为公元1636年4月11日,清明已过了好几天。可是,从诗题看,这两首诗显然写于崇祯丙子清明。简直是牛头不对马嘴!显然此诗绝非王彦泓所作,只能是《疑云集》窜改《琼华诗集》。

其二,在《疑云集》中,有些诗的内容完全不合情理、违背事实,而《琼华诗集》则不存在这样的问题。这方面例子较多,我们从中选择几条:

1. 从上文所列表中可以看出，在《疑云集》中，乙亥、戊寅、己卯年都有有关孝先的诗。孝先即于钟元，金坛《于氏族谱》有以下记载：

> 钟元字孝先，号皋羽。菊隐公次子。万历丁酉九月初三日生。居城。廪生。娶宜兴吴氏正国公女，继娶无锡华氏天启乙丑会元琪芳公胞妹。崇祯甲戌六月初二日卒。①

在《疑雨集》中，最后提到孝先的诗为作于崇祯癸酉年的《孝先、韬仲过存病榻，携具为欢，予于枕上劝酬，笑谈弥日，乐而咏之》（卷下），甲戌年后孝先再没有出现，这可为族谱的记载提供旁证。孝先既然已经于崇祯甲戌六月初二日卒，他怎可能在其后的乙亥、戊寅年招集同人？王彦泓怎还会在己卯年寄诗给他？岂非见鬼？在《琼华诗集》中，我们并没有发现这些诗篇有什么不合情理之处。

2.《疑云集》卷三《戊寅仲冬二日云客招赏菊花》（《琼华诗集》分别作"许星台方伯""晚菊"）的最后几句为"鲰生不才徒肉食，频年忝侍高人侧。愿从寿客晋寿觞，搴帘笑看南山色"。后有注："云客初度在即。"（《琼华诗集》作"是月十一日，为公七旬大寿"。）云客即唐宇昭，他是唐顺之的玄孙，唐君瑜的儿子，生万历壬寅（1602），卒清康熙壬子（1672）②。王彦泓生万历癸巳（1593），卒崇祯壬午（1642）③，比云客年长9岁；从《疑雨集》看，二人辈分相同，相交甚契。他对云客说"鲰生不才徒肉食"已让人觉得不怎么妥当，更何况"频年忝侍高人侧"这样的话呢？而"南山"为祝寿常用之语，用来夸赞人的长寿。在崇祯戊寅，云客仅有三十几岁，到王彦泓去世时，云客也不过四十一岁，王彦泓怎能在"云客初度在即"时写出"愿从寿客晋寿觞，搴帘笑看南山色"这样的诗句呢？而作为俞廷瑛写给许星台七旬大寿的诗句，则合情合理，非常妥帖。

3.《疑云集》卷三己卯年《岁暮述怀》开始两句为"读书二十（《琼华诗集》作"三十"）年，作客（《琼华诗集》作"服官"）二十载。"如果说"读书二十年"还勉强说得通的话，"作客二十载"则与王彦泓的经历不符。从《疑雨集》我们不难看出，王彦泓在崇祯己卯前，除了短暂离家外，大多数的时间都是在家度过的，"作客二十载"从何谈起？当然，不能对诗中所写的时间过于较真，但总不能太离谱了吧，否则岂不成了信口胡诌！根据前引《琼华诗集》自序，俞廷瑛咸丰乙卯（1855）编次所作古今体诗八卷，名之曰《琼华集》；同治

---

① 《于氏族谱》第十五本，福兼堂梓，清光绪庚辰（1880）重修。南京大学图书馆藏。

② 参看唐鼎元编《明唐荆川先生年谱》，1939年铅印本，《北京图书馆馆藏珍本年谱丛刊》第47册。

③ 《三旌义门王氏族谱》卷五，清刻本。

癸亥(1863)署鄞县丞事;十三年后,迁至杭州;光绪九年癸未(1883)为《琼华诗集》作序。"读书三十年,服官二十载"与俞廷瑛的生活经历正好相符。

4.《疑云集》卷三庚辰年《花朝日删社诸友招饮,予未赴也。翌日,莲公以所作见示,并以不到为讯。次韵报之》首句为"两载离乡居异地"(《琼华诗集》作"廿")。乍一看,无论诗题还是诗句都没有问题:王彦泓在华亭时曾参加删社,而且和莲公也有过唱和——这在《疑雨集》里很容易找到根据;王彦泓任华亭训导的时间在崇祯戊寅年——研究者一般这样认为。然而,王彦泓在崇祯戊寅年始任华亭训导是研究者根据《疑云集》推出的,是否正确需要进一步论证。《妇人集》冒褒注说:"朗适梁溪秦氏,父彦泓任楚中学博,朗集唐以饯其行。中有'君向潇湘我向秦'之句,可谓雅当。"①朗即王朗,她是王彦泓的女儿。王朗的丈夫是秦德澄,卒于崇祯戊寅八月初十;他们有两个女儿②。以常理推测,王朗适秦时不迟于崇祯丁丑。换言之,王彦泓任楚中学博的时间也当不迟于崇祯丁丑③。那么,王彦泓庚辰年当为离乡三载或四载,而非"两载离乡居异地"。俞廷瑛为江苏吴县人,而从上文的分析看,他从同治癸亥(1863)到光绪癸未(1883),一直生活在浙江,"廿载离乡居异地"非常符合他的人生经历。

其三,在《疑云集》中,有些诗题和诗的内容根本不符;而在《琼华诗集》中,诗题和诗的内容完全吻合。上文提到的《清明日,同人宴集龙山,得七律二首,叠韵》(《琼华诗集》作"湖舫"),除了上文提到的诗的编年与诗中的时间不符外,还存在其他矛盾。从"平明策骑向湖滨""打桨中流桃叶远""持杯笑看苍鳞色""难从流水寻残梦"的诗意看,宴集的地方应在湖上的船里,而非诗题中所说的龙山,因为在《疑雨集》有《龙山所见》(卷上)《访孝先、韬仲龙山精舍即事》(卷下)等诗,与上面描述的景象迥然不同。而且,从"记否当年共赏春,酒船风阻泊江滨""难从流水寻残梦""裙屐一时酬唱在"看,诗人和现在宴集的一些朋友曾经有过类似的活动,并且有过唱和,而在《疑雨集》中,王彦泓根本没有和朋友在船上宴集的丝毫迹象,更没有相关的诗篇。相反,就《琼华诗集》而言,诗题与诗中描写的内容完全吻合。

上述内容足以说明,《疑云集》与《琼华诗集》《琼华词集》相同或基本相同的作品,只能是《疑云集》剽袭、窜改《琼华诗集》《琼华词集》,而绝不可能相反。

---

① 陈维崧编、冒褒注《妇人集》,《如皋冒氏丛书》。

② 参看《锡山秦氏宗谱》(清乾隆刻本)、《梁溪诗抄》,清刻本。

③ 《生平考》一节对此有具体考证。

我们还可举一些旁证。徐世昌编《晚晴簃诗汇》收有俞廷瑛《拟左太冲咏史》二首、《落叶》二首，这四首诗也见于《疑云集》，且内容完全一致①。吴唐林辑《侯鲭词》中有俞廷瑛《琼华室词》，其中的22首词与《疑云集》基本相同，只是个别文字略有差异②。谭献辑《箧中词续》曾提到吴唐林辑《侯鲭词》，并且选录了俞廷瑛《琼华室词》中的《买陂塘》，这首词与《疑云集》中《买陂塘》完全相同③。叶恭绰编《全清词钞》，也选了俞廷瑛的这首《买陂塘》④。

（二）其他作伪的线索和证据

除了上文所涉及的窜改俞廷瑛的作品以外，在《疑云集》中还有其它一些和事实不符、或与《疑雨集》相矛盾之处，甚至自身前后相冲突。兹列其显误者如下：

1.《疑云集》卷三己卯年有《四不愁诗》三首，其中第二首为：

> 我今登山殊不愁，振衣千仞开双眸。九点烟觉齐州小，一杯水看沧海浮。万里空明无一障，只有星斗在头上。三年阁笔不吟诗，今日仰天发高唱。

诗人既然说“三年阁笔不吟诗”，按理说他在此之前的三年应该停止写诗。《疑雨集》在丁丑、戊寅和己卯三年确实没有诗，而在《疑云集》中，《四不愁诗》之前己卯年就有《人日同人小集，分咏昌黎人日诗韵》《海棠词》《春思》等三首，丁丑年有诗六十二首、戊寅年有诗三十九首。诗人焉能如此健忘？《人日同人小集，分咏昌黎人日诗韵》《海棠词》《春思》等三首，因与《四不愁诗》同为己卯年所作，存在顺序颠倒的可能性，可以不论，《疑云集》戊寅年、丁丑年的诗和《四不愁诗》必有一伪或两俱伪。

2.《疑云集》卷三己卯年有《哭叔闻》一首：

> 每谓君才晚必伸，哪知天竟丧斯人。酒杯尚忆生前兴，诗卷空余箧里春。白马未能棺次哭，炙鸡终拟墓前陈。年来亲串多乖忤，目断江云泪满襟。

叔闻是王镨的字，《疑雨集》曾多次提到他。署“虞山钱谦益撰”的《王叔闻先生诗钞序》说：

---

① 《晚晴簃诗汇》卷一百六十八，中华书局，1990年版，第7339—7340页。

② 《侯鲭词》，清光绪刻本。复旦大学图书馆有藏。

③ 《箧中词续》卷二，《箧中词》，清光绪刻本，《续修四库全书》第1732册。

④ 《全清词钞》，中华书局，1982年版，第1381—1382页。

> 镠，字叔闻，金坛人。恭简公樵之诸孙也。数踏省门，不得举，闭门下键，读书尚志，欲期古人于千载之上。……乱后，每抠衣循发，以不即死为耻。悲歌流涕，有沉渊立槁之志。一日，从里人饮，大醉，病卧三日，遂不起。丁亥之九月也，年已七十矣。①

《三旌义门王氏族谱》记载王镠卒于丁亥九月二十五日，与此一致。王彦泓卒于明崇祯壬午，这有充分的证据；王镠亡于顺治丁亥，这也不容置疑。王彦泓怎能写出《哭叔闻》这样的作品呢？

3. 贺裳《皱水轩词筌》说：

> 王次回名彦泓，后为云间学博，余从母孙也。喜作艳诗而工，凡数百首，见者沁入肝脾，其里习俗为之一变，几于小元白云。词不多作，而多改昔人词，殊有加毫颊上之技。②

在《疑雨集》中，只有词 2 阕，自然是"词不多作"；而在《疑云集》中，却有不记年词 102 阕，如果这些词真是王彦泓创作的话，还能说"词不多作"吗？而贺裳上述的说法被王士禛、邹祗谟辑《倚声初集》引用过，值得相信③。

4. 在壬申年，《疑云集》中有诗五十九首，而在《疑雨集》中清楚的注明壬申年"无诗"（卷下）。这五十九首诗从何而来，为什么把它们编入《疑云集》而不编入《疑雨集》中呢？《疑云集》并没有作任何说明，似乎很难得到合理的解释。更值得一提的是，《疑雨集》辛未年最后一首诗中有"歇却吟哦敛却狂，洗空心地着欢娘"之句。（卷下《纪事》）表明王彦泓在壬申年"歇却吟哦"，根本没有写诗。

5.《疑云集》卷一甲戌年有《续梦辞》十二首，第十二首为：

> 月华才调迥超群，占得芳姿胜几分。绀雪作肤融暖玉，碧罗倚酒带春云。迎来桃叶春深渡，拜倒石榴艳夺裙。探喜良朋狂不已，宏农乐府报云云。（自注：阿姚来归，同人日来探喜。乐府有《宏农得宝歌》，为玄宗得太真而作。）

王彦泓在《疑雨集》卷下《阿姚之归，凡同心皆为予喜，而向来知其事者端已、韬仲叔也。于其来贺，赋谢一章》"惭愧月华诗思浅"之后注："唐女郎姚月华有诗见《才调集》"，上面诗中的"月华"显然是暗指阿姚；桃叶是王献之

---

① 《王叔闻先生诗钞》卷首，清乾隆七年（1742）清芬堂刻本，《四库禁毁书丛刊》第 165 册。

② 贺裳《皱水轩词筌》，《昭代丛书》本，上海古籍出版社 1990 年版。

③ 王士禛、邹祗谟辑《倚声初集》，清刻本，《续修四库全书》第 1729 册。

的妾，王献之曾作《桃叶歌》[1]，这里用来代指阿姚。诗的前两联夸赞阿姚才调超群，美丽不凡；后两联是说迎来阿姚，良朋探喜。假如这首诗确实是王彦泓写的话，当写于迎来阿姚之后，诗中的注也说明这一点。然而，就在这一年之后的乙亥年，王彦泓《疑雨集》卷下《金缕曲》有"东归青鸟报欢音，喜字回环寓意深"之句，表达的是佳期已定，等待阿姚来归的喜悦心情。《疑雨集》乙亥年接下来还有《劝驾词》十二首、《病讯》四章——《劝驾词》只能写在阿姚尚未来归之时，《病讯》更是清清楚楚地说"无端娇病减琼姿，正压钿车欲驾时"。在乙亥年，王彦泓尚在为等待阿姚来归而喜悦，阿姚还在"欲驾时"，怎么可能在甲戌年就"阿姚来归，同人日来探喜"呢？《续梦辞》显然不可能是王彦泓所作！

综上所述，《疑云集》属于伪书当无疑义[2]。

（三）以假乱真的原因

那么，作伪者是靠什么手段使一般的读者，甚至相关的研究者相信《疑云集》是王彦泓的作品呢？下面我们对此略加解释，以便进一步揭露作伪者的伎俩。

首先，《疑云集》出现之时也正是王彦泓《疑雨集》风靡之时，借用所谓《〈疑云集〉序》中李定的话就是："万人万遍，脍炙人口。"[3]有的书商觉得有机可乘，便伪造王彦泓的作品以射利，这虽然可恶，但也不足为怪。王彦泓是以写艳体诗著称的，提起他的《疑雨集》，读者也多着眼于其中的香艳之作；而在中国的文化背景中，"云""雨"常常结合在一起，表示特定的含义。一个已经对《疑雨集》有了一点了解的读者，当听说王彦泓还有《疑云集》时，他第一反应恐怕并不是考虑其真假，而是觉得这是非常自然的事情。

其次，作伪者之所以选择俞廷瑛的作品作为伪造《疑云集》的基础，显然是经过仔细琢磨的。第一，俞廷瑛对《疑雨集》非常熟悉，并在具体的创作中从《疑雨集》中汲取养分，这使得他的有些作品烙有《疑雨集》影响的痕迹。上文提到《玉茗花》诗中的注"用《疑雨集》诗意"可以证明这一点。第二，《琼华诗集》中有些诗与王彦泓的身世恰巧暗合。如《琼华诗集》卷四有一首《遇邻媪》，这首诗没有作任何改动而被编进《疑云集》（卷一）：

西邻有媪鬓如丝，曾见侬家全盛时。四壁芸香书估集，一年花事酒

---

① 《玉台新咏集》卷十，《四部丛刊》本。

② 据吴藕汀《十年鸿迹》（吴小汀整理），《疑云集》可能为吴江盛泽人王有衍伪造。（《十年鸿迹》，中华书局2010年版，第728页）

③ 《疑云集》，补拙斋藏板，上海图书馆藏。

人知。金笺满座催诗早,玉笛深宵按曲迟。今日天涯共沦落,不堪回首更寻思。

从王彦泓的身世看这首诗,几乎完全吻合:王彦泓出身于名门望族,高祖王臬、曾祖王樵、从祖王肯堂都中过进士,他们在政治、文化上都有一定的影响,王家确实经历过"全盛时",这是稍作考察就能了解到的,说王家当时"四壁芸香书估集,一年花事酒人知。金笺满座催诗早,玉笛深宵按曲迟",当然并不为过;而在《疑雨集》中,很多诗篇弥漫着哭穷的调子,王家显然已经"沦落",自然也就"不堪回首更寻思"了。如果仅从作者的经历判断,谁又能想到这首诗不是王彦泓所作呢?第三,俞廷瑛仕宦不进,郁郁不得志,他在社会上的影响不大,其诗词不为世人熟知,以此作伪,很难被发现。

再次,作伪者对《疑雨集》相当熟悉,可以说作过一番非常细致的研究。如《疑云集》对《琼华诗集》《琼华词集》人名、地名的窜改,显然都是根据《疑雨集》而来。而当人们阅读《疑云集》时,这些人名、地名无疑在向读者暗示着它们和《疑雨集》的联系,使读者觉得"游迹朋好,与前悉符"①。除此之外,作伪者还费尽心机,仿照《疑雨集》创作作品。如上文提到的《续梦辞》"月华才调迥超群,占得芳姿胜几分"这首诗,就是模仿《疑雨集》卷下《阿姚之归,凡同心皆为予喜,而向来知其事者端己、韬仲叔也。于其来贺,赋谢一章》。这无疑使人觉得,《疑云集》在格调、用语等方面也与《疑雨集》相似,从而进一步蒙骗了一般的读者,甚至相关的研究者。

三 其他作品

胡适在为《忠义水浒传》所写的序中,曾提到王彦泓《小品》,原文如下:

> 但据胡应麟所说,十六世纪的晚年,闽中坊贾刻有删节本的《水浒传》(其说引见上文),邓之诚先生《骨董琐记》卷三引金坛王氏《小品》说:
>
> 此书每回前各有楔子,今俱不传。予见建阳书坊中所刻诸书,节缩纸板,求其易售,诸书多被刊削。此书亦建阳书坊翻刻时删落者。
>
> 每回前各有楔子,是不可能的事;此与周亮工《书影》所说"一百回各以妖异语引其首",同是以讹传讹,后文我另有讨论。王彦泓所记建阳书坊删削《水浒》事,可与胡应麟所记互相印证,同是当时人士的记载。②

---

① 朱太忙《王次回〈疑云集〉序》,大达图书供应社 1935 年版。

② 胡适《百二十本〈忠义水浒传〉序》,《胡适古典文学研究论集》(下),上海古籍出版社 1988 年版。

胡适的说法为何心所接受,何心在《水浒研究》中说:

> 到了改编"郭刻百回本"时,连每回前的诗词也都删去了。因此,《书影》认为"致语"是郭武定本所删。至于说"罗氏《水浒传》一百回,各以妖异语引其首",那是张大其词,以讹传讹。而王彦泓"说此书每回各有楔子",也是跟着别人乱说。①

邓之诚先生《骨董琐记》卷三引金坛王氏《小品》的话出于周亮工《因树屋书影》②。胡适显然认为金坛王氏《小品》中的"王氏"就是王彦泓。遗憾的是,他并没有提出任何根据。而何心也只是跟着胡适说,没有任何补充说明。就我们目前所掌握的材料,并没有发现王彦泓写过《小品》的线索。周亮工所说的金坛王氏《小品》是否为王彦泓所作,尚需进一步考证。限于资料,只好阙疑。

在家谱中,还提到王彦泓著有《泥莲》一书,可惜并没有流传下来。"泥莲"在明代为妓女的雅称③,安徽宣城的梅鼎祚就曾录妓女中有才德者为《青泥莲花记》,王彦泓此作大概与《青泥莲花记》相似。另外,贺裳《皱水轩词筌》录有王彦泓改昔人词十篇,今辑于下④:

改吴子和《蝶恋花》

睡思恹恹莺唤起。帘卷西风,犹未欢梳洗。眼细眉长云拥髻,笑垂罗袖熏沉水。　　媚态盈盈闲举止。只有江梅,清韵能相比。笑问檀郎词内意,芳心透出眉尖喜。

改郑中卿《画堂春》

东风吹雨破花悭,客毡晓梦寒。有人斜倚小屏山,蹙损眉弯。
合是一钗双燕,却成两镜孤鸾。翠绡封字问平安,寄与啼斑。

改李汉老《小重山》

又见东风腊里来。倩人传赠与,一枝梅。离踪何处暂徘徊,微露笑,拈插鬓云堆。　　玉冷晓妆台,粉绵浑剩却,淡香腮。红罗先绣踏青鞋,春犹浅,花信更须催。

改刘叔儗《永遇乐》

插髻夭桃,叩钗疏竹,亭亭如故。画阁尘凝,风帘絮捲,尽日无情绪。

---

① 何心《水浒研究》,《中国古典文学研究丛刊》,上海文艺联合出版社 1954 年版。

② 周亮工《因树屋书影》卷一,《续修四库全书》第 1134 册。

③ 钱谦益《列朝诗集》闰四赞王微云:"君子曰:修微青莲亭亭,自拔淤泥。"又《初学集》卷一八《有美一百韵》赞柳如是亦云:"皎洁火中玉,芬芳泥里莲。"

④ 贺裳《皱水轩词筌》,《昭代丛书》本,上海古籍出版社 1990 年版。

文园消渴，听琴人去，枉把远山眉赋。恨匆匆，风光掣电，梦里看花如雾。　　梅庭润裛，蕙衫凉渗，渐近朱明节序。解箨吹香，遗丸荐脆，小芰浮鸳浦。画栏仍旧，依稀犹记，伫立一钩莲步。销魂处，横波秀剪，隔人偷觑。

改刘叔安《念奴娇》

帘栊午寂，正阴阴窥见，后堂芳树。绿遍长丛花事杳，忽见琼葩丰度。艳雪肌肤，蕊珠标格，销尽人间暑。还忧风日，曲屏罗幕遮护。　　长记歌酒阑珊，微闻暗麝，笑觅衣沾露。月浸阑干天似水，相伴谢娘窗户。浴后轻鬟，凉生滑簟，总是牵情处。惹人幽梦，枕边零乱如许。

改姜白石《长亭怨》

渐吹尽、枝头香絮。是处人家，绿深门户。远浦萦回，暮帆零乱向何许。恁春时，那堪离别，自思量十分辜负。料想伊，目断行踪，泪痕归去。　　回望，高城不见，只见乱山无数。韦郎去也，怎忘得玉环分付：君去了，愁心怯怯，似西园、冷花无主。须为我，早早归来，梦魂安妥。

改冯伟寿《眼儿媚》

自颦双黛听啼鸦。帘外翠烟斜。社前风雨重来，燕子未入人家。　　鞋儿试着无人问，莫是略宽些。想他楼上，闷拈箫管，憔悴菱花。

改洪叔玙《阮郎归》

东风吹破藻池冰。云穿天半晴。腊梅香老睡香新。妆成出画屏。　　花艳艳，玉英英。罗衣金缕明。闹蛾儿簇小蜻蜓。相呼看试灯。

改洪叔玙《浪淘沙》

花雾涨冥冥。欲雨还晴。薄罗衫子正宜春。解道明朝寒食近，且莫成行。　　花下酒重斟。纤手殷勤。十三弦畔诉离情。又得一宵相傍也，无限叮咛。

改徐文长《闺人纤趾》

多娇最爱鞋儿浅。有时立在秋千板。板已窄棱棱，犹余三四分。　　一钩浑玉削。红绣帮儿雀。休去步香堤。游人量印泥。

第四节　交 游 考

和大多数诗人一样，王彦泓也写有大量的酬赠、唱和诗作，名字出现次数较多的友人为弢仲、端己、孝先、云客等。由于他们多是地位低下、名声不显的文人，关于他们的资料稀见难得，因此已有的研究论文对他们的论述非常简单，一般只是根据《疑云集》《疑雨集》略加介绍而已。笔者发现了金坛于氏的族谱和其他一些零散的资料，今据此对王彦泓的交游进一步作补充考证。通过对这些交游者的考证分析，可以使我们更为全面地了解王彦泓的性格、生活态度、兴趣爱好等，从而更好地理解他的文学作品。

一　于氏诸子

1. 于儒颖（1598—1652）

于儒颖，字弢仲。他是王彦泓诗中出现最多的人物，也是王彦泓最好的朋友。王彦泓曾在诗中述及二人的友谊：

> 醒时相劝醉相扶，感谢朋欢念病夫。岂有僮奴堪荷锸？固应儿子自肩舆。（自注：渊明事）幽人偶遇驮黄蘗，瞑坐仍容据槁梧。纯是鹿车风谊在，不容徒作酒狂呼。（自注：任末之友董奉德，病于洛阳。末躬推鹿车，送至其家。）

诗前有小序：

> 长至前一日，霜月甚冷，饮于孝先斋头。俄而醉矣，睡矣。端已、韬仲、孝先频呼不觉，继以扶携拥掖，余竟颓然。其时僮仆无一人从者。韬仲卒倩一客，负余以归，且行歌相送，直至余居。呼吾儿起，置余于所坐胡床，覆以被裘而后去。四鼓始醒，儿云若此。因纪以一诗，志友生之谊爱云。

金坛《于氏族谱》对于儒颖有简单的记载：

> （于儒颖）字弢仲，号小音。宏景公次子。万历戊戌八月初三日生。居城，附监生。娶武进龚氏江西按察司讳道立公孙女……顺治壬辰七月初六日卒。①

关于于儒颖的作品，邹祗谟、王士禛辑《倚声初集》说他"有《拾香草》"，并收有他的词两首：

> 一片心情眼底柔。倦容疏态越风流。未经惆怅不知愁。　鸳谱怪来针线减，工夫强半为梳头。日西初见下妆楼。（《浣溪沙》）②

---

① 《于氏族谱》第十五本，福兼堂梓，清光绪庚辰（1880）重修，南京大学图书馆藏。

② 《倚声初集》卷三，影印清顺治十七年刻本，《续修四库全书》第1729册。这首词也被顾贞观、纳兰性德辑《今词初集》，顾芳、李葵生、胡应宸编选的《兰皋明词汇选》，王昶辑《明词综》等所录。陈廷焯《词则》也收有这首词，并认为"设色自好，通篇只衍出'倦容疏态'四字"。

容易抱离忧。更被无端恼未休。何日西窗同剪烛，从头。诉与闲宵泪暗流。　　犹自强淹留。魂断须知不自由。便道相逢还有恨，温柔。相守何妨日日愁。(《南乡子·客中》)①

于儒颖对王彦泓诗歌的保存和流传起了关键作用。王彦泓崇祯庚午年有诗《余旧诗悉已遗忘，而韬仲皆为存录。展阅一过，觉无端往事交集胸怀，怅然久之。因呈四韵》(卷下)，可见，《疑雨集》的许多诗篇正是由弢仲记录、保存下来的。王彦泓《送弢仲叔之东昌》(卷下)中说：

望衡对宇互欣然，曳屐相过只几砖。花下有甘须并剖，卷中无句不同研。身堆恨事襟怀共，社立狂名毁誉连。别后不知谁是客，一般凄绝度残年。

可见二人住处相距很近，他们时相过从，并结社唱和。从诗句"花下有甘须并剖，卷中无句不同研"来看，《疑雨集》中的作品也包含有于儒颖的辛劳。诗中有些小注，有些恐怕就是于儒颖添上的。如《妇病忧绝》"巉岩骨出艰眠坐，细碎心烦易喜嗔"在"易"字后注"入声，次回自读如此"(卷上)，这个小注大概即出自弢仲手。而为叶德辉怀疑的壬午年后的小注"六月十八日戌时长逝矣。哀哉！痛哉！廿二日闻讣后记此，其青衣启祥来说"，也应该是弢仲加上的。

2. 于儒端(1597—1669)

于儒端号端己，他是弢仲的哥哥。天启七年，王彦泓"辞家薄游"时端己首唱骊歌，王彦泓曾依韵相和，作诗五首。在第一首后有小注说："余与端己、弢仲，每经日不见，夜必把烛相就，率以为常。"足见他们友情的深厚。金坛《于氏族谱》这样记载：

(于儒端)字贞伯，号端己。宏景公长子。万历丁酉年十二月廿六日生。居城。太学生。娶宜兴吴氏天启乙酉举人讳正己公女，崇祯丁丑进士讳春枝胞姊。……康熙己酉年三月初八日卒。②

关于于儒端的作品，邹祗谟、王士禛辑《倚声初集》说他"有《浣花草》"，并录有他的词《菩萨蛮·心期》：

如痴如醉缘思忆。多情劝我休愁绝。管取与欢同，恹恹忍杀侬。　　谁言无病好，此病谁能讨。病到药难医，相怜事可期。③

---

① 《倚声初集》卷十。这首词也被《兰皋明词汇选》收录，《蕙风词话》引有此词中的"相守何妨日日愁"句，并评价说："情至说不嫌说尽。若个愁人，几生修得。"

② 《于氏族谱》第十五本，福兼堂梓，清光绪庚辰(1880)重修，南京大学图书馆藏。

③ 《倚声初集》卷四。

3. 于钟元(1597—1634)

于钟元字孝先,也是经常和王彦泓诗词唱和的朋友,《疑雨集》中有关孝先的诗十多首,如《读孝先禊日诗因赠》(卷下):

两纸新书禊日题,莫愁哦讽露琼犀。通怀不作杨彪瘦,典故那令束皙迷。道上客休歌薤露,座中吾愧读雌霓。兰亭尚逊君超绝,为说彭殇未易齐。

金坛《于氏族谱》云:

钟元字孝先,号皋羽。菊隐公次子。万历丁酉九月初三日生。居城。廪生。娶宜兴吴氏正国公女,继娶无锡华氏天启乙丑会元琪芳公胞妹。崇祯甲戌六月初二日卒。①

4. 于鎏(1595—1678)

于鎏字御君,号恰庵,王彦泓嫂弟。《疑雨集》卷下有《御君兄内子妆阁被火敬唁以诗》八首。他是于玉立之子。于玉立为万历癸未(1596)进士,明史有传。金坛《于氏族谱》云:

鎏字御君,号恰庵。如庵公次子。万历乙未八月初九日生。居城。国学生,积分贡士。娶浙江归安县韩氏隆庆辛未进士任广东兵宪讳怀愚公孙女、万历庚戌状元讳求仲公女。康熙戊午八月初五日卒。②

5. 于铭盘(1605—1684)

于铭盘字孝仪。王彦泓崇祯戊辰年有《和孝仪看灯词》十二首。金坛《于氏族谱》对他也有简略记载:

(于镄)原名铭盘,字孝仪。菊隐公第三子。万历乙巳年八月十七日生。居城中。崇祯丙子经魁例授文林郎。康熙甲子八月廿八卒。③

6. 于儒楚(1616—1689)

于儒楚字子荆。王彦泓乙亥年作有《戏和子荆春闺六韵》。金坛《于氏族谱》有如下记载:

儒楚字子荆,号敬宏。宏景公第四子。万历丙辰九月初一日生。居城。江宁卫出身,任都司都事。……康熙己巳五月初六日卒。④

---

① 《于氏族谱》第十五本。
② 同注①。
③ 同注①。
④ 同注①。

二　唐氏父子

1. 唐宇昭(1602—1672)

除了㑺仲、端己外,与王彦泓交往、唱和最多的就是“云客”了。如《云客堂中夜集》(卷下):

> 疏烛晶荧漏点长,了无残暑到虚堂。檐前过雨闻清溜,幞后回风出异香。几夕襟情留共醉,半年诗语待相商。奚奴晓惯闲风味,先拂吴笺置笔床。

连奚奴都了解他们的习惯,首先把笔和纸准备好,可见他们交往的频繁和情趣的投合。崇祯九年(1636),云客北赴春官,王彦泓送他的诗说:

> 吟坛饮社共髫年,互语闲情事几联。我已荷衫卸拘束,君今芸阁伫摩编。才华淡写宫眉妩,标格平趋国步妍。预想捷书春夜到,玉人喧笑画屏前。①

邹祗谟、王士禛辑《倚声初集》云:“唐宇昭,孔明,云客,武进人。前丙子举人。”并录有他的词《菩萨蛮 · 闺恨》一阕:

> 晓屏初摺香魂散。一庭日影烘窗暖。帘下看梳头。双眸眩鬓油。　照妆前后镜。仔细商宜称。却恼玉鸳鸯。偏他交颈长。

邹祗谟评此词说:“韦庄词云:‘金翡翠,为我南飞传我意。’驱使无情,与此恼意相似。”②

据唐鼎元编《明唐荆川先生年谱》③,云客是唐宇昭的号,字孔明,为唐顺之玄孙,武进人。生万历壬寅(1602),卒康熙壬子(1672)。明崇祯九年(1636)举人。明亡,隐于半园,自号半园居士,逍遥翰墨,能诗善画,工于词曲。康熙元年(1662),邀恽南田、王石谷二人客于半园四并堂,尽出藏画,任二人观摩一年,后二人同时开创常州画派(花卉)及常熟画派(山水)。

唐宇昭著作今存《拟故宫词》一卷(《丛书集成初编 · 宫词小纂》)。另有《桃花笑》传奇,疑已亡逸④。

---

① 《疑雨集》卷下《送云客赴春官》。

② 《倚声初集》卷四。

③ 唐鼎元编《明唐荆川先生年谱》,《北京图书馆馆藏珍本年谱丛刊》第 47 册,民国二十八年铅印本。

④ 此部分参考了《江苏艺文志 · 常州卷》,南京师范大学古籍整理研究所编,1994 年版。

2. 唐献可(1577—1631)

天启丙寅,王彦泓作有《栎园姨翁坐上预听名歌,并观二剑,即事呈咏》(卷上)长诗一首,栎园就是唐宇昭的父亲唐献可。钱谦益《列朝诗集小传》说:

> 唐献可字君俞,武进人。荆川先生顺之之曾孙,太常少卿鹤徵之孙,庶吉士效纯之子也。读书任侠,家蓄声伎,鉴别古书器物,极园亭歌舞之胜。风流好事,甲于江左。崇祯初,诣阙为荆川请谥,不就荫叙。归而家益落。有大志无所展,怅怏而卒,士论惜之。有三才子,皆以制科有闻。①

钱谦益所说的"崇祯初,诣阙为荆川请谥,不就荫叙"一事的具体时间应该为崇祯己巳年冬,王彦泓曾"记之以诗":

> 栎园姨翁幽栖久矣,忽走京都,人咸以宦情疑之。余独知其不然也。既而为荆川先生请谥,朝奏疏,夕报可。客复有进议者曰:"此时陈乞一荫,得旨如寄耳。"嘐然曰:"吾驰走黄尘,为先公易名两字耳。今幸邀主恩,归报家庙,安能更贪羁绁,为故山猿鹤笑耶?"飘然策骑归,逍遥林下。余窃怪向之疑者,真以腐鼠意鹓雏也。记之以诗,得转韵四十八句。

诗云:

> 中丞骏誉馨兰芷,一代文章推正始。致身霄汉更夷犹,敛手经纶综百史。晚扫鲸鲵靖海尘,扶桑清晏豁疏襟。大星空伴忠魂陨,光焰何曾敌铄金。圣明旷世搜麟凤,蠹简残编百朋重。四部兼尘丙夜观,八编特赏经时总。李牧功名异代思,贾生筹策文孙用。日月昭回冥漠光,风云掩映缥缃动。落落名孙饶祖风,赐书千卷寄雍容。歌凝鸾凤吹箫碧,醉怨棠梨落藓红。奇文弱冠人传诵,侠窟骚坛争引重。潘岳家风首述诗,陆机世德先陈颂。千里孤装触雪行,不求身贵谒公卿。清评会向清时吐,名世真儒伫易名。圣主从前劳寤寐,览书未半催宣赐。不用词林旧例沿,云章亲定襄文字。问俗方求乐毅孙,披文亟录端明裔。岂知骨性自烟霞,冥鸿早已飘然逝。松桂浓芬满旧山,酒铛茶臼掩柴关。肯将马镫尘千斛,换却渔竿水一湾。幅巾东路秋蓴美,惟有狂吟颂天子。傲骨难投世网中,才名不藉家声起。家庙焚黄享礼成,不嫌野服拜明纶。从来相业山中事,衣白何妨是散人。(卷下)

---

① 钱谦益《列朝诗集小传》,上海古籍出版社1983年版,第472页。

这首诗对我们认识王彦泓的性格和文学创作很有帮助。第一,这首诗的小序语言简练,描绘生动,读之如亲见其事,亲闻其语,是一篇非常精彩的叙事散文,显示了诗人较强的叙事能力。换言之,次回不仅是一个只会写艳体诗的诗人,他的创作才能其实是多方面的。第二,在叙事时直接插入自己的评价,"余独知其不然也","余窃怪向之疑者,真以腐鼠意鹓雏也",显示了诗人感情强烈而容易冲动的性格特点。第三,次回在另一首有关唐献可的诗中说:"试问清狂能酷似,也应知是谢家甥。"(卷上《栎园姨翁坐上预听名歌,并观二剑,即事呈咏》)王彦泓与唐献可禀赋相似,他在赞美唐献可不同凡俗的精神气质时,同时也抒发了自己的怀抱。

三 其他交游

1. 郑元勋(1604—1645)

王彦泓《疑雨集》卷下有诗《郑超宗母七月七夕七旬初度》,超宗乃郑元勋字。杭世骏《明职方司主事郑元勋传》说:

> 元勋字超宗,号惠东。先籍徽州之歙县,祖景濂占籍江都,遂为江都人。父之彦,生四子,元勋其仲也。生而颖异,五岁即能属对。垂髫应童子试,前辈张宾王见其文,以国器相许。试辄冠其曹偶,声名籍甚。年二十一,天启甲子领应天乡试第六。上冢,里门戚友以盛筵招者,咸谢不往……庚辰江淮间大饥,道殣相望,约族中好义者捐金以济族子,鸠坊郭米麦千余石为粥于天宁寺,以食饥者,施予次第、男女起坐之法甚备,食廪不足,则捐室中簪珥以充之。……构影园于城南,中有小桃源、玉勾草堂、半浮阁、郭翠亭、媚幽阁诸胜,岩壑窈窕,林木蓊翳。延礼名硕,四方知名之士无不至,赋诗饮酒无虚日,缉唱酬投赠之什,都为一编,今世所传《瑶华集》是也。园有黄牡丹之瑞,大会词人赋诗,且征诗江楚间,奉虞山钱宗伯主坛坫,论定甲乙,以粤东黎美周十诗为冠,镌金斗,遣傔致之曰:"贺黄牡丹状元"。一时传为盛事。美周,后殉虔州之难者也。当是时,中朝门户甚盛,士人矜尚气节,工标榜。元勋名震公卿间,各道上计京师者,诸大僚必询从广陵来见郑孝廉否。或愕眙不即答,则涕唾弃之。……元勋死年四十有二。①

2. 杨彝(1583—1661)

杨彝,字子常。他是王彦泓在松江时的好朋友,两人情趣相投,同病相

① 杭世俊《道古堂文集》卷二十九,清乾隆四十一年刻光绪十四年汪曾唯增修本,《续修四库全书》第1426—1427册。

怜。次回在《挽同学杨子常乃郎定夫》中说：

自得先生为弟昆，两何一毂欣相共。膝上摧龙掌碎珠，翦芽揉蕊芝兰枯。文章气谊扫地尽，曷禁宇宙成蓁芜？莫怪两翁相视血，女未亡人男嗣绝。零丁困苦巧相类，求取何方相解脱？（卷下）

杨彝《谷园集》后附《子尝先生行状》云：

先生杨氏，讳彝，子尝字也。……父讳准，字耕莘。世家苏州常熟之唐市，以农为业。……为人喜气节，重交游。与三吴名氏为文社，就所居之园名应亭，因曰应社。……年五十四始贡于朝。会行辟举法，巡抚张公国维、督学倪公元珙皆尉荐之。先生引义固辞就。岁贡尝选，曰："岁贡吾分耳。"授松江府学训导。以崇尚实学为己任。捐俸金，修葺礼殿堂庑斋讲。居五载，升江西都昌县知县。先生以顺治辛丑九月二十四日卒，距所生万历癸未四月十三日春秋七十有九。……男静，县学生，慨然慕有为于世，不幸早死。娶礼部员外郎太仓张公采之女。……康熙己未阳月朔日通家子太仓顾湄状。①

3. 宋似濂

在《答平陵宋似濂》中，王彦泓说：

芳兰竟体总堪怜，宋玉还饶赋几篇。豪士未妨兼妩媚，男儿安在负须髯。高奇嗜酒嵇中散，佻达能歌沈下贤。把臂自然风味合，不关家世是同年。

平陵是山名，在溧阳县北，这里代指溧阳。诗写于崇祯庚午（1630），查《溧阳县志》②，万历癸卯科有宋拱辰，而王彦泓的父亲王癸源也在这一年中举。据诗句"把臂自然风味合，不关家世是同年"推断，宋似濂应为宋拱辰之子。

① 杨彝《谷园集》附，清道光二年谭家成抄本。

② 嘉庆《溧阳县志》卷十，《中国地方志集成·江苏府县志辑》。

第二章　王彦泓的诗歌创作与晚明文学新思潮

关于晚明文学思潮研究已有许多论著，对晚明文学思潮性质和特点的认识也存在一些分歧，吴承学、李光摩编《晚明文学思潮研究》一书对此作了很好的介绍与总结，在此不赘①。这里我们只引述章培恒先生对晚明文学思潮的看法。章先生在《试论吴伟业的文学创作——以其与晚明文学思潮的关系为中心》一文中指出，晚明具有积极意义的文学思潮实有两端："一、由李梦阳等开创，经王世贞、李攀龙等人而发扬光大的注重'真情'而又强调文学艺术特征的思潮，常遭误解的李攀龙所谓'视古修辞，宁失诸理'中的'修辞'，就是今天所谓文学艺术特征的一部分。二、李贽所倡导而由袁宏道在文学领域内加以推演的'童心—性灵'说，其核心为尊崇自我，反对以既成的社会规范来束缚心灵；但对文学形式的相对独立性及其重要意义则多少有所忽视。若光有前一端，诗歌所表现的感情就难以具有新的冲击力；若光有后一端，则诗歌又难以具有强烈的艺术感染力。而这当然同时也就减弱了其所表现的感情的撼人之力。所以，只有把这二者很好地结合起来，才能有力推动创作的前进。"②章先生的观点很新颖，也很精辟，对理解王彦泓诗歌启发很大。通过考察王彦泓的创作实践，我认为，他的诗歌在一定程度上把这两方面结合起来，显示了晚明诗歌创作的实绩，尽管他的诗歌题材范围还不够宽广。

第一节　王彦泓的诗学观及其与"童心—性灵"说的关系

研究一个作家的诗学观念，通常的方式是研究这个作家的诗学批评和

---

① 吴承学、李光摩编《晚明文学思潮研究》，《20世纪中国学术文存》，湖北教育出版社2002年版。

② 章培恒《试论吴伟业的文学创作——以其与晚明文学思潮的关系为中心》，《长江学术》2004年第6期。

诗学理论著作。王彦泓曾评阅"子史唐宋诗集十余种"，他对唐宋诗集的批评自然会表现他的诗学观念，但遗憾的是，这方面的材料至今没有被发现。不过，一个作家的诗学观念不仅仅反映在文学批评和文学理论著作里，它还大量反映在文学创作中。罗宗强指出：

> 作家对于文学的思考，例如，他对于文学的社会功能和它的艺术特质的认识，他的审美理想，他对文学遗产的态度和取舍，他对艺术技巧的追求，对艺术形式的探索，都可以在他的创作中反映出来。……因此，研究文学思想史，除了研究文学批评的发展史和文学理论的发展史之外，很重要的一个内容，便是研究文学创作中反映出来的文学思想倾向。①

王彦泓经常在创作中直接表达他对诗歌的看法和主张，《疑雨集》反映了王彦泓的审美追求和对诗歌艺术形式的探索，我们可以根据《疑雨集》对他的诗学观念加以考察。王彦泓的诗学观念与儒家诗教传统相背离，视自我表现为文学的本质特征，大体上可以用他自己的三句诗来概括："闲情一赋不为瑕""作计疏狂不近名"和"诗家窠臼宜翻洗"，其在内在精神上与晚明的"童心—性灵"说是相通的。

一　重情："闲情一赋不为瑕"

王彦泓对以前艳体文学作品的看法与主流的强调道德伦理的诗学观明显不同，有鲜明的重情倾向。如在《疑雨集》卷下《题赠陈元亮别业》中，他提到了陶渊明的《闲情赋》，写下了"自是幽怀清比玉，《闲情》一赋不为瑕"这样的诗句。对文学史稍微了解的读者都知道，这涉及文学史上的一桩笔墨公案。陶渊明创作了《闲情赋》，喜爱陶渊明诗文的萧统对此深为遗憾，在为《陶渊明集》所写的序中说：

> 余爱嗜其文，不能释手；尚想其德，恨不同时。故更加搜求，粗为区目。白璧微瑕，唯在《闲情》一赋。扬雄所谓劝百而讽一者，卒无讽谏，何必摇其笔端。惜哉，无是可也！②

萧统认为《闲情赋》为言情之作，但持否定态度。萧统此说引发了苏轼的不满，他为陶渊明辩护说：

> 渊明《闲情赋》，正所谓《国风》好色而不淫者，正使不及《周南》，与

① 罗宗强《隋唐五代文学思想史》，上海古籍出版社1986年版，第2页。

② 萧统《陶渊明集序》，《梁昭明太子集》卷四，影印文渊阁《四库全书》本。

屈、宋所陈何异？而统乃讥之，此乃小儿强作解事者。[①]

在苏轼看来，《闲情赋》虽为抒写爱情之作，但“好色而不淫”，无伤大雅。而袁宏道不仅批评萧统的见识浅陋，而且更进一步对“好色”加以肯定，态度极其激烈：

昭明，文人之腐者，观其以《闲情赋》为白璧微瑕，其陋可知。夫世果有不好色之人哉？若果有不好色之人，尼父亦不必借之以明不欺矣。[②]

王彦泓所说的“《闲情》一赋不为瑕”显然是针对萧统“白璧微瑕，唯在《闲情》一赋”而发的，他的看法与苏轼、袁宏道相近，并不认为陶渊明的《闲情赋》有什么值得非议的[③]。在《无题》里，他对艳体诗的态度更为大胆和勇敢：

岂惮谗唇工具锦，尚甘诗骨堕泥犁。明珠入海终探取，莫问骊龙有睡时。

这首诗用了两个典故。第一个典故出自《扪虱诗话》，与黄庭坚有关，他因为写艳歌小词而被道人法秀告诫：“以笔墨诲淫，于我法中，当堕泥犁之狱。”黄庭坚听从了法秀的告诫，“自是不作”。王彦泓对这样的告诫却视而不见，毫不退让，甘愿付出代价，为此下地狱也毫不惧怕。第二个典故出自《庄子·列御寇》：“夫千金之珠，必在九重之渊而骊龙颔下。子能得珠者，必遭其睡也。使骊龙而寤，子尚奚微之有哉！”[④]王彦泓曲用原故事的逻辑，表达了得到“明珠”的坚决和无畏：不问骊龙是醒是睡，他都会入海探取。通过这两个典故，王彦泓表达了他对写作艳体诗的坚决、无畏和自信。

王彦泓的重情倾向在诗歌创作中得到淋漓尽致的表现。据笔者统计，《疑雨集》所收诗凡 860 首，另有词 2 阙，其中艳体诗有 525 首，超过 60%，这是中国诗歌史上极为独特的一部诗集。与遮遮掩掩写艳体诗的文人不同，王彦泓敢于在诗中显露个人情感的真实样态，甚至是内心的奥秘，在《疑雨

---

① 《东坡全集》卷九十二《评文选四首·文选去取失当》，影印文渊阁《四库全书》本。

② 《袁宏道集笺校》卷十《兰亭记》，钱伯城笺校，上海古籍出版社 1981 年版，第 444 页。

③ 鲁迅先生在《且介亭杂文二集·“题未定”草（六）》中也曾对陶渊明的《闲情赋》发表过意见：“在全集里，他却有时很摩登，‘愿在丝而为履，附素足以周旋，悲行止之有节，空委弃于床前’，竟想摇身一变，化为‘啊呀呀，我的爱人呀’的鞋子，虽然后来自说因为‘止于礼义’，未能进攻到底，但那些胡思乱想的自白，究竟是大胆的。”（《鲁迅全集》第 6 卷，人民文学出版社 2005 年版，第 436 页。）

④ 《庄子集释》，郭庆藩撰，王孝鱼点校，中华书局 2013 年版，第 932 页。

集》中，叙写诗人自己恋爱经历的诗歌占据着非常重要的地位。王彦泓有时在诗中自我说明，明确告诉读者写诗的背景。如在崇祯丙子和阿锁分别前，诗人曾写有十六首诗，并作了这样的说明：

临行，阿锁欲尽写前诗，凡十一首。既而色有未满，曰："斯语太文，妾不用此。可为别制数章，取数月来情事踪迹历历于心者谱之。勿诳勿艳，勿誉妾姿艺，如一语有犯即罚君一杯。"余曰："固然，但每诗成而卿以为可，亦引满赏此，何如？"一笑许诺。遂口占为下酒。

在诗的自注中诗人还记录了阿锁听到诗后的反映。今录其中的几首：

受郎珍惜只侬知，难忘霞侵月满时。最是将归犹未忍，阿娘传语怪来迟。（自注：听罢凄然，取酒自斟，而泪已盈盈矣。）

藕花飘紫水拖蓝，秋夜河灯净业庵。此景却疑身是梦，与卿携手在江南。（自注：连饮至此，红霞上颊，似不胜酒，因触往事云。）

酡颜斜睇目生澜，饮兴风骚正未阑。可记鬟边花落下，半身凉月靠阑干。（自注：欲罚余二句第四字，余分疏得免。见后二句，颜色忿然。余固无辞于罚，然非诳非誉，不犯初约，彼此各尽一觞。尚有余语，不暇志录。）

身轻秘事几回痴，口噤心衔梦里知。今日总来添别泪，不能填入断肠诗。（自注：见此掩面欷歔，掷杯而卧，仆夫促驾，余亦不能再劝以酒矣。）

这组诗可以看作是自供状，结合诗歌本身和诗中的自注，诗人与阿锁之间的隐秘私情被完全公开出来了。我们不知这算不算王彦泓的发明，但这样的做法在此前的诗歌创作中并不多见①。

在《疑雨集》中，王彦泓甚至明确地说"觅个柔乡寄此生"（卷上《个人》）、"柔乡拚取葬愁身"（卷下《即事》），"柔乡"竟成了其人生的唯一意义和立足之地，希望从女性那里获得情感的慰藉，这种对"好色"的宣称，在之前的诗歌创作中实为罕见。也正因为如此，王彦泓有时把"情"和"欲"结合起来写。如：

饮兴阑珊月影移，侍儿出去罢矜持。灯前侧立魂难定，细唾柔嘶慢

① 美国汉学家孙康宜《摆脱与沉溺：龚自珍情诗细读》（《文学经典的挑战》，百花洲文艺出版社2002年版）注意到龚自珍在诗中明显地标出妓女灵箫的名字和事迹的情况，对此作了较为仔细的分析，并给予了很高评价。王彦泓显然比龚自珍要早得多。

视时。（卷下《无题》）

细吐微词缓劝酬，口脂香暖涴银瓯。杯行醉按红酥手，烛灭狂探软玉钩。出浴睡容梳薄鬓，下帷灯影照含羞。此身合属书生未，记取金梭莫再投。（卷下《梦游》）

如此描绘对女性身体的贪婪和陶醉，似乎是王彦泓之前的诗人未曾涉及的领域。永井荷风所说的“在中国诗集中，吾不知尚有如《疑雨集》之富于肉体美者”①，大概指的就是这类诗。

王彦泓诗中出现的上述倾向，在晚明并非是单一的现象，而是当时言情思潮（包括“好色”）的组成部分。学界已注意到，从李梦阳开始，对“情”的重视已相当普遍，而这种观念到晚明时进一步发展，甚至达到沸点，形成了晚明新的情观。我们上文提到的袁宏道对萧统的批评和对好色的肯定就是典型的一例。王彦泓同乡周铨的《英雄气短说》对“情”曾提出这样的看法：

或者曰：“儿女情深，英雄气短。以言乎情，不可恃也！情溺则气损，气损则英雄之分亦亏。故夫人溺情不返，有至大杀而无余。甚矣，情之不可恃有如是也。”周子曰：“非也！夫天下无大存者，必不能大割。有大忘者，其始必有大不忍。故天下一情所聚也。情之所在，一往辄深。移以事君，事君忠。以交友，交友信。以处世，处世深。故《国风》许人好色，《易》称归妹见天地之心。凡所谓情政非一节之称也，通于人道之大，发端儿女之间。古未有不深于情能大其英雄之气者。以项王喑哑叱咤，为汉军所窘，则夜起帐中慷慨为诗，与美人倚歌而和，泣数行下。汉高雄才谩骂，呼大将如小儿。及威加海内，病卧床席，召戚夫人与泣曰：‘若为我楚舞，吾为若楚歌。’歌数阕，一恸欲绝。嗟夫！此其气力绝人，皆有拔山跨海之概，乃亦不能不失声儿女子之一嚬。他若如姬于魏信陵，夷光于范少伯，卓文君于司马相如，数君子者，皆飘飘有凌云之致，乃一笑功成，五湖风月，与后之自着犊鼻，与庸保杂作，涤器于市，前后相映。呜呼，情之移人，一至是哉！”余故谓：“惟儿女情深，乃不为英雄气短。尝观古来能读书善文章者，其始皆有不屑之事，后乃有不测之功。触白刃，死患难。一旦乘时大作，义不返顾，是岂所置之殊乎？竭情以往，以举此以措云尔。”余故曰：“天下有大割者，必有所大存，盖不系于一节而言也。乃后世有拥阿娇，思贮金屋，曰‘吾情也’。噫！乌足语此？”②

---

① ［日］永井荷风《初砚》，转引自郑清茂《中国文学在日本·王次回研究》，纯文学出版社有限公司1981年版，第251页。

② 周铨《英雄气短说》，《冰雪携·晚明百家小品》，上海中央书店1935年版。

周铨对“儿女情深,英雄气短。以言乎情,不可恃也”的说法进行了反驳,指出好色正是英雄的本色和天性,越是大英雄越深于情。卫咏在此篇文末的评语说:“《易》于《咸卦》曰:‘观其所感,见天地之情。’可见两仪相对,天地便是情种。”①连天地都变成了“情种”,这真是振聋发聩的见解。周铨的《英雄气短说》,可以看作王彦泓诗句“闲情定属英雄事,未许凡才画一筹”(《疑雨集》卷上《再赋个侬》)的注脚。而与王彦泓的叔祖王肯堂交往密切②,被称为晚明文学言情思潮旗手的汤显祖对王彦泓创作的影响更为直接。吴震生、程琼《才子牡丹亭》在批点《牡丹亭》第一出《标目》中的【蝶恋花】时说③:

> 万历时,金坛王次回情深之至,诗过冬郎。其《白山茶》诗云:“玉茗先生迥出尘,语言无处不清新。琼花风度钗头见,更觉堂名绝可人。”“第一人簪第一花,风吹花叶雾鬟斜。看来姿韵超天下,当得临川一叹嗟。”似曾在“玉茗堂前朝复暮”者。④

王彦泓《山茶诗》全称为《白山茶插髻甚可观因书二绝》,第二首在侯文灿初刻本中为“第一人簪第一花,风吹花叶雾鬟斜。看来姿韵超天下,当得临川丽句夸”,与《才子牡丹亭》所引微有不同。从吴震生、程琼的评点中可以看出,他们敏锐地感受到汤显祖对王彦泓创作的影响,而其中的核心乃一“情”字。在具体的评点中,也多次征引王彦泓的诗句以解释《牡丹亭》。如在批点第十出【鲍老催】中的“娇凝翠绽魂儿颤”时说:

> “娇凝翠绽魂儿颤”与次回“细唾柔嘶慢视时”同妙,君从何处看得此无人态耶!⑤

在批点第二十八出【宜春令】中的“他惊人艳,绝世佳。闪一笑风流银蜡”时说:

---

① 参看吴承学《晚明小品研究》第十二章《晚明心态与晚明习气》,江苏古籍出版社1999年版。

② 在汤显祖的诗文里,有一些篇章与王彦泓的叔祖王肯堂有关,如《王宇泰索周云渊遗书检寄》《答王宇泰太史》《答王宇泰》等。(分别见《汤显祖全集》第870、1305、1306页,北京古籍出版社1999年版。)

③ 《才子牡丹亭》又名《笺注牡丹亭》,是清雍正年间“笠阁渔翁”刻,此书批者署名“阿傍”。华玮曾将此书批语与史震林《西青散记》相关内容比对,认为笠阁渔翁的真实身份便是清代戏曲家、《太平乐府》(《玉勾十三种》)的作者吴震生,而阿傍即其妻子程琼,此书系出自夫妇二人之合作。参看华玮:《〈才子牡丹亭〉作者考述——兼及〈笠阁批评旧戏目〉的作者问题》(《戏曲研究》第五十五辑)。

④ 吴震生、程琼《才子牡丹亭》,华玮、江巨荣点校,台湾学生书局2004年版,第8页。

⑤ 吴震生、程琼《才子牡丹亭》,第153页。

> 王金坛:“从来国色玉光寒,昼视常疑月下看。况复此宵兼雪月,白衣裳凭赤阑干”,与此“惊人艳”三句暗合,不得复言“粉红香白侣,殊色不殊春”也。①

在批点第二十八出【滴滴金】中的“把他艳软香娇做意儿耍,下的亏他?便亏他则半霎”时说

> 王金坛《纪事》:“月到西南倍可怜,照人双笑影娟娟。擎来始信云非梦,抱定还疑玉是烟。忍把狂欢消此夜,难将辛苦合(答)从前。由来半刻千金值,只得如花一黯然。”酷切“把他”数句。②

不难看出,吴震生、程琼已经注意到王彦泓《疑雨集》与汤显祖《牡丹亭》在表现包括性爱之欲在内的“情”的美好动人方面的相通之处③。汤显祖《紫钗记》也是非常值得注意的作品,《疑雨集》卷上《闲事杂题》中有“良宵不厌熏香坐,为听萧郎读《紫钗》”两句。在《紫钗记》开头第一支曲的结尾,汤显祖写道:“人间何处说相思,我辈钟情如此。”④《紫钗记》取材于唐传奇《霍小玉传》,汤显祖对《霍小玉传》作了较大改动:在《霍小玉传》中,霍小玉被李益所抛弃,而在《紫钗记》中,李益却非常忠诚于他和小玉的爱情。而类似的思想在王彦泓诗中也很容易发现。可见王彦泓艳体诗中呈现的重情倾向和晚明具有积极意义的言情思潮是相通的,其根底里是对个人权利的尊重,当然也包括对个体欲望的某种肯定。王彦泓自觉不自觉地卷入了当时的言情潮流。

二 尊我:“作计疏狂不近名”

王彦泓在诗歌创作时尊崇自我的意识十分强烈,对自己的个性自然而不加矫饰地进行表现,将个性之真当作自觉的审美追求。这在上文分析重情倾向时已有所涉及,在此从他对“狂”的偏嗜入手再进一步进行说明。

稍微翻阅《疑雨集》,就会发现“狂”字非常醒目。我们对《疑雨集》中“狂”字的使用情况作了统计,共出现了 74 次。日本学者宇野直人曾把从《诗经》到鱼玄机的诗中出现的“狂”字和唐、五代、宋词中“狂”的使用频率

---

① 吴震生、程琼《才子牡丹亭》,第 394 页。

② 吴震生、程琼《才子牡丹亭》,第 398 页。

③ 参考本书第五章《王彦泓诗歌影响专题研究》第二节《“俱非才子不能道”——〈才子牡丹亭〉批评视野下的〈疑雨集〉与〈牡丹亭〉》。

④ 汤显祖《紫钗记》,《汤显祖全集》(三),徐朔方笺校,北京古籍出版社 1999 年版。

情况作了排列，转引如下①：

诗：

《诗经》6/305　《楚辞》6/68　曹植 0/99　阮籍 0/85　嵇康 0/74　鲍照 1/204　陶潜 3/127　谢灵运 0/96　陆机 1/116　谢朓 0/199　《文选》（仅是诗）1/443　《玉台新咏》5/840　骆宾王 0/127　杜审言 0/43　王勃 0/97　沈佺期 1/164　宋之问 0/207　陈子昂 3/128　孟浩然 3/263　王昌龄 1/223　王维 7/442　李白 27/997　杜甫 26/1450　岑参 5/401　钱起 2/532　韦应物 1/571　孟郊 25/971　韩愈 25/387　张籍 7/489　白居易 97/2800　刘禹锡 18/730　柳宗元 8/181　元稹 47/856　李贺 0/241　杜牧 12/456　温庭筠 6/338　李商隐 14/609　鱼玄机 0/48

词：

刘禹锡 4/41　温庭筠 1/70　顾夐 8/55　孙光宪 8/84　李煜 0/45　冯延巳 4/126　柳永 24/213　张先 2/165　晏殊 2/137　欧阳修 8/241　晏几道 9/270　苏轼 13/362　黄庭坚 4/190　秦观 1/90（若加《全宋词·附录》所收作品，则为 6/176）　周邦彦 3/186　姜夔 0/87

比较后我们发现，从绝对数字上，只有白居易使用“狂”字的次数超过王彦泓，而白居易流传下来的作品总数远较王彦泓为多②。可见，这个词对理解诗人心灵轨迹和审美追求是有一定意义的。

我们看诗人是如何使用“狂”字的。在《半塘遇邑人庄敛之，同游虎丘山后，方舟抵锡山，瓮汲而归》（卷上）中，王彦泓说：

> 几拍歌声在（一作偶听清歌驻）半塘，感君同载不嫌狂。里中可语人偏少，世上无情事却忙。（自注：予里中人百许聚吴阊，而登山者仅一二。）树石那知山后好，（自注：游人率至前山便止耳。）茶泉端爱雨前香。（自注：至惠山，适雨后泉浊。待之良久方清。）惠施欣与（一作喜共）庄生对（一作语），不觉玄言送日（一作归帆驿路）长。

邑人他乡相遇，搭伴同游，这是多么自然的事情，诗人为什么会为此而感动，说出“感君同载”这样的话呢？诗中就有现成的答案：庄敛之“不嫌狂”。言外之意，嫌其狂者一定很多。从“里中可语人偏少，世上无情事却忙”一联看，王彦泓和里中大多数的人是无法构成情感上的交流的：这些人目迷尘沙，心存算计，无情而整天忙碌于尘世杂事当中，自然对重情而又好游山玩

① 宇野直人《柳永论稿》，张海鸥、羊昭红译，上海古籍出版社 1998 年版，第 43—45 页。

② 《疑雨集》有诗 860 首，词 2 阕。

水的王彦泓的行为无法理解，觉得他“狂”；而王彦泓无疑也不愿像里中人那样去生活，他追求山水之乐，具有出尘的胸襟，他的“狂”一定程度上是有意而为之，是对里中人那种各自营谋生计，山情水意，了不相属的生存方式的厌倦和鄙弃。换言之，王彦泓的“狂”正是其主动的选择，显示出他的生活方式与里中大多数人是不同的，他不但不改变自己以顺遂世俗，反而视他们为庸众，不屑与他们交往。他在《不善治生，又最懒于报谒，客有咎余疏放者，四韵答之》中说：

> 莫笑书淫并水淫，生涯端的似蹶涔。男儿岂耐车中闭，病骨唯堪砚北吟。老后莫应销逸气，贫来浑未减狂心。凭君觅个当炉处，断送床头卖赋金。

诗中呈现的这种高视自我，自觉把自己放在与绝大多数人的对立面，敢于从个人的心理需要出发对群体的生活方式进行反抗，哪怕被嫌弃也毫不在乎的意识，正是诗人对自我尊崇、反对对个性进行束缚的表现。也正因为如此，诗人干脆以“狂”作为对自己身份的定位：

> 嘱向薄情狂婿道，为加恭敬倍从前。（卷上《述妇病怀》）

> 眼波第一防他觉，不审狂郎解得无。（卷上《和孝仪看灯词十二首》）

> 羯末许陪狂灿熳，云英教捧醉朦胧。（卷上《呈外父时妇病方苦》）

> 应恨狂朋漂泊去，明朝谁问拾钗游。（卷上《丁卯首春，余辞家薄游。端已首唱骊歌，情词凄宕，征途吟讽，依韵相和之，并寄呈韬仲，以志同叹》）

> 酒狂仍见汉陈遵，左女娇名达至尊。（卷下《左卿阿锁》）

当然，王彦泓也曾写过这样的句子：

> 有才轻艳真为累，作计疏狂不近名。（卷上《小试失意自遣》）

> 狂歌烂醉更阑后，此意谁人识苦辛。（卷上《独酌有怀》）

> 生成骨相多愁料，非为狂名故效颦。（卷下《感咏》）

> 自笑猖狂浪得名，吟笺犹未破新正。（卷下《试笔》）

原来，在“狂”的背后，尚有一种无法为别人所能理解的苦衷。

总之，从王彦泓诗歌看，“狂”已经成为他的一种思维方式和行为方式，这既是诗人尊崇自我，反对束缚个性意识的显露，也是其对抗庸俗世界和痛苦人生的一种手段。换言之，王彦泓“狂”的根底里有一种叛逆的精神、反抗的精神，是他自觉的审美追求，一定程度上，狂士是他在诗歌里自我塑造的形象。

其实，对“狂”的推崇在当时并非只是王彦泓个人的认识。袁宏道赠给张幼于一首诗，评价他“颠狂”。但张幼于似乎对这一评价不太满意，袁宏道就写了一封信给他，在信中说，“夫‘颠狂’二字，岂可轻易奉承人者”，“不肖恨幼于不颠狂耳，若实颠狂，将北面而事之，岂直与幼于为友哉?”①可见，在袁宏道看来，“颠狂”是一种很高的评价，作为一种理想来推崇的。王彦泓的“狂”正与这类精神相合拍，是其尊崇自我的表现。

三　求新:“诗家窠臼宜翻洗”

王彦泓自称“书淫”，曾评阅“子史唐宋诗集十余种”②，阅读面甚广，这使他在诗歌创作中一方面能够从前辈诗人的作品中吸取营养，另一方面自然也会存在严重的“影响的焦虑”。王彦泓努力摆脱已有诗歌传统的巨大影响，表现出极强的求新意识。薛雪《一瓢诗话》曾指出这一点:

> 王次回云:“诗家窠臼宜翻洗，人日慵拈薛道衡。”次回，团香缕雪手也，乃有此金针度人之语。不落窠臼，始能一超直入，若拖泥带水，终是土气息，泥滋味。③

要翻洗“诗家窠臼”谈何容易！蒋士铨在《辨诗》中就已为宋代人感慨:“宋人生唐后，开辟真难为。”④尽管宋诗的整体成就不如唐诗，但在诗歌题材上又有了巨大的开拓。袁宏道《雪涛阁集序》云:“有宋欧、苏辈出，大变晚习，于物无所不收，于法无所不有，于情无所不畅，于境无所不取，滔滔莽莽，有若江河。”⑤时至王彦泓生活的晚明时期，可以说各种主题和技巧几乎被以前的诗人们使用殆尽，何者可以入诗的界限也变得愈益模糊。为了不被已有诗歌传统的巨大影响所束缚，王彦泓“擘肌为纸肝为墨”(《疑雨集》卷上《感遇》)，进行艰苦的艺术探索，取得了一定的成就，为自己在诗史上争得了一席之地。

---

① 袁宏道《袁宏道集笺校》卷十一《张幼于》，钱伯城笺校，上海古籍出版社 1981 年版，第 502—503 页。

② 《三旌义门王氏族谱》卷五，清光绪刻本。

③ 薛雪《一瓢诗话》，《昭代丛书》本，上海古籍出版社 1990 年版。王彦泓诗出自《疑雨集》卷下《试笔》:“自笑猖狂浪得名，吟笺犹未破新正。新欢到手身难暇，尤物当前命易轻。闺阁裙衫争雪色，比邻丝管斗春声。诗家窠臼宜翻洗，人日慵拈薛道衡。”

④ 蒋士铨《忠雅堂诗集》卷十三，清咸丰蒋氏四种本。

⑤ 袁宏道《袁宏道集笺校》卷十八《雪涛阁集序》，钱伯城笺校，上海古籍出版社 1981 年版，第 710 页。

在阅读《疑雨集》时，我们常看到王彦泓与前辈诗人的对话，表达自己与他们的不同。如他在《重有感用叔冽韵》中写道：

> 仅喜他人不我先（微之诗），此诗才读便愀然。素娥计险思奔月，紫玉愁深恐化烟。残夜枕函香泽满，隔年衣袖唾花溅。一生长羡金泥蝶，颤向钗边与镜边。

“仅喜他人不我先”即元稹《古决绝词》中的“人之既不我先，又安能使他人之终不我夺”①。元稹在诗中对自己始乱终弃的行为非但没有愧疚之意，还对双文表示了猜疑。“此诗才读便愀然”，说明王彦泓对元稹的薄情和猜疑很不以为然，如果这个恋爱故事的男主角换作王彦泓，他绝不会向元稹那样对待双文。在此诗中，王彦泓还表达了对爱情的艳羡和向往：“一生长羡金泥蝶，颤向钗边与镜边。”他多么希望可以像“金泥蝶”那样，能够“颤向”心上人的“钗边与镜边”啊！当爱情真的降临到王彦泓自己身上时，他非常珍视，在诗中的塑造的自我形象明显优于元稹。试看《疑雨集》卷上《用前韵吟寄所思，末一章代为答》中的两首诗：

> 才说休悲泪已侵，煖言相慰恨还深。休论笑眼生花处，片刻愁容也醉心。

> 此生不负会真楼，须占看花第一筹。只是眼前难暂割，也知非是薄情游。

前一首写不得不分别时的恋人的痛苦和怨恨。后一首中的“会真楼”自然会使人想起《会真记》里张生、崔莺莺的故事，“薄情游”暗示了则杜牧在扬州的经历，因为在上一组诗里有“薄幸江南杜牧之，花前落魄病难支”这两句。诗人发誓不会像张生对崔莺莺那样始乱终弃，也不会像杜牧那样薄情，他定当信守承诺，绝不辜负她的情意。

《疑雨集》卷上有一首《春暮减衣》，在诗中王彦泓对自己的诗歌作了反思：

> 风泊残阳雨拂帘，晚春衣服减还添。难消素手为缝绽，那得闲心问织缣。病肺未能疏酒盏，诗肠无奈近香奁。孤吟赢得无聊在，试倩南华下一砭。

王彦泓对韩偓的《香奁集》很熟悉，从“诗肠无奈近香奁”看，他也意识到自己的诗歌接近于韩偓香奁诗，今天的学者有的就把《疑雨集》置于香奁

① 元稹撰，冀勤点校《元稹集》，中华书局 1982 年版，639 页。

诗的传统里，如钱钟书就认为王彦泓《疑雨集》是“冬郎香奁传统中最出色之作”①。但若细读《疑雨集》，我们发现王彦泓与韩偓又有所不同。韩偓在《香奁集序》中虽认为自己“不能忘情，天所赋也”，但还是表达了歉意：“如有责其不经，亦望以功掩过。”②相反地，王彦泓在艳体诗里表现得坚决和自信，以致把艳体诗的写作当作个人价值实现的途径。与通常只重视政治抱负而视爱情为点缀的文人不同，他在诗里将恋爱当作了英雄的事业：

作计如炊在剑头，浅尝滋味透尝愁。谗唇激浪稽千尺，妒眼成城绕一周。欢态每来惊处好，奇功端合险时收。闲情定属英雄事，未许凡才画一筹。（《疑雨集》卷上《再赋个侬》）

王彦泓认为“闲情”是非“凡才”所能筹划的，他对自己恋爱的能力和才华很自负，流露出一种英雄主义的气概。基于此，我们发现《疑雨集》里有不少因素是韩偓诗中所没有的。如卷上《感遇》：

心中觅得掌中擎，肯向闲丛浪寄情。偶折梅花相伴醉，此心犹觉负卿卿。

一顾难酬暗有期，自抽心茧报心知。擘肌为纸肝为墨，尚讶吟成鬓未丝。

在前一首诗里，诗人将心上人奉若至宝，甚为爱惜，将全部的热情倾注到她身上，生怕辜负对方的爱。后一首诗中的“一顾难酬暗有期”化用韩偓“信知尤物必牵情，一顾难酬觉命轻”；“擘肌为纸肝为墨”，使用的当是释迦牟尼“皮纸骨笔”的典故。据《集一切福德三昧经》等记载：释迦牟尼前生曾为最胜仙人，生在“无佛恶世”中。时有天魔化作婆罗门，对仙人诡称：“我今有佛说一偈。汝今若能剥皮为纸，刺血为墨，析骨为笔，书写此偈，当为汝说。”仙人寻思：我要舍弃幻躯，换取妙法。于是欢喜踊跃，即以利刀剥皮、刺血、析骨，然后合掌向天，请说佛偈③。王彦泓借用释迦牟尼这个典故，表达他愿意用全部的心血、精力甚或生命来写诗，以表达对心上人爱意，诗人对爱情似乎有一种宗教式的热情，比韩偓走得更远。《残岁即事》（《疑雨集》卷下）则写了所嫁非人的女子的痛苦：

亦有偷啼向镜台，合欢杯是断肠杯。张郎画笔无心试，暗捉王家扇子来。

---

① 钟来因《钱钟书致钟来因信八封注释》，《江苏社会科学》2003年第3期。

② 韩偓《香奁集序》，《韩偓集系年校注》，吴在庆校注，中华书局2015年版，第1054页。

③ 李明权《佛学典故汇释》，浙江古籍出版社1990年版，第172页。

诗中所写的女子，在出嫁的时候，依然念念不忘昔日的恋人，这样的感情显然是违背封建伦理道德的，而王彦泓在诗中非但没有丝毫的谴责之意，而且对其所嫁非人的悲哀充满了同情。更值得一提的是，他竟然直接袒露自己也曾有过类似的情感体验：

满城箫鼓嫁人天，裘马郎君意气鲜。独有当年我惆怅，逢新偏忆旧缠绵。（《疑雨集》卷下《残岁即事》）

这种毫不掩饰内心情感奥秘，敢于直接与传统的伦理纲常相冲突的精神恐怕在以前的时代很难出现，是晚明文学新思潮的反映，而这与五四运动开始的文学新思潮存在相通之处。王士禛在《倚声初集》中指出："次回艳情诗数百篇，刻画声影，有义山、致光所未到者。"①这是符合实际的判断。

以上论述的主要是艳体诗，在悼亡诗、感怀诗里我们同样可以发现王彦泓对"诗家窠臼"的"翻洗"，对已有诗歌传统的背离，下文在对王彦泓诗歌分类研究时再展开论述②。

王彦泓还有意识地回避前辈诗人深耕的领域，将前辈诗人关注较少甚或不曾写及的内容入诗。一个邻女上吊自杀，王彦泓有诗记之。诗前小序记叙了邻女自杀前的精心打扮和着意准备：

邻女有自经者，不晓何因，而里媪述其光艳皎洁，阅日不变，且以中夜起自结束，选彩而衣，配花而戴，绾髻涂妆，膏唇耀首，以至约缣迫袜，皆着意精好，尽态极妍，而始毕命焉。其所悬之带，以润州朱丝数百条，长九尺许，为十股细辫，手自盘制，逾月甫成。同伴以为缠腰物也，而不知其用意至此。噫！亦可悲矣，为诗以吊之。

诗的正文以刻画邻女的美丽身体始，以诗人的痛苦终：

明姿靓服严妆乍，垂手亭亭俨图画。女伴当窗唤不应，还疑背面秋千下。娇痴小妹忽惊啼，懊恼春宵睡似泥。何刻停灯开钿匣？几时响屧度楼梯？肌肤到此真冰雪，颓玉峩峩扶不得。素颈何曾着啮痕？却教反缚同心结。红丝交结为谁容？约髻安花次第工。应爱自看妆镜里，岂须人见影堂中。千春不改凝酥面，媚眼微舒若流盼。侯娘怨句鬼

① 邹祗谟、王士禛《倚声初集》卷十五，顺治十七年刻本，《续修四库全书》第1729册。

② 陈艳《文学传统的背离：王次回的情感世界》对王彦泓诗歌创作对文学传统的背离有较为具体的论述，认为《疑雨集》"没有奇山异水，也没有对日常之物极尽比拟之能事的形容，无非是传统的主题，却与传统大异其趣，他笔下的家乡凉薄狰狞，妇姑勃谿，与妻子相敬如宾却无恩爱之致，与朋友狂欢痛饮后仍然有无法消解的伤心，甚至是赠妓诗也少有称誉才色的千人一面之语"。（《中国诗学》第22辑，人民文学出版社2016年12月。）

先知，玉儿艳质人犹羡。当时犀纛定沉埋，绣袜何人拾马嵬？乞取卿家（谓刘家也）通替样，许盛银液看千回。千回万转负此生，枉将偷嫁占虚名。（古乐府云："谁知刘碧玉，偷嫁汝南王。"）周郎已误难重顾，哭杀墙东阮步兵。

阅读这首诗的小序和正文，我们能够感受到王彦泓对这个邻女的死深深地感到哀悼和遗憾，哀悼的是生命的陨落，遗憾的是她的"素颈"尚未曾"着啮痕"。诗人从感官的角度对邻女的身体进行描写，不仅仅是展示其美丽，而且由美丽引向死亡，邻女正是在死亡之际，展示了其绝美之处。诗人描绘的是真正最后的美丽，是一种优雅凄绝之美，表现的是一种变态反常的审美迷恋，让人惊骇，让人颤栗，以这样的内容入诗似乎是王彦泓的创造①。甚至是罹患疾病，他也能从中发现诗意。如《病疝自遣》（《疑雨集》卷下）：

独客秋闲病思孤，隔窗幽草覆啼蛄。诗书枕畔支欹案，山水床前展画图。频视篆香知刻漏，偶敲方响代传呼。侍儿叶戏耽清昼，拟买红藤代汝扶。

却笑痴姬问卜忙，爱闲耽睡病无妨。端详实理非茶罪，冒滥虚名是色荒。妙友清言如上药，稗官闲读得奇方。风流未负重阳处，并采茱萸入饮汤。

饮兴游心与病争，矮屏初折见秋晴。瓶分花影看无厌，药渍醇醪醉有名。豉法近从开士写，茶香先遣侍儿评。青娥乍见蹒跚态，笑咏陶诗谑长卿。

中国文学史上有不少诗歌写到了疾病问题，近年来疾病与文学的关系已受到学术界的关注，但以疝入诗在王彦泓之前似乎未见，因为"疝"与男性生殖器有关，在诗中公开讨论这个话题是触忌讳的。尽管疝病给他带来了不便和痛苦，但从诗中我们看到更多的是自嘲和自娱，诗中写到了侍儿的关爱、姬妾的痴情和朋友的清言，写了自己读书、看画、赏景和品茶，他似乎很享受疝病带来的关心和悠闲。"青娥乍见蹒跚态，笑咏陶诗谑长卿"让这组诗的娱乐效果达到高潮，这里使用的典故与唐代诗人刘长卿有关。刘长卿在江浙任职时，名妓李季兰是座上客，她知道刘长卿有阴重之疾（疝病），在乌程

① 周作人《缢女图考释》曾提到王彦泓这首《邻女哀辞》，把它作为"中国古今文人喜欢吊死人的膀子"的例证加以批评。从王彦泓这首诗的具体描写看，其在内在精神上似乎与西方"颓废文学"存在相通的地方。《缢女图考释》见《夜读抄》，周作人自编文集，止庵校订，河北教育出版社2002年版。

开元寺的聚会上便以陶渊明的诗“山气日夕佳”来取笑刘长卿的状况，因为“山气”与“疝气”的读音相近。刘长卿以陶渊明的“众鸟欣有托”相对，参加聚会的都知道，“重”和“众”的发音相同，“鸟”隐喻男性生殖器，他们被李季兰的幽默和刘长卿的机智逗得大笑①。这个典故类似于今天的黄段子，王彦泓将其入诗，今天的读者或许会觉得很无聊，实际上这是晚明文人习气的典型表现，同样反映了王彦泓诗歌与晚明文学思潮的联系。

王彦泓诗学观念与晚明“童心—性灵”说的联系当然并不只限于上述几点，但由此约略可见王彦泓的《疑雨集》与《牡丹亭》、“三言二拍”、以袁宏道为代表的晚明小品等在内在精神上是相通的，它们有一些共同点，包括对于真情和个性的尊崇，对于个体欲望的肯定，对于儒家功利性文学观念的批判等。换言之，王彦泓的诗学观念与晚明尊崇自我、乃至不惜与既定社会规范和主流的文学传统相冲突的“童心—性灵”说是相通的，其《疑雨集》正是这种思想潮流在文学领域里的一种体现。

第二节 王彦泓诗歌的艺术特征

王彦泓非常注重诗歌的艺术特征，精心经营自己的诗作②。关于王彦泓诗歌的艺术特征，朱彝尊《静志居诗话》曾这样论述：

> 风怀之作，段柯古《红楼集》，不可得见矣。存者，玉溪生最擅场，韩冬郎次之，由其缄情不露，用事艳逸，造语新柔，令读之者唤奈何，所以擅绝也。后之为艳体者，言之惟恐不尽，诗焉得工？故必琴瑟钟鼓之乐少，而寤寐反侧之情多，然后可以追韩轶李。金沙王次回，结撰深得唐人遗意。起句如：“雨下春泥月下霜，几年辛苦是萧郎。”“一层芳树一层楼，只隔欢娱不隔愁。”“月到西南倍可怜，照人双笑影娟娟。”中联如：“烧灯院落更衣影，听曲帘栊点屐声。”“当初语笑浑闲事，向后思量尽可怜。”“画舫帘衣凭雪藕，玉筝弦索见春葱。”“明明可爱人如月，漠漠

① 辛文房《唐才子传校正》卷二《李季兰》，周本淳校正，江苏古籍出版社1987年版，第45页。

② 王彦泓《江上》云：“回首江云泪几(一作一)双，酒空金尽在他乡。穷途自合亲情断(一作薄)，幽恨那堪世事忙。两岸草花秋寂历，一船烟月夜凄凉。不知身是孤飞鸟，犹误题(一作误欲裁)笺寄孟光。”这首诗在辛酉年下，王彦泓这时已经与贺氏结婚多年，而贺氏于七年后崇祯戊辰去世，诗人怎会自称“孤飞鸟”呢？诗人在自注中说明了原因：“末二句戊辰年改定，故云。”从中透露出这样的信息，诗人不断地对旧作进行修改，诗中的几处异文疑即是诗人修改时留下的痕迹。而类似的情况在《疑雨集》中较为普遍，可见王彦泓非常注意诗歌语言的锤炼。

难寻路隔烟。”“临水偶来同倚槛，隔花何路可登楼。”“封来泪点红犹湿，翦后香丝绿未齐。”“绣佛像前同下拜，泥金经尾独签名。”“含毫爱学簪花格，展画惭看出浴图。”“花下小楼堆烛泪，柳边低舫载茶烟。”“翻成绣谱传人画，会得琴心允客挑。”“窗下有时思梦笑，灯前长不卸头眠。”结句如：“水国不生红豆子，赠君何物助相思。”“残阳欲度梅梢尽，才向红窗拂镜奁。”“蜡照渐微香炧冷，佩声才达画堂东。”“阑干一曲无多地，才着思量便渺然。”“仙家合住烟霞外，金屋藏渠也不堪。”“今日席间谁认得，旧时家令沈休文。”“分明蜡烛身相似，才上欢筵泪已零。”“一生长羡金泥蝶，颤向钗边与镜边。”皆饶风韵，诵之感心娱目，回肠荡气。①

朱彝尊认为艳体诗写得最好的是李商隐和韩偓，并从“缄情不露”“用事艳逸”和“造语新柔”三个方面概括他们创作成功的原因，称赞王彦泓“结撰深得唐人遗意”，并摘取了《疑雨集》中的一些诗句加以印证。朱彝尊对王彦泓诗歌艺术特征的概括是精当的，接下来拟从文本构成要素——用词、典故和意象三个角度加以申说，对王彦泓诗歌的艺术特征展开分析。

一　用词

维克托·日尔蒙斯基在《诗学的任务》中说：“抒情诗中的整体倾向往往取决于诗中多数词汇的主题。”②因此，分析诗人所使用的词语的个性特点，是认识其诗歌艺术特征的有效手段之一。

袁枚《再与沈大宗伯书》曾称赞王彦泓“才藻艳绝”③，浓郁的香艳色彩，正是王彦泓诗歌在用词方面的突出特点。翻开《疑雨集》，我们立刻可以发现大量香艳华丽的词藻。如《无题》四首（《疑雨集》卷上）：

弄玉当年未嫁时，徘徊好影自矜持。几从画府回娇靥，羞向花间曳绮綦。千蝶帐深萦短梦，九雏钗重困初笄。朝回夫婿鸣驺去，下却珠帘不肯窥。

学书不学卫夫人，度曲惟教唱柳君。鹦鹉自将新律教，猧儿闲取练香熏。镜中铸就娇颜色，帐里惊回好梦魂。一榻茶烟清似水，金钗划作断肠纹。

---

① 朱彝尊《静志居诗话》卷十九“王彦泓”条，人民文学出版社1990年版，第570页。

② 维克托·日尔蒙斯基《诗学的任务》，《俄国形式主义文论选》，生活·读书·新知三联书店1989年版，第228页。

③ 袁枚《再与沈大宗伯书》，《小仓山房文集》卷十七，《袁枚全集》，王英志主编，江苏古籍出版社1993年版。

琼树瑶枝分外清，雒川应是旧仪形。阁中碧玉谁人识，楼上罗敷只自名。三尺吐云嫌髻短，五铢含雾喜身轻。从来不作多情调，羞读关雎第四声。

栽培艳质向瑶阶，取次帘栊不放开。裹手倩人收宝钿，含颦拣样画香煤。腰肢未许同行拟，性格还从夫婿猜。阿母错怜教不嫁，几回偷看画图来。

好影、矜持、娇靥、绮綦、千蝶帐、九雏钗、珠帘、娇颜色、金钗、琼树、瑶枝、三尺吐云、五铢含雾、关雎、艳质、瑶阶、帘栊、宝钿、含颦、香煤、腰肢等，这些香艳华丽的词藻扑面而来，真是让人目不暇接。接下来是《催妆诗》六首（《疑雨集》卷上）：

娇羞不肯下妆台，侍女环将九子钗。寄语倦妆人说道，轻施朱粉学慵来。

十步笙歌响碧霄，严妆无力夜迢迢。休将双黛凭人试，留与张郎见后描。

说嫁心惊尽日痴，尊前玉箸镇双垂。不知夫婿尤怜惜，却忆娇嗔阿母时。

羞向明窗结佩珰，穿衣宝镜暗生光。生憎乌鹊来相噪，嘿嘿无言下象床。

当初忍笑画鸳鸯，真个如今拟凤凰。别却群仙拜王母，已闻青鸟报刘郎。

云作双鬟雪作肌，天教分付与男儿。转身拭泪银河畔，别却鸳机再不归。

娇羞、妆台、九子钗、朱粉、慵来、笙歌、碧霄、严妆、双黛、玉箸、怜惜、娇嗔、佩珰、宝镜、象床、鸳鸯、凤凰、青鸟、双鬟、鸳机等，简直让人目乱神迷。这些艳词丽藻的使用，使王彦泓的诗形成了一种娇柔之美。《无题》和《催妆诗》都是其早期的作品，艺术上还不够成熟，但从诗人选词用字的倾向中，在一定程度上可以窥见他的审美情趣。

不过，诗歌不是词典，如果只是把香艳华丽的词汇堆砌在一起，虽可以给人以视觉的美感，但并不能真正使读者受到打动。王彦泓在使用这些词汇时，十分注意把它们与人物内心的感情结合起来。如前引的“当初忍笑画鸳鸯，真个如今拟凤凰。别却群仙拜王母，已闻青鸟报刘郎”，此诗写即将出嫁新娘的特殊心理状态。我们先把前两句变成五言句:“当初画鸳鸯,如今拟凤凰”,“当初画鸳鸯”可以传达新娘过去对爱情的渴望和向往之情,而“如今拟凤凰 ”可以比喻爱情的实现,其意思和原诗并没有多大变化,然而阅读的感觉大不一样。象征美好姻缘的“鸳鸯”还存,暗示成双成对的“凤凰”尚在,为什么诗的感染力会顿减呢?我想恐怕是改过之后的诗只有词藻,却没能刻画出人物思想感情的缘故。“忍笑”的动作,传达出少女的娇羞和纯真;“真个”这个口语色彩比较强的词,更是活灵活现的描摹了待嫁新娘将信将疑、如在梦中的幸福情态,而这幸福中似乎还有点紧张和害怕。所以,虽然王彦泓四句诗中连用了三个富有华丽色彩的词语:鸳鸯、凤凰和青鸟,却并没有堆砌之感。

上述的词藻虽然香艳华丽,但感情比较纯净。在有些诗篇中,所用的词藻则充满诱惑的色彩。如:

含毫爱学簪花格,展画嘶看出浴图。(《疑雨集》卷下《即事》)

翻成绣谱传人画,会得琴心允客挑。(《疑雨集》卷下《席上》)

陈王着眼先罗袜,温尉关心到锦鞋。(《疑雨集》卷下《无题》)

体自生香防姊觉,眉能为语任郎参。(《疑雨集》卷下《追和唐女冠鱼玄机十二韵》)

素艳乍看疑是月,清欢何暇想为云。(《疑雨集》卷下《左卿阿锁》)

香艳华丽的词藻与淫靡之思水乳交融,刻划入骨,使人心流气荡,极具有诱惑力。这大概是所谓“缳薄子弟,为其所惑”的主要原因之一。有的人对这类描写极为不满,认为其“玷污风雅”,说王彦泓在“惑人伎俩”方面,实超过元末之诗宗杨铁崖,“足为妖中之妖耳!”①

当然,香艳华丽词藻的异常丰富只是王彦泓诗歌选词用字的一个方面,由于经历了生活的种种不幸,他的诗中也出现了许多带有浓重感伤色彩的词语。据我的统计,在《疑雨集》中用“愁”字共141次,“泪”字76次,“恨”字45次,“断肠”15次,“伤心”“惆怅”“凄凉”“憔悴”等也反复出现。如《强欢》(《疑雨集》卷上):

悲来填臆强为欢,不觉花前有泪弹。阅世已知寒暖变,逢人真觉笑啼难。诗堪当哭狂何惜,酒果排愁病也拚。无限伤心倚棠树,东南枝下独盘桓。

① 潘德舆《养一斋诗话》卷六,道光十六年刻本,《续修四库全书》第1706册。

诗中用了不少袒露感情的词语，如悲、泪弹、笑啼、哭、愁、伤心等字眼，诗人纵情展示自己的悲哀，感情非常强烈。但在我们了解了诗人身世后，并不觉得夸张，因为这首诗写于诗人经历过一场巨大家难之后，诗中的感情完全是诗人自我感情的真实流露，既不是无病呻吟，也非刻意渲染。

钱谦益《季沧苇诗序》说："有真好色，有真怨诽，而天下始有真诗。"①从王彦泓用词的特点看，显露出他正是真好色，真怨诽，他正是以纵情声色的方式发泄心中郁结的悲哀与愤懑，这或许是他的诗歌能打动后来读者的重要原因。

更值得强调的是，王彦泓非常注意用词的创新，即朱彝尊所赞赏的"造语新柔"。如在国学萃编社刊印的《疑雨集题辞》里，有不少题辞者把目光集中在诗歌的用词上②。如金绶熙云：

> 何时把卷上旗亭，赌唱双鬟更好听。秀语夺春千种绿，余音终曲数峰青。英雄草草谈风月，儿女喁喁见性灵。言外有人容绝代，低徊不嫁惜娉婷。

李靖国云：

> 王郎才调忒翩翩，簇锦团珠萃一编。初日朝霞难比艳，惊鸿彩凤与争妍。新词旖旎愁中侣，影事荒唐梦里天。欲向巫山问神女，疑云飞去是何年。

郑钟琪云：

> 漫言儿女太情长，聊借悲欢写侠肠。电露六如归解脱，雨云一梦寓荒唐。吟成靡曼香三日，画出娉婷态万方。腻语缠人痴欲死，不愁妒艳有鸳鸯。

"秀语夺春千种绿，余音终曲数峰青"也好，"初日朝霞难比艳，惊鸿彩凤与争妍"也好，"吟成靡曼香三日，画出娉婷态万方"也好，都是赞美王彦泓诗歌的语言既艳丽华美，又新鲜活泼。在《栩园诗话》中，陈蝶仙则从自己的创作实践出发对王彦泓诗中的"裹手"一词的匠心作了细致阐发：

> 余改赵廷玉无题诗有一联云："睡眼细挼慵裹手，堕鬟教整许凭肩。"廷玉驳之曰："吾闻裹足者矣，未闻有裹手者。"不知王次回已有"裹手倩人收宝钏"之句。"裹手"者正状其撮手作裹形，小儿女睡起或

① 钱谦益《牧斋有学集》卷十七《季沧苇诗序》，《四部丛刊》本。

② 国学萃编社《疑雨集题辞》，丰记印书局1909年版。

啼后，每每有此形景，倘无次回用之在前，余犹不能描画出此语也。虽所状情景不同，而“裹手”二字实具画工。①

二　典故

如果从表层看，典故有时也属于词藻，而当典故进入诗歌语境，成为被诗意观照的对象时，它有时又成了一种意象。考虑到典故对于王彦泓诗歌的重要意义，在此单独加以分析。

朱太忙在《王次回〈疑雨集〉序》中说：

> 夫丽词腻句，谁不赏之爱之？而王氏之博学好古，予犹心折。是以世人只求风流，而无学问，直登徒子耳，不足为真风流。有学问而不解风流，不失为有头巾气、伪道学。予极愿世之谈《疑雨集》者，当拳拳于钱氏所称“博学好古”四字，勿徒溺夫丽词腻句，则作者、阅者，声价两高矣。②

一般读者所喜爱的“丽词腻句”，上文已作了分析；而朱太忙所极力推崇的“博学好古”，在王彦泓诗中的直接表现为典故的丰富。在一定程度上，王彦泓诗的特色和魅力，与其富有个性特点的用典紧密相关③。李伯元《南亭四话》在论及《却要》时说：

---

① 陈蝶仙《栩园诗话》卷三，《著作林》1900年第5期。

② 《王次回〈疑雨集〉》，大达图书供应社1935年版。

③ 胡适在20世纪初发起文学革命时，一开始便提出：“今日欲言革命，须从八事入手。八事者何？一曰，不用典……”。（《寄陈独秀》，《胡适古典文学研究论集》，上海古籍出版社1988年版）可见当时在人们的心目中，对用典有多么深的鄙弃。然而在他提出的“八事”中，这一条最受朋友攻击。为此，在《文学改良刍议》一文，把“不用典”放在了第六位，并在朋友的建议下，把用典分为广狭两义，并声明：“广义之典非无所谓典也”；“狭义之典亦有工拙之别，其工者偶一用之，未为不可”（《文学改良刍议》，《胡适古典文学研究论集》，上海古籍出版社1988年版）。而胡适的这种变化，又受到钱玄同的反对，认为“不用典之论最精，实足祛千年来腐臭文学之积弊”（钱玄同《寄陈独秀》，《胡适古典文学研究论集》附录，上海古籍出版社1988年版）。最终，还是反对使用典故的观念占了上风。因此，对于中国古代诗歌的用典，很长时间研究者一直采取轻视或否定的态度。其实，当年胡适他们论争的焦点，是现代人写作诗文该不该用典的问题。就古人而言，写诗使用典故几乎成了写作诗歌不可缺少的一种技巧。这是因为，古典诗词的语言要力求精粹，要以尽可能少的语言表达尽可能多的意义和情感，而用典正可以用极省俭的字句提示涵义十分丰富的内容，以引导读者沿着作者提供的线索去联想。因此，作为一种文学现象，用典的产生有其必然性，如果恰当地使用，其对构成诗歌的艺术感染力并非没有积极意义。比王彦泓时代略早的胡应麟甚至说：“诗自模景述情外，则有用事而已。……欲观人笔力材诣，全在阿堵中。”（《诗薮·内编》卷四，上海古籍出版社1979年版）把用典作为观察诗人笔力材诣的标准，我们并不赞成，但如果所用典故恰当妥帖的话，未尝不是增加诗歌感染力的手段之一。

《疑雨集》云："却要因循簟未铺，鹦哥传道画堂呼。风光瞥去销魂在，赢得惊心也胜无。"自注云：却要，助辞。引韩偓诗"却要因循添逸兴"为证。余谓此诡言也，盖必私婢之作。《三水小牍》载某巨公有婢名却要，艳绝，巨公有子二人，均欲私之，相约于樱桃花下，云云。意次回必暗用此典，玩下语气可见。又《感怀》诗"手推自喜调家婢"云云，然则芳姿团扇，王氏固有家传也。①

说《却要》这首诗的小注为王彦泓的"诡言"未必恰当，因为这一注释很可能是王彦泓的好友于韬仲所为，但李伯元对"却要"典源的分析是恰当的，从中我们不难体会到王彦泓用典的巧妙和贴切。

具体而言，典故的使用，对王彦泓诗歌艺术魅力的形成主要有以下几个方面的意义：

第一，使诗歌的语言显得精练而又含蕴不尽。由于近体诗的字数有严格的限制，诗词语言要力求精粹，要以尽可能少的语言表达尽量多的意义和情感，而用典正可以用极省俭的字句提示涵义十分丰富的内容。如：

何事胆娘偏小胆，略闻鹦鹉便心惊。（《疑雨集》卷下《有赠》）

"胆娘"出自元稹诗"狗儿吹笛胆娘歌"②，这一典故首先暗示了阿姚的身份为歌伎。而"胆娘"却"小胆"，二者构成了反差，形成了西方新批评派称之为"张力"的美感效果，使诗歌又具有诙谐的韵味。再如：

平生守礼多谦畏，不受荀郎熨体寒。（《疑雨集》卷上《述妇病怀》）

"荀郎熨体寒"用的是《世说新语·惑溺》中的典故："荀奉倩与妇至笃。冬月妇病热，乃出中庭自取冷，还以身熨之。"这一典故的使用，使诗歌的意味极为曲折。首先，从字面意义看，诗人希望能像荀奉倩那样，帮生病的妻子减轻些苦痛。而妻子偏偏不接受。此是第一层曲折。其次，荀奉倩对妻子的关爱体贴之举，很长时间是受到普遍谴责的，《世说新语》把此事视为"惑溺"，就流露出这样的倾向③。而王彦泓却愿意效仿荀奉倩，由此可以看出他是个非常重情之人，根本不把世俗的道德观念放在心上。而王彦泓的妻子之所以不接受"熨体寒"，正是因为她"守礼多谦畏"，恪守着世俗的道德观念。此是第二层曲折。再次，荀奉倩与妇感情至笃，而王彦泓与妻子之间

---

① 李伯元《南亭四话》，江苏古籍出版社 2000 年版，第 248—249 页。

② 《元氏长庆集》卷九《追昔游》，《四部丛刊》影印明刊本。

③ 参看章培恒先生、骆玉明先生主编的《中国文学史》上《导论》，复旦大学出版社 1996 年版，第 39 页。

却"疏阔较多欢洽少",(卷上《悲遣十三章》)看到妻子生病的痛苦情状,诗人开始对自己的行为进行反思,他对病重的妻子"熨体寒",一定程度上含有忏悔的情绪在内[①],而妻子的拒绝无疑使他感到更为难受。这是第三层曲折。短短十四个字,却蕴涵着如此丰富的意味,也正显示出典故的价值所在。又如:

天台再许刘晨到,肯惜千回度石梁!(《疑雨集》卷下《即事》)

袁枚《随园诗话》曾称引这两句诗[②],刘衍文在《雕虫诗话》中也赞其"情神激越",并指出诗人"必有晦隐之事而未便明言者""盖欲力图挽回业经失去之机遇也"[③]。是什么引发了刘衍文的深沉联想呢?显然与诗中使用的典故有关。据刘义庆《幽明录》记载,刘晨、阮肇共入天台山,迷不得返,后遇两仙女,构成一段奇缘[④]。从"天台再许刘晨到,肯惜千回度石梁"字面的意思看,抒情主人公自比刘晨,表示如果能再有机会重入天台的话,哪怕"千回度石梁"他也不在乎。刘衍文先生所说的"盖欲力图挽回业经失去之机遇也",恐怕指的就是如此。不过,这一典故的内涵恐怕还不限于此。为有希望的事情去努力,哪怕历尽千辛万苦也在所不辞,这固然能给人以激励的力量,但这并不是王彦泓这两句诗打动人的最根本的地方,因为"天台再许刘晨到"还暗含着另一层意思:刘晨即使再回到天台,也未必就能再见到仙子。在《幽明录》里虽然没有这样的情节,但在王彦泓所熟悉的《才调集》中却有传达这样感受的诗篇[⑤]:

再到天台访玉真,青苔白石已成尘。笙歌寂寞唯深洞,云鹤萧条绝旧邻。草树摠非前度色,烟霞不似往年春。桃花流水依然在,不见当时劝酒人。[⑥]

也就是说,在王彦泓上述两句诗中,既有对失去美好生活的眷恋,也有力图挽回业经失去之机遇的幻想,更有明知道没有挽回的希望依然不愿意放弃的执着。在这两句诗中,过去与现在、希望和绝望交织在一起,展示了一个丰富而具有深邃意味的世界,达到了兴味蕴藉,余味深长的艺术效果。

---

① 参看第四章《王彦泓的其他诗歌》第一节《悼亡诗》。

② 袁枚《随园诗话》卷八第五一条,人民文学出版社1982年版。

③ 刘衍文《雕虫诗话》卷三,《民国诗话丛编》六,张寅彭主编,上海书店出版社2002年版。

④ 刘义庆《幽明录》,《汉魏六朝笔记小说大观》,上海古籍出版社2000年版。

⑤ 王彦泓在《疑雨集》卷下《阿姚之归,凡同心皆为予喜,而向来知其事者,端已、韬仲叔也,于其来贺,赋谢一章》诗句"惭愧月华诗思浅"后自注"唐女郎姚月华有诗见《才调集》",说明王彦泓对《才调集》很熟悉。

⑥ 曹唐《刘阮再到天台不复见诸仙子》,《才调集》卷四,《四部丛刊》影印本。

第二，王彦泓诗中香艳典故的数量特别大，即朱彝尊所说的“用事艳逸”，而这类典故往往具有一定的故事性，能够引发读者的无穷联想。如：

风恶佁怜宜主瘦，波平谁辨宓妃长。（《疑雨集》卷上《又次前韵》）

筝娘乞句留钿带，箫史求书展练裙。（《疑雨集》卷下《感旧游》）

泪点寄来悲灼灼，口脂封去慰莺莺。（《疑雨集》卷下《寄怀端己白门》）

“宜主”为《赵飞燕外传》中“中流歌酣，风大起”，帝让无方为持裙的赵飞燕①。“宓妃”为曹植《洛神赋》中“凌波微步”的仙女②。“筝娘”出于《夷坚记》，为陈不矜梦见的善秦筝的仙女③。“箫史”则出自《列仙传》，他曾教穆公女弄玉学吹箫，最后二人结为夫妻，骑凤升天成仙④。“灼灼”是《丽情集》中的人物：“灼灼，锦城官中奴，御史裴质与之善。裴召还，灼灼每遣人以软红绢聚红泪为寄。”⑤“莺莺”出自元稹《莺莺传》：“崔氏报生书云：兼惠花胜一合，口脂五寸。”⑥每个人名的后面大都包含着一个富有情感色彩的故事，使读者在阅读时自然而然地引发联想，产生言少而韵味无限的效果。类似的例子还有很多，再如：

赵姊丰容工泥夜，徐娘情味胜雏年。（《疑雨集》卷下《梦游十二首》）

欲觅窈娘重问讯，凤窠飞散别枝春。（《疑雨集》卷下《贺生文战不利，愤懑悲骚，托之好内，以自发摅，竟得疾不起。比余再过其居，凄凉触目，即所最欢昵者，亦不复在燕子楼矣。因怅然书其壁上》）

休论犯雪邀宜主，只忆藏花遇妥娘。（《疑雨集》卷下《即事》）

“徐娘”出自《南史·元帝徐妃》：“帝左右暨季江有姿容，又与淫通。季江每叹曰：‘柏直狗虽老犹能猎，萧溧阳马虽老犹骏，徐娘虽老犹尚多情”⑦。而“窈娘”则出自《绿珠传》，她为武周时乔知之的宠婢，盛有姿色，特善歌舞。

---

① 《赵飞燕外传》，《笔记小说大观》三编第八册，台湾新兴书局1984年版。

② 《曹子建集》卷三《洛神赋（并序）》，《四部丛刊》影印明活字本。

③ 《夷坚记》甲卷七《蔡筝娘》，影印文渊阁《四库全书》本。

④ 《太平御览》卷一百七十八，《四部丛刊》本。

⑤ 张君房《丽情集·寄泪》，上海书店据1913年上海中国图书公司和记铅印本《香艳丛书》影印，1991年版。

⑥ 《莺莺传》，《元稹集·外集》卷六，中华书局1982年版。

⑦ 《南史》卷十二《元帝徐妃》，中华书局1975年版。

后被武承嗣所夺。知之传诗于窈娘,窈娘得诗后投井而死①。"妥娘"出自《大业拾遗记》:"帝幸月观,烟景清朗,中夜独与萧妃起临前轩,帘栊不开。左右方寝,帝凭妃肩,说东宫时事。适有小黄门映蔷薇丛调宫婢,衣带为蔷薇结,笑声吃吃不止。帝望见腰肢纤弱,意为宝儿有私。帝披单衣,亟行擒之。乃宫婢雅娘也。回入寝殿,萧妃诮笑不知止。帝因曰:'往年私幸妥娘时,情态正如此。此时虽有性命,不复惜矣!'"②葛兆光曾对中国古典诗歌的用典进行过详细的探讨,他认为成功的用典应具备以下几点:

——字面有一定的视觉美;

——故事有一定的情感色彩;

——最好的典故中包含了古往今来人类共同关心与忧虑的"原型",比如生命、爱情、人与自然等。③

王彦泓诗中所用的香艳典故,完全符合上述条件。这些典故中的故事与诗人的故事水乳交融地溶合在一起,能够引起读者丰富的联想。

第三,王彦泓常常把典故与那些直接抒情的字词结合在一起使用,形成了一种含义既明晰又十分丰富的效果。如:

却羡身轻如柳絮,因风还近(一作傍)谢娘飞。(卷上《京口雪》)

"却羡"非常清楚地点明了诗人的情感倾向,即使不了解诗中的典故读者也能理解这两句诗。不过,如果熟悉诗中的典故,就会获得更丰富的感受。"谢娘"典出《世说新语·言语》:"谢太傅寒雪日内集,与儿女讲论文义。俄而雪骤,公欣然曰:'白雪纷纷何所似?'兄子胡儿曰:'撒盐空中差可拟。'兄女曰:'未若柳絮因风起。'公大笑乐。即公大兄无奕女,左将军王凝之妻也。"诗中的表层涵义可以理解为渴望接近某个女性的愿望,而使用了"谢娘"的典故,使诗歌拥有了更丰富的含义:诗人对富有才华的女性的赞美和歆羡。再如:

玉杵擎将蜀道行,不辞辛苦为云英。当年只觉成都近,未称琼浆一饮情。(《疑雨集》卷上《咏旧》)

这首诗运用裴航和云英之事入诗而反其意。据裴硎《传奇·裴航》,裴航佣舟载于襄汉间,同载有樊夫人,国色。航赂其侍儿,以诗求达曰:"同为胡越

① 鲁迅《唐宋传奇集》,人民文学出版社 1952 年版。
② 《大业拾遗记》,《笔记小说大观》五编第三册,台湾新兴书局 1984 年版。
③ 《汉字的魔方》第五章《论典故》,辽宁教育出版社 1999 年版。

犹怀想，况遇天仙隔锦屏。倘若玉京朝会去，愿随鸾鹤入青云。”樊答诗曰：“一饮琼浆百感生，玄霜捣尽见云英。蓝桥便是神仙窟，何必崎岖上玉清。”后裴航经蓝桥驿附近，因渴求浆而饮，见一女子，艳丽惊人，即云英也。裴航谋娶之，但必须有玉杵臼方可。裴航历尽千辛万苦，终于求得玉杵臼，如愿以偿①。诗的前两句是说抒情主人公本以为有“玉杵”在手，自己会像裴航一样，得遂所愿。然而，这只是自己的一厢情愿而已，历尽辛苦所换来的却是失望和憾恨。即使读者不了解诗中的典故，也能从“不辞辛苦”“未称”这样的词语中体会到诗人的情感体验的特征，而一旦理解了典故的内涵，读者的感受会更为强烈和丰富，因为“未称琼浆一饮情”除了表达诗人自己心愿未遂的失望之外，还有对所爱对象的歉意和无奈。

其实，一个使用得比较巧妙的典故，往往可能同时具有上述几个方面的意义。如“天台再许刘晨到，肯惜千回度石梁”中刘晨的故事本身就有一定的香艳色彩，而“再许”“肯惜”这样的字眼也清晰显示了诗人的情感特征。

三　意象

意象是诗歌研究中一个非常重要的概念，而何谓“意象”，却是一个复杂而棘手的问题，中外学者给出的定义五花八门②。而有的学者有感于“意象”概念的含糊，干脆另换新词。如赵毅衡《新批评：一种独特的形式主义文论》就用“语象”作为 icon 和 image 的译语③，而 icon 和 image 实际上更接近中国自古所用的意象的含义，所以在翻译时更多的人还是把 icon 和 image 译成意象。

对“意象”的说法虽然不同，但在其基本内涵的认识上还是大致相通的，那就是意和象的统一。如庞德将意象定义为“那在一瞬间呈现理智和情感的复合物的东西”。这个定义包含着意象结构的两个层面：内层是“意”，是诗人主体理智和情感的复合；外层则是“象”，是一种形象的“呈现”。这两层是紧密结合在一起的，缺一不可④。克罗齐则通过把知识分为两种形式

---

① 裴硎《传奇 · 裴航》，《唐五代笔记小说大观》，上海古籍出版社 1999 年版。

② 中国学者关于“意象”的种种说法，蒋寅《语象 · 物象 · 意象 · 意境——诗歌本文构成的基本单位》一文有过专门的分析；（《古典诗学的现代阐释》，中华书局 2003 年版）而国外学者对何谓“意象”的一些意见，周发祥在《西方文论与中国文学》第六章《意象研究》的相关部分也曾涉及，给我们的启发良多。（《西方文论与中国文学》，江苏教育出版社 1997 年版）

③ 赵毅衡《新批评：一种独特的形式主义文论》第六章《语象 · 比喻 · 象征》，中国社会科学出版社 1986 年版。

④ 《意象派诗选 · 原编者导论》，漓江出版社 1986 年版，第 44 页。参考了朱立元主编《当代西方文艺理论》，华东师范大学出版社 1998 年版。

的方式将意象和概念区分开来，同时认为"每一个直觉或表象同时也是表现"，是"心灵的事实"而非"机械的、被动的、自然的事实"，其实质也是强调意象是主客观相结合的产物①。艾青在《诗论》中把意象界说为"具体化的感觉"，说的也是类似的意思②。袁行霈先生在《中国诗歌艺术研究》中则非常明确地说："意象是溶入了主观情意的客观物象，或者说是借助客观物象表现出来的主观情意。"③

袁先生显然把意象中的"象"理解为物象，其实"象"的外延可以更宽广一些。如叶嘉莹《中国古典诗歌中形象与情意之关系例说》把《周易》中的象分为三类，其中第二类为"取象于人事间之事象"，并据此认为"赋"的作品中，同样也重视"形象"的表现④。也就是说，事象和物象一样，也可以成为意象中的"象"。我们认为叶嘉莹先生的意见是有一定道理的。T. S. 艾略特曾这样描述艺术形式对于情感的表现：

> 艺术形式里表达情感的唯一方法是找到一种"客观对应物"，换句话说，一系列客体、一种情景、一连串事件，将是那种独特的情感的公式；这样，当那必然要在感觉体验中告终的外部事实给予了人们，情感立刻就被唤起了。⑤

可见，在 T. S. 艾略特看来，"一连串事件"是可以作为情感的"客观对应物"的，即成为意象之"象"。这样，为了分析的方便，根据"象"的构成，我们可以把"意象"分为主要由物象构成的意象和主要由事象构成的意象两种：前者是被诗意关照的物，也就是诗歌语境中处于被陈述状态的物，它虽与客观外物相联系，但成为诗中的意象后，已经过诗人想象力的创造而获得了文学形式；而后者则是被诗意关照的事，也就是诗歌语境中处于被陈述状态的事，它主要涉及人物的活动和行为的细节，虽然有时会有诗人生活的"原型"，但已不再是单纯的记录，而是经过诗人审美经验的筛选和审美情感的熔铸⑥。

意象是诗歌文本构成的核心层次，一个诗人的风格很大程度上取决于他所创造的意象的特点，诗歌对读者的打动也主要通过意象来实现的。接

---

① 克罗齐著、朱光潜译《美学原理·美学纲要》，外国文学出版社 1983 年版，第 7、14 页。

② 转引自蒋寅《语象·物象·意象·意境——诗歌本文构成的基本单位》一文，《古典诗学的现代阐释》，中华书局 2003 年版。

③ 袁行霈《中国古典诗歌的意象》，《中国诗歌研究》，北京大学出版社 1996 年版。

④ 叶嘉莹《迦陵论诗丛稿》，河北教育出版社 1997 年版。

⑤ 《意象派诗选·原编者导论》，漓江出版社 1986 年版，第 43 页。

⑥ 参阅蒋寅《语象·物象·意象·意境——诗歌本文构成的基本单位》，《古典诗学的现代阐释》，中华书局 2003 年版。

下来我们将在上述分类的基础上,具体分析王彦泓诗歌意象的特点及其对于情感的表现力①。

王彦泓诗里由物象构成的意象,以下几个方面在表现诗人个性化的情感上起了重要作用。

第一,"醇酒妇人"。王彦泓在《示晚内》(《疑雨集》卷下)中说:"磨耗雄心渐已空,十年醇酒妇人中。"这样的生活方式在其诗歌的意象选择上有着鲜明的反映。王彦泓常自比阮籍,他和阮籍一样,是个非常爱酒的诗人。阮籍虽然爱酒,但在他的诗中,"酒"字出现极少;而在王彦泓《疑雨集》中,"酒"字出现达 133 次。同时,其诗中也出现了大量的有关女性眉眼、服饰、闺房用具的意象。我们对这类意象进行了统计,结果如下:眼 71、眉 57、腰 28、钗 42、髻 39、鬟 18、簪 13、钿 9、钏 8、鞋 19、袜 12、帐 12、被 37、镜 48、奁 11、窗 70、床 35。酒和与女性相关意象的选择和使用,透露出诗人对酒色诱惑的沉迷。

王彦泓诗歌意象所体现的上述倾向应该如何理解呢?曾异撰在《卓珂月〈蕊渊〉〈蟾台〉二集序》中说:

> 夫饮醇酒近美人,在今日富贵利达之士大夫,以为是得志而不可不为之乐事。此夫事之极猥庸而不足道者也。然出于千古之英雄,则借以行其痛哭而消泄其无可如何之感愤。愚尝谓酒色鄙事,今古人亦不相及若此。②

曾异撰对时人纵情于酒色很是不满,认为"此夫事之极猥庸而不足道者也"。不过,他反对的是"以为是得志而不可不为之乐事"的贵族士大夫,而对"借以行其痛哭而消泄其无可如何之感愤"的千古之英雄则表示理解。王彦泓"十年醇酒妇人中"到底是属于哪一类呢?我们注意到,他诗中的"醇酒妇人"意象,特别是"酒"的意象,常常与悲哀的感情联系在一起。如:

> 旅酒冲愁薄,庭梅寓赏孤。(《疑雨集》卷上《独酌》)
>
> 回首江云泪几(一作一)双,酒空金尽在他乡。(《疑雨集》卷上《江上》)
>
> 诗堪当哭狂何惜,酒果排愁病也拚。(《疑雨集》卷上《强欢》)
>
> 凄凉欲就魂筵醉,把酒相呼泪雨纷。(《疑雨集》卷上《空屋》)

---

① 参看徐艳《晚明小品文体研究》,江西教育出版社 2004 年版。

② 《明文海》卷二百五十五,影印文渊阁《四库全书》本。

本为无聊借酒浇，酒边情味更无聊。（《疑雨集》卷上《愁遣》）

酒于痛饮非真适，情向新欢未肯痴。（《疑雨集》卷下《无聊》）

王彦泓一生坎坷，他曾在诗中感叹“谁知沉吟非荒宴”（《疑雨集》卷上《栎园姨翁坐上预听名歌，并观二剑，即事呈咏》），他显然不属于“以为是得志而不可不为之乐事”一类的贵族士大夫。或许袁中道下面这段文字对理解王彦泓更有启发：

丈夫心力强盛时，既无所短长于世，不得已逃之游冶，以消磊块不平之气，古之文人皆然。近日杨用修云：“一措大何所畏，特是壮心不堪牢落，故耗磨之耳。”亦情语也。近有一文人酷爱声妓赏适，予规之，其人大笑曰：“吾辈不得于时，既不同缙绅先生，享安富尊荣之乐，止此一缕闲适之趣，复塞其路，而与之同守官箴，岂不苦哉?”其语卑卑，益可怜矣。①

也就是说，“磨耗雄心渐已空”的王彦泓是以纵情酒色的方式来发泄心中郁结的悲哀和愤懑，酒色成了他痛苦人生的避难所。在享乐追求中，实含有对自我生命价值的珍惜。上文提到的“觅个柔乡寄此生”也好，“柔乡拼取葬愁身”也好，大概说的是类似的意思。其主要原因恐怕是对于没有希望的时代和人生的失望吧！

第二，蕴含着今昔变化内涵的意象。这类意象在悼亡诗、感怀诗中出现的较多。如《过妇家有感》（《疑雨集》卷上）：

归宁去日泪痕浓，锁却妆楼第一重。空剩一行遗墨在，丙寅十月十三封。（自注：妇以丙寅六月归宁，十月返舍，以望后三日为慈人生日也。所居一阁，外母虚以待其再至，而遘疾日深，荏苒不起，今双扉宛然，手封犹在。伤哉！）

“遗墨”的在暗示着人的不在，这种意象的选择已蕴涵着诗人物是人非的今昔之感。而作为“遗墨”的具体内容，“丙寅十月十三封”中的每一个字，满蓄着辛酸的血泪，无异于一根根钉子，刺痛着诗人悲哀的心灵。诗中虽没有精巧的刻画，但却构造了一种撼人心扉的情感氛围。

第三，作为喻体的意象。王彦泓常常使用比喻的手法，通过喻体的创造，以喻体和喻旨的对照映衬表现审美情感。

首先，王彦泓对于喻体的创设比较灵活，且富有创造性。如：

蒲团欲觅消除法，心似惊波恨（一作泪）转新。（卷上《感怀杂咏》）

① 《珂雪斋文集》卷十《殷生当歌集小序》，中国文学珍本丛书，1936年排印本。

春光漂荡别离天，心似游丝百尺牵。（卷上《寄怀韬仲秣陵并促归骑》）

可（一作愁）怜心似清霄月，皎洁随郎处处游。（卷上《和孝仪看灯词十二首》）

梦魂弱絮从风乱，心绪繁花被雨沾。（卷下《代所思别后》）

第一例把“心”比作“惊波”，当是描绘心情的激荡，而补充以“恨常新”，则进一步表现了诗人悲哀的繁复与无法排遣；第二例以“游丝”喻心，当着眼于情感的无所凭依，而补充以“百尺牵”，则增加了一层牵挂与依恋的色彩；第三例把“月”所具有的移动感赋予“心”，则形象地传达了对“郎”的款款深情；而第四例以“弱絮从风乱”来比喻“梦魂”，以“繁花被雨沾”来比喻“心绪”，则形象的传达了情感的动荡与纷乱。从上面这些例子看，王彦泓用来比喻抽象精神情感的意象多为动态的，具有使“诗”活起来的特征，能够表现出诗人独特的体验，给人以具体而真切的感受。他有时也用物来比人，如：

个人真与梅花似，一片幽香冷处秾。（《疑雨集》卷上《寒词》）

分明蜡烛身相似，才上欢筵泪已零。（《疑雨集》卷上《妓有幽怨抱疴强对客者悲而赋之》）

把人比作梅花、把身比作蜡烛或许并不算新鲜，而在比较之后再对作为喻体的意象展开具体的描述，则有助于增加情感的强度，从而使其情感的表现更为深入。

其次，王彦泓在有些喻体的创设上显示了丰富的想象力。如：

分行细整如飞雁，散点轻匀似落花。（《疑雨集》卷下《雨余路软，有女郎一队前行，鞋踪可玩》）

庭中一道纤纤印，散乱银杯惑醉人。（《疑雨集》卷下《阿锁雪中下马》）

在上一例里诗人从女郎留下的鞋踪联想到飞雁、落花，想象力实在丰富，尽管不免觉得有些无聊。而下一例把阿锁在雪中留下的脚印比作惑醉人的银杯，则不免过于佻薄。不过，如果我们对晚明流行习气有所了解，就能理解诗人的“匠心”。何良俊《四友斋丛说》记载：“余尝至阊门，偶遇王凤洲在河下，是日携盘榼至友人家夜集，强余入坐。余袖中适带王赛玉鞋一只，醉中出以行酒，盖王脚甚小，礼部诸公亦常以金莲戏谈。凤洲乐甚，次日即以扇书长歌来惠，中二句云：‘手持此物行客酒，欲客齿颊生莲花’”①。沈德符

① 何良俊《四友斋丛说》卷二六，影印明刻本，《续修四库全书》第1125册。

《万历野获编》也记载了这件事:"隆庆中,云间何元朗觅得南院王赛玉红鞋,每出以觞客,坐中多因之酩酊,王弇州至作长歌以记之。"①这两则记载说明,当时人把用妓鞋行酒看作极风流事,是美谈。明乎此,我们在批评诗人的佻薄时,又不能不承认他对美的强烈的感受力及想象力,很善于在生活中发现诗意。

与由物象构成的意象相比,王彦泓诗中由事象构成的意象更具有个性化的特点,更准确地说是具有更强的情感表现力和感染力。它们往往展现为一个片段的情境,能引发读者丰富的情感联想。如:

> 见说王郎骑到门,同袍先已暗窥人。无端脸晕无端笑,逗得疑情渐渐真。(卷下《问答词》)

诗人选取了两个细节性事象:一个是"同袍暗窥人"的逗弄,一个是阿姚"无端脸晕无端笑"的无措,前者创设的是一个有趣的情境,而后者则抓住人物特定情境下的特定情态 ,这犹如电影中的特写镜头,把处于恋爱中女性的某种瞬间的特殊情感具体、细致地呈现出来,很能动人心弦。这样的例子诗中很多,再如:

> 灯街试走断红鞾,新嫁桥南第几晨?夫婿却扶佯不要,一回低媚一回嗔。(《疑雨集》卷上《和孝仪看灯词》)

> 莫愁擎着凤凰雏,秀发明眸粉玉搓。低笑唤卿亲切看,阿侯姿貌似谁多。(《疑雨集》卷上《闲事杂题》)

上一首中的"夫婿却扶佯不要,一回低媚一回嗔"展现的是新妇的娇羞情态,而下一首中的"低笑唤卿亲切看,阿侯姿貌似谁多"描绘的则是夫妻生活的一个细节,虽然语言浅显,但却非常真切,富有情趣。

上述事象中活动的主角均为女性,在王彦泓诗中描绘男性生活细节的事象也很多。如:

> 擎来始(一作乍)信云非梦,抱定还疑玉是烟。(《疑雨集》卷上《纪事》)

> 白昼未堪同笑在,隔窗贪听佩珊珊。(《疑雨集》卷上《何夕》)

> 笑倾犀首花间盏,醉扶蛾眉月下船。(《疑雨集》卷下《感旧》)

> 晓来睡味初浓美,薄幸贪看未忍呼。(《疑雨集》卷下《即事》)

---

① 沈德符《万历野获编》卷二三,中华书局 1959 年版,1980 年重印。

这些都是以男性的口吻来写的,对行为的过程作了具体的描述,诗人对行为的感受得到了细致表现。这些事象表现了对女性欲求和玩赏的心态,充满了享乐的情绪,个别描写不免流于轻薄和淫亵,但确实具有一定的美感和很强的诱惑力。

上述对王彦泓诗歌意象的分析主要是从单个意象的角度来进行的,实际上每首诗中的意象一般多于两个,而诗人的情绪往往弥漫于诗里的每一个意象中,使它们组合成一个有机的生命整体,从而营造出一种特殊的情感氛围。读者阅读时产生的情绪体验,正是在这种氛围中实现的。如《藤村旧游》(卷下):

> 金锁横衔废苑门,水亭窗槛半沉沦。铜钉换醉供群竖,花药为樵给四邻。碧甃晒余高凤麦,画廊堆遍买臣薪。羊昙哭罢无人问,泪墨难题满壁尘。

诗人选择、创造的意象充满着衰败的气息,而这些意象又与昔日的美好场景联系在一起。眼前金锁横衔、废弃了的苑门、半沉沦的水亭窗槛,无疑会使人联想到王彦泓舅舅在世时的情景;铜钉、花药也被改换了用场,前者被群竖拿去换酒,而后者也成了烧火的燃料;碧甃和画廊也已面目全非。这些意象互相映照,形成了一种凄惨的情感氛围,作者的凄凉之感也由此得到了体现,而这种氛围也调动了读者的感受,召唤其去领略诗歌的意绪,使其不禁为今昔盛衰、世事沧桑而惆怅。我们说《藤村旧游》中的意象里透露出的衰败气息与昔日的美好相联系,这一定程度上是出于我们的想象,当然我们的想象是出于诗中意象的暗示。在有的诗篇中,诗人把眼前残破的景象与昔日美好的生活片段直接并置,以此来抒写人生的沧桑和无常。如《感旧游》(卷下):

> 迷藏斗酒旧成群,夜夜潜游抵夜分。罚盏任冤偏后醉,奇香虽秘得先熏。筝娘乞句留钿带,箫史求书展练裙。无限断肠踪迹处,坏墙风雨绣苔纹。

该诗的前三联津津有味地再现了过去的生活情景:首联概括描写昔日的游乐之盛。中间两联是从过去的生活中选取四个片段情境,构成了两组意象:颔联两句中的一后一先,显示了诗人昔日备受女子青睐的浪漫风姿;颈联则以极为工整的对句再现了诗人昔日的倜傥风流。如果没有最后一联,我们会把这首诗当作描绘诗人冶游生活的香艳篇章。然而,就是在最后一联,诗的情境发生了逆转,诗人构造了一个残破的意象:风雨中长满苔纹的断墙。繁华靡丽,过眼皆空,原来前面所描述的一切只是诗人对往昔的回味和怀想而已。眼前残破的景象与昔日美好的冶游之间构成了张力，而这种张力使诗歌弥漫着一种浓郁的感伤氛围，能够让读者从中感受到诗人对过去幸福岁月的深深眷恋和从"风月繁华"中走过来的梦幻感，使读者为青春、欢乐和美的消逝而感慨惆怅。

综上所述，王彦泓的诗歌与晚明尊崇自我，反对以既成的社会规范来束缚心灵的"童心—性灵"说是相通的，而他同时又注重诗歌艺术上的锤炼和创新，这两方面的结合，使得他的诗歌成为晚明文学创作实绩的重要组成部分之一。

第三章　王彦泓的艳体诗

说到王彦泓时人们往往会提及艳体诗。如钱谦益《列朝诗集小传》说他“诗多艳体,格调似韩致光,他作无闻焉”①。贺裳《皱水轩词筌》也说他“喜作艳诗而工,凡数百首,见者沁入肝脾,其里习俗为之一变,几于小元白云”②。后来产生较大影响并且引起争议的,也是其艳体诗。因此,如何认识、理解和评价王彦泓的艳体诗,便成了研究王彦泓诗歌的根本和关键。

第一节　“艳体诗”的界定

艳体诗,简称为艳诗,《辞源》解释为“以爱情为题材的诗”,《汉语大词典》解释为“以男女爱情为题材的诗歌”,实际上古代艳体诗的内涵远远比现代爱情诗复杂得多。目前已有不少研究者对艳体诗及相近概念作过界定和辨析。如康正果将妇女题材或妇女主题的诗歌分为“风骚型”和“艳情型”,艳诗是艳化的妇女题材,其所铺陈的主要对象是以妖艳的女性为中心的闺房世界,作诗的兴趣集中在沉思翰藻上③。霍松林在为饶少平《历代艳体诗歌精华》所作的序中说:“我国古代称男女爱情为‘艳情’。因此,凡以男女爱情为题材的诗歌,便被称为‘艳词’‘艳曲’‘艳歌’‘艳诗’,统称‘艳体诗’。”④饶少平自己则认为:“古人将描写女性的作品都归于‘艳体’,凡是描写女性的诗歌,包括大量的表现男女相爱、相思、离合、悲欢的诗歌,都叫作‘艳体诗歌’。”⑤文航生《晚唐艳诗概述》为艳诗下的定义为:“文学史

---

① 钱谦益《列朝诗集小传》丁集下附,上海古籍出版社 1983 年版。
② 贺裳《皱水轩词筌》,《昭代丛书》本,上海古籍出版社 1990 年版。
③ 康正果《风骚与艳情》,河南人民出版社 1988 年版,第 147—154 页。
④ 饶少评选注《历代艳体诗歌精华》,华夏出版社 1995 年版,第 1 页。
⑤ 饶少评选注《历代艳体诗歌精华》,第 683—684 页。

上专写女性艳美及男女艳情的文人情诗"①。叶嘉莹在界定艳词时将其分为广义和狭义,狭义"专指一些写得淫亵而秾艳的作品而言,至于虽写爱情然而却表现为意象高远者,则往往不被目之为艳词",广义则是"凡叙写美女与爱情者皆在其中"②。吴宏一、何继文《清代艳体诗论二题》将艳体诗定义为:"描写男女私情的诗歌,当中通常会有女性身体、服饰的描写。"③刘艳萍《中晚唐艳体诗歌研究》一书梳理了艳歌、艳曲、艳诗等概念的含义自先秦至唐代的定义发展演变,认为唐代艳诗一词的含义偏向于指艳情及描写女性的妖艳④。熊啸的博士论文《明清艳诗初论》在梳理已有研究成果基础上,给艳诗下的定义为:"艳诗是指以人体审美角度描绘女性之美及叙写男女爱情经历的一类诗作。"⑤并指出艳诗的创作反映了如下几个问题:对于女性美的追求、对于爱情表达的需要、对于文学突破传统道德束缚的需求、对于文学休闲娱乐功能的需求。不难看出,研究者对于艳体诗的定义虽有大体的指向性,但对其具体内涵的理解仍有较大的出入。提到王彦泓诗歌时,除艳体诗、艳诗和艳体外,批评者使用的概念还有艳歌、艳情诗、香奁诗、风怀诗、爱情诗和色情诗等。因此,我们首先有必要在已有研究基础上对艳体诗及相关概念的含义进行辨析和说明,对王彦泓艳体诗的文本进行界定,这是展开具体研究的基础和前提。

先看艳诗、艳体诗和艳体。以"艳诗"为题的最早作品为梁元帝萧绎的《戏作艳诗》,此诗也被收录在《玉台新咏》里。在梁陈至初唐时期,艳诗、艳歌、宫体诗存在混用的情况。如《大唐新语》曾记载了当时的一件逸事:

> 太宗谓侍臣曰:"朕偶作艳诗。"虞世南便谏曰:"圣作虽工,体制非雅。上之所好,下必随之,此文一行,恐致风靡。而今而后,请不奉诏。"太宗曰:"卿恳诚若此,朕用嘉之。群臣皆若世南,天下何忧不理。"乃赐绢五十匹。先是,梁简文帝为太子,好作艳诗,境内化之,浸以成俗,谓之"宫体"。晚年改作,追之不及,乃令徐陵撰《玉台集》以大其体。⑥

从这段文字的语意看,《玉台新咏》所收诗都属于艳诗,而秦嘉《赠妇诗》、左

① 文航生《晚唐艳诗概述》,《四川师范学院学报(哲学社会科学版)》1996年第1期。

② 叶嘉莹《从艳词发展之历史看朱彝尊爱情词之美学特质》,《清词论丛》,河北教育出版社1997年版,第50页。

③ 吴宏一、何继文《清代艳体诗论二题》,张宏生编《明清文学与性别研究》,江苏古籍出版社2002年版,第443页。

④ 刘艳萍《中晚唐艳体诗歌研究》,河南大学出版社2011年版,第1—8页。

⑤ 熊啸《明清艳诗初论》,上海师范大学2015年博士论文。

⑥ 刘肃《大唐新语》,《唐五代笔记小说大观》,上海古籍出版社2000年版,第234页。

思《娇女诗》和潘岳《悼亡诗》都见于《玉台新咏》,而这类诗后世一般不列入艳诗的行列,可见此时艳诗的外延很广。到了中唐,艳诗的含义发生了变化。元稹《叙诗寄乐天书》云:

> 不幸少有伉俪之悲,抚存感往,成数十首,取潘子悼亡为题。又有以干教化者,近世妇人晕淡眉目,绾约头鬓,衣服修广之度,及匹配色泽,尤剧怪艳,因为艳诗百余首。①

元稹有意识地将悼亡诗从艳诗里分出来,单独为一类,而艳诗则特指描写女性妆容服饰、具有教化意义的诗作②。同时,元稹创作了一些以自身恋爱经历为内容的艳诗。至此,艳诗的基本内涵已经确立,既包括描写女性的妆容、服饰、姿态的诗,也包含描写男女情爱的诗。艳体诗的含义与艳诗完全一致,艳体则是艳体诗的简称,这三个概念可通用。至明清以迄现代,"艳体诗"的使用频率增多,成为常用的概念,其包容性较强,一般既包括写女性妆容、服饰、体态、情思和生活琐事的诗,也包括写男女情爱之作。

严绳孙《疑雨集序》则将王彦泓的诗纳入"艳歌"的传统加以定位:

> 诗发乎情,而《王风》之变,桑中洧外,列在三百,为艳歌之始。其后《读曲》《子夜》,寂寥促节。在唐则玉溪惝恍,旨近楚骚;韩相香奁,言犹微婉。于是金坛王先生彦泓,以闳肆之才,写宕往之致,穷情尽态,刻露深永,可谓横绝今古也。③

与"艳诗"类似,"艳歌"内涵也并非一成不变,而是不断发展演变的。"艳歌"最初主要是从乐曲和演唱的角度着眼的,并不特指歌词的性质和内容。如《乐府诗集》卷三十九云:"《古今乐录》曰:'艳歌行'非一,有直云'艳歌',即《艳歌行》是也。若《罗敷》《何尝》《双鸿》《福钟》等行,亦皆'艳歌'。"④这里的"艳歌",学界大都认为指的是曲调,如王运熙指出:"题名艳歌,当即以曲前具有艳辞之故。"⑤从题名艳歌的汉乐府中的作品看,其歌词内容大都与女性有关,后世以《艳歌行》为题的作品,在内容上也呈现出专注女性描写的趋势。这样一来,艳歌不再与音乐相关,逐渐成为诗歌的一个类别。徐陵《玉台新咏序》云:"往世名篇,当今巧制,分诸麟阁,散在鸿都。不

---

① 元稹撰,冀勤点校《元稹集》,中华书局 1982 年版,第 353 页。

② 陈寅恪《元白诗集笺证稿》第四章《艳诗及悼亡诗》将元稹的艳诗和悼亡诗分别加以讨论。(商务印书馆 2015 年版,第 84—110 页)

③ 《疑雨集》卷首,清康熙刻本。

④ 郭茂倩《乐府诗集》,中华书局 1979 年版,第 579 页。

⑤ 王运熙《乐府诗论丛》,中华书局 1962 年版,第 22 页。

籍篇章，无由披览。于是燃脂暝写，弄笔晨书，撰为艳歌，凡为十卷。”①从《玉台新咏》所收诗歌看，徐陵这里所使用的“艳歌”概念是比较宽泛的，与艳诗、宫体诗等概念混用，涉及与女性相关的各类题材，既包括描写女性姿态容饰的，也包括表现男女情爱的。宋代以后，艳歌的内涵又有所扩展，当时流行的小词也被称为艳歌。如陈善《扪虱新话》：“黄鲁直初作艳歌小词，道人法秀谓其以笔墨诲淫，于我法中当堕泥犁之狱。”②从明清人所使用的“艳歌”一词看，有时与艳诗混用，有时范围与艳诗有所不同，强调可歌性的特点。

艳情诗是王士禛评价王彦泓诗时使用的，他说：“次回艳情诗数百篇，刻画声影，有义山、致光所未到者。”③现存最早以艳情为题名的诗歌当是骆宾王的《艳情代郭氏赠卢照邻》④。此诗缘于一桩风流公案：卢照邻游蜀时与蜀中女子相恋，在卢照邻离蜀至洛阳时，郭氏已怀有身孕，答应不久就会回到郭氏身边。谁知卢照邻一去不返，并在洛阳娶了新人。依此诗中的“莫言贫贱无人重，莫言富贵应须种”等诗句看，郭氏并非仕宦家庭的闺秀，卢照邻与她之间的“艳情”当是夫妇之外的偷香窃玉式的情爱。对于“艳情诗”这一概念来说，其当主要是指写婚外恋情的诗歌作品，其涵义要较艳体诗狭窄一些，不包括哪些单纯描写女性妆容、服饰和情思之作。但从现代人具体使用的语境看，有时艳情诗与艳体诗的涵义并无不同。如杨柳《李商隐评传》说：“本书所谈的艳情诗，范围较广泛，其中既有真诚纯洁的爱情诗，又包括描写封建社会一般男女关系的篇什，还有少量幕游生活和士大夫阶层饮席宴会中创作的冶游戏谑、狎妓狭邪之作。”⑤这里的艳情诗完全可以替换为艳体诗。

朱彝尊《静志居诗话》评价王彦泓诗歌时，两次提到“风怀”：

> 启、祯诗人，善言风怀者，莫若金沙王次回，定远稍后出，分镳并驱。⑥

> 风怀之作，段柯古《红楼集》，不可得见矣。存者，玉溪生最擅场，韩冬郎次之，由其绒情不露，用事艳逸，造语新柔，令读之者唤奈何，所以

① 《玉台新咏笺注》卷首，中华书局1985年版。
② 陈善《扪虱新话》，中华书局1985年版，第26页。
③ 邹祗谟、王士禛编《倚声初集》卷十五，顺治十七年刻本，《续修四库全书》第1729册。
④ 骆宾王《艳情代郭氏赠卢照邻》，《骆临海集笺注》卷四，陈熙晋笺注，中华书局上海编辑所1961年版，第140页。
⑤ 杨柳《李商隐评传》，江苏人民出版社1981年版，第334页。
⑥ 朱彝尊《静志居诗话》卷二十二“冯班”条，人民文学出版社1990年版，第703页。

> 擅绝也。后之为艳体者,言之惟恐不尽,诗焉得工?金沙王次回结撰深得唐人遗意,诵之感心娉目,回肠荡气。①

在朱彝尊话语中,“风怀之作”与“艳体”是相通的。据有的学者考察,将风怀诗作为艳诗概念的提出首见于元代方回的《瀛奎律髓》,其卷七所收诗为“风怀类”,并称:“晏元献《类要》有‘左风怀’‘右风怀’二类,男为左,女为右,今取此义以类。凡倡情冶思之事,止于妓妾者流,或托辞寓讽而有正焉,不皆邪也。其或邪也,亦以为戒而不践可也。”②这一定义其实颇类似于本文艳诗定义的后一种,也即写男女情爱的诗作,其所写的内容是作者的“倡情冶思”,其对象则一般是“妓妾者流”。朱彝尊还写有《风怀二百韵》,曾产生很大的影响,在清代成为指代男女情爱的热门词,那些写诗人自身恋爱经历的诗歌便被称为风怀诗。

“香奁诗”这一概念因韩偓的《香奁集》而得名,严羽在《沧浪诗话》中列“香奁体”一类,称“韩偓之诗,皆裾裙脂粉之语”③。明清时期,香奁诗有时与艳体诗通用。如清初黄之隽在《香屑集》前面的《诗话》里说:

> 《香屑集》系己卯岁以前所作。黄子屡应乡试,连辄斥,卯秋背疡不应举,穷愁外侮,百感纷至。则每用艳体为集句,寓美人芳草之言以写忧而寄思,积而计之,约有千首。

而《四库全书总目提要》则云:

> 是编皆集唐人之句为香奁诗,凡古今体九百三十余首。……虽其词皆艳冶,千变万化,不出于绮罗脂粉之间,于风骚正轨未能有合,而就诗论诗,其记诵之博,运用之巧,亦不可无一之才矣。

黄之隽所说的“艳体”与《提要》作者所说的“香奁诗”所指称的对象是相同的。《香屑集》所涉题材既有表现男女情爱的作品,也有描写女性的容貌与妆饰之美的作品,也有写女性闺中生活的,所包含的范围较宽。有的则认为香奁诗只是单纯写男女艳情,毫无寄托可言,甚至认为香奁诗是艳体诗中品格较为卑下的一种。

在提到王彦泓诗歌,“爱情诗”和“色情诗”也被一些学者使用过。如敏泽《中国美学思想史》在引用袁枚《再与沈大宗伯书》“选诗之道,与作史同”这段文字之后说:“这是针对沈德潜反对艳诗,并在《清诗别裁》中特意声明

① 朱彝尊《静志居诗话》卷十九“王彦泓”条,人民文学出版社 1990 年版,第 570 页。
② 方回《瀛奎律髓汇评》,李庆甲集评校点,上海古籍出版社 1986 年版,第 276 页。
③ 郭绍虞《沧浪诗话校释》,人民文学出版社 1961 年版,第 69 页。

不取王次回《疑雨集》爱情诗而发。”①施蛰存《唐诗百话》在谈及韩偓《香奁集》时说：“明清两代的色情诗人，都喜欢作这种诗，可以清代王次回的《疑云集》《疑雨集》为代表。”②

我们讨论王彦泓诗歌时选择“艳体诗”这一概念，基于如下考虑：大多数评论者提及王彦泓诗歌时，多使用“艳体”概念，且这一概念的包容性较强；艳诗不同语境含义相差很大，既是艳体诗的简称，也是艳情诗的简称；艳歌的概念过于宽泛，且可歌性是其内含的特点，指称文士诗不太恰当；艳情诗外延较窄，且常被特指偷香窃玉式的男女情爱；香奁诗与韩偓《香奁集》联系过密，且常被看作艳体诗中品格较为卑下的一种；风怀诗所写往往是诗人自己的恋爱经历，其只是艳体诗中的一种，范围较窄；爱情诗是现代的话语，用于王彦泓诗歌有削足适履之嫌；色情诗则主要是政治与道德相联系，纯粹是否定性的评价。

王彦泓《疑雨集》所收诗共860首，另有词2阙，其中可归入艳体诗的有525首，超过60%。从诗歌所写内容看，王彦泓艳体诗可分为以下几类：

1. 叙写男女爱情的美好、缠绵。

2. 抒写男女之间的相思、离别及受到压迫时的痛苦与执着。

3. 描绘女性的容貌、体态、技艺和风情。

4. 描写女性生活琐事。

5. 以男女之情写朋友友谊。

除此之外，王彦泓的咏史、咏物、感怀、写民俗风物等类型中的有些诗篇亦杂有艳词绮语。因此，说《疑雨集》为艳体诗专集固然与实不符，但艳体诗确实构成了《疑雨集》的主要部分。

第二节　本事：实与虚

一　王彦泓恋爱事迹考

王彦泓在《无题》中说：

倚树临楼卧酒垆，清狂判得费工夫。寒轻泥拔金钗饮，醉浅佯邀小玉扶。粉迹着（一作染）书新指晕，翠痕沾袖旧眉图。闲来花下偏相絮，

---

① 敏泽《中国美学思想史》（下卷），湖南教育出版社2005年版，第622页。

② 施蛰存《唐诗百话》，上海古籍出版社1987年版，第688页。

昨制（一作味）无题事有无？（《疑雨集》卷上）

且不管这首诗艺术水平的高低，我们感兴趣的是诗中提出的问题："昨制无题事有无？"这其实是一种具有代表性的解释和评价古典文学中的艳体诗的方法——探寻本事。在一些读者看来，诗中抒发的感情不会凭空而来，其背后必然有触发诗人感慨的事实本身。而弄清这些本事，对透彻地理解诗歌是大有裨益的。

王彦泓敢于在诗中显露自己情感的真实样态，有时在诗中注释，明确注明恋爱对象是谁和写诗的具体背景，这些诗具有一定的纪实性，它们犹如作者的自供状，我们能够从中考察王彦泓恋爱方面的一些信息。

（一）王彦泓与阿姚

在《疑雨集》中，点明为阿姚而作的诗有22首，包括《问答词》16首、《代所思别后》5首和《阿姚之归，凡同心皆为予喜，而向来知其事者，端已、韬仲叔也。于其来贺，赋谢一章》1首。此外，至少还有43首也当是写王彦泓与阿姚的恋情，包括《席上》《有赠》《纪事》等。目前相关的研究者一般都注意到王彦泓与阿姚的恋情，但在具体认识上却存在相当大的差异。

黄世中先生在《王次回"疑云""疑雨"诗探考》中指出，阿姚是王彦泓的嫂婢，王彦泓和阿姚之恋在娶贺氏之前，并且是在青梅竹马的少男少女时代；而且推定王彦泓婚后与阿姚并没有来往，由于旧诗笺泄露，阿姚被认为在王彦泓婚后与之苟合，结果被逐出王家；阿姚被迫嫁人，后当道姑，二十年后归凡与王彦泓结合①。如果真是如此，王彦泓与阿姚的恋爱事迹真可谓惊心动魄。可是，稍加思索，就让人觉得这个故事太玄了。当反复阅读《疑雨集》有关的诗篇后，我们对此产生了一些疑问：

第一，在《疑雨集》中，最早注明为阿姚而作的诗为辛未年的《问答词》十六首。在此之前，庚午年有《席上》三首、《有赠》四首。这些诗也当是为阿姚所作——黄先生也这样认为。这里我们先录《有赠》中的两首：

矜严时已逗风情，五字诗中目乍成。折齿幽人犹有我，扫眉才子更无卿。当筵心借调琴语，入户行防触瑟声。何事胆娘偏小胆，略闻鹦鹉便心惊。

睡睫犹然怯曙晖，芙蓉颜色慰朝饥。因留宋玉亲炊饭，却赏王敦竟脱衣。心许溅裙三日去，人知叠骑几时归。还愁守到浓欢夜，瘦得蛮腰剩一围。

---

① 黄世中《古代诗人情感心态研究》，浙江大学出版社1990年版。

首先,“何事胆娘偏小胆,略闻鹦鹉便心惊”中的“胆娘”出自元稹“狗儿吹笛胆娘歌”①,暗示阿姚当时的身份为歌伎,王彦泓的嫂婢怎么成了歌伎呢?其次,屈原《九歌·少司命》有“满堂兮美人,忽独与余兮目成”②,“矜严时已逗风情,五字诗中目乍成”意思大概是说阿姚外表虽然很“矜严”,其实已透露出相爱之意,二人开始通过眉目来传递情愫。如果阿姚与王彦泓以前曾有过刻骨铭心之爱的话,怎可以说是“五字诗中目乍成”呢?这两首诗明显描写的是二人开始定情的情形,而不可能是分手多年后两人之间的再次相逢。

第二,王彦泓在辛未年《试笔》云:“新欢到手身难暇,尤物当前命易轻。”(《疑雨集》卷下)在《无聊》诗中也有“酒于痛饮非真适,情向新欢未肯痴”(《疑雨集》卷下),如果阿姚为王彦泓过去恋爱对象的话,怎会称其为“新欢”呢?

第三,在阿姚之归时,王彦泓写有《阿姚之归,凡同心皆为予喜,而向来知其事者,端己、韬仲叔也。于其来贺,赋谢一章》(《疑雨集》卷下),如果阿姚为王彦泓嫂婢,因为与王彦泓的恋情而被逐出王家,而最终来归的话,知道的人一定不少,王彦泓怎可能说出“向来知其事者,端己、韬仲叔也”这样的话呢?而且,王彦泓在诗中写道:“让山先识湔裙柳,白傅原知拂面花”(自注:微之自注云:“‘墙花拂面枝’,惟乐天知其事耳。”)上一句出自李商隐的《柳枝诗序》,借以说明王彦泓是在端已或韬仲的介绍下才结识阿姚的。这也表明阿姚不可能是王彦泓的嫂婢。

郑清茂先生在《王次回研究》中则认为王彦泓在经历了“秋风长簟恨三年”的独居岁月后,在崇祯庚午年遇见了风尘女子阿姚,指出在这一年阿姚就落籍归王彦泓为妾了。在崇祯六年,阿姚干脆出家为尼了,而在出家两年后,又忽然“归凡”③。这种说法中也有不少值得商榷之处。

第一,阿姚在崇祯庚午年并没有落籍成为王彦泓的妾,因为崇祯辛未年《问答词》(卷下)云:

> 一旬长遣十函书,勤向高堂问起居。每就个中衔数字,暗传心事与心奴。
>
> 见说王郎骑到门,同袍先已暗窥人。无端脸晕无端笑,逗得疑情渐渐真。

---

① 《元氏长庆集》卷九《追昔游》,《四部丛刊》影印明刊本。

② 《六臣注文选》卷三十三,《四部丛刊》影印宋刊本。

③ 郑清茂《中国文学在日本·王次回研究》,台湾纯文学出版社有限公司 1981 年版,第 298—300 页。

> 观君犹自有童心，无乃钟情尚未深。若是果将奴郑重，莫相调笑路旁金。

这些诗直接注明为阿姚而作。如果阿姚已经成为王彦泓的妾的话，王彦泓就没必要再“每就个中衔数字，暗传心事与心奴”了，阿姚也不会“见说王郎骑到门”时“无端脸晕无端笑”了，而阿姚的同袍也不可能再玩“暗窥人”的游戏了。

第二，《阿姚之归凡同心皆为予喜而向来知其事者端已韬仲叔也于其来贺赋谢一章》恐怕应断为《阿姚之归，凡同心皆为予喜，而向来知其事者，端已、韬仲叔也。于其来贺，赋谢一章》，因为这里的“归”是出嫁的意思。《诗经·桃夭》云：“之子于归，宜其室家。”如果我们这样断句是对的话，“出家为尼”“归凡”之说自然也就难以成立。

第三，阿姚之所以迟至崇祯乙亥才嫁给王彦泓，是因为阿姚虽已对王彦泓有意，但她还在犹豫，她觉得王彦泓对她还不够郑重，尚需进一步考验。因此，她决定用三年的时间进行考验。《问答词》中的“浮盟浪约三年过，病喘还知剩几年”、《劝驾词》中的“三年病渴愧无才，未得琼浆咽一杯”都说明这一点。

而且，黄世中先生、郑清茂先生在论述王彦泓和阿姚的恋爱事迹时，都使用了《疑云集》的材料。上文已经证明，署名王彦泓的《疑云集》是伪书，不足为凭。显然，对王彦泓和阿姚的恋爱事迹还需重新加以认识。接下来，我们试对此加以考察。

1. 定情

郑清茂先生认为王彦泓在经历了“秋风长簟恨三年”的独居岁月后，在崇祯庚午年遇见了风尘女子阿姚，这是符合实际的。在这一年，王彦泓写有《席上》三首（卷下）：

> 拾翠南湘有二姚，风情天付眼眉腰。翻成绣谱传人画，会得琴心允客挑。合德可须分月彩，阿环那更怯风飘。风头踏草归应晚，已定逢欢第五桥。

> 帘前烛后暗追寻，薄怒佯羞笑自深。弄玉寄将充下体，簸钱时已极关心。难投闲隙猧当户，易涉嫌猜麝染襟。早信个人心更暖，苦为尪怯到如今。

> 画帘初轴异香敷，佩响徐来不待呼。舞鬓坠钗松翡翠，歌唇尝酒湿珊瑚。娇啼露滴千条箸，妙啭风搓一串珠。芗泽乍闻心便醉，况劳持爵劝淳于。

“拾翠南湘有二姚”用曹植《洛神赋》“或采明珠，或拾翠羽，从南湘之二妃，携汉滨之游女”和《离骚》“留有虞之二姚”之语，暗示这组诗为阿姚而作。从诗中看，阿姚是个杨玉环式的美人，一个富有风情的歌妓。在王彦泓开始追求时，她“薄怒佯羞”，似拒若迎，这无疑增加了王彦泓的热情和信心。听着阿姚美妙的歌声，喝着阿姚端起的醇酒，王彦泓身心俱醉。这次见面之后，王彦泓眷眷不能释，大概没过多久，他再次造访。《有赠》四首透漏出相关的信息，前已引了两首，再看另外两首：

国花第一数姚黄，更共明珠字夜光。笑靥乍圆全似母（自注：余弱冠时犹及见其母，楚楚佳人也），病容尤好莫羞郎。三年怀袖僧弥扇，十里流闻望子香。嘱向桂堂休避客，暂容图画看真娘。

秋风长簟恨三年，续命曾闻唤小怜。已向绿珠称弟子，倘容张硕伴神仙。筵前笑顾樱桃掷，烛下偷分茉莉穿。端似悼亡唐后主，见伊枝叶又情牵。

“国花第一数姚黄，更共明珠字夜光”，暗示诗为阿姚而作，同时夸赞阿姚美丽非凡①。从“笑靥乍圆全似母”后的附注“余弱冠时犹及见其母，楚楚佳人也”看，阿姚的母亲大概也曾是个楚楚动人的青楼女子，因为王彦泓在弱冠时是经常出入青楼歌馆，很可能是在这样的场合见到过阿姚的母亲。阿姚开始时并没有立即出来和王彦泓相见，而是以生病为由而“避客”，在王彦泓的要求下，最终还是出来相见。当王彦泓提出让阿姚续弦时，她似乎没有直接拒绝。

想摆脱鳏居孤独生活的王彦泓，开始了对阿姚的热烈追求，如他在《问答词》中所写：

双睛点漆面凝酥，笑靥愁蛾一世无。愿作君家扫除隶，一生长拜美人图。

一旬长遣十函书，勤向高堂问起居。每就个中衔数字，暗传心事与心奴。

而阿姚的表现则显得非常理智和清醒，面对王彦泓真诚大胆的表白，她在回应爱的同时，也显露出一些担忧：

---

① 欧阳修《洛阳牡丹记》云：“姚黄者，千叶黄花，出于民姚氏家。”（《欧阳文忠公集外集》卷二十二《洛阳牡丹记·花释名第二》，《四部丛刊》影印元刊本）李商隐《判春》：“珠玉终相类，同名作夜光。”冯浩笺云：“《文选·西都赋》：‘夜光在焉。’善曰：‘经典不载夜光本末。’邹阳云‘夜光之璧’，刘琨云‘夜光之珠’。然则夜光为通称。此极形容两美如之。”（《玉溪生诗集笺注》，冯浩笺注，上海古籍出版社1979年版。）

爱郎珍重转愁深，底样酬郎一片心。一自读郎诗句后，去年消瘦到如今。

相逢切莫径遮阑，眼耳丛中一笑难。要识寸心相喻处，明明如月任郎看。

眉梢眼尾自矜严，一顾愁君忆倍添。偏是热肠翻似冷，莫云全为避猜嫌。

观君犹自有童心，无乃钟情尚未深。若是果将奴郑重，莫相调笑路旁金。

作为风尘中的女子，阿姚当然经历过一些风雨，对人情世态有相当深刻的认识，“易求无价宝，难得有情郎”，对于王彦泓真心的相爱，阿姚当然知道应该珍惜。但是，她也清醒地意识到，王彦泓是不够郑重的，能否托付终身还是个问题。反复的思考之后，她决定来一场爱情考验，相约三年后嫁过去：

银瓶酒尽不堪筛，妾泪如波溅玉杯。莫恨此番孤负去，好寻方便为奴来。

面对阿姚的“软硬兼施”，王彦泓表示了自己生死不渝的决心，同时也流露出无奈和遗憾：

到死相寻意已坚，莫教赍恨下黄泉。浮盟浪约三年过，病喘还知剩几年。

颇有心计的阿姚对王彦泓也给予了一些鼓励和夸赞：

意密形疏自幼闻，情深那更厌离群。人间多少双飞侣，未必如侬切念君。

密绪还须对面论，意中言语意中人。饶他青鸟殷勤诉，不似郎诗道得真。

2. 三年考验

在与阿姚分别之后，王彦泓写了《代所思别后》（《疑雨集》卷下）：

相逢羞涩怕猜嫌，别去那知怅恨添。独对镜奁空怏怏，乍拈针剪复恹恹。梦魂弱絮从风乱，心绪繁花被雨沾。悔不暂留欢且住，未妨长隔一重帘。

手把钿钗侍镜台，销魂人处尺书来。行间小印关心看，折后余文背面开。迸泪欲揩犹未敢，瘦词捷悟更防猜。长将袖却从漫灭，每到幽窗展一回。

刚剩残梅几片飞，全枝都似伴郎归。风波狭路惊团扇，花月空庭泣浣衣。翠被半闲来梦晚，绣窗无暇报书稀。湔裙不为春韶出，贪遇停船旧石矶。

隔窗姊妹唤朝眠，好梦关心记未全。守定誓盟金鸭畔，望穷书信纸鸢边。文犀领扣新偏脆，绣雀鞋帮旧更鲜。每到百花生日月，未曾凄闷似今年。

墙头金柳罩儿家，窗掩轻寒六扇纱。心病倦挑心字领，睡鬟松落睡香花。园林霁爽初煎酒，院落阴沉好斗茶。莫负一川春水绿，支机人望正浮查。

诗中写了分别之后阿姚的烦闷、悔恨、凄凉和期待之情。阿姚对诗人的感情显然基于想象，而在这种想象中，正渗透着诗人对阿姚的爱惜和怜念。分别之后，王彦泓大概经常寄书给阿姚，保持着联系。在这一年的冬天，王彦泓来看过阿姚，在《纪事》(《疑雨集》卷下)中他以阿姚的口吻记述道：

惊喜萧郎犯雪归，归期犹未是欢期。人前不敢迎门笑，烛后仍来映柱窥。始信梦魂原有准，已占心诺不轻移。归期悔不宽程限，守到和风霁日时。

这次见面，二人的感情进一步深入，王彦泓甚至改变了以往喜爱戏谑的性情，行止变得矜庄起来：

歇却哦诗敛却狂，洗空心地着欢娘。醉来不敢忘团扇，梦去犹防泄异香。平日性情工戏谑，近来行止学矜庄。虽云见面无多刻，定用闲愁万斛偿。(《疑雨集》卷下《纪事》)

爱情的力量是巨大的，王彦泓逐渐向着阿姚期望的方向迈进，甚至放下了给他带了自豪也带来许多麻烦的诗笔。果然，在接下来的壬申年，他没有再写诗。

经过漫长的等待，王彦泓终于等来了阿姚同意嫁过来的好消息，他喜不能禁，挥笔写下《金缕曲》四首：

东归青鸟报欢音，喜字回环寓意深。桃叶棹歌还隔水，灵芸辇路已标金。新欢郑重三熏浴，旧事迷藏七纵擒。此夜云英应一笑，笑郎消渴到如今。

鸳鸯牒下喜难持，马角乌头尽有私。湘浦佩珠虽赠早，成都玉杵却来迟。难忘一世孤眠语，忍负千阑百就时。始信相思不无益（自注：翻义山诗），有情痴也未曾痴。（自注：明知无益事，且作有情痴，唐人语也。）

回首燕台浪寄闻，博山相约许湔裙。投符未辨驱红豆，倚醉犹能乞紫云。甘果掷来还并剖，名香窃去更同熏。市门妒女重相羡，不悔从前刺绣文。

钿车初下思安详，不似花阶衩袜忙。界泪粉痕新别姊，卸头灯影乍羞郎。谁云婢价输奴价，自认柔乡作婿乡。多谢向来持薄怒，为留欢味此宵尝。

《金缕曲》又名《贺新郎》，王彦泓通过写诗来为自己祝贺，表达喜悦之情。诗人是经过漫长的三年等待，才等来这样的好消息的，可谓"好事多磨"。当"东归青鸟"传来喜信时，他再也无法掩盖发自内心深处的喜悦。然而，正当王彦泓满怀期望等待娶回阿姚之时，阿姚生了一场病：

无端娇病减琼姿，正压钿车欲驾时。攲枕避人窥玉镜，擎瓯无力搅银匙。啼多不损横波俊，意热偏令入手迟。知剩别离还少许，偿完从此镇追随。

绣被新鸳剩半床，怕拈卮酒怕闻香。能瘳别恨无灵药，愿驻华姿有禁方。背冷乍温教女弟，面痕轻舐待萧郎。悬知乍起新妆淡，只有葵花似嫩黄。

浃旬音问阻铜墩，絮语娇啼入梦魂。蜂虿又衔新妒口，蛸蟏还啮旧欢痕。天教通德陪书幌，肯放夷光老苎村。何日下车身似燕，带香和笑到中门。（注：原稿"生成合德宜金屋，肯任夷光住水村"。）

徐淑新题病起书，稍亲膏沐下庭除。一株明玉温泉里，两朵红酥映日初。承露远贻卿和药，避风停唤我持裾。啼绡一幅先封寄，免用灵芸玉唾壶。

3. 阿姚之归

历尽千辛万苦，王彦泓终于等来了阿姚之归。在端已、韬仲来贺喜时，他赋诗答谢：

狂朋探喜到窗纱，敢袭弘农乐府夸（自注：乐府有《弘农得宝歌》，谓玄宗得太真而作）。绣笼香烟萏令室，华灯鬟影子于家。让山先识湔裙柳，白傅原知拂面花（自注：微之自注云："'墙花拂面枝'，惟乐天知其事耳”)。惭愧月华诗思浅(自注:唐女郎姚月华有诗见《才调集》),只堪烹点密云茶(自注:东坡有茶名密云龙,最所珍惜,惟黄鲁直、秦太虚来,则使侍儿朝云烹以饮之)。(卷下《阿姚之归,凡同心皆为予喜,而向来知其事者,端己韬仲叔也。于其来贺,赋谢一章》)

阿姚嫁过来之后,她的生活方式也有了很大的变化。从《晚示内》(卷下)中可见其端倪:

所乏惟容语意深,阳朱逆旅获知音。知卿不费闲膏沐,掩却男儿好德心。

布裳椎髻即无妨,周姥传诗莫记将。解道谢娘飞絮语,任教天壤笑王郎。

(二)王彦泓与婢女

王彦泓是个感情非常丰富的诗人,崇祯庚辰他就在诗中写道:“十载索居成懒癖,一生多累为柔肠。”(《疑雨集》卷上《吴行舟中漫兴》)可知在认识阿姚之前,就曾因为“柔肠”而饱经磨难。

黄世中先生说阿姚是王彦泓嫂婢,这虽然存在臆断之处,但他的相关分析却给了我们以启发。这里首先要解决一个问题:王彦泓是不是和其嫂婢有过一段惊心动魄的恋情。我们看《可叹》(《疑雨集》卷下)四首:

捣麝成尘到底香,焚兰涅玉任披猖。传讹易惑人成虎,负气难甘父攘羊。薄命固当输织室,清言端合死排墙。东亭友爱风流尽,每读遗文泣数行。

由来巧妒擅机锋,江敩描摹总未工。阁后寂寥钗泽影,津头狂暴毁妆风。端忧孰敢窥南户,锁闭仍教记守宫。得谤似缘诗作祟,悔将吟笔教逢蒙。

消息难通问女巫,交无侠客信非夫。冠军宅外能来否,团扇歌成肯赦无。与杖敢逃平子嫂,报书堪念阮咸姑。襄阳幕后知音坐,谁递愁吟与绿珠。

见人偶语暗心惊,叵测风涛有变更。着布小怜姿韵在,啼妆孙寿病愁并。忍言憔悴羞相见,喜耐危疑表至诚。奇祸不妨含笑受,旧恩山重一身轻。

从诗人的口吻看,这些诗不像是凭空悬想而成,一定是有感而发。诗中用典特别多,要具体、确切地理解含义颇为困难。但一个典故往往蕴含着丰富的内容，如环境、动机、人物关系等。当诗人使用一个典故时，与之相关的背景信息就会随之俱出。通过仔细解读，再结合其他有关的诗篇，我们可以捕捉到事情发生、发展的一些痕迹，大致勾勒二人之间的情感历程。

先看对方的身份。《古今乐录》云："《团扇郎歌》者，晋中书令王珉，捉白团扇与嫂婢谢芳姿有爱，情好甚笃。嫂捶挞婢过苦，王东亭闻而止之。芳姿素善歌，嫂令歌一曲当赦之。应声歌曰：'白团扇，辛苦五流连。是郎眼所见。'珉闻，更问之：'汝歌何遗？'芳姿即改云：'白团扇，憔悴非昔容，羞与郎相见。'后人因而歌之。"[①]这四首诗三次使用《团扇郎歌》的典故："东亭友爱风流尽，每读遗文泣数行""冠军宅外能来否，团扇歌成肯赦无""忍言憔悴羞相见，喜耐危疑表至诚"。另外，在天启丙寅，诗人在《忆着》中说："忆着垂鬟覆额时，此生难负谢芳姿。"用的也是这一典故。次回自比王珉，把所恋对象比作谢芳姿，他和所恋对象之间的关系，与王珉和谢芳姿的关系是否存在某种对应性呢？第三首中的"与杖敢逃平子嫂"说的显然也是和嫂婢的关系[②]。当然，这四首诗的以下几个典故也需要注意：第三首"冠军宅外能来否"出于《洛阳伽蓝记》："陇西李元谦乐双声语，常经文远宅前过，见其门阀华美，乃曰：'是谁第宅？过佳！'婢春风出曰：'郭冠军家。'元谦曰：'凡婢双声。'春风曰：'狞奴慢骂。'元谦服婢之能。"[③]"襄阳幕后知音坐，谁递愁吟与绿珠"用的是崔郊《赠婢》"公子王孙逐后尘，绿珠垂泪滴罗襟。侯门一入深似海，从此萧郎是路人"的本事[④]。它们都与婢女有关。这四首诗用了如此之多有关婢女的典故，唯一合理的解释是，抒情对象的身份就是婢女。

再进一步考察，我们可以大致弄清事情的轮廓。由于这几首诗侧重传达的是作者对现实的观感和反应，主要表现的是一种心态和情境，因此，其并非按照事情发展的来龙去脉进行描述。为了叙述的方便，我们不得不打破原诗的顺序。事情的起因可能与王彦泓的诗有关："得谤似缘诗作祟，悔将吟笔教逢蒙。"按，《孟子》："逢蒙学射于羿，尽羿之道，思天下唯羿为愈己，于是杀羿。"[⑤]由此知引起事端的人向次回学过写诗。接下来《无题》中的"不合将才赋宓妃，烹阿安敢怨燃箕""岂惮谗唇工贝锦，尚甘诗骨堕泥犁"，《予怀》中的"频嘱诗词宜蕴藉，更教车服莫闲都"等也透露出相似的信息。大概事情闹得很大，婢女受到非常严厉的惩罚。"捣麝成尘到底香，焚

① 《乐府诗集》卷四十五《团扇郎六首》转录，《四部丛刊》影印汲古阁本。

② 参看《世说新语汇校集注 · 规箴第十》，上海古籍出版社 2002 年版，第 478 页。

③ 《洛阳伽蓝记》卷五，《四部丛刊》影印明刊本。

④ 《云溪友议》卷上《襄阳杰》，《四部丛刊》影印明刊本。

⑤ 《孟子》卷八，《四部丛刊》影印宋刊本。

兰涅玉任披猖”，运用比喻的手法表达了对恋爱对象——婢女的赞美和同情和对压迫者憎恶和蔑视。由“传讹易惑人成虎，负气难甘父攘羊”看，造成婢女受到惩罚的很可能是莫须有的事情。前一句出自《韩非子》：“庞恭与太子质于邯郸，谓魏王曰：‘今一人言市有虎，王信之乎？’曰：‘不信。’‘二人言市有虎，王信之乎？’曰：‘不信。’‘三人言市有虎，王信之乎？’王曰：‘寡人信之。’庞恭曰：‘故市之无虎也明矣，然而三人言而成虎。今邯郸之去魏也远于市，议臣者过于三人，愿王察之。’”①表明事情起自于流言蜚语。“奇祸不妨含笑受”“得谤似缘诗作祟”也说明这一点。后一句化用《论语》：“吾党有直躬者，其父攘羊，而子证之。”②透露出相关者非但不为亲者讳，反而扬亲之过。“东亭友爱风流尽，每读遗文泣数行”也表达了相似的感情。从“薄命固当输织室”“锁闭仍教记守宫”看，开始时婢女被罚做苦力、禁闭思过。在此期间，诗人大约求过情，想阻止对婢女的处罚。这不仅没有任何效果，而且引起了处罚者更大的愤怒，“叵测风涛有变更”，婢女被逐出家门。婢女在危难之时依然表示了对诗人的“至诚”，独自承担了一切后果：“喜耐危疑表至诚。奇祸不妨含笑受，旧恩山重一身轻。”这一场变故，无疑给诗人带来非常大的影响，不时在他内心掀起巨大的波澜。

《疑雨集》中崇祯己巳有《个人》十三首，《再赋个人》十首，辛未年也有《个人》一首。有的研究者认为，“个人”就是阿姚，这些诗都是为阿姚而作的。我们上文已指出，王彦泓与阿姚是在崇祯庚午年相遇的，如果我们的上述说法能够成立的话，题为《个人》的诗中可能为阿姚而写的就只有辛未年的那一首，而这首诗徐釚《本事诗》附注云：“一本作《戏赠沙姬》。”③由此可知，这首诗也不是为阿姚所写。这样，所谓的“个人”，也就全与阿姚无关。

那么，己巳年所写的二十三首以“个人”为题的诗，是不是与上文提到的《可叹》中所写的婢女相关呢？这里的情况较为复杂。我们注意到，这二十三首以“个人”为题的诗有些和《可叹》四首中的内容根本不符，甚至彼此之间存在着矛盾，这在《再赋个人》（卷上）中表现得比较明显。如第一首为：

> 朱户铜铺倚碧潭，小楼清绝压城南。明姿喜向花梢见，幽怨宜来竹下谭。窃药素娥偏耐冷，司花娇女半缘憨。仙家合住烟霞外，金屋藏渠也不堪。

从“窃药素娥偏耐冷”“仙家合住烟霞外”看，所谓的“个人”应为红尘之外的

---

① 《韩非子·内储说上·七术第三十》，《四部丛刊》影印宋本。

② 《论语》卷七，《四部丛刊》影印日本正平刊本。

③ 徐釚编《本事诗》，影印清光绪十四年邵武徐氏刻本，《续修四库全书》第1699册。

女子。这与婢女又有什么联系呢？有的研究者说是婢女看破红尘，当了道姑。可是《再赋个人》之四说：

昨夜香迷画烛楼，并头双影在银瓯。枕棱坠髻教郎绾，衣扣零珠倩姊收。酒晕暗腾烘玉颊，睡情才上滟星眸。晓堂重见矜严甚，回忆狂欢似梦游。

这哪里是写道姑，分明写的是妓女，至少是红尘中的女子。这样的女子恐怕也不会是婢女，如果王彦泓真的和婢女如此的话，事情泄露后出现风波就很自然的了，"传讹易惑人成虎"又从何谈起呢？而且，《个人》中的"古桂幽香曝晚晴，玉人风格照秋明"这首诗，（卷上）在陈维崧《箧衍集》中题作《即事》①。如果陈维崧记载是可靠的话，《个人》作为组诗的意义还需要重新思考。

综上所述，《疑雨集》中以"个人"为题的诗，既不能断言为阿姚所写，也无法确定其一定与王彦泓自己相关，或许其中有些诗只是作者"为文而造情"而已。倘若一定要说是作者真实情感轨迹的再现，可能陷于捕风捉影了。而且，在王彦泓写诗的当时，就有人误把他"偶然风调入篇章"的"为文而造情"的艳体诗当真了，这给诗人造成了很大的麻烦。因此，在考察王彦泓的恋爱事迹时不能不格外小心。对此，下文有进一步论述。

（三）王彦泓与阿锁

王彦泓与阿锁之间的恋爱经历，相比他与阿姚和婢女的恋爱经历，则简单得多。阿锁为王彦泓进京考贡时所识，乃京城名妓，进士介松年因迷惑于她而惊动崇祯皇帝，后介松年被吏部除名，递解回籍②。在《疑雨集》中，直接注明为阿锁而写的诗共有二十七首，这些诗篇有很强的纪实性，根据这些诗篇和作者的自注，我们可以了解阿锁的基本情况并勾勒出二人情感发展的轨迹。

最早标明为阿锁而作的诗为《左卿阿锁》三首（卷下），今录其二：

玉净花明秀出群，左家重见旧时芬。因披乐府吟娇女，便上藩车访阿君。素艳乍看疑是月，清欢何暇想为云。那禁手炷熏笼罢，笑遣萧郎覆画裙。

为拣如花出凤城，笑骑骄马斗轻身。名姬有妹推桃叶，艳母携雏定采春（自注：阿母三十许，旧有盛名）。难倚丽词酬巧笑，戏将狂语试娇

① 陈维崧《箧衍集》卷十，乾隆二十六年刻本，《四库禁毁书丛刊》第39册。

② 参看《疑雨集》卷下《左卿阿锁》其二诗中自注。

嗔。春莺一曲当筵啭，今日新人是永新（自注：明皇歌者）。

阿锁所居之九条胡同，相当于唐时的北里，为妓女集中地①。结合这两首诗看，阿锁是女承母业的一青楼歌妓。

阿锁也略通诗文，在与王彦泓分别时，她曾说“闲时无事背郎诗”，并反复叮嘱“牢记向他筵席上，莫教知已解诗文”（卷下《别语》），但她水平并不高。有这样一个例子：王彦泓诗有“几回席上错称呼，女伴知他碧作朱”两句，阿锁不理解是什么意思，王彦泓向她解释，这出于武则天的《如意曲》，阿锁接下来提出一个让人失笑的问题：“则天何处姊妹？”（见下文）

王彦泓和阿锁相处了几个月，在要分别前后，王彦泓共写了二十首诗，其中有十六首为筵席上口占而作。诗题很长，记述了写诗的缘起：

> 临行，阿锁欲尽写前诗，凡十一首。既而色有未满，曰：“斯语太文，妾不用此。可为别制数章，取数月来情事踪迹历历于心者谱之。勿诳勿艳，勿誉妾姿艺，如一语有犯即罚君一杯。”余曰：“固然，但每诗成而卿以为可，亦引满赏此，何如？”一笑许诺。遂口占为下酒。

且录其中的几首：

> 密订欢期几日前，自将金钏治盘筵。心嫌阿母叨叨问，只说郎来是偶然。

> 几回席上错称呼，女伴知他碧作朱。（自注：不晓此语，余为解则天《如意曲》，因问则天何处姊妹，令人失笑。）更送诈传郎语到，乍令欢喜乍愁吁。

> 受郎珍惜只侬知，难忘霞侵月满时。最是将归犹未忍，阿娘传语怪来迟。（自注：听罢凄然取酒自斟，而泪已盈盈矣。）

> 寻郎不遇意翛然，炙尽龙涎几饼烟。弄笔翻书闲坐久，已闻嘶马到门前。

> 来时尽意洗铅华，自炷炉熏自泼茶。纤手待操青锁钥，问郎堪否便当家。（自注：此二章是其最得意处，不拘原限，连举数觞。）

> 嗔怒才因半语讹，臂弯零乱指痕多。明朝翻向人前讳，不许檀郎卷袖罗。（自注：为欢笑绝倒。）

---

① 据张爵《京师五城坊巷胡同集》，九条胡同在阜成门外河沿往南，白纸坊至都城西南角新城便门。（《京师五城坊巷胡同集》，北京出版社1962年版，第12页。）

身轻秘事几回痴，口噤心衔梦里知。今日总来添别泪，不能填入断肠诗。（自注：见此掩面唏嘘，掷杯而卧，仆人促驾，余亦不能再劝以酒矣。）

从这些诗看，阿锁对诗人确实产生了真情，否则她不会在分别时如此地痛苦。王彦泓似乎答应纳她为妾，在《别语》（卷下）中，诗人以阿锁的口吻写道：

但许重来不恨迟，闺房仪注已详知。君家自惯迎桃叶，妾嫁何辞待牧之。杂坐不欢逃客酒，闲时无事背郎诗。风尘欲脱心虽久，拚为同心耐几时。

但是，阿锁的心愿似乎并没有实现，分别以后，阿锁再也没在《疑雨集》中出现过。

二　王彦泓艳体诗的虚构性

如果材料充分，能够弄清有关诗篇的本事，这无疑对理解作品是有好处的，至少可以弥补读者在阅读抒情诗时不明作者感情缘何而发的遗憾。但这种研究方法局限性很大，并常常会遇到许多障碍，因为作者写诗的主要目的是抒发感情，而不是为了告诉读者本事，在资料缺乏的情况下，有时是无法弄明本事的。如万历己未（1619）王彦泓所写的《瞥见》（《疑雨集》卷上）：

别来清减转多姿，花影长廊瞥见时。双鬓淡烟双袖泪，偎人刚道莫相思。（自注：诗本不工，存其深恨，聊堪当泣，何忍长歌。）

短短四句诗却用了两次倒装，把一对深深相爱却无法结合的恋人之间强烈的痛苦淋漓尽致地传达出来。值得特别注意的是诗中的自注："诗本不工，存其深恨，聊堪当泣，何忍长歌。"这首诗恐怕就是写诗人自己的情感经历，否则他根本没有必要加上这样的自注。然而王彦泓在此前后存诗很少，个中具体情形我们无法得知。再如天启乙丑王彦泓写有《对花杂恸》三首（《疑雨集》卷上）：

琼香一片委轻埃，犹忆春时傍砌开。肠断江南陈叔宝，丽华身后恰归来。

一度听歌几日哀，满前花事眼慵抬。红梨不识伤心客，犹倚东风送笑来。

分付庭花莫再开，卷帘无复玉人来。花神若也相哀念，为结连枝向墓台。

有的研究者认为这些诗抒发的是对亡妻的思念，其实这样的说法是没有丝毫根据的。从我们前面相关的论述可以看出，王彦泓的妻子是在三年后的崇祯庚辰去世的[①]。诗中“丽华”指代的是谁？到底发生了什么？遗憾的是，我们尚未能给这些问题找到答案。

探寻本事潜藏着相当大的风险。因为并非每首抒情诗都是“缘事而发”，如果认为每首抒情诗都有本事，而拿生活的细节去衡量作品，要求处处落实，难免有捕风捉影之嫌[②]。这样的误读在《疑雨集》中就有，曾有人误把王彦泓并没有本事的诗当作有本事。如《以诗得过复诗以解之》（《疑雨集》卷下）：

佳名诗字偶然同，锦瑟蒙疑锁阁东。好遇未如厮养卒，微词先累主人翁（自注：《讽赋》云：“主人翁出”）。篇章岂待风流接，恸哭仍无意绪通（自注：阮家邻女）。何计解酲聊用酒，再吟狂句献司空。

因为王彦泓诗中出现了某个女性的名字，这个女性便被怀疑与诗人有情，被关了起来，诗人也因此受累。其实，这完全是一场误会。“篇章岂待风流接”乃化用李商隐《上河东公启》“至于南国妖姬，丛台妙妓，虽有涉于篇什，实不接于风流”[③]，表明女孩子的“佳名”出现在诗中纯属偶然的巧合。这样的误会对王彦泓来说并非是第一次，在此之前他就曾因诗受到嫌疑：

栀子庭前柳外墙，偶然风调入篇章。也知散朗多清思，敢着微词恼谢娘。（自注：唐彦谦“庭前佳树名栀子，试结同心赠谢娘”。无名氏“柳条金嫩不胜鸦，青粉墙头道蕴家”。）

兰幽雪白隔东墙，何事嫌疑到桂堂。风絮清才团扇曲，莫应长合属王郎。

诗的标题很长，为《昔人诗词往往用谢娘字，相因已久，不知其何指也。余诗亦偶用之，致来唐勒之疑。戏占答客》（卷上）。诗的题目、自注虽然属于“次一等的文本”，但它们却给我们提供了理解诗意的钥匙。无论是传统和

---

① 参看第一章第一节《生平考》之《与贺氏结婚时间考》。

② 如自诩为“学术界的福尔摩斯”的苏雪林，认为李商隐的无题诗篇篇都是恋爱的本事诗，真真实实的记录，并撰成《李商隐恋爱事迹考》的长文。虽然大多数的研究者肯定其研究中体现出的新的文化意识和文学观点，但对其猜谜式的论证方法及其结论则颇有微词。参看《唐诗概论》第十八章《诗谜专家李商隐》，商务印书馆 1934 年版。

③ 李商隐《李义山文集》卷第三，《四部丛刊》本。

时习，咏花而涉及女性和爱情，本是情理中事，有人也因此认为王彦泓这类诗与诗人的爱情经历有关。王彦泓辩称，虽然自己诗中用谢娘字，诗中也提到栀子、柳墙，但自己只是随意用用而已，与自身的爱情毫无瓜葛。

可见，探寻王彦泓诗歌的本事时，不得不特别谨慎。若无确凿证据，不可随意猜测，否则的话很容易会偏离事实的轨道，陷于捕风捉影了。如《疑雨集》中的朋友之间唱和应酬之作，筵席上的游戏之作，拟作、代作这类艳体诗，大概诗人真正是在"作诗"，很难说有什么本事。

刘勰在《文心雕龙》中说：

> 昔诗人什篇，为情而造文；辞人赋颂，为文而造情。何以明其然？盖风雅之兴，志思蓄愤，而吟咏情性，以讽其上，此为情而造文也；诸子之徒，心非郁陶，苟驰夸饰，鬻声钓世，此为文而造情也。故为情者要约而写真，为文者淫丽而烦滥。而后之作者，采滥忽真，远弃风雅，近师辞赋，故体情之制日疏，逐文之篇愈盛。故有志深轩冕，而泛咏皋壤。心缠几务，而虚述人外。真宰弗存，翩其反矣。①

刘勰总结了《诗经》以来历史上存在的两种创作倾向：一是以《诗经》为代表的"为情而造文"，一是以辞赋为代表的"为文而造情"。显然他是肯定前者而否定后者，其基本思想是强调"情"在文学创作上的主导作用。借用刘勰的用语来分析，那些确有本事，显露作者情感真实印迹的艳体诗，大致属于"为情而造文"；那些与作者自身无关，只是"偶然风调入篇章"的想象之作，则大致属于"为文而造情"。对于"为情而造文"性质的艳体诗，即使没有道德上的作用，但由于它们是作者真实感情的抒发，其价值与意义尚容易得到大多数文学研究者的认可，无需多谈；而对于"为文而造情"性质的想象之作，我们到底应该怎样认识呢？

我们看王彦泓作品被接受的一个实例。袁枚《随园诗话》云：

> 王次回诗，往往入人心脾。余年衰无子，宾朋来者，动以此事相询，貌似关切，余深厌之，有诗云："厌听人寻得子无，些些小事不关渠。逍遥公有儿孙累，未必云烟得自如。"后见次回句云："最是厌人当面问，凤凰何日却将雏？"余评女以肤如凝脂为主。次回亦有句云："从来国色夜光寒，昼视常疑月下看。"②

永井荷风在读到袁枚《随园诗话》的这段话时说：

---

① 刘勰《文心雕龙》卷七《情采》，《四部丛刊》影印明刊本。

② 袁枚《随园诗话》卷十四，人民文学出版社 1982 年版。

> 随园年衰无子，宾朋每来，辄语此事。……随园引王次回“最是厌人当面问，凤凰何日却将雏”之诗句，甚是欣赏其诗风。此明清两大名家，皆不以老而无子为悲。①

“最是厌人当面问，凤凰何日却将雏”出于王彦泓《即事》，此诗写于崇祯庚午，当时王彦泓的妻子贺氏已经去世，尚未继娶，诗中所写内容恐怕与诗人自身并无关系；而这一年王彦泓还不到四十岁，儿子尚在人世，怎么说是“老而无子”呢？② “从来国色夜光寒，昼视常疑月下看”出自《寒词》，此诗作于崇祯丁卯，诗人在诗的小序中说：“昔年同社为秋词，今成往事。离居多感，岁晏不聊，触绪生吟，冰霜满目；凛尖风之透骨，感皎月之映心，多因梦后之思，添出酒边之句，聊作秋声貂续，以为春咏前驱。命曰‘寒词’，得一十六首。”也应为想象之作。也就是说，在袁枚认为“入人心脾”的王彦泓这两首诗，都与诗人自身没有多大关系，属于“为文而造情”性质的作品，而日本作家永井荷风更是误把王彦泓的“最是厌人当面问，凤凰何日却将雏？”当作了写实之作。其实，永井荷风本可以避免这样的误解，因为他在《夏日街市》中曾说：

> 本人将这段虚构的哀愁生活，用无比稚气的调子，极尽装腔作势之能事地敷衍成文。全篇题目名为《红寥白苹录》，在所插入的绝句中，便有如是的诗句：
>
> 已见秋风上白苹，青衫又污马蹄尘。月明今夜消魂客，昨日红楼烂醉人。
>
> 年来多病感前因，旧恨缠绵梦不真。今夜水楼先得月，清光偏照善愁人。
>
> 如今打开翻看，不觉令人哂然喷饭。年仅十四五岁的少年，竟然漫说什么“昨日红楼烂醉人”，这种文字上的游戏不是太令人惊诧了吗？然而近日秉读誉为十九世纪最诚实的自白诗人波德莱尔的翔实传记，个中有云：
>
> Les sanglots longs
>
> Des violins
>
> De l’ automne

---

① 永井荷风《曝书》，《永井荷风散文选》，陈德文译，百花文艺出版社 1997 年版。

② 《疑雨集》庚午年有诗《长至前一日，霜月甚冷，饮于孝先斋头。俄而醉矣，睡矣。端己、韬仲、孝先频呼不觉，继以扶携拥掖，余竟颓然。其时僮仆无一人从者。韬仲卒倩一客，负余以归，且行歌相送，直至余居。呼吾儿起，置余于所坐胡床，覆以被裘而后去。四鼓始醒，儿云若此。因纪以一诗，志友生之谊爱云》，此诗在《即事》后，可见王彦泓儿子尚在人世。

> “秋日竖琴长鸣咽”，是他最著名的一首《秋歌》的句子。诚如此篇所咏唱，这些都是波德莱尔作为直抒胸臆派的诗人最为幸福安详时期的杰作，当时他有娇妻作伴，有旧雨新知，有稳定的职业，这些传记的作者均叙述详尽。仔细一看，他所表述的“遥忆往事而怆泣”，以及末章中叙述的“我们是四处流散的落叶”，依然是诗人的“Jeuxd’ esprit(心灵游戏)”。①

永井荷风和波德莱尔的创作经历说明，作家作品中所表达的感情，很可能只是虚构出的感情——“心灵游戏”，乃“为文而造情”，与作家自身的感情状态并不合拍，有时甚至完全相反，“心非郁陶，苟弛夸饰”②。这不能不引起我们对原来所持的文学观念进行新的思考。

一般认为诗歌应该是作者写其真情实感的，这没有什么问题。但所谓的“真情实感”却可以有不同的理解，其中有一种观点就认为，诗中所表达的情感必须是诗人亲身感受过的，如果诗中表达的思想情感与有外界资料所证实的诗人的情感不相应的话，那么这类诗的价值就大打折扣。这种理解显然存在问题，因为它存在一个假定的前提，诗人必须感受过所能想象的一切，而这个假定是不能成立的。何况即使是写诗人自己的情感经历，也还有一个用语言文字“表达”的过程。在中国古代，写诗更多地与涵泳前人的优秀作品联系在一起，是模仿前人的诗学习写诗的，所谓“读书破万卷，下笔如有神”。既然如此，那么诗人在“吟咏情性”的时候，就必然会超越单纯抒发个人感情的动机，尽力去寻求恰当的传达方式，通过文字，对个人感情加以梳理和改造，力求胜过前人。正如有的研究者所说：“表达的感情实际上已为改造了的感情，‘为文’本身就是一种‘造情’的活动。”③也就是说，诗人只能真实地表达诗，即诗人写作时脑子里形成的语言结构。借用苏珊·朗格的话就是：“诗人用语言创造了一种幻象，一种纯粹的现象，它是非推理性符号的形式。用这一形式表达的感情既非诗人的，或诗中主角的，又非我们的，它是符号的意义。”④可见，以文学所传达出的感情是否与诗人本人的真实情感相符来判断诗歌有无价值的做法是存在问题的，极易陷入“意图谬误”⑤。

---

① 永井荷风《断肠亭记》，汪正球译，河北教育出版社2002年版，第20—21页。

② 近代文人樊增祥就是一个典型的例子。黄曾越辑《陈石遗先生谈艺录》说：“樊山诗真所谓作诗矣。生平少山水登临之乐，而闭门索句，能成诗数千首；无歌舞酒色之娱，能成艳体诗千百首。亦奇矣。”（《民国诗话丛编》，张寅彭主编，上海书店出版社2002年版）

③ 康正果《风骚与艳情》第三章《乐府古诗：风骚型》，河南人民出版社1988年版。

④ 苏珊·朗格《情感与形式》第十三章《诗歌》，中国社会科学出版社1986年版。

⑤ 这一部分的写作参考了雷·韦勒克、奥·沃伦《文学理论》，刘象愚等译，生活·读书·新知三联书店1984年版。

其实，王彦泓有不少为后人所称赏的诗是“为文而造情”的想象之作，如冰心喜爱的《奏记妆阁》（此生幽愿可能酬）就是一例①。钱谦益《列朝诗集》所选王彦泓的《代书三首》②，就是《奏记妆阁》六首（卷下）中的前三首，说明其为替人代笔之作。《列朝诗集》最早刊刻于清顺治年间，比《疑雨集》初刻本早得多，当为可信。而且，这首诗创作于崇祯丙子，诗的内容也与王彦泓的经历不符。可见，通过发挥想象，是完全有可能创作出优秀之作的；诗人所想象的并不一定就是他亲身感受过的。当然，这种想象仍需要遵循一定的情感逻辑。

钱钟书曾对文学研究中探索本事的做法提出过批评，很有启发性，引述于下，作为本节的结束：

> 苟作者自言无是而事或实有，自言有是而事或实无，尔乃吹索钩距，验诚辨诳，大似王次回《疑雨集》卷一无题所谓“闲来花下偏相絮，昨制无题事有无？”专门名家有安身立命于此者，然在谈艺论文，皆出位之思、余力之行也。③

第三节　寄托：有与无

以比兴寄托来解释和评价艳体诗，也是一种具有代表性的方法。之所以如此，其原因大概有二：其一，我国自古以来就强调文学的道德价值，把文学的审美价值依附于道德价值之上，从根本上忽略其审美上的意义。而且，强调“修身齐家治国平天下”，忽视甚至鄙弃个人的感情。而丝毫没有道德价值的单纯的艳体诗，显然与前述的文学观念相抵触。因此，就艳体诗而言，“不写成为有寄托之作，则不足以自尊；不解成为有寄托之作，则不足以尊人。”其二，诗人在创作过程中，必然伴随着想象和联想，他在写美女爱情的时候，有时会无意地把自己的胸襟怀抱注入其中，有时甚至有意地借艳体诗来传达自己不愿或不敢明白说出的人生体验和感受。诗人既然可能在艳体诗中有意无意地寄托自己的胸襟怀抱、人生感慨，读者当然更可以从中生

---

① 冰心《两栖动物》，《冰心选集》第三卷，河北教育出版社 1992 年版。

② 钱谦益《列朝诗集》丁集第十六，清顺治九年（1652 年）毛氏汲古阁刻本三联书店 1989 年缩版影印。

③ 钱钟书《管锥编》第四册，中华书局 1986 年版，第 1390 页。

发联想了①。

不过，艳体诗可能含有寄托，并不代表一定就有寄托。不同的评论者对待同一个作家、同一篇诗词寄托的理解可能各不相同，见仁见智，甚至同一个评论者前后的认识也会发生变化。如李商隐《无题》诗究竟有无寄托，就是长期以来聚讼纷纭的一段公案。王彦泓的艳体诗有无寄托呢？先录《疑雨集》的两则序文：

> 次回先生穷年力学，屡困场屋。断瑶琴，折兰玉。其坎坷潦倒，实有屈子之哀，江淹之恨，步兵之失路无聊，与杜少陵《无家》《垂老》之忧伤憔悴。而特托之于儿女丁宁、闺门婉恋，以写其胸中之幽怨，不得概以红粉青楼、裁云镂月之句目之也。②

> 诗有六义，其三曰比，在古原与赋、兴分编，孔子合之，令人各揣其意之所在。郑、卫之诗，多托为男女慕悦之词，而郑卿即赋之以见志，未可以淫亵视也。《古诗十九首》多具此义。至《子夜》《读曲》诸歌，则一意淫放，荡不可稽，比几于赋矣。唐之义山，以格诗写之，寓意最工；其姨子韩氏致尧和之。……李、韩之诗，皆知其有为而言矣。明之季叶，金坛王次回出所著《疑雨集》，遂集此体之大成。③

二人论述的角度有所不同：侯文灿是从王彦泓的身世遭遇出发，明确指明寄托："特托之于儿女丁宁、闺门婉恋，以写其胸中之幽怨。"而李详则是根据艳体诗的发展历史，暗示王彦泓的艳体诗有所寄托。这两则序文曾被日本学者宇野直人《柳永论稿》引用，作为"在艳诗中寄托某种象征意味是中国诗歌中常见的事"的例证④。

宇野直人《柳永论稿》提出了一些比较新颖的见解，在研究方法上也很有特点，我们从中受益匪浅，但他对这两则序文的理解大概有所偏差。其实无论是侯文灿还是李详，在谈到王彦泓艳体诗的寄托时，均出语谨慎，有所保留。侯文灿说"不得概以红粉青楼、裁'云镂月'之句目之"，言外之意，可以"红粉青楼、裁云镂月之句目之"的艳体诗尚为多数，不过不能"概以"而已；而李详所说的"遂集此体之大成"，就是说王彦泓的艳体诗中既含有"寓意"之作，也有"一意淫放，荡不可稽"之作。如果考虑到序这种文体的特殊

---

① 参看叶嘉莹《温庭筠词概说》，《迦陵论词丛稿》，河北教育出版社2000年版。

② 侯文灿《疑雨集》序，《疑雨集》，清康熙刻本。

③ 李详《〈疑雨集〉注》序，《〈疑雨集〉注》，扫叶山房石印本。

④ 宇野直人《柳永论稿》卷一《柳永词研究序说》，张海鸥，羊昭红译，上海古籍出版社1998年版。

性，所谓的寄托还要打些折扣，因为在当时的观念中，艳体诗是受到鄙弃的，为了提高其地位，就不得不以寄托说之。

王彦泓艳体诗具体的情况是怎样的呢？叶嘉莹在《论温韦冯李四家词》一文中，曾提出过三项衡量判断一首词中有无寄托之意的标准：第一当就作者生平之为人来作判断；第二当就作品叙写之口吻及表现之神情来作判断；第三当就作品所产生之环境背景来作判断①。叶先生虽然是针对词而言的，其实对诗也是适用的。我们就参照这一标准来分析王彦泓的艳体诗。

侯文灿对王彦泓身世遭遇的总结是确切的，不过还不够全面，没有提及王彦泓父亲的无辜受冤和由此造成的债台高筑。在天启乙丑，王彦泓就说自己"世味如荼尝欲遍"，而这只是其不幸的开始，在接下来的人生中，他不仅要继续忍受科举不中的煎熬，还在经受妇亡——断瑶琴、儿夭——折兰玉、婿死的痛苦，就在其去世的前一年，阿姚也先他而逝。说王彦泓有"屈子之哀，江淹之恨，步兵之失路无聊，与杜少陵《无家》《垂老》之忧伤憔悴"，丝毫没有夸张。这样的经历，不可能不影响其诗歌的创作。但是，王彦泓个性直率而感情强烈，对于人生的苦痛，他在诗中毫不掩饰加以宣泄，《疑雨集》中的大量感怀诗就是很好的说明。换句话说，说王彦泓艳体诗的创作是他对抗痛苦人生、实现自我价值的一种途径，大概是符合实际的，细读《疑雨集》，我们确实能感受到渗透到字里行间的感伤情绪。林之夏《题王次回〈疑雨集·感怀杂咏〉后》云："楚天云雨漫猜疑，岁月颓唐系梦思。多少美人香草句，知君尽是断肠词。"②话说得虽有些绝对，却也不无道理，王彦泓确实有寓人生况味于艳情之中的倾向，但要从王彦泓艳体诗字里行间找出一些比兴寄托微言大义，说他的诗里有政治的寄托和象征，则离事实就比较远了。

根据诗歌创作的具体情境，王彦泓的艳体诗大致可以分为四类：第一，真实抒发自己对爱情独特感受的艳体诗。这类诗都是用鲜明的主观口吻，令读者一望而知其为艳体诗，即使诗中含有诗人"胸中之幽怨"，也主要是因爱情受到挫折而起，因此不能算作寄托。第二，朋友之间的赠答、唱和诗。这类艳体诗中有些是作者真实感情的流露，如《寄怀端己白门》第三首（《疑雨集》卷下）：

难将密意嘱飞鸿，寄尽相思不语中。枕上鹊声浑未验，桥南龟兆几

---

① 叶嘉莹《从〈人间词话〉看温韦冯李四家词的风格》，《王国维及其文学批评》，河北教育出版社 1997 年版。

② 《兵事杂志》1915 年第 11 期。

回同。神方驻景仙家药,新嫩娇黄病后容(自注:用蜀葵诗)。更奉瓣香多宝塔,半天灯影照江红。

诗人借男女之情写朋友之间的友谊,一望了然,也不能算有"寓意"之作。而那些流于文字游戏的唱和之作,更与寄托无关。第三,妓席应酬之作。这类诗多在筵席上即兴而作,语含戏谑,口吻轻佻,与真实爱情无关,当然更不可能有什么寄托。第四,拟作、代言诗。要说这类诗有什么寄托,可能性非常小,因为拟作模拟的是原作的声情、口吻,而代作要揣测别人的声情、口吻,所谓"代人哀而哀,代人谀而谀",自然很难有诗人自己的胸襟、怀抱。

总之,王彦泓的艳体诗大都是单纯的艳体诗,很难说有什么寄托;诗人所关心的是如何描写艳情才能更动人,并不考虑什么寓意。这既是他的诗歌受到一些人喜爱的原因——可以感动读者,入人心脾;也是其受到另一些人贬斥的原因——不仅没有讽刺鉴戒作用,而且还会坏人心术。钱钟书《中国文学小史绪论》指出:

同一《无题》诗,伤时感世,意内言外,香草美人,骚客之寓言,"之子""夭桃",风人之托兴,则尊之为诗史,以为有风骚之遗意,苟缘情绮靡,结念芳华,意尽言中,羌无寄托,则虽《金荃》丽制,玉溪复生,众且以庾词侧体鄙之,法秀泥犁之诃,端为若人矣!此《疑雨集》所以不见齿于历来谭艺者,吴乔《围炉诗话》所以取韩偓诗比附于时事,而"爱西昆好"者所以纷纷刺取史实,为作"郑笺"也①。

第四节 抒情特点:"写到通微入玄处"

在引论部分我们提到袁枚与沈德潜的争论,他们争论的具体焦点就是王彦泓的艳体诗。他们的认识表面看来迥然不同:沈德潜认为王彦泓的艳体诗"最足害人心术"②,而袁枚却认为王彦泓的艳体诗"入人心脾"③。那么,王彦泓的艳体诗在抒情上有什么特点?是什么引起二人的对立呢?

康正果《词淫和意淫:谈王次回及其〈疑雨集〉》一文中提到,有人说王彦泓的艳体诗写得最为大胆和露骨,似乎《疑雨集》在性表现方面有相当的

① 《国风》第三卷第八期,1933年10月16日。

② 沈德潜《国朝诗别裁集·凡例》,清乾隆二十五年教忠堂刻本,《四库禁毁书丛刊》第158册。

③ 袁枚《随园诗话》卷十四,人民文学出版社1982年版。

突破;康先生对此予以否定①。在这一点上我们与康先生看法一致。和遮遮掩掩描写艳情的诗人相比,王彦泓确实是够大胆的,但露骨则根本谈不上,类似李商隐"小怜玉体横陈夜"这样的描写也非常少见。为了节约篇幅,我们看称王彦泓为"妖中之妖"的潘德舆所举的例子:

含毫爱学簪花格,展画惭看出浴图。(卷下《即事》)

翻成绣谱传人画,会得琴心允客挑。(卷下《席上》)

窗下有时思梦笑,灯前长不卸头眠。(卷下《代友人赠妓》)

陈王着眼先罗袜,温尉关心到锦鞋。(卷下《无题》)

体自生香防姊觉,眉能为语任郎参。(卷下《追和唐女冠鱼玄机十二韵》)

素艳乍看疑是月,清欢何暇想为云。(卷下《左卿阿锁》)

潘德舆说这些句子"能以佻冶不堪之事,写到通微入玄处,此即朱竹垞《静志居琴趣》所本。然在词家,亦为下乘,况以之玷污风雅哉! 古之燕女溺志,恐亦未臻此境也。"②这些句子写的是否是"佻冶不堪之事",算不算"玷污风雅",还难说,周寿昌就认为这些诗句不过"写一憨慵小女子之情态"而已,不能算"佻冶不堪",潘德舆"从淫荡处着想,故见得如此",并批评潘氏"坛坫气太重"。至于露骨,则根本沾不上边。不过,潘德舆所说的"写到通微入玄处"倒是契合王彦泓艳体诗实际的。我们认为,对恋人心态进行细致入微、淋漓尽致的刻画正是王彦泓艳体诗主要的抒情特点。

王彦泓非常善于描绘男女在相思、恋爱中的微妙心态。通过抓住人物情绪瞬间的变化,来反映抒情主人公内心复杂的情感波动,是王彦泓经常使用的方法之一。试看:

弄药争花语笑稠,忽然幽事到心头。眉尖怕被同袍觉,强作无愁倍是愁。(卷上《杂记》)

本来正和伙伴弄药争花,嬉笑玩耍,不知怎的忽然想起了心事,激起一腔幽怨,这是一层变化;然而心头的秘密又怕同伴发现,所以竭力想掩饰住,不让它显露出来,这又是一层变化;可是越想隐藏,愁绪越深,这又添加了一层变化。这首诗抓住恋爱少女心理发生微妙变化的瞬间,细腻地展现出她情感

① 康正果《词淫与意淫:谈王次回及其〈疑雨集〉》,《万象》第三卷第七期,2001 年 7 月。
② 潘德舆《养一斋诗话》卷六,清道光十六年刻本,《续修四库全书》第 1706 册。

的曲折波动。诗中所表现的并不是那种放肆露骨的爱情，而是压抑于内心的、想隐藏也藏不住、时时无意地流露在眉梢唇际之间的爱情，这样的表现更能勾起读者的想象，耐人寻味。有时诗人也通过人物的行为表现来反映抒情主人公微妙的内心律动。如：

为郎愁绝为郎痴，更怕郎愁不遣知。叮咛寄书人说向，玉儿欢笑似平时。（卷上《短别记言》）

明明是相思欲绝，忧心如焚，但由于害怕对方知道了惹起愁绪，她便决定把自己的相思之苦埋在心底，不让情郎知晓。并反复叮咛捎书人，不要提及自己的忧伤，一定要告诉情郎，自己与他在时一样，生活得很好。诗人通过处在恋爱中的女性身与心、情感与理智之间的矛盾，构成一种张力，即把人物微妙的心态和盘托出，而又韵味无限。只有爱得很深的人，才会如此体贴；也只有对男女恋情比较敏感的人，才能将恋人间的情感捕捉得如此真切。郁达夫特别欣赏这首诗，在给孙荃的信中曾赞其“妙绝”①。

写女性的心态既然能宛肖其声口，写男性当然更能直抉其灵魂了。试看上文提到冰心的表兄借作情书的《奏记妆阁》（卷下）：

此生幽愿可能酬，未敢将情诉蹇修。半晌沉吟曾露齿，一年消受几回眸。微茫意绪心相印，细腻风光梦借游。妄想自知端罪过，泥犁甘堕未甘休。

这篇诗体情书写的是爱情萌动时的心理状态。爱情的产生让人感到很幸福，同时也会给人带来些许的烦恼，尤其是在不明了对方态度的情况下。对方是不是喜欢自己？自己的美好愿望能够实现吗？这样的问题都会在相思者的心头盘旋。在有的人身上，问题很好办，大胆表白就是了，而诗中的抒情主人公没有这样做，甚至不敢求助于“蹇修”——媒婆。他之所以畏葸不前，是因为这份感情对他太重要了。“此生幽愿可能酬，未敢将情诉蹇修”把抒情主人公对爱情的渴望、憧憬而又无法把握结局的微妙心理充分展现了出来。在爱情力量的激励下，抒情主人公曾鼓足勇气，准备向对方表白，但是张开的嘴又合上。“半晌沉吟曾露齿”，通过人物极其细微的举动和表情的变化，显示了其矛盾犹豫的心理状态。时间就这样一天天拖延下去，白白错过了一些良机，不过让抒情主人公略感宽慰的是两人相遇时对方的回眸，虽然一年中只有那么几回，却让其回味不尽，而在回味中他也看到了一些希望，抒情主人公隐隐觉察到对方似乎和自己心有灵犀！但是，希望毕竟是

① 于听《说郁达夫的〈自传〉》，《郁达夫风雨说》，浙江文艺出版社1991年版，第127页。

“微茫”的，主人公仍然没有勇气去把希望变成现实，只能在梦中去游历“细腻风光”，体会两情缱绻的旖旎美好。在诗的结尾，主人公一改先前的犹豫彷徨，发出了铮铮誓言，为了这份爱情，哪怕堕入泥犁地狱——也心甘情愿，决不罢休。汤显祖曾说“世间只有情难诉”①，王彦泓在这首诗中却把人在相思中微妙而又婉曲的心理细腻熨贴地传达出来。

上述对人物恋爱心态的描绘主要是单向性的，在男女的互动中展示人物的心理情态，也是王彦泓的拿手好戏。如：

> 心期旧矣合欢新，蔗尾才尝味已珍。胆小易惊还易喜，眉弯宜笑更宜颦。未形猜妒思犹浅，肯露娇嗔爱始真。作计恼伊尝试看，自惭终近薄情人。（卷上《再赋个人》）

“心期旧矣合欢新”，表明“合欢”者正是过去一直相思的对象，“新”与“旧”两个对立的词语在这里却和谐统一起来，让人体味到主人公的欣喜，语气词“矣”字的使用更使这种欣喜的情态沛然纸上。“从来佳境同餐蔗”（卷下《予怀》），越到最后味道越浓，现乍尝滋味，便如享受珍奇美食，无比香甜。她是一个情绪多变的女性，但无论是惊是喜，是笑是颦，都显得富有韵味，也正是由于她心情的捉摸不定，更惹人爱怜，让人心动。心荡神摇的抒情主人公对感情有一种理解和期待，他决定来一个小小的冒险，试探一下“个人”的情深情浅。叙述者并没有描述“个人”在逗弄之后的反映，但从“自惭终近薄情人”陈述中我们不难想象出她当时的情态。这首诗一些虚词的使用值得注意，这不仅使诗歌前后连贯成一个整体，而且也使感情表达更为曲折和生动。《红楼梦》第二十九回有一段这样描写宝玉和黛玉的感情冲突：

> 原来那宝玉自幼生成有一种下流痴病，况从幼时和黛玉耳鬓厮磨，心情相对；及如今稍明时事，又看了那些邪书僻传，凡远亲近友之家所见的那些闺英闱秀，皆未有稍及林黛玉者，所以早存了一段心事，只不好说出来，故每每或喜或怒，变尽法子暗中试探。那林黛玉偏生也是个有些痴病的，也每用假情试探。因你将真心真意瞒了起来，只用假意，我也将真心真意瞒了起来，只用假意，如此两假相逢，终有一真。其间琐琐碎碎，难保不有口角之争。即如此刻，宝玉的心内想的是：“别人不知我的心，还有可恕，难道你就不想我的心里眼里只有你！你不能为我烦恼，反来以这话奚落堵我。可见我心里一时一刻白有你，你竟心里没我。”心里这意思，只是口里说不出来。那林黛玉心里想着：“你心里自

① 汤显祖《牡丹亭》第一出《标目》，《汤显祖全集》（三），北京古籍出版社 1999 年版。

然有我，虽有‘金玉相对’之说，你岂是重这邪说不重我的。我便时常提这‘金玉’，你只管了然自若无闻的，方见得是待我重，而毫无此心了。如何我只一提‘金玉’的事，你就着急，可知你心里时时有‘金玉’，见我一提，你又怕我多心，故意着急，安心哄我。”看来两个人原本是一个心，但都多生了枝叶，反弄成两个心了。

这简直就是对“未形猜妒思犹浅，肯露娇嗔爱始真”诗意的扩充。也许有的读者会认为这样的比较是对宝黛爱情的亵渎，实际上这种比较并不是我们最先提出的，庚辰本《红楼梦》在上述文字之后，评论道：“一个心弄成两个心之句，期望之情殷，每有是事。近见《疑雨》诗集中‘未形猜妒情犹浅，肯露娇嗔爱始真’，信不诬也。绮园。”①

上文曾经提到，王彦泓在崇祯辛未（1631）曾写有《问答词》十六首（自注：阿姚），从诗题可以看出，这组诗是诗人与阿姚的交流中完成的。今录几首于下：

爱郎珍重转愁深，底样酬郎一片心？一自读郎诗句后，去年消瘦到如今。

见说王郎骑到门，同袍先已暗窥人。无端脸晕无端笑，逗得疑情渐渐真。

相逢切莫径遮拦，眼耳丛中一笑难。要识寸心相喻处，明明如月任郎看。

意密形疏自幼闻，情深那更厌离群。人间多少双飞侣，未必如侬切念君。

这些诗语言都很浅显，但却情真意切，韵味无限。在这组诗的最后一首里，诗人以阿姚的口吻总结道：

密绪还须对面论，意中言语意中人。饶他青鸟殷勤诉，不似郎诗道得真。

阿姚并非如柳如是那样绝艳高才，她在诗歌方面的修养很有限，王彦泓就曾因她“诗思浅”而遗憾，她的评价当然只能是“业余水平”。不过，作为当事人，她的感受倒也值得重视。就阿姚而言，所谓的“道得真”显然是指诗中的意思与自己所想的完全吻合，代自己说出了自己想说的话。换言之，“道得

① 俞平伯辑《脂砚斋红楼梦辑评》，中华书局 1960 年版，第 412 页。

真”其实就是说诗人心思熨贴，非常善于细腻地表现出人物内心情感微妙曲折的变化。

大概正因为如此，王彦泓的艳体诗具有强烈的打动人的力量。袁枚说王彦泓诗“入人心脾”，正是他的感情被打动的反映。朱彝尊所说的“回肠荡气”①，吴雷发所说的“入人心坎”②，称王彦泓为“诗妖”的陈廷焯所说的“勾魂摄魄”③，也都说明了王彦泓艳体诗的感染力。恐怕也正因为如此，沈德潜才在选《国朝诗别裁集》时说王彦泓《疑雨集》“最足害人心术”，摒而不存，因为这对于“人伦日用，及古今成败兴坏之故者”不但毫无意义，反而会移人性情，使人偏离所谓正确的轨道。

第五节　诗史意义：中国艳体诗的“集大成”

我们应该怎样认识王彦泓艳体诗在中国诗史上的意义呢？李详在为《〈疑雨集〉注》作的序中说：

> 诗有六义，其三曰比，在古原与赋、兴分编，孔子合之，令人各揣其意之所在。郑、卫之诗，多托为男女慕悦之词，而郑卿即赋之以见志，未可以淫亵视也。《古诗十九首》多具此义。至《子夜》《读曲》诸歌，则一意淫放，荡不可稽，比几于赋矣。唐之义山，以格诗写之，寓意最工，其姨子韩氏致尧和之。义山之诗，有吴江朱氏为之表章。致尧诗，近有吾友震钧在廷，著《香奁发微》。李、韩之诗，皆知其有为而言矣。明之季叶，金坛王次回出所著《疑雨集》，遂集此体之大成。其侔色揣称，尽态极妍，读之，使人回肠伤气。儇薄子弟，为其所惑者多矣。

李详正是在梳理《疑雨集》之前中国艳体诗发展的历程，简要概括《诗经》《古诗十九首》《子夜》《读曲》、李商隐诗、韩偓诗的特点之后确立王彦泓地位的，他所说的“金坛王彦泓出所著《疑雨集》，遂集此体之大成”的“此体”显然指的是艳体诗。

《汉语大词典》对“集大成”作了如下解释：

> 谓融会各家思想、学说、风格、技巧等而自成体系或自成一格。《孟

---

① 朱彝尊《静志居诗话》卷十九，人民文学出版社1990年版，第570页。

② 吴雷发《香天谈薮》，上海书店据1913年上海中国图书公司和记铅印《香艳丛书》本影印，1991年版。

③ 陈廷焯《词则》卷二，上海古籍出版社影印，1984年版。

子·万章下》:"伯夷,圣之清者也;伊尹,圣之任者也;柳下惠,圣之和者也;孔子,圣之时者也。孔子之谓集大成。"孙奭疏:"盖集大成,即集伯夷、伊尹、柳下惠三圣之道,是为大成耳……其时为言,以谓时然则然,无可无不可,故谓之集其大成,又非止于一偏而已。"宋陈师道《后山诗话》:"子美之诗,退之之文,鲁公之书,皆集大成者也。"明宋濂《答章秀才论诗书》:"杜子美复继出,上薄《风》《雅》,下该沈宋,才夺苏李……真所谓集大成者也。"

根据《汉语大词典》的解释及所举古人使用的例证,"集大成"是一个至高无上的称谓,大体应该包括以下三个层面的意思:其一,"积众家之长",对前代的相关文学遗产采取兼收并蓄的态度,即集过去之大成;其二,"时然则然",用今天的话说就是能体现时代精神;其三,自成一体,对后世有很大的影响。王彦泓艳体诗能否称得上"集大成"呢?现试对此加以探讨。

一 "积众家之长"

王彦泓"博学好古"①,曾"评阅子史唐宋诗集十余种"②,他从前辈——特别是那些在艳体文学的创作上成就卓越、风格杰出者——那里汲取了丰厚的营养。

1. 诗赋

探寻王彦泓艳体诗的文学渊源,我们可以追溯到中国诗歌诗骚两大传统。如王彦泓《和于氏诸子秋词》中的"却笑遵涂便揽祛"、《再赋个人》中的"一任茹荼甘若荠",乃分别化用《诗经·郑风》"遵大路兮,掺执子之祛"和《诗经·谷风》"谁谓荼苦,其甘若荠"。在楚骚传统中,王彦泓艳体诗受宋玉的作品影响较大,在《疑雨集》中,有六次直接提到宋玉的名字,以宋玉自况。如:

欲教宋玉闻消息,先倩云翘觅往还。(《疑雨集》卷上《病晤》)

这是本于《高唐赋》《神女赋》的。

因留宋玉亲炊饭,却赏王敦竟脱衣。(《疑雨集》卷下《有赠》)

这是借自《讽赋》的。

多为微辞猜宋玉,敢持才语傲非烟。(《疑雨集》卷下《余旧诗悉已

① 钱谦益《列朝诗集小传》丁集下,上海古籍出版社1983年版,第659页。
② 《三旌义门王氏族谱》卷五《事行二》,清光绪刻本,南京大学图书馆藏。

遗忘，而韬仲皆为存录。展阅一过，觉无端往事交集胸怀，怅然久之，因呈四韵》）

招谗宋玉因词貌，助懒嵇康是老庄。（《疑雨集》卷上《吴行舟中漫兴》）

这是本于《登徒子好色赋》："大夫登徒子侍于楚襄王，短宋玉曰：'玉为人体貌闲丽，口多微辞，又性好色，愿王勿与出入后宫。'"①此外，至少还有十六处脱胎于宋玉的作品。如《错认》（《疑雨集》卷下）：

白谷单衫玉步摇，香风相引见云翘。灯前抛接回波眼，帐底围量束素腰。夜视可怜明似月，秋期只愿信如潮。情知不负周郎顾，莫问儿身第几乔。

"白谷单衫"取自于《讽赋》中"披白谷之单衫"②，"束素腰"也显然出于《登徒子好色赋》"腰如束素"。有些诗作甚至就是由阅读宋玉的作品而发，如《客舍读〈讽赋〉为冯友作》（《疑雨集》卷上）。从《疑雨集》整体看，王彦泓是把宋玉当作一个好色的、受人猜忌的美貌才子形象来接受的，宋玉作品中的幻想境界和艳丽辞藻，给王彦泓的作品以很大影响③。

在魏晋南北朝文学中，《玉台新咏》作为一个整体给王彦泓的影响较大。诗人在"能将栀子连诗赠，只有徐娘与谢娘"后自注云："见《玉台新咏》"（《疑雨集》卷下《续游》），这显然指的是《玉台新咏》卷十徐悱妇《摘同心栀子赠谢娘，因附此诗》④。而王彦泓《咏东邻栀子花》中的"徐娘私赠见诗篇""佳名更喜同之子"也显然与徐悱妇这首诗有关。又如：

琉璃匣畔初拈笔，鹦鹉笼前乍合笙。（《疑雨集》卷上《晓院》）

当时缥帙香沾粉，此日麻筵饭杂尘。（《疑雨集》卷下《贺生文战不利，愤懑悲骚，托之好内，以自发摅，竟得疾不起。比余再过其居，凄凉触目，即所最欢昵者，亦不复在燕子楼矣，因怅然书其壁上》）

这是本于《〈玉台新咏〉序》的。

月照幽期分外圆，无才愁赋定情篇。（《疑雨集》卷下《赋得别梦依依到谢家》）

---

① 《六臣注文选》卷十九《登徒子好色赋》，《四部丛刊》影印宋刊本。

② 《古文苑》卷二《讽赋》，《四部丛刊》影印宋刊本。

③ 这一点与李商隐的情况较为相似，参看刘学锴《宋玉的创作对李商隐的影响》，《李商隐诗歌接受史》，安徽大学出版社2004年版。

④ 《玉台新咏集》，《四部丛刊》本。

不言而喻，这乃借自《玉台新咏》卷一繁钦《定情诗》。

贺裳在《皱水轩词筌》中说："王次回名彦泓，……喜作艳诗而工，凡数百首，见者沁入肝脾，其里习俗为之一变。几于小元白云。"①贺裳大概是从诗歌效应的相似性来说的。我们认为，王彦泓有许多诗歌的特点也是"几于小元白"，尤其是元稹，他创作了大量的艳体诗，对王彦泓诗歌的影响非常大。这主要体现在以下几个方面：

第一，直接模仿元稹的诗而作。如《效元相体》(《疑雨集》卷上)：

梨花淡淡玉亭亭，忆得双文缟素晶。最是镜前欢喜处，断红(一作口脂)蛾绿越分明。

香丝(一作鬟)压枕落玫瑰，忆得双文睡脸回。底事沉吟又如笑，与君刚在梦中来。

这两首诗就是效元稹《杂忆五首》而作②，不仅在情调上相似，甚至有的用词也相同。

第二，王彦泓有时在艳体诗中自比元稹，而把对方比作双文。如《用前韵吟寄所思，末一章代为答》(《疑雨集》卷上)：

凭将书问答微之，瘦减容光自我支。衣上烛痕犹未浣，是侬踪迹是郎诗。

凭将书尺答微之，愁至春深渐不支。长日卧多宵不寐，一回情到展君诗。

而在《丁卯春夏，余离居芙蓉湖外，久阔丁娘之索，屡勤徐淑之遗，触绪萦思，每物成咏。归舟追录一过，聊代晤言。置袖十年，定不漫灭》(《疑雨集》卷上)十二首诗中，每一首诗中都有"想得双文"字样。

第三，大量化用元稹诗中的字句入诗。如《和孝仪看灯词十二首》中的"忽然省得钟情句，不辨花丛却辨香"，(《疑雨集》卷上)显然出自元稹《杂忆》"寒轻夜浅绕回廊，不辨花丛暗辨香"；而《妄想》中的"思量却被欢情误，花下迷藏忆往年"(《疑雨集》卷上)也与元稹《杂忆》"忆得双文胧月下，小楼前后捉迷藏"相关。此外，元稹的《莺莺传》对《疑雨集》的创作影响也非常大，下文对此有专门论述。

白居易也给予王彦泓诗歌的创作一定的影响。如白居易"九华帐里梦中惊"③"阿郎小妓歌喉好，严老呼为一串珠"④对王彦泓的诗句"镜中铸就

① 贺裳《皱水轩词筌》，《昭代丛书》本，上海古籍出版社1990年版。

② 《才调集》卷五，《四部丛刊》影印宋抄本。

③ 《白氏文集》卷十二《长恨歌》，《四部丛刊》影印日本翻宋大字本。

④ 《白氏文集》卷六十五《明州于驸马使君三绝句》。

娇颜色，帐里惊回好梦魂”(《疑雨集》卷上《无题四首》)、“娇啼露滴千条箸，妙哢风搓一串珠”(《疑雨集》卷下《席上》)都有一定的启示；王彦泓《绣佛词》(《疑雨集》卷下)“持花可为王摩诘，度曲曾随穆善才”中“穆善才”就出自白居易《琵琶引(并序)》①；而周作人《缢女图考释》中提到的王彦泓《邻女哀辞》，也能明显看到白居易《长恨歌》的影子②。

王彦泓在《贫遣》中曾说：“杜牧看花当意少，元稹吟草断肠多。”如果说王彦泓的诗歌风格与元稹较为接近，而他的行为方式则更多地与杜牧相似，也是个风流浪子型的人物，恃才喜酒色，常故意以多情和轻狂自我标榜。如《连日醉游用孝先禊日韵》中的“风情浪拟杜司勋，烂熳狂踪远近闻”(《疑雨集》卷下)、《丁卯首春，余辞家薄游，端已首唱骊歌，情词凄宕，征途吟讽，依韵和之，并寄呈韬仲，以志同叹》中的“薄幸江南杜牧之，花前落魄醉难支”(《疑雨集》卷上)，显然就是以杜牧自比。杜牧流传下来不少风流佚事，其中流传较广的是与一个湖州女孩子有关的故事：杜牧听说湖州出美女，便去寻访，他看上了一个小女孩，便与其母亲约定，十年来娶。然而，十四年后杜牧才找到机会调至湖州，而当年那个女孩子已经嫁人生子。杜牧颇为伤感，因赋诗以导其志：“自是寻春去较迟，不须惆怅怨芳时。狂风落尽深红色，绿叶成阴子满枝。”③这个故事引起了王彦泓的极大兴趣，他在诗中多次使用。如：

> 分司非为紫云留，三馆银符只醉游。饱看花丛意寥落，晚投笺记乞湖州。(《疑雨集》卷下《读樊川集》)

> 绛树休嗟结子迟，惜花人更惜空枝。紫薇得到重来日，宛是深红未落时。(《疑雨集》卷上《代赠》)

> 怜君正在(一作及)花秾处，莫到成阴却恨迟。(《疑雨集》卷上《赠君锡即用其韵兼有以勉之》)

李商隐和韩偓的诗对王彦泓的艳体诗的创作也产生过一定影响。对于李商隐诗对《疑雨集》影响的问题，不少研究李商隐的学者曾作过论述，在《绪论》中我们已有所涉及，此不赘。王彦泓对韩偓的诗歌非常熟悉，曾在自注里提到韩偓的《香奁集》：

---

① 《白氏文集》卷十二《琵琶引(并序)》。

② 《夜读抄》，周作人自编文集，止庵校订，河北教育出版社 2002 年版。

③ 《唐阙史》卷上《杜舍人牧湖州》，《唐五代笔记小说大观》，上海古籍出版社 2000 年版，第 1340 页。

却要因循箪未铺，鹦哥传道画堂呼。风光瞥去销魂在，赢得惊心也胜无。(《香奁集》"却要因循添逸兴"，不知"却要"为何语，想亦助词耳。)①(《疑雨集》卷上《和于氏诸子秋词》)

韩偓对《疑雨集》的影响可以从两个层面来探讨。首先，王彦泓在《春暮减衣》中说："诗肠无奈近香奁。"(卷上)也就是说，他在审美倾向上与韩偓有许多相通的地方，而这种相通很大程度上是出于先天的禀赋。其次，在《疑雨集》中可以看到大量的借用韩偓诗的字句。如次回《愁遣》"平生多少尊前恨，未到潘年鬓已皤"(卷上)、《问答词》"红笺烧过字千张，泪点牢收帕一方"(卷下)、《感遇》"一顾难酬暗有期，自抽心茧报心知"(卷上)等分别本自韩偓"谁怜愁苦多衰改，未到潘年有二毛"②、"锦囊封了又重开，夜深窗下烧红纸。红纸千张言不尽，至诚无语传心印"③、"信知尤物必牵情，一顾难酬觉命轻"④等。上文所引的"风光瞥去销魂在，赢得惊心也胜无"也本于韩偓《五更》"光景旋消惆怅在，一生赢得是凄凉"⑤，而反其意。

唐代诗人除了元稹、杜牧、李商隐、韩偓外，李白、李贺、罗虬、韦庄、罗彦谦等也对王彦泓一些诗作的写作产生过影响。如王彦泓《入吴访贺无因》"一笑会登欢掌上，乘风珠唾落烟霞"(卷上)、《再赋个人》"谁知国士终埋玉，早见神娥尽变云"(卷上)分别本自李白"咳唾落九天，随风生珠玉"⑥、"只愁歌舞散，化作彩云飞"⑦。王彦泓《余旧诗悉已遗忘，而韬仲皆为存录。展阅一过，觉无端往事交集胸怀，怅然久之，因呈四韵》"春风鬓影弹琴看，夜月歌声隔巷怜"(卷下)化用李贺"弹琴看文君，春风吹鬓影"⑧。王彦泓《京口寓兴次叔闻韵》"昨夜城南新得句，愁中偷赋比红儿"(卷上)也与罗虬《比红儿诗》相关⑨。王彦泓在《四月十七日作》自注说："《花间集》韦端已词云：'四月十七正是去年今日'"(《疑雨集》卷下)，显然此诗正是在韦庄词的

---

① 诗中的"却要"乃出于唐传奇《却要》。却要是李庾的侍婢，美容止，善辞令。李有四个儿子，都打却要的主意。在清明节这天，李家四子分别向却要求欢，却要便分别取了茵席给他们，让他们晚上在厅中的四个角落里等待。然后她突然点亮火把，走向厅堂，"豁双扉而照之"，四子只得掩面而逃。(《三水小牍逸文》，《唐五代笔记小说大观》，上海古籍出版社2000年版，第1203—1204页)

② 《香奁集·夏课成感怀》，《四部丛刊》影印旧抄本。

③ 《香奁集·厌花落》。

④ 《香奁集·病忆》。

⑤ 《香奁集·五更》。

⑥ 《分类补注李太白诗》卷四《妾薄命》，《四部丛刊》影印明刊本。

⑦ 《分类补注李太白诗》卷四《宫中行乐词八首》。

⑧ 《李贺歌诗编》卷一《咏怀二首》，《四部丛刊》影印金刊本。

⑨ 《唐摭言》卷十，影印文渊阁《四库全书》本。

启发下写成的；在《丁卯首春，余辞家薄游，端已首唱骊歌，情词凄宕，征途吟讽，依韵和之，并寄呈韬仲，以志同叹》"薄幸江南杜牧之"这首诗后，王彦泓特别提到韦庄的"却爱紫薇情调逸，阻风中酒过年年"两句，并说"实余目前真景"(《疑雨集》卷上)。

宋代诗人中对王彦泓影响最大的是陆游，王彦泓《索居漫书》说："寂寞又添堪贺事，一编抄出剑南诗。"(《疑雨集》卷上)可见他是多么喜爱陆游的诗。王彦泓也曾模拟陆游写诗，如《示狂社诸君效剑南体》(《疑雨集》卷上)：

> 狂心难按是今年，花市湖堤早著鞭。笑倩客扶桃叶醉，喜听人骂柘枝颠。神仙枉被浮名误，宰相何妨曲子(一作艳曲)传。圣代独能容放荡，醉侯汤沐不教镌。(自注：今天子更化，昔时冒滥者多所削斥，明旨中往往用镌字。新丽典贵，赫濯王言)。

另外王彦泓《无题》"鹦鹉自将新律教，猧儿闲取练香熏"(《疑雨集》卷上)当本于陆游"晚来浴罢绿窗闲，自把新诗教鹦鹉"①。

在第一章《著作考》部分，我们提到，王彦泓词不多作，而善改昔人词。王彦泓改词所涉及的作者很多，如吴子和、郑中卿、刘叔似、刘叔安、姜白石等，这无疑对他的艳体诗创作也会有一定的影响。

2. 小说

从《疑雨集》看，王彦泓对小说也非常喜爱。对王彦泓艳体诗创作影响较大的小说有三部：《世说新语》《赵飞燕外传》和《莺莺传》。

《世说新语》对王彦泓的影响主要在精神风貌上，魏晋时人所推崇的那种任性纵情、不拘矩度、自由放达的行为方式，无疑很令王彦泓向往。在《疑雨集》中，王彦泓使用《世说新语》的典故或词句达五十多次，其中有一部分与艳体诗相关。归纳起来主要有两种情况：第一，借用《世说新语》中的词语。如《个人》(《疑雨集》卷上)：

> 觅个柔乡寄此生，风流天付与卿卿。直教眉眼能传语，可待诗篇为定情。双脸断红初却坐，乱头粗服总倾城。高情不喜铅华御，未是全防妬眼惊。

"卿卿"一词本之《世说新语·惑溺》："王安丰妇常卿安丰，安丰曰：'妇人卿婿，于礼为不敬，后勿复尔。'妇曰：'亲卿爱卿，是以卿卿。我不卿卿，谁当卿卿？'遂恒听之。""乱头粗服"也出自《世说新语·容止》："裴令公有俊容仪，脱冠冕，粗服乱头皆好，时人以为'玉人'。见者曰：'见裴叔则，如玉山

---

① 《涧谷精选陆放翁诗集》卷二《夏白纻二首》，《四部丛刊》本。

上行，光映照人。'"王彦泓《再访左卿》中的"幽性不贪金屋贮，明姿如上玉山行"也当受此启示。第二，对《世说新语》中的故事加以概括浓缩。如《再赋个人》(《疑雨集》卷上)：

> 经过声影自沉潜，何意金堂骤有嫌。忍泪笑言终脉脉，低眉羞恨只恹恹。情迷那唤江郎觉，酒政何堪石尉严。私幸向来幽寂惯，锁窗应自耐(一作未厌)拘箝。

"情迷那唤江郎觉"本于《世说新语·假谲》："诸葛令女庾氏妇，既寡，誓云：'不复重出！'此女性甚正强，无有登车理。恢既许江思玄婚，乃移家近之。初，诳女云：'宜徙于是。'家人一时去，独留女在后。比其觉，已不复得出。江郎暮来，女哭詈弥甚，积日渐歇。江虨暝入宿，恒在对床上。后观其意转帖，乃诈魇，良久不悟，声气转急。女乃呼婢云：'唤江郎觉！'""酒政何堪石尉严"也本于《世说新语·汰侈》："石崇每要客燕集，常令美人行酒，客饮酒不尽者，使黄门交斩美人。"又如《有赠》(《疑雨集》卷下)：

> 睡睫犹然怯曙晖，芙蓉颜色慰朝饥。因留宋玉亲炊饭，却赏王敦竟脱衣。心许溅裙三日去，人知叠骑几时归。还愁守到浓欢夜，瘦得蛮腰剩一围。

"却赏王敦竟脱衣"脱胎于《世说新语·汰侈》："石崇厕常有十余婢侍列，皆丽服藻饰，置甲煎粉、沉香汁之属，无不毕备。又与新衣，箸令出。客多羞，不能如厕。王大将军往，脱故衣，箸新衣，神色傲然。群婢相谓曰：'此客必能作贼'"。"人知叠骑几时归"本于《世说新语·任诞》："阮仲容先幸姑家鲜卑婢。及居母丧，姑当远移，初云当留婢，既发，定将去。仲容借客驴，着重服自追之，累骑而返，曰：'人种不可失！'即遥集母也。"

《赵飞燕外传》写作的具体时间还尚有很大的争议。这部被胡应麟称为"传奇之首"的小说[①]，虽然只有三千多字，《疑雨集》中竟有四十多处与之相关[②]。如：

> 风恶倍怜宜主瘦，波平谁辨宓妃长。(《疑雨集》卷上《又次前韵》)
>
> 合德可须分月彩，阿环那更怯风飘。(《疑雨集》卷下《席上》)

宜主为长，合德为次，她们是《赵飞燕外传》的两个主要人物。有的则以小说人物的妆饰入诗。如：

---

① 胡应麟《少室山房笔丛》，中华书局1958年版。

② 《赵飞燕外传》，《笔记小说大观》三编第八册1984年版，台湾新兴书局，第5493—5497页。

寄语倦妆人说道，轻施朱粉学慵来。（《疑雨集》卷上《催妆诗》）

练裙文袜般般似，更看双尖一样红。（《疑雨集》卷上《灯夜记言》）

《赵飞燕外传》写成帝召合德时，“合德新沐，膏九曲沉水香。为卷发，号新髻；为薄眉，号远山黛；施小朱，号慵来妆；为衣故短绣裙小袖李文袜”。慵来、文袜当出于此。而更多的是直接借用《赵飞燕外传》里的故事情节入诗。如：

持裙一（一作半）刻留仙住，才隔红帘便渺茫。（《疑雨集》卷上《丹诚》）

江令未能兼傅粉，无方只可使持裙。（《疑雨集》卷上《前诗意有未尽更赋一章》）

风前漫切持裙恨，云外犹关堕珥心。（《疑雨集》卷下《珥村赠别》）

这些诗句取自于《赵飞燕外传》中的下面这段描写：

婕妤接帝于太液池，作千人舟，号合宫之舟；池中起为瀛洲，榭高四十尺，帝御流波文縠无缝衫，后衣南越所贡云英紫裙，碧琼轻绡，广榭上。后歌舞归风送远之曲，帝以文犀簪击玉瓯，令后所爱侍郎冯无方吹笙，以倚后歌。中流歌酣，风大起，后顺风扬音，无方长噏细嫋与相属。后裙髀曰：“顾我，顾我！”后扬袖曰：“仙乎，仙乎！去故而就新，宁忘怀乎？”帝曰：“无方为我持后！”无方舍吹持后履。久之，风霁，后泣曰：“帝恩我，使我仙去不得。”怅然曼啸，泣数行下。帝益愧爱后，赐无方千万，入后房闼。他日，宫姝幸者，或襞裙为绉，号曰“留仙裙”。

《赵飞燕外传》里有一个这样的情节：成帝偷看合德洗澡，而合德发现以后“揽巾，使撤烛”，不让成帝看到。成帝于是“约赐侍儿黄金，使无得言”“自是帝从兰室帏中窥昭仪，多袖金，逢侍儿私婢，辄牵止赐之”，因为“侍儿贪帝金”，有时一夜竟“使夜从帑益至百余金”。这就是“赂婢窥浴”的典故。韩偓《咏浴》“岂知侍女帘帷外，剩取君王几饼金”就脱胎于此①。王彦泓也有不少诗句与这一情节有关。如：

麻姑肯借人搔背，汉主羞看婢胁肩。（《疑雨集》卷上《独居有怀》）

浴态岂宜燃烛看，笑颜宁为裂缯开。（《疑雨集》卷上《可叹》）

---

① 《香奁集·咏浴》，《四部丛刊》影印旧抄本。

题书远饷膏唇药，卖赋聊储瞷浴金。(《疑雨集》卷下《旧事》)

王彦泓在《无题》“夜月不移欢枕畔”后自注：“借用不夜珠事”，这指的也是《赵飞燕外传》中的如下描写：

真腊夷献万年蛤，不夜珠，光彩皆若月，照人亡妍丑，皆美艳。帝以蛤赐后，以珠赐婕妤。后以蛤妆五成金霞帐，帐中常若满月。久之，帝谓婕妤曰：“吾昼视后，不若夜视之美，每旦令人忽忽如失。”婕妤闻之，即以珠号为“枕前不夜珠”为后寿，终不为后道帝言。

王彦泓《即事》中的“月作昭仪枕畔珠，暝色未分云雨貌”(《疑雨集》卷下)也是本于这一情节。借用《赵飞燕外传》故事的诗句还有不少，如“翠娥真个见郎开，赤凤谁言为姊来”(《疑雨集》卷上《灯夜记言》)、“残夜枕函香泽满，隔年衣袖唾花溅”(《疑雨集》卷下《重有感用叔冽韵》)、“觅个柔乡寄此生”(《疑雨集》卷上《个人》)、“柔乡拼取葬愁身”(《疑雨集》卷下《即事》)等都是如此。甚至《赵飞燕外传》的序言，也是王彦泓取资的对象：

何年却话今年恨，拥髻灯边侍子于。(《疑雨集》卷下《予怀》)

绣笼香烟荀令室，华灯髻影子于家。(《疑雨集》卷下《阿姚之归，凡同心皆为予喜，而向来知其事者端已韬仲叔也。于其来贺，赋谢一章》)

这显然脱胎于伶元自序：“子于语通德曰：斯人俱灰灭矣；当时疲精力驰骛嗜欲蛊惑之事，宁知终归荒田野草乎！通德占袖顾视烛影，以手擁髻，凄然泣下。”

元稹《莺莺传》也是王彦泓酷爱的作品，在《疑雨集》中，可以看到许多本于《莺莺传》中的诗句。如：

泪点寄来悲灼灼，口脂封去慰莺莺。(《疑雨集》卷下《寄怀端已白门》)

弄玉寄将充下体，簸钱时已极关心。(《疑雨集》卷下《席上》)

笑说口脂休更赠，十年年减是莺莺。(《疑雨集》卷下《生辰曲》)

另外，《疑雨集》中的《拟会真诗三十六韵》显然是模拟《莺莺传》中的《会真诗三十韵》而作。

此外，给予王彦泓诗歌创作以具体影响的小说还有《大业拾遗记》《裴航》《步非烟传》《绿珠传》《却要》等。

由于《疑雨集》里有大量的脱胎于小说中的语词和典故，读者在阅读的过程中必然会联想到小说中的相关情节和故事,这就丰富了诗歌内容,使诗歌更富有情趣,增强了诗歌的感染力。

小说对王彦泓诗歌的影响尚不限于此。在中国古代的小说中,把故事与诗结合起来进行讲述的倾向非常普遍,上文提到的《莺莺传》《步非烟传》《裴航》等都是如此,在王彦泓生活的时代所流行的《娇红记》《钟情丽集》《天缘奇遇》等也是如此。这些小说中故事和诗歌彼此依托,相辅相成,共同构成一个完整的文学世界。王彦泓阅读了大量这类小说之后,自然而然地会影响到他诗歌的取材来源,甚至影响到他诗歌的构思方式。为了便于说明问题,我们今录《拟会真诗三十六韵》(《疑雨集》卷下)于下:

少小娴针绣,生成俨画图。影形看镜喜,名字拣香呼。玄鬒辞膏沐,琼姿厌粉污。怕闻灯气息,不受浴沾濡。瞥见长陵市,重逢狭路隅。未成窥宋玉,随遣嫁秋胡。忍下针心棘,难求役豆符。微生甘作鬼,国士愿为奴。湖上羡鱼嫂,池西斗鸭姑。传来通德语,笑杀彦回愚。绮阁花间峙,修廊竹外纡。挂香明路径,卮酒酹门枢。月暗欹鸳枕,寒轻拥兽炉。梦回闻至矣,喜极欲仙乎。巾帔俱飘动,眉心乍展舒。径贪因艳冶,亲炙觉清癯。对袖笼双钏,单衫卸五铢。唯闻香荡越,只恨烛模糊。羞涩屏前视,摧颓帐外扶。还拚梭掷否,仍肯扇遮无。滑簟推腰褥,华茵妥髻珠。芳津甘齿颊,柔汗沁肌肤。怨啮蝤蛴颈,羸擎燕子躯。斜眸终腼觍,低黛忽愁吁。胆悸金铃吠,心忪碧树乌。乍尝惊颤味,陡堕爱迷途。青眼三生契,丹诚一昔输。隐肠怜我解,绝色厌人谀。落魄惊伤悼,微词得厚诬。年华潘岳老,风调谢鲲粗。谬辱求诗带,宁嫌卖酒垆。狂襟终有托,兴赏未全孤。慰胜登高第,欢踰读异书。镇须行坐并,准与笑啼俱。雪砌飘灯赴,花阶划袜趋。百年今夕始,非乞暂时娱。

这分明在展开一个故事,诗歌是通过故事的趣味性来感染读者的。如果愿意的话,我们完全可以根据这首诗写篇《拟莺莺传》。作为读者,我们难免会对诗中人物的身份、境遇、前因后果等发挥想象。之所以会如此,与诗人构思诗歌的方式有很大关系。宇野直人在分析柳永词时提出"小说式构思"的概念,这个概念对理解王彦泓的诗歌也是很有启发的①。上文我们提到,王彦泓曾因诗歌多次遭到别人的怀疑,他不得不花费气力向别人解释。为什么会如此呢?我想除了接受者的原因外,恐怕与这种"小说式构思"不无关系吧。

---

① 宇野直人《柳永论稿》第六章《柳永的词风与北宋都市生活》,张海鸥、羊昭红译,上海古籍出版社 1998 年版。

除了诗歌、小说外，我们还可以看到史书、戏曲、民歌甚至佛典等对王彦泓艳体诗创作的影响，上文在谈王彦泓诗歌的艺术特征时都有程度不等的涉及，这里再举两个佛典的例子。如《闺人礼佛词》（《疑雨集》卷下）：

楞严初读面生红，为写摩登技特工。还是国风多蕴藉，房融端不及周公。

如花人在散花筵，艳似天魔静似禅。若个笔端能写照，济尼亲说与张玄。

《楞严经》云："尔时阿难因乞食次经历淫室，遭大幻术摩登伽女，以娑毗迦罗先梵天咒摄入淫席，淫躬抚摩将毁戒体。"①第一首诗显然缘此而成；《维摩诘所说经》说："时维摩诘室有一天女，见诸大人闻所说法便现其身，即以天花散诸菩萨大弟子上。花至菩萨即便堕落，至大弟子便著不堕。"②这就是"如花人在散花筵，艳似天魔静似禅"的来源。

综上所述，王彦泓艳体诗的文学渊源是丰富复杂的，他的创作所受的影响是多元的、综合的，他善于向前人学习，并不是某一家的嫡传，而是能综采百家之长，融合吸收，形成自己独特的面目。

二　"时然则然"

从中国诗歌发展史看，唐代是诗歌的黄金时代，诗歌的各种体格大备。鲁迅先生曾说："我以为一切好诗，到唐已被做完，此后倘非能翻出如来掌心之'齐天大圣'，大可不必动手。"③虽然有些人对鲁迅先生的这种说法不以为然，但大多数人还是赞成的。鲁迅先生在《摩罗诗力说》中还说：

如中国之诗，舜云言志，而后贤立说，乃云持人性情，三百之旨，无邪所蔽。夫既言志矣，何持之云？强以无邪，即非人志。许自繇于鞭策羁縻之下，殆此事乎？然厥后文章，乃果辗转不逾此界。其颂视主人，悦媚豪右之作，可无俟言。即或心应虫鸟，情感林泉，发为韵语，亦多拘于无形之囹圄，不能舒两间之真美；否则，悲慨世事，感怀前贤，可有可无之作，聊行于世。倘其嗫嚅之中，偶涉眷爱，而儒服之士，即交口非之。况言之至反常俗者乎？④

① 《大佛顶首楞严经》卷一，大正新修《大藏经》第十九卷，佛陀教育基金会，第106页。
② 《维摩诘所说经》卷中"观众生品第七"，大正新修《大藏经》第十四卷，佛陀教育基金会，第547页。
③ 鲁迅《致杨霁云信》，《鲁迅全集》第13卷，人民文学出版社2005年版，第307页。
④ 鲁迅《摩罗诗力说》，《鲁迅全集》第1卷，人民文学出版社2005年版，第70—71页。

按照鲁迅先生的意见，在中国古代文学里罕有“至反常俗”的作品，偶有写男女之情的作品也很“嗫嚅”，基本是“止于礼仪”，很少有大胆袒露内心隐秘之作。鲁迅所说的“厥后文章”当然包括唐诗在内。换言之，就艳体诗而言，虽然唐代的元稹、白居易、李商隐、韩偓等在艳体诗的写作中取得了很大成绩，但毕竟还是有所顾忌。为了节约篇幅，我们且以“放荡无忌，尽决藩篱”为时代特征的晚唐诗人韩偓为例。韩偓是以《香奁集》为人所熟知的，这部集子多写男女之情。而韩偓在序中说：

> 余溺章句，信有年矣。诚知非丈夫所为，不能忘情，天所赋也。……咀五色之灵芝，香生九窍；咽三危之瑞露，春动七情。如有责其不经，亦望以功掩过。

韩偓虽然说“不能忘情，天所赋也”，但同时也认为溺于章句“非丈夫所为”，并口口声声说“以功掩过”，在他身上趣味和价值存在着很深的矛盾，这样的观念不能不影响到他的具体创作，后来有的读者说他“纵浪香奁，亦起兴比物，申写托寄，非犹夫小夫浪子，沉湎流连之云”①，这虽难逃牵强附会之嫌疑，但也与韩偓“微婉”的写法有关。因此，艳体诗的创作，后人仍有成为翻出如来掌心之“齐天大圣”的可能。这种可能性在宋代并没有机会成为现实，钱钟书先生在《宋诗选注》中说：

> 宋人在恋爱生活里的悲欢离合不反映在他们的诗里，而常常出现在他们的词里。……据唐宋两代的诗词看来，也许可以说，爱情，尤其是在封建礼教眼开眼闭的监视之下那种公然走私的爱情，从古体诗里差不多全部撤退到近体诗里，又从近体诗里大部分迁移到词里。除掉陆游的几首，宋代数目不多的爱情诗都淡薄、笨拙、套板。②

元代的历史很短，而文人的主要聪明才智集中在戏曲的创作上，因此，纵使有人写艳体诗，也只是偶而为之，没有人致力于艳体诗的写作。到了晚明，出现了一种肯定个人欲望的思潮，贪欲和纵欲成了当时文人的一种风气。如屠隆（1542—1605）曾说：“闻一道德方正之事，则以为无味而置之不道；闻一淫纵破义之事，则投袂而起，喜谈传诵而不已。”③严绳孙在《〈疑雨集〉序》中说：

> 金沙当承平之日，甲第相望。一时裙屐子弟，席华膴，擅才情，平居以声色相征逐，拂袖挂钗，留髡送客之事，习为故常。至于擘笺刻烛，才

① 《牧斋有学集》卷四《读梅村宫詹艳诗有感书后四首（有序）》，《四部丛刊》本。

② 钱钟书《宋诗选注》序，生活·读书·新知三联书店2001年版。

③ 屠隆《鸿苞节录》卷二，清刻本，国家图书馆藏。

亦足以副之。故当日能诗之士，盖多其人，而风尚所归，并同一辙。

从这段话不难看出，出入青楼，纵情声色，乃是当时金坛文人中的一种时尚。王彦泓《即事赠荆文始段砺如两姊夫》（《疑雨集》卷下）提供了一个例证：

杯水俄兴滟滪波，锦袍恩分近如何。（自注：苻坚语慕容冲"朕于卿恩分如何，而于一朝忽为此变。今送一锦袍以明本怀"。）休嫌张耳朋欢薄，止笑袁耽姊妹多。（自注：袁彦道二妹，一适殷深源，一适谢仁祖。）花底追游长作队，（自注：二君同游极密。）酒边排调竟传讹。（自注：近因口语妄传致隙。）解围安用聊城矢，只倩胡笳一曲歌。（自注：二君同昵北里一姬，姬善燕歌，故用刘越石吹笳退虏事。）

王彦泓在诗的自注里竟提到他的两个"花底追游长作队"的姊夫"同昵北里一姬"，说明在时人看来，出入青楼是很平常的事情。在这种风气中，诗歌写作的藩篱自然也就不复存在，大胆无所顾忌地描写男女之情的作品也就有出现的可能。

而王彦泓也正好有"适其时"而成为艳体诗集大成者的便利条件：第一，家庭环境。他的曾祖父王樵不仅在经学上颇有成就，对文学也非常喜爱；他的从祖王肯堂虽以医术名垂青史，其实在文学上也很有造诣，与汤显祖交往密切；王彦泓的父亲王楙锟也爱好写艳体诗，《王癸源诗》里就收有不少艳体诗。这种家庭背景对他成为艳体诗的集大成者无疑起着重要的作用。第二，王彦泓在男女感情上有着丰富的体验和感受，"一生多累为柔肠"（《疑雨集》卷上《吴行舟中漫兴》），他需要通过诗歌来发泄受压抑的感情，以获得心中的平静，而他又"诗肠无奈近香奁"（《疑雨集》卷上《春暮减衣》），对香奁诗有一种自然的喜爱。这促使他创作了大量的艳体诗。第三，王彦泓一生坎坷，是个非常失意的文人，他所能引以自豪的只有自己的诗歌创作，诗歌成了他实现个人价值的重要方式，因此，他对自己的诗作反复修改，并和朋友相互斟酌。换言之，他是一个以写情爱为事业的诗人，一生都在致力于艳体诗的写作。

总之，时代和个人兴趣的结合使得他成为艳体诗的集大成者。

二　自成一体

"集大成"，其意义不仅在于承前，更在于启后。钱谦益《列朝诗集》介绍王彦泓时，只说他"诗多艳体，格调似韩致光"，而没有论及其影响，这可能是此时王彦泓的影响还不够明显。随着时间的推移，王彦泓《疑雨集》的影响越来越大，不少人的诗词创作受到《疑雨集》的熏陶和启发。严绳孙《〈疑雨集〉序》指出："今《疑雨集》之名籍甚，江左少年传写，家藏一帙，溉其余沈，便欲名家。""溉其余沈"者除严绳孙所说的欲为名家的"江左少年"外，还有一些真正的名家甚至大家。例如，袁枚《再与沈大宗伯书》指出："次回才藻艳绝，阮亭集中，时时窃之。"①王士禛（号阮亭）确实对王彦泓诗非常熟悉，他所审定的由徐钪编的《本事诗》里，选有王彦泓的诗②，他在《倚声初集》中指出："次回艳情诗数百篇，刻画声影，有义山、致光所未到者。"③我们如果将王士禛的诗与《疑雨集》细细比较，便可明白袁枚是知言了④。纳兰性德的创作受《疑雨集》滋养处甚多，他在词中频繁化用王彦泓的诗句，笔者据李勖《饮水词笺》统计，共有71处⑤。随着《疑雨集》在康熙庚午（1690）的刊刻，王彦泓诗歌得以更方便的传播，在创作上受其影响的作家也越来越多，而在晚清民国，模拟《疑雨集》写艳体诗成了一时风气。王彦泓对后代文学创作影响的资料很多，可惜至今还没有得到系统的整理，这里集中讨论其中的和韵、效体（含拟体和仿体）和集句。

先看和韵。据笔者掌握的材料，在诗题中最早明确标明次王彦泓诗韵的，是杭世骏《蘋香斋诸子夜集分次王次回〈寒词〉韵》八首⑥：

烛花飘堕玉虫寒，横幅冬林被酒看。修竹自从离翠袖，十分风雪横相干。

青编长涴粉脂痕，帘幕垂垂气自温。吹处似兰香辟蠹，不须酒脯祭长恩。

香薰卧鸭袅微烟，手炙张铜坐意钱。真个谢庭清似水，旋吹风絮到帘边。

羊角灯烧一院明，枇杷花发夜香清。同来山字屏边立，钏动钗飞独忆卿。

冻雀偷香踏折枝，画堂清绝峭寒时。郎情比似温暾酒，冷暖凭他绿玉卮。

① 袁枚《小仓山房文集》卷十七《再与沈大宗伯书》，《小仓山房诗文集》下，上海古籍出版社1988年版，第1504页。

② 徐钪《本事诗》，影印清光绪十四年邵武徐氏刻本，《续修四库全书》第1699册。

③ 邹祗谟、王士禛《倚声初集》卷十五，顺治十七年刻本，《续修四库全书》第1729册。

④ 参看王芸孙《谈疑雨集》，《华文大阪每日》1939年第2期。

⑤ 纳兰性德《饮水词笺》，李勖笺，中国华侨出版社2012年版。纳兰词化用王彦泓诗歌的详细情况参看第五章《纳兰词与王彦泓诗》一节。

⑥ 杭世骏《道古堂诗集》卷四《补史亭剩稿》。

日上三商起尚迟，睡纹亲见断红时。梅兄攀弟萧闲甚，冷卧铜瓶各一枝。

竹炉风定散茶烟，药院声清冻手煎。树香黄自酸楚，擘橙风味语中边。

生盆青鸽逗微红，衫摺啼痕旋自烘。满树辟寒金尚浅，一双翠羽踏雕笼。

过了一天，杭世骏又和了四首：

莺语偏宜暖玉躯，乌圆新兴小名呼。萧晨炙研调珠露，呵点蒙求教阿奴。

满头蓪草压花冠，薄着吴绵故忍寒。八幅画裙长窣地，却留微步恣郎看。

定瓷清茗许分尝，银烛因风见跋长。当面为郎呵彩笔，似兰吹过口脂香。

纤手呵寒放剪刀，迢迢清景梦难描。玲珑楼阁风兼雨，冰箸来朝一万条。

王彦泓《疑雨集》为编年诗集，天启丁卯（1627）有《寒词》十六首（另从改第八首），崇祯戊辰（1628）有《续寒词》七首，杭世骏所次韵，既有《寒词》，也有《续寒词》，前八首分别次王彦泓《寒词》的第一、二、六、十、十四首韵和《续寒词》的第一、二、三首韵，后四首分别次《寒词》从改第八首韵和《续寒词》的第四、五、六首韵。杭世骏的这十二首诗均为描摹闺阁生活，是既次其韵又和其意义的。杭世骏（1698—1773），字大宗，号堇浦，晚号秦亭老民、杭州阿骏等。浙江仁和（今杭州）人。雍正二年（1724）举人，乾隆元年（1736）举鸿博，授编修，官御史。著述颇丰，有《道古堂集》《词科掌录》《榕城诗话》等。杭世骏这组诗写于雍正庚戌（1730），既然是"诸子夜集分次"，那么意味着次王彦泓《寒词》韵的还有其他人。蘋香斋为施安的居处①，根据杭世骏《春日怀吟社诸公却寄八首》诗及自注，杭世骏雍正庚戌（1730）前后曾组织西湖吟社，社友包括朱樟、吴廷华、梁启心、吴城、丁敬、汪台、金农、汪沆、王曾祥、符之恒、沈甲、张熷、殳闻望、舒瞻、施安、顾之珽、周京、施谦、傅王露、释明中、释篆玉、金志章、戴廷熺等人，这些人中或亦当有次王次回《寒词》韵之作。乾隆壬申

---

① 《扬州画舫录》卷十二载：施安，字竹田，杭州钱塘人。好交游，广声气，连船并辔，促席题襟，风格在孟、信之间。工诗，著《篋舫集》。善隶书，为方伯书"随月读书楼"额。

(1752)，严长明作《思话轩小集和王次回〈寒词〉韵即效其体》①：

灯明羊角漏初残，称意瓶花被酒看。谁道霜华今夜重，画楼元自不曾寒。

日冷风喧小阁辰，斜门行处净无尘。只因第一重帘设，便觉微吟听不真。

近水梅花放几层，阑干终日爱闲凭。却忘修竹回廊外，翠袖多时倚未曾。

晓寒欲赋思绵绵，研匣初安镜槛前。哪得身轻如柳絮，因风吹到谢娘边。

与杭世骏一样，严长明这组诗写的也是女性的生活琐事和情感，是既和《寒词》韵又和其意义的，但其用韵没有杭世骏严格，只是韵部相同，韵字与原作并不完全相同。“哪得身轻如柳絮，因风吹到谢娘边”显然化用王彦泓《京口雪》中的“却羡身轻如柳絮，因风还近（一作傍）谢娘飞”。光绪戊子(1888)，黄人作《纪遇和〈疑雨集〉中〈菰川纪游〉韵》《春游再叠前韵》，诗中有“剩有去年眉样月，殷勤分照两边愁”，所遇当为旧识，由此知诗有纪实性②。与单纯的阅读王彦泓诗不同，人们在追和的过程中自然会揣摩王彦泓诗的情感和趣味，从而使《疑雨集》更为深入人心。

再看效体。模拟仿效王彦泓诗歌进行创作的文人众多，诗作数量可观。从形式上看，有模仿单篇（题）作品的，如王韬因见《疑雨集》中有《劝驾词》，便“戏效其体以示红蕤”：

药炉茶灶已安排，西面窗棂不许开。晓得怕风兼避客，重帘不卷等卿来。

轻寒昨夜上妆台，料得熏笼倚几回。漫把心香焚一饼，冷灰拨尽等卿来。

蛮笺几叠未曾裁，小研红丝试麝煤。密字珍珠原惯写，手钞诗卷等卿来。

重门深锁郁离怀，谣诼蛾眉事可哀。寂寂江干舟未至，梅花开后等卿来。

---

① 严长明《归求草堂诗集》卷一。

② 黄人《黄人集》，江庆柏、曹培根整理，上海文化出版社2001年版。

传讹青鸟事难谐，反惹相思两地猜。即有尺波谁可托，诉将离绪等卿来。

记曾相识有诗媒，隽逸岂输咏絮才。城北清光仍不灭，画栏看月等卿来。

旧时院落长苍苔，忆着前游首重回。满目凄凉增感触，沧桑细阅等卿来。

无端小病瘦于梅，怕冷憎寒倚镜台。为叠重衾温宝鸭，浓香浅梦等卿来。

《劝驾词》写于咸丰甲寅(1854)夏，当时王韬在昆山县笙村避暑，与红蕤阁女史(孙韵卿)相爱。这组诗无论是具体词语还是写法，都极似王次回原诗，后来王韬还将这些诗移入《淞隐漫录》，成为推进故事情节发展的情感线索①。晚清民国文人所写的这类作品很多，如朱天目《劝驾词》(21 首)②、谢季康《短别纪言》(8 首)③等都是模仿《疑雨集》中的同题之作。

有的模拟之作不提具体篇章，只笼统说“效《疑雨集》”“仿《疑雨集》”或“仿《疑雨集》体”等。如袁枚的弟弟袁树有诗《效〈疑雨集〉体十三首》④，袁枚《随园诗话》有摘录和简要评论：

香奁诗，至本朝王次回，可称绝调。惟吾家香亭可与抗手。录其《无题》云：“回廊百折转堂坳，阿阁三层锁凤巢。金扇暗遮人影至，玉扉轻借指声敲。脂含垂熟樱桃颗，香解重襟豆蔻梢。倚烛笑看屏背上，角巾钗索影先交。”“一帘花影拂轻尘，路认仙源未隔津。密约夜深能待我，吃虚心细善防人。喜无鹦鹉偷传语，剩有流莺解惜春。形迹怕教同伴妒，嘱郎见面莫相亲。”“碧桃花下访临邛，含笑开门有病容。带一分愁情更好，不多时别兴尤浓。枕衾先自留虚席，衣钮迟郎解内重。亲举纤纤偎颊看，分明不是梦中逢。”“惺惺最是惜惺惺，拥翠偎红雨乍停。念我惊魂防姊觉，教郎安睡待奴醒。香寒被角倾身让，风过窗棂侧耳听。天晓余温留不得，隔宵密约重叮咛。”其他佳句如：“他日悲欢凭妾命，此身轻重恃郎心。”“常防过处留灯影，偏易行来触瑟声。”“劝君莫结同心结，一结同心解不开。”皆妙。余戏谓：“诗中境界，非亲历者不

---

① 王韬《淞隐漫录》卷三《陆碧珊》，人民文学出版社 1983 年版。

② 《香艳小品》1914 年第 3 期。

③ 《复旦》1918 年第 7 期。

④ 袁树《红豆村人诗稿》卷四，《袁枚全集》七，江苏古籍出版社 1993 年版。

知。然阿兄虽亲历，亦不能如此之细腻风光也。”①

袁树字豆村，号香亭，是袁枚叔父袁鸿长子，与袁枚关系极为密切。袁枚所引的袁树诗句，皆出自《效〈疑雨集〉体十三首》。袁树是目前所见材料中最早提出“疑雨集体”的人，他对王次回诗有很深的领会，所模拟的是王彦泓《疑雨集》较为香艳的作品，显得较为大胆而刻露，似有艳情本事。晚清民国诗坛上很有影响的诗人樊增祥曾模仿《疑雨集》写了《闲事六首效〈疑雨集〉》②、《用前韵效〈疑雨集〉和云生》③等。他虽无酒色之娱，却爱作艳诗，并且非常自信：“往往撰叙丽情，微之、义山，勉焉可至。若《疑雨集》《香草笺》，则自谓过之矣。”④由于只是凭空想象儿女之情，缺乏深层次的感情体验，樊增祥的拟作缺乏王次回诗的神韵，在此不予摘录。相较而言，柳亚子《有悼十章，为云间赵生作，仿〈疑雨集〉体》，则颇得王次回诗风味，且看其中的几首：

三千邻女艳如花，独遣墙东望宋家。合德无双犹有姊，太真第一信无瑕。三挑子贡情无限，十索丁娘愿未赊。从此红闺留韵事，定情诗里斗尖叉。

惆怅西风着意吹，章台攀折最高枝。桃花门巷崔郎怨，樊素风情白傅诗。得句始知前日谶，寻芳苦恨再来迟。匆匆一握重千里，悔煞韶华满眼时。

从此相思两地悬，鸾胶何意续离弦。一池萍聚终成散，满院花飞尽可怜。差幸夤缘留半面，那知此别竟千年。金钗钿盒他生事，欲抚遗徽只惘然。

书来招我石城游，少妇卢家字莫愁。双桨桃根终负汝，一宵荷雨又成秋。自怜倦翮飞难起，谁料今生事便休。欲傍玉棺眠未得，黄衫肯赦十郎不？⑤

这些诗写得情致缠绵，哀感顽艳。不管是选词用字还是写法，无论是用典还是意象，都神似王次回，若置入《疑雨集》中，几乎可以乱真。宣侠父也曾“拟疑雨集”写了一组诗，共十首。这组诗表达的是亲身的经历，切己的体

① 袁枚《随园诗话补遗》卷三第十九条，人民文学出版社 1982 年版。
② 樊增祥《樊樊山诗集》，上海古籍出版社 2004 年版，第 457 页。
③ 樊增祥《樊樊山诗集》，第 1269 页。
④ 樊增祥《樊樊山诗集》，第 1476 页。
⑤ 柳亚子《磨剑室诗词集》（上），中国革命博物馆编，上海人民出版社 1985 年版，第 132 页。

验，今选录其中的三首：

> 山海旧时盟遽寒，况当秋色正阑珊。逢人酒后感伤易，觉我花前笑哭难。夜月圆何堪独照，春池皱正不相干。书生愧未禁磨折，大二腰围带又宽。

> 几回疑假复疑真，小别匆匆未十旬。桃叶绿迷前渡客，杨花轻扑隔河人。言犹在耳盟先背，书检从头墨尚新。坎坷如吾何足恨，不应路柳错当春。

> 尺布空劳密密缝，陡传消息恨重重。僵蚕欲化身先缚，孤蝶惊寒力已慵。死恐转移天下笑，生愁再在梦中逢。秋蝉毕竟痴于我，尚抱枯枝不放松。

诗前有小序：

> 青衫落拓，薄游虎林，衡门相对，忽逢一笑，我本恨人，讵能遣此。以是花前月下，夜阑酒后，耳鬓厮磨，几忘人间岁月矣。终以升斗促我别离，尺素常来，哀怨欲绝，正拟整装一行，以谋小聚。孰知消息喧传，春已有主，前度刘郎顿属路人，落拓如余，命也固穷。惟薄情如彼，能无介介，用赋十律，以当一哭。后之读者，怜我痴而笑我愚可也。①

宣侠父在诗中表达了失恋的痛苦、悲伤、迷茫和无奈，文字质直，感情纯真，皆属于爱情诗的范畴。不过宣侠父所借鉴的并不限于艳体诗，如"逢人酒后感伤易，觉我花前笑哭难"，实由王次回《强欢》"阅世已知寒暖变，逢人真觉笑啼难"脱化而出②。

此外，陈蝶仙自比王次回，他的诗集被命名为《新疑雨集》③。朱天目私淑王次回，"所著《怜心集》，专摩《疑雨》"④。沈从文在《从文自传 · 一个大王》中说："至于女人呢，仿《疑雨集》写艳体诗情形已成过去了，我再不觉得女人有什么意思。"⑤这表明他在年轻时曾以《疑雨集》为范本学做艳体诗。胡兰成在作品中也提到他的朋友马孝安学《疑雨集》写诗的事⑥。永井荷风的父亲永井禾原也有拟王次回之作，其《来青阁诗集》里收有《〈新岁竹枝

① 宣侠父《宣侠父诗文集》，全国政协文史资料委员会、浙江省政协文史资料委员会、政协浙江省诸暨市委员会编，中共党史出版社 2003 年版，第 311 页。

② 王彦泓《疑雨集》卷上，清康熙刻本。

③ 陈蝶仙《栩园丛稿》初编之三，家庭工业社香雪楼藏板。

④ 朱瘦月《不羡鸳鸯室诗话》，《小说月报》1921 年第 7 卷，闰 5 月增刊。

⑤ 沈从文《沈从文全集》第十三卷，北岳文艺出版社 2002 年版。

⑥ 胡兰成《今生今世：我的情感历程》，中国社会科学出版社 2003 年版。

词〉仿王次回体即用原韵》十三首①。

以上这些模拟效仿《疑雨集》的诗作证明，王次回的创作已具有独特的个性和鲜明的特色，成为后人师法的典范。"《疑雨集》体""王次回体"的提出，表明在模仿者的心目中，王次回的诗歌创作已形成了与众不同的风貌和相对统一的风格，自成一体。

还有一类特殊的创作现象与王次回相关，那就是集句诗。在我们掌握的文献资料中，最早的集引王彦泓诗句进行创作的记载见于吕善报《六红诗话》，该书卷三云：

> 会稽韩梦桴汝桦，与从兄鸿轩昂，集王次回句为无题七律各八十首，较张云轩制所集多至十倍，真奇观也。②

吕善报(1772—?)，字玖芸，一字珊音，号诗憨，晚号鹿虹，又作六红。《六红诗话》成书于嘉庆十四年(1809)年，为吕善报五易其稿而成③。那么，韩汝桦、韩昂、张制集王彦泓句当在嘉庆十四年之前。遗憾的是，我们尚未发现韩汝桦、韩昂、张制的集王彦泓句的作品。目前我们收集到的集《疑雨集》句而成的诗(以下简称集疑诗)共490首，作者有黄文炳、俞达、周瘦鹃、丘复、王瘦月、徐笑云、殷信笃、胡问锜、陈秋熙、樵渔、章山、绿芳红蕤楼主、鸳春、效嵇、孙熙曾、吴国栋、程仙骏、树人、青莲诗裔、姜寅、云客、林蕴光、杨二、斯养卒等20余人。从形式上看，集疑诗采用七绝和七律两种形式，在功能上有抒情、纪事、寄赠、题画(影)和题词等。不妨看两个具体的例子。青莲诗裔曾集《疑雨集》句成《己辛本事》④，共12首，并在每首诗后加以注释，说明写作的背景和情境。选录于下：

> 夜饮朝歌昼未眠，逢新偏忆旧缠绵。合欢心事相关处，引得红腮一笑嫣。(葵倩于酒酣耳热时能絮絮述旧人琐事，尝以恋新又忆旧讥之，辄嫣然一笑。)

> 月明波上载卿卿，草草犹多未诉情。惆怅不知今夕是，佳期无奈销凤城。(庚申六月夕，偕缦云荡舟烛湖，采莲盈握，时距出阁期，云仅三月，谈多草草不尽。)

---

① 参看[日]大木康《日本文学中的南京秦淮》，章培恒、梅新林主编《中国文学古今演变研究论集》，上海古籍出版社2002年版。

② 吕善报《六红诗话》，道光刊本。周作人《越妓百咏》(《书房一角·越妓百咏》，周作人自编文集，止庵校订，河北教育出版社2002年版)曾引用过这段文字，并有简短的分析。

③ 参看蒋寅《清诗话考》，中华书局2005年版，第462—463页。

④ 《晚霞杂志》1922年第1、2期。

寒透罗衫十月春，半生词赋属伤神。可知画尽销魂字，便似回文织恨人。（婉兰近忽游闽，千里外寄书问起居，有“销魂”“织锦”等词句，吊嫌其出语不伦，但聪明孕愁，理或然与。）

绰约还同来嫁年，微酸隐忍带娇妍。相看一刻心俱碎，忍便长斋读妙莲。（遇阿燕，正心纷如麻。燕唏嘘谓曰：“曾经沧桑，愿礼佛以遣余生。”伤心哉！）

这组集疑诗的写法，与《疑雨集》中王次回临别时赠给阿锁的一组诗歌相似，从中我们能看到那些极其私密、只属于恋人之间的情感记忆。因为有了本事的填充，这组诗比一般写与妓狎昵的诗显得真切，但根底里仍有轻薄之病，本身的价值并不高。不过，从中可见王次回《疑雨集》所写两性情感状态的丰富多样。

绿芳红蕤楼主用《疑雨集》句作《赠绿牡丹》二十首①，现选录其中的十首于下：

蕙兰心性玉丰姿，画出娉婷赖有诗。色艺果然推第一，天教分付与男儿。

云作双鬟雪作肌，横看侧视总相宜。情知不负周郎顾，只字悠扬刻漏移。

看来风致较前多，秀发明眸粉玉搓。底事沉吟又似笑，最宜人处是温和。

字字雕梁落细尘，一声凄调激芳唇。平生多少尊前恨，此意谁人识苦辛。

喉音嫋嫋齿冷冷，歌会愁心暂喜听。慧绝眼波频送语，一回低媚一回嗔。

闷拈叶子强寻欢，暂作排愁事一端。世味如茶尝欲遍，逢人真觉笑啼难。

琼树瑶枝分外清，玉人风格照秋明。频闻歌调干云响，曲罢犹疑脆管声。

如花人在散花筵，艳似天魔静似禅。一曲清歌高阁迥，眼波心事暗相牵。

---

① 《消闲杂志》1921 年第 5 期。

周郎顾曲阮郎琴，妖唱欣传作者心。况是可儿能不爱，未曾识面已情深。

自笑猖狂浪得名，知音恼说是多情。歌酣酒热来孤愤，国客闲将国艳评。

绿牡丹是旦角演员黄玉麟的艺名，别署欧碧馆主。绿牡丹在民国时曾红极一时，为南派四大名旦之一，鼎盛时至与梅兰芳相抗衡。绿芳红蕤楼主还撰有《碧欧琐话》，主要述评绿牡丹的演剧情况。上文所引集疑诗对绿牡丹的色艺作了描绘和刻画，涉及扮相、做工、白口、唱工等，表彰不遗余力，同时也对绿牡丹不幸的人生经历表达了同情。《赠绿牡丹》显属捧角诗一类，其实质与描写文士与妓女冶游的艳诗并没有太大的区别，但这组诗词意相属，若以之与当时与绿牡丹相关的剧评对读，可以发现大体上是合拍的。

需要指出的是，集句毕竟是一种第二性的创作，既非对社会生活进行提炼、升华，用自己的语言加以呈现之作，也不是"即目""所见"式的写作。因此，理解集疑诗的功能需要注意一个重要前提，即集句文体风格上的游戏性。从整体上看，集疑诗或多或少都包含着调侃和戏谑的色彩，创作的目的很大一部分是为了消遣和娱乐，平心而论，称得上佳作的不是很多，它们的价值主要不在于这些作品本身的文学成就，而在于这一现象所包含的文学和文化信息。

首先，集句作为集引前人成句而重新组成新作品的修辞法，集引者必须对原作者的作品非常喜爱和精通。选择以王次回《疑雨集》作为集句的对象，意味着集引者对《疑雨集》极为喜爱和熟稔，同时也就意味着王次回诗对其产生了一定的影响。

其次，集疑诗意味着对王次回《疑雨集》的推崇和高度评价。宗廷虎在《中国集句史》中指出，集句属于引用辞格，因此它的文化心理基础与引用辞格相同，即主要为权威崇拜心理①。集句诗的创作实际印证了这一判断。从目前学界发现的集句文献看，杜甫、陶渊明、李白、苏轼、龚自珍等是有集引专书的原作者，他们也正是中国文学史上的经典诗人②。集疑诗在晚清民国的大量出现，跟当时人对《疑雨集》的特别推崇有着非常密切的关系，因为只有尊崇《疑雨集》的人，才能下大力气熟诵《疑雨集》，而这正是集疑诗写作的基本前提。

再次，从题材内容上看，集疑绝大多数为艳体诗，这一方面体现了集引

---

① 宗廷虎、李金苓《中国集句史》，山东文艺出版社 2009 年版。

② 参看张明华、李晓黎《集句诗文献研究》，社会科学文献出版社 2012 年版。

者的趣味和选择，另一方面又塑造着接受者的趣味和阅读习惯，因为有了大量的集疑诗，王次回作为"艳体诗人"的符号特征更加鲜明了。如黄文炳《疑雨集新编》共有诗300首，全部为艳体诗，他在《疑雨集新编·例言》中说："《疑雨》一集，洵为香艳传神之笔，其摹写情态必尽态极妍，间览奁体诗无有出其右者。是编惟取原集，摘句成篇，不敢另为拟作也。"①这既是对王次回诗歌的推重，也是对王次回诗歌的定位。

综上所述，王彦泓"积众家之长"，顺应时代的潮流，创作了独具特色的艳体诗，对后世产生了很大的影响。称王彦泓为中国艳体诗的集大成者，是适当的。

① 黄文炳《疑雨集新编》，清刻本，南京图书馆藏。

第四章　王彦泓的其他诗歌

由于王彦泓是以写艳体诗著称，一般读者又认为他著有《疑雨集》和《疑云集》，而“云雨”在中国文化语境中是有特定隐喻的，这样便造成严重的误导，王彦泓被烙上艳体诗人甚至性爱诗人的鲜明印痕。在大多数读者的印象中，王彦泓成了专写艳体诗的诗人，《疑雨集》以致被认为是艳体诗专集①。实际上，《疑雨集》在内容的多样性上与一般文人的诗集并没有根本差别。海纳川《冷禅室诗话》指出，王彦泓的非言情之作也值得注意：

> 人只知王次回《疑雨集》为言情之作，以为全集不脱香奁本事窠臼，其实亦不尽然。王集中凡朋友赠答之诗，山川凭吊之作，皆屏去浮华，力求简奥，始信大家固无不能也。如《寄怀唐云客》二首云：“鹤伴经行虎结邻，古藤幽竹翳苔纹。朝凭水槛千峰雪，昼锁岩扉一屋云。远浦上灯高阁见，下溪鸣橹半山闻。西崖木末孤亭上，定有书声达夜分。”“碧磴千盘白石梯，元卿碑版少霞题。晴分极浦毫芒见，雾接层峦咫尺迷。歌啸直穿烟雨上，家园遥掷雪云西。故人不虑难寻觅，剑气横空有白蜺。”《赠冯元甫》云：“浊醪倾罢奈愁何，客有冯驩慰放歌。飞骑肯辞燕市雪，困鲸羞借楚江波。更薪减灶鸿应少，集菀辞枯鸟更多。肝胆只君堪付托，为抽心铁一横磨。”《奇孝先子巨钟陵秋试》云：“画船歌舞日西东，过眼烟云过耳风。奇士剧谈聊扪虱，男儿低首暂雕虫。投刀立见千牛解，落笔真令万马空。灵运更推谁作佛，一生惟许阿连同。”昔李义山以“无题”诗见长，词句隐深，号“西昆体”。而《韩碑》《筹笔驿》诸作，直逼韩杜。此玉溪生所以千古也。吾于次回亦然。②

除艳体诗外，王彦泓其他类型的诗歌似乎并没有引起大众的注意。其

---

① 据郑逸梅记载，某次酒叙，有人拈“次”“如”二字为鸾肩格，易顺鼎先成一联“艳体次回《疑雨集》，美人如是绛云楼”，合座为之搁笔。说明参加酒叙的都共同认可王彦泓《疑雨集》为艳体诗专集。

② 张寅彭《民国诗话丛编》二，上海书店出版社 2002 年版，第 695 页。

实,王彦泓的悼亡诗、感怀诗也颇具有特色,值得深入加以研究。

第一节　悼亡诗

王彦泓妻贺氏与他同年,生于万历癸巳年八月初四日,大约二十岁时嫁于王彦泓,崇祯戊辰年三月二十八日去世①。贺氏去世后,王彦泓先后作有悼亡诗四十多首。这些悼亡诗让一些读者产生了强烈的共鸣。王嘉桢《在野迩言》曾叙述老师陈少春和自己阅读王彦泓悼亡诗的体会:

> 少时读之,不觉其痛。忆道光戊申年陈少春夫子馆于吾家,时遭师母鲍氏之丧,阅次回诗,曰:"句句为我写照,我可不必作矣。"光绪乙亥,及予妇章氏谢世,自疾作病殁以及身后诸事,每经一事,则诵次回诗,一一如我心坎中流出,思一效颦,以写我忧,而珠玉在前,遂为阁笔。于今四载,尚付阙如。丙子秋,予赴浙闱秋试,时苏垣谣言风起,弱息无依,揖别灵帏,凄然堕泪,出门惘惘,吟"此行谁复问归期",则诗句又被次回先作矣。非此味深尝,安能言之亲切若是。室人尝谓予曰:"他日去世,君悼亡诗必有佳构,惜未得见耳。"予曰:"我诗在《疑雨集》中,子可先视之。如或易此,则姜桔之奠不可阙也。"今子哀逝无文,悲怀莫遣,他日及泉相见,将何以报命?②

王彦泓悼亡诗有什么特点?为什么具有如此打动人的力量?在写法上与之前的悼亡诗有什么联系和不同?下面对这些问题略加论述。

一　感情基调:悲和悔

一般说来,悼亡诗表达的感情总是哀伤的,王彦泓的悼亡诗当然也是如此。悼亡诗是完全靠感情来打动人的,它对感情真挚性的要求比其他类型的诗歌都要严格。如果悼亡而不哀伤,只是虚应故事的话,那就根本没有写作悼亡诗的必要。王彦泓的悼亡诗以"悲"字贯穿始终,写得凄婉悱恻,沉痛感人。如《悲遣十三章》第二首:

> 青瞳枯涩渐无光,犹自瞢腾觅阿娘。苦是舌根闲强后,模糊(一作朦胧)言句费猜详。(卷上)

---

① 《三旌义门王氏族谱》卷五,清光绪刻本。

② 王嘉桢《在野迩言》卷一,光绪十三年本善堂刻本。

诗中有作者自注:"此时惟外父与予及两儿女在榻前耳。予苟非入目刺心,亦安能悬写至此。"这是一幅多么令人肝肠寸断的情景! 妻子已经"青瞳枯涩",将要离开人世,因阿娘不在眼前,犹自瞢腾寻觅;由于妻子言语模糊,已无法弄清楚她要表达的意思。这一切就发生在眼前,怎能不锥心刺骨? 诗人通过描写妻子去世时的特定场面,传达出自己沉痛的悲哀。又,第四首:

> 寻常痛楚苦呻吟,户外遥闻便刺心。今日进房都寂寂,不堪仍向旧床寻。

贺氏去世前长期卧病在床,痛苦呻吟,诗人很远都能听到,自然会引起无限的哀怜。这一切诗人都已习惯,而现在突然听不到妻子的呻吟,忍不住"仍向旧床寻"。此情何堪! 诗人的凄惶之态,跃然纸上。这些诗语言都很朴实浅切,但感情深曲,读之使人凄然动心,久久不能平复。

李详在读王彦泓《悲遣十三章》后题诗:"瑶姬行雨至今疑,好事偏工宋玉辞。危涕诵君悲遣作,斜阳新冢草离离。"①李详是在其葬先孺人赵氏三个月后读到王彦泓这组诗的,他受到打动以至于"危涕",不正说明这些诗歌强大的感染力吗? 恽代英在1919年2月的日记中曾全文抄录王彦泓《悲遣十三章》,并随笔记下自己读诗时的感受,最后说:

> 我读此一一合之葆秀之事,每不禁怃然泪下。借他人酒杯,浇自己块垒,亦无聊之至极也。但愿天下有情眷属,皆得偕老百年,莫留情天下之缺憾如我也。②

同样地,恽代英也为王彦泓诗中的悲哀之情所打动,产生了强烈的共鸣。

王彦泓悼亡诗中悲哀之情固然真切感人,然而这只是其情感的底色和铺垫。王彦泓是一个悼亡者,更是一个忏悔者,他悔恨的感情甚于悲哀,在诗中的重要性也超过悲哀。作为一个悼亡者,他在悲哀中不断展开对过去夫妻生活的回忆,这使他感到内疚和自责;作为一个忏悔者,他不断地自我反省,追问自己的责任。在《悲遣十三章》第八首中,诗人写道:

> 悼亡非为爱缘牵,俨敬如宾近十年。疏阔较多欢洽少,倍添今日泪绵绵。

诗人直陈内心世界的秘密,丝毫不见造作之处。现在研究者一般认为王彦

---

① 《〈疑雨集〉注》卷二《悲遣十三章》附,扫叶山房石印本。

② 恽代英《恽代英日记》,中央档案馆等编,中央党校出版社1984年版。

泓与贺氏夫妻感情很好,所以他的悼亡诗才如此沉郁感人。其实他们并非伉俪情深,王彦泓在诗中说得很清楚:“悼亡非为爱缘牵。”这里举一个例子:天启丁卯,王彦泓辞家薄游,他把自己的行踪告诉了朋友,并对他说不要让自己妻子知道①。如果夫妻感情很深的话,他怎么会连自己的行踪都不愿让妻子知道呢? 二人在情感上显然存在很深的隔阂。诗人写诗主要是为了表现情感的波动,其一般不会有意把触动情感波动的事实原原本本地呈现出来,不过,有时也会露出一鳞半爪。而在这一鳞半爪中,我们可以约略触摸到个中原由。

王彦泓是个感情非常丰富的人,他曾对自己作过总结:“一生多累为柔肠。”(卷上《吴行舟中漫兴》)他在《残岁即事》(卷下)中说:“满城箫鼓嫁人天,裘马郎君意气鲜。独有当年我惆怅,逢新偏忆旧缠绵。”可见,在与贺氏结婚前,他曾与某个女性有过很深的恋情。在与贺氏结婚时,他不仅没有“裘马郎君意气鲜”的感觉,而且满怀着爱情失落的惆怅。换言之,由于王彦泓另一旧爱在心坎里深深扎根,一直不能自拔,在他和贺氏婚姻的开始,就已存在夫妻感情的裂缝。王彦泓之所以弃“旧缠绵”而娶贺氏,其中必有隐情。王彦泓《咏旧》诗说:“玉杵擎将蜀道行,不辞辛苦为云英。当年只觉成都近,未称琼浆一饮情。”(《疑雨集》卷上)这首诗疑即与旧缠绵有关。如果这样的话,在与贺氏结婚后,他依然对“旧缠绵”念念不忘,而且还曾经作过努力,只是未能如愿而已。退一步说,即使无关,我们也能想象出王彦泓对过去这段感情的留恋,因为《残岁即事》写于崇祯庚午,这时贺氏也已经去世近三年。

王彦泓在《重过妇家》中曾写道:“未嫁年时一架书,年年秋曝满庭除。”(《疑雨集》卷上)可见贺氏在出嫁前曾读过一些书。不过她并非“工刀札善属文者”,并不能像李清照那样和丈夫酬和唱答,雄飞雌从。与大多数妇女一样,她“平生受礼多谦畏”(卷上《述妇病怀》),恪守着封建的“夫为妻纲”的祖训。王彦泓说他们夫妻二人“俨敬如宾近十年”,当与此相关。这对恪守封建观念的道学先生,当然是个好妻子,而风流倜傥的王彦泓,他心目中向往的是“张敞画眉”的风韵,渴望成为拿自己冻冰了的身子给发烧妻子降温的荀奉倩,他生活在一种近似艺术的世界里。而贺氏决不愿意做“倒接了梁鸿案”的孟光,生了病也“不受荀郎熨体寒”,(《疑雨集》卷上《述妇病怀》)她生活在现实的世界里。这样,因为“旧缠绵”而形成夫妻感情的裂缝,非但不能得到弥合,反而可能加大。同时,贺氏婚后一直多病,为了看

① 《疑雨集》卷上《客中寄韬仲》有“孤踪只与君知道,为戒妻孥莫浪寻”两句。

病，他们几乎典卖了家里所有值钱的东西，以至于“头花臂钏看看尽，卖到当年结发簪”，这不能不影响夫妻之间的感情。

从王彦泓的记述看，贺氏其实是非常温和、善良和贤惠的。王彦泓多次外出，求取功名，然而多如上书秦王的苏季，折翼而返、无功而回，而贺氏“苏季空归也下机”（《疑雨集》卷上《病妇》）；王彦泓喜欢和朋友宴聚，贺氏就“脱钏为供宾客醉”（《疑雨集》卷上《九月初八出门日别妇柩作》）；王彦泓嗜酒如狂，常常大醉，而病中的贺氏“痛剧夜分常隐忍，愁声不令醉人知”（《疑雨集》卷上《杂悲三首》）。在天启丁卯王彦泓辞家薄游的春夏间，贺氏曾托人带给他许多东西，包括茶、药、衣服、香等，甚至还有玫瑰，王彦泓有诗记之，题为《丁卯春夏，余离居芙蓉湖外，久阔丁娘之索，屡勤徐淑之遗，触绪萦思，每物成咏。归舟追录一过，聊代晤言。置袖十年，定不漫灭》，（《疑雨集》卷上）共十二首，且看其中的几首：

> 蚕房初试碧旗新，私饷天涯病渴人。想得双文梨颊畔，雪瓯斜倚独含颦。（自注：右茶。）
>
> 灵妃下士偶相怜，却捣玄霜与驻年。想得双文心爱好，愿（一作怕）郎风貌只（一作不）如前。（自注：右药。）
>
> 博山曾共几摩挲，犀合遥分一掬多。想得双文深意在，最宜人处是温和。（自注：右沉水。）
>
> 曲尘罗剪麝尘封，淡紫殷红叠几重。想得双文曾（一作斜）插髻，梦回檀枕坠香浓。（自注：右玫瑰。）
>
> 戏拈小笔画轻纱，一对鸳鸯宿浪花。想得双文惜惊散，故描荷叶与低遮。（自注：右画袋。）
>
> 平生未学卫夫人，此日题封一字新。想得双文初弄笔，似浓如淡不曾匀。（自注：右对字。）

不过，这些好处，王彦泓在贺氏去世之前不久才慢慢体会到，他开始了自我反省。如《病妇》（卷上）：

> 十载同愁一笑稀，艰难典尽嫁时衣。秦嘉浪迹犹分饷，苏季空归也下机。辛苦不曾因病减，形模全觉隔年非。相看一刻心俱碎（一作肠千断），悔杀从前几事违。

“秦嘉浪迹犹分饷”指的就是上文提到的天启丁卯王彦泓辞家薄游的春夏间，贺氏托人带给他送东西的事；“苏季空归也下机”乃反用“苏秦诣秦王，上书,十上而说不行,黑貂之裘弊,黄金百镒尽,形容枯槁。及归,妻不为下机,嫂不为炊”的典故①。妻子娘家非常富裕,而嫁过来后生活却十分艰难,甚至连陪嫁的衣服都典当待尽,尽管带病在身,还依然辛苦操劳,怎不让人感到内疚?而因为生病、操劳而日渐憔悴,让人看到又怎能不心碎?想到妻子的贤惠,反省从前与妻子之间的不快,又怎能不悔恨呢!由此可知,在贺氏去世前,王彦泓心灵深处就已孕育着浓重的悔恨情绪,这样的感情在贺氏去世后更为强烈:

此行谁更问归期,十载穷栖耐别离。脱钏为供宾客醉,寄书不作女儿悲。豪场志业终迟就,病榻羸姿已莫支。悔不闭门同井臼,一生青案对玄眉。(卷上《九月初八出门日别妇柩作》)

可见,王彦泓的悼亡诗,不仅有强烈的丧妻之痛,而且表达了诗人对夫妻生活的反省,在反省中品尝自已亏欠妻子的愧疚和悔恨,在愧疚和悔恨中必然产生补偿的愿望,要能有“返魂续命”多好呀!而这只能徒增悲哀,留下深深的遗恨:

返魂续命亦人谋,蹭蹬终令误死休。忍病尚防儿辈觉,耐贫应虑老亲忧。参苓价迥多(一作贱犹)难继,丝絮年凶(一作丰)亦未(一作不)周。更有一端(一作稍与俗情)遗恨在(一作别),不(一作未)申禳祷戒(一作惮)屠牛。(卷上《遗恨》)

二　艺术创造:继承与出新

悼亡诗是中国古典诗歌的一个大宗。最早的诗歌总集《诗经》中就有悼亡诗,如《邶风·绿衣》写一男子目睹故妻的遗物而痛苦万分,《唐风·葛生》则写一位女子对亡夫的深切思念之情。但它们所写的感情比较朴素,描写也较为简单。西晋“善为哀诔之文”的潘岳有《悼亡诗》三首,是追悼亡妻之作,对后世同类题材影响深远,从此以后,“悼亡”这个题目,被专用来悼念亡妻。而更为后人推崇的,当推元稹的悼亡诗,现存三十多首,为原配韦丛而作。姑录《遣悲怀》三首:

谢公最小偏怜女,自嫁黔娄百事乖。顾我无衣搜荩箧,泥他沽酒拔金钗。野蔬充膳甘长藿,落叶添薪仰古槐。今日俸钱过十万,与君营奠复营斋。

① 《战国策·苏秦始将连横》,万有文库本,商务印书馆 1930 年版。

昔日戏言身后意，今朝皆到眼前来。衣裳已施行看尽，针线犹存未忍开。尚想旧情怜婢仆，也曾因梦送钱财。诚知此恨人人有，贫贱夫妻百事哀。

闲坐悲君亦自悲，百年都是几多时。邓攸无子寻知命，潘岳悼亡犹费词。同穴杳冥何所望？他生缘会更难期。唯将终夜长开眼，报答平生未展眉。[①]

之所以不惜篇幅，引录上述作品，因为它们对后来悼亡诗的写作影响太大。陈寅恪先生称赞元稹的悼亡诗是"情文并佳"的千古名篇，"古今悼亡诗一体之绝唱"，"影响后来之文学者尤巨"[②]。蘅塘退士称赞元稹的《遣悲怀》："古今悼亡诗充栋，终无能出此三首范围者。"[③]陈衍《石遗室诗话》云："语云欢娱难工，愁苦易好，而悼亡诗工者甚鲜，王阮亭、尤西堂不过尔尔。则以此种诗贵真而妇女之行多庸庸无奇，潘令、元相所已言，几不能出其范围也。"[④]可见，我们要评价王彦泓悼亡诗在文学史上的意义，是无法回避它们的存在的。

蘅塘退士、陈衍都生于王彦泓之后，不知他们所论范围是否包含王彦泓的悼亡诗，假如王彦泓的悼亡诗也未出"潘令、元相所已言"之范围，那就意义不大，只能像王阮亭、尤西堂一样，"不过尔尔"。实际情况是怎样的呢？

王彦泓《试笔》（卷下）说：

自笑猖狂浪得名，吟笺犹未破新正。新欢到手身难暇，尤物当前命易轻。闺阁裙衫争雪色，比邻丝管斗春声。诗家窠臼宜翻洗，人日慵拈薛道衡。

可见王彦泓在写诗时特别强调创新，薛雪在《一瓢诗话》中就曾称赞王彦泓是"团香缕雪手"，说他的诗"不落窠臼"，没有"土气息，泥滋味"[⑤]。就王彦泓的悼亡诗而言，他确实在一定程度上突破了"潘令、元相所已言"之范围，打破了前人悼亡诗中的思维定势。这主要体现在以下几个方面：

第一，王彦泓在悼亡诗中毫不掩饰自己与妻子之间情感的隔阂，说二人之间虽然"俨敬如宾"，但是却"疏阔较多欢洽少"，且坦陈"悼亡非为爱缘牵"。这是潘岳、元稹的悼亡诗中所没有的。潘岳的诗中表达的只是失去妻

① 《元氏长庆集》卷九，《四部丛刊》影印明刊本。
② 《元白诗集笺证稿》第四章《艳诗及悼亡诗》，生活·读书·新知三联书店2001年版。
③ 蘅塘退士编《唐诗三百首》，中华书局1984年版。
④ 陈衍《石遗室诗话》卷十，《民国诗话丛编》，张寅彭主编，上海书店出版社2002年版。
⑤ 薛雪《一瓢诗话》，《昭代丛书》本，上海古籍出版社1990年版。

子的悲哀,而元稹的诗中虽然也提到韦氏"自嫁黔娄百事乖","百事乖"与王彦泓诗中的"几事违"字面意思相似,但它们的内涵却相差很大。元稹所说的"百事乖"侧重的是妻子生前物质生活的艰难;而王彦泓所说的"几事违"不仅含有物质生活的艰难,更重要的是夫妻情感上的隔阂,这已经是与五四文学精神相通的晚明文学新思潮的典型表现。这一点上文已有论述,不再展开。

第二,潘岳、元稹的悼亡诗写的都是自己对死去妻子的忆念,没有涉及妻子弥留之际的情状。而王彦泓亲历贺氏由病到死的全过程,目睹了妻子弥留之际锥心刺骨、让人肝肠寸断的场景,而他又把这一切淋漓尽致地加以表现。因此,和潘岳、元稹相比,王彦泓悼亡诗的感情更为痛切,或者说更为凄厉。如上文提到的《悲遣十三章》之二,又如《记永诀时语四首》:

病眠常自断炊烟,旷废蘋蘩十二年。侍奉姑嫜多阙略,敢劳捐赐饭含钱。

白苎秋衫自纺成,十年簪髻嫁时荆。愧因买药金珠尽,浪负人间侠女名。(自注:余内家素豪侈,而妇实俭约。居恒布衣,十年不制。病革之日,箧无金珠,惟典券数十纸,皆频年药债及女伴戚属困乏者所移贷耳。内外尊人咸咎其靡费及好施,而自窘乏,妇心冤之。于永诀时自白一二语,实不能达意也。)

爷娘茶食福难消,只剩灵筵一椀浇。心性自甘贫薄惯,不烦频送纸钱烧。

三年侍疾不辞勤,药碗炉熏仗阿云。诀别赠言唯自爱,开箱留赐一拖裙。

诗人自注:"俱出亡者口中,聊为谱叙成句耳。"读者读到这样的诗句,如临其境,心弦不能不为其所撼动。

不过,王彦泓悼亡诗也确实受到潘岳、元稹的悼亡诗影响,明显存在化用意境,甚至直接套用词语的现象。尤其是元稹的悼亡诗,给予王彦泓更大更直接的影响。如《空屋》(卷上):

秋屋凝尘暗簟纹,冷风萧瑟动灵裙。床头剩药求医卖,箧底遗香任婢分。痛定更思贫妇叹,才荒犹缺奠妻文。凄凉欲就魂筵醉,把酒相呼泪雨纷。

诗人直接注明:"元微之诗有'朝辞空屋去'",大概他这首诗的写作就是受元稹诗的启发。元稹的诗如下:

> 朝从空屋里，骑马入空台。尽日推闲事，还归空屋来。月明穿暗隙，灯烬落残灰。更想咸阳道，魂车昨夜回。①

两首诗都写到了环境的凄清和自己的孤独，但仔细比较，二者表达的方式有很大差异。据陈寅恪先生考证，元稹妻韦氏于元和四年十月十三日葬于咸阳，而元稹因为职务羁绊，未能亲自前往，仅遣家人营葬，所以赋诗说："更想咸阳道，魂车昨夜回"②；而王彦泓不同，他眼前看到的是与逝者相关的实景。一方面，这是贺氏灵筵之处，自然会给予诗人更直接的刺激；另一方面，冷风吹动的灵裙也是贺氏自己所裁，因为在此之前，诗人曾写道："半月前还弄剪刀，剩抛金线几多条。病中改出裙花样，为向灵筵挂几朝。"（卷上《悲遣十三章》）可见，元稹所表达的悲哀是每一个失去妻子的人都可能有的悲哀，因此，他的悲哀很容易为一般读者理解；而王彦泓诗中所表达的悲哀，有其非常个人化的东西，如果不联系其他诗歌的话，很难被人领略。假如我们只注意到其与元稹诗相似的一面，而忽略作者个人独特的情感体验，自然会觉得"不过尔尔"；而一旦找到理解的钥匙，领略到诗人独特的情感体验，读者就会受到更深的打动。又如王彦泓《杂悲三首》之二（卷上）：

> 检得残（一作遗）笺两幅余，为将医药（一作去年今日）饷离居。自言臂颤难成字，特为关心力疾书。

而元稹《六年春遣怀八首》之二为：

> 检得旧书三四纸，高低阔狭粗成行。自言并食寻常事，唯念山深驿路长。③

这两首诗结构几乎相同，两诗都以"检得"开头，第四句开头两字都是"自言"；意思也非常相似，都是写清理旧物，"检得"的妻子生前写给自己的书笺，睹物思人，唤起对过去生活的回忆。我们甚至可以说，王彦泓的这首诗正是在元稹诗的影响下写成的。然而，具体内涵还是有差别的，元稹诗所透漏出的是贫贱夫妻相濡以沫的深情，而王彦泓诗中除了有对妻子关心的感激外，还有一种对妻子深深的愧悔，因为王彦泓检得的残笺有特别的写作背景：当时与妻子之间存在很深的隔阂，自己正浪迹在外，甚至连行踪都不想让妻子知道。

---

① 《元氏长庆集》卷九《空屋题》。

② 陈寅恪《元白诗集笺证稿》第四章《艳诗及悼亡诗》，生活·读书·新知三联书店2001年版。

③ 《元氏长庆集》卷九《六年春遣怀八首》。

对于王彦泓的悼亡诗，有的研究者评价很高。如郑清茂先生认为其“感情沉郁逼真，了无造作虚饰之迹，可说是他诗集中最上乘的作品”①。王彦泓悼亡诗是否为其诗集中最上乘之作，恐怕值得进一步讨论，因为王彦泓最受后来读者喜爱的是其艳体诗。不过，郑先生对王彦泓悼亡诗特点的概括，的确是符合作品实际的。

第二节 感 怀 诗

在天启乙丑，王彦泓写诗说自己“世味如荼尝欲遍”（卷上《感怀杂咏》），而这时他其实只有三十三岁，还要继续品尝“如荼”的“世味”十七年。侯文灿在为《疑雨集》作序时，给王彦泓的一生作了小结：

> 次回先生穷年力学，屡困场屋。断瑶琴，折兰玉。其坎坷潦倒，实有屈子之哀，江淹之恨，步兵之失路无聊，与杜少陵无家垂老之忧伤憔悴。

就是依照侯文灿总结的，王彦泓的人生遭遇已经是相当惨烈。然而，侯文灿所概括的只是其不幸人生的片段，其实在王彦泓说自己“世味如荼尝欲遍”时，他的家庭正遭遇一场灾难：父亲因为秉公执法，触怒权贵，“为科道纠拾，坐赃至万余金”②；而且在爱情上他也遭受过巨大挫折。王彦泓如此偃蹇的人生经历，造成了巨大的心灵震撼，其所郁积的心理能量需要宣泄发抒。因此，其诗集中感怀诗的数量也相当多，达五十多首。从发抒的情感看，大致有以下几个方面：

一 对家族衰落的慨叹

王镨在《吾族》中说：“吾族在宋代，轮翮称名门。颇执仕韩节，终元无显人。大明既中天，稍稍登缙绅。迨兹三百年，奕叶被国恩。”③明朝时王家确实如“日之中天”，王彦泓的曾祖父王樵上下三代连续中进士，这给王家带来了巨大的荣耀，王家因此也就成了江南望族。生在这样的家族里，王彦泓无疑非常自豪，他在诗里常以“王谢”子弟自居就是显证。如《昆季避暑分

---

① 郑清茂《中国文学在日本》之《王次回研究》，台湾纯文学出版社有限公司 1981 年版，第 295 页。

② 《三旌义门王氏族谱》卷五《事行》，清光绪刻本，南京大学图书馆藏。

③ 钱谦益《列朝诗集》卷十四，据清顺治九年毛氏汲古阁刻本缩版影印，三联书店 1989 年版。

韵得清字》(《疑雨集》卷上):

> 大地炎埃隙地清,乌衣游集葛衣新。已随雁序流三雅,更倚篪音奏四声。慕寂未能蠲麈拂,凌寒何事慰棋枰。阿连更借幽心句,一夕西堂梦草生。

其实王家这时已经失去了昔日的辉煌,开始衰落。如辛酉年王彦泓就曾发过“回首江云泪几(一作一)双,酒空金尽在他乡。穷途自合亲情断(一作薄),幽恨那堪世事忙”(《疑雨集》卷上《江上》)的感叹。王彦泓父亲的冤案,使他这一支彻底破落。这一年他留下来的诗大都是咏怀诗。他在《感怀杂咏》(《疑雨集》卷上)第一首中说:

> 何处青林好(一作可)卜居,布帆空载一船书。埋文有冢惭吞凤,避债无台敢食鱼。贫骨岂容仙药换,牢愁难借妙言除。临邛四壁今如此,谁更同时识子虚。

周赧王因为多负债而无以归,只好上台避债,此台因此而为避债台,而诗人现在连周赧王的处境都不如——避债无台!可见诗人当时已经陷入了多么贫困的境地。王彦泓对自己的文学才能是非常自信的,更准确地说是自负,“惭吞凤”其实就是暗示自己有“吐凤之才”。然而,这又有什么用呢?虽然自己现在如“家徒四壁立”的司马相如,但杨得意又在哪里呢?《感怀杂咏》的其他几首也都表达了诗人无法排遣的哀愁、痛苦和怨愤:

> 旅梦初回百恨新,寸肠焚绝泪成冰。穷途易感如杨子,旧里难归似柏人。骏价有谁沽死骨,鲸波无分活枯鳞。多愁髀肉空如削,跃马何曾及病身。

> 梯攻百道是愁心,痛饮排愁肺病侵。无计散怀惟恸哭,难持孤愤寄登临。雪封客舍炊烟断,风度僧寮药气深。世味如茶尝欲遍,剩余残骨付(亦作一)哀吟。

> 病骨巉岩又见春,百忧丛集未亡身。朋欢散尽清言绝,家信来疏恶梦频。永夜独醒如露鹤,他年相吊只秋蝇。蒲团欲觅消除法,心似惊波恨(一作泪)转新。

这几首诗是诗人灵魂的挣扎与呼号!诗中有遭到挫折、失败之后的哀愁和痛苦,也有对命运乖谬的感喟和愤懑。诗人的感情犹如愤怒的海啸,肆意奔流,其中裹挟着多么浓郁的失望和无奈情绪!由此可见诗人与现实的冲突是多么剧烈,环境对人性的压抑是多么严酷。在这一年的归家途中,诗人痛苦感叹道:

画屏人去锦鳞稀，愁见啼红染客衣。纵使到家仍是客，迢迢乡路为谁归。（《疑雨集》卷上《归途自叹》）

外出的游子要回到家时应该高兴才是，然而对王彦泓而言，到了家又如何呢？又有谁能理解自己巨大的哀愁呢？正如他在一首诗中所说："未必家园胜客边。"（《疑雨集》卷上《客中苦寒作》）这父亲的冤案对他生活造成的影响当然不是短时能消除的，其后他写了不少感叹自己贫困的诗篇，如《愁遣》（《疑雨集》卷上）：

眼前壁月照琼枝，剪断牢愁进一卮。记得风流江左字，破家时节酷裁诗。

诗人自比破家的陈后主，以写诗自遣，这既表明他的悲哀之深，也传达出他对环境压力的蔑视和对世俗所信奉的公认社会规范的鄙弃，因为在正统观念看来，陈后主毕竟不是一个光彩的历史人物。

二　对科举困顿的感喟

王彦泓出生时王家曾对他寄托厚望，但是他却"穷年力学，屡困场屋"。在分析悼亡诗时我们曾提到，王彦泓曾夸赞妻子"苏季空归也下机"（《疑雨集》卷上《病妇》），如果换个角度看，可以看出王彦泓在科举上所遭受的挫折是多么巨大！然而，苏季很快便时来运转，而王彦泓却需长期忍受着科举的折磨。在崇祯己巳，他再次失意而归。他极为愤懑，写下《小试失意自遣》（卷上）：

国士那争月眼评，未应萧飒减欢情。有才轻艳真为累，作计疏狂不近名。酒肆不疑惭阮籍，春城无处忆韩翃。浮荣本自关心浅，未息尘机为夙盟。

崇祯己巳，既不是会试年也不是乡试年，这次考试只是一场"小试"而已。根据明朝的科举制度，这意味着他连参加乡试的资格都没有。不过，他在诗中所传达的，最主要的不是失败的悲哀，而是对考官的蔑视："国士那争月眼评。"自己以"国士"自许，而这些负责评选的考官乃是凡胎肉眼，见识短浅，他们怎能识别真正的有才之士，自己大不必因为考试失意而影响情绪。"酒肆不疑惭阮籍"反用《世说新语·任诞》中阮籍的典故：阮籍的邻居是开酒店的，老板娘很美。阮籍经常和朋友一块去喝酒，醉了，就在老板娘的旁边躺下。酒店的老板开始有些不放心，对阮籍观察后，见他绝无他意，便打消了疑虑。"春城无处忆韩翃"出于《本事诗》：唐德宗读到韩翃《寒食》"春城无处不飞花”非常赞赏，为此特赐多年失意的诗人以“驾部郎中知制诰”的显职。由于当时还有一个官员叫韩翃，德宗特御笔亲书此诗，并批道：“与此韩翃”①。结合中间两联看，诗人自视甚高，对自己的境遇充满着强烈的不满：自己虽然如韩翃那样富有诗才，但因为偏于轻艳，不仅没有韩翃那样幸运，反而为才所累；自己一如好酒的阮籍，作计疏狂，但阮籍的行为为人赞美，自己却遭人怀疑。“浮荣本自关心浅，未息尘机为夙盟”，反复思考后，诗人觉得“浮荣”何足论，只是因为对自己真实的内心关注不够罢了，应该为了“夙盟”抛弃尘俗的心计与意念。这种对待科举的态度是很特别的，反映了王彦泓狂放恣张的性格特点。

话虽这样说，考试失意的愁苦毕竟不是那么容易排遣的，接下来《归后有赠》（卷上）中的“低眉意绪愁难掩，落魄风标瘦可惊”就显示出这次考试的失败给作者身心带来的苦痛。

科举考试不是想放弃就放弃了，它不仅是一些读书人施展抱负的方式，也是贫困的读书人改变生活的方式，其实质上成了许多读书人的生存方式。在崇祯癸酉，王彦泓再次参加了考试，这次大概考得还不错，试后他有诗写道：

> 出院身轻笑解绦，茶垆书市独游遨。童窥米尽慵逾甚，客觉瓶空饮不豪。摘去旋生新白发，赎来重典旧蓝袍。频年自笑干时拙，博得江城就蟹螯。（卷下《试后归舟杂兴》）

摘去新生的白发，赎来被典的旧蓝袍，诗人不禁哑然而笑，这笑的滋味是多么的苦涩呀！王彦泓获得了参加这一年秋试的资格，他到了南京，但不知什么原因，他没有参加最后的考试。

机会姗姗来迟，大约在他四十三岁时才成为贡生，在下一年得到了华亭训导这个小得不能再小的官职。

王彦泓在科举的道路上蹇涩不前，倍受煎熬，内心聚集着难言的苦痛，因此其所写的有关诗篇能给人以很深的感动。

三　对人生悲剧性的体认

王彦泓对人生悲剧性的体认，首先体现在悼亡伤逝的作品上。王彦泓一个姓贺的朋友去世，他曾写有两首诗凭吊：

> 翔龙折翼性难驯，判向柔乡顿此身。奇药剩堪娱一夕，同栏何止浴

① 孟棨《本事诗·情感第一》，影印文渊阁《四库全书》本。

三人。当时缥帙香沾粉，此日麻筵饭杂尘。欲觅窈娘重问讯，凤窠飞散别枝春。

花间歌酒旧同群，烂熳风情独数君。寝次故持欢镜照(自注：殷倩画鄱阳王事)，病余犹出异香分。谁知国士终埋玉，早见神娥尽变云。今日席间谁认得，旧时家令沈休文。

诗题很长，说明了写作原由：

贺生文战不利，愤懑悲骚，托之好内，以自发摅，竟得疾不起。比余再过其居，凄凉触目，即所最欢昵者，亦不复在燕子楼矣。因怅然书其壁上。(《疑雨集》卷下)

贺生也是一个科举考试的失败者，为了排遣“翔龙折翼”的牢骚，他把全部的热情都灌注在女性身上，求取官能的享受和情感的满足。然而，他竟为此得疾不起。诗序中燕子楼用的是唐代关盼盼的典故：据白居易《燕子楼》诗的小序，关盼盼为尚书张愔的爱妓，二人相爱甚深，张愔死后，盼盼念旧爱不嫁，居燕子楼十余年。为此，张仲素、白居易曾有过唱和①。而贺生并没有张愔的幸运，在他死后，其姬妾都像云彩一样飘走了，就是平时“最欢昵”者也已离去。王彦泓诗中流露的观念并不高明，他所发出的感喟似乎只是与“相逢尽说东风柳，燕子楼高人在否？枉抛心力付娥眉，身去相随复何有”相类似的平庸②；但是，因为王彦泓与贺生乃“花间歌酒旧同群”，贺生的经历不能不使诗人联想到自己的命运，使他在感受到生命渺小和脆弱的同时，也对两性感情的可靠性产生怀疑，从而深深的体味到人生的无奈和虚幻。

在《疑雨集》中，也有一些追忆之作。在这些作品中，诗人往往通过眼前的景象与过去景象的对比，来抒发他对人生的感受和体验。如《感旧》(卷下)：

收拾残书剩几篇，轻狂踪迹廿年前。笑倾犀首花间盏，醉挟蛾眉月下船。黄祖怒时偏自喜，红儿痴处绝堪怜。如今兴味销磨尽，剩爱铜炉一炷烟。

读过去的作品，有时就是一个重温旧梦的过程。诗的第一联写收拾残书剩篇，引起对轻狂踪迹的追怀。颔联、颈联具体描述轻狂踪迹的表现：颔联的上一句“笑倾犀首花间盏”，显示了诗人对酒的嗜好；下一句“醉挟蛾眉月下

---

① 《白氏长庆集》卷十五《燕子楼》，《四部丛刊》影印日本翻宋大字本。

② 《梅村家藏稿》卷十《过锦树林玉京道人墓》，《四部丛刊》本。

船”，则表现了诗人对美人的迷醉。而上下两句合成一联，构筑了他“醇酒妇人”的生活方式，即“轻”的一面。颈联上句在“黄祖怒时”和“自喜”之间着一“偏”字，显示了诗人不同常人的思维方式和威武不能屈的倔强性格；罗虬怒杀红儿，然后取古之美女有姿艳才德者，作绝句一百首，以比红儿，这被当作风流韵事广为流传，而诗人却说“红儿痴处绝堪怜”，表现了不同凡俗的观念形态。上下句合成一联，展现了他“狂”的个性。而尾联以“如今”两个字拉开了过去与现实的距离，使残书、炉烟与犀首、花间、盏、蛾眉、月下、船相对照，形成了强烈的“反讽”的效果，也使诗篇形成了一个整体。诗中充满了对过去生活的怀想和眷恋，以及由眷恋而来的丝丝悲凉。

王彦泓对人生的悲剧性体认，还体现在他内在心灵深处的孤独上。他在《吴行舟中漫兴》（卷上）中写道：

> 睡足空船夕照黄，水程三日酒为粮。招谗宋玉因词貌，助懒嵇康是老庄。好友仅能（一作堪）同笔砚，美人难与共杯觞。醉偕俗客无聊甚，聊当长歌哭几场。

诗中表达的是因难以找到真正理解自己的人而感到自身存在的彻底的、无可告慰的寂寞、孤独和痛苦，说明了人类在心灵上不可能达到彼此完全了解的隔膜和障蔽。

从王彦泓诗对后世读者影响的情况看，除日本作家永井荷风外，他的感怀诗似乎并没有引起特别的注意。在人们的印象中，王彦泓只是写艳体诗的专家。王芸孙《谈疑雨集》把王彦泓《疑雨集》与曹雪芹《红楼梦》相提并论：

> 他的身世和境遇，与《红楼梦》作者曹霑，颇有些相类，不过曹霑以小说作他的情史的记录，而次回是以诗句作他的情史的歌颂，其表现的方式，各有不同而已，《红楼梦》既成为世间著名的小说，则《疑雨集》，又岂不是古今有数的好诗呢？①

王芸孙是针对王彦泓的艳体诗而言的，其实这样的话用在王彦泓的感怀诗上或许更为恰当，王彦泓《疑雨集》与后来余怀《板桥杂记》、曹雪芹《红楼梦》在情调上的确是相通的。

---

① 《华文大阪每日》1939 年第二卷第 2 期。

第五章　王彦泓诗歌影响专题研究

关于王彦泓诗歌的影响，上文已有论及，在本章我们选择几个专题展开论述，以便对王彦泓诗歌的影响有更为深入的认识。

第一节　纳兰词与王彦泓诗

一　纳兰词借鉴王彦泓诗的基本情况

按一般的看法，王彦泓与纳兰性德相去甚远，学界目前对王彦泓的研究极为冷淡，整体评价较低，而纳兰性德被公认为清代最重要的词人之一，是清词学界目力所最趋注者①。其实纳兰性德词受王彦泓诗的影响甚大，从王彦泓诗借鉴处颇多②。请看下表：

纳兰性德词化用王彦泓诗一览表③

纳　兰　词	王 彦 泓 诗
五字诗中目乍成，尽教残福折书生，手挼裙带那时情。 ——《浣溪沙》（卷一，第 46 页）	矜严时已逗风情，五字诗中目乍成。 ——卷下《有赠》 相对只消香共茗，半宵残福折书生。 ——卷下《梦游十二首》

① 参看纳兰性德的相关研究综述，如江龙麟《纳兰词研究的世纪回顾》，《文学评论》2001 年第 3 期；陈水云、蔡静玲《近 25 年来纳兰词研究的回顾与展望》，《承德民族师专学报》2004 年第 4 期等。

② 张宏生《情感体验与字面经营——纳兰词与王次回诗》（《社会科学》2012 年第 2 期）一文对纳兰词与王彦泓诗歌的承传关系作了学理上的探讨，可参看。

③ 本表制作时主要参考《纳兰词笺注（修订本）》（张草纫笺注，上海古籍出版社 2003 年版）、《纳兰词笺》（李勖笺注，中国华侨出版社 2012 年版）、《饮水词笺校》（赵秀亭、冯统一笺校，中华书局 2005 年版）。本表所引纳兰性德词皆据《纳兰词笺注》，所引王彦泓诗皆据清康熙刻本《疑雨集》。

（续　表）

纳　兰　词	王　彦　泓　诗
不及芙蓉，一片幽情冷处浓。 ——《采桑子》（卷二，第 109 页）	个人真与梅花似，一片幽香冷处浓。 ——卷上《寒词》
曾记鬓边斜落下，半床凉月惺忪。 ——《临江仙》（卷三，第 221 页）	可记鬓边花落下，半身凉月靠阑干。 ——卷下《临行口占》
但有玉人常照眼，向名花美酒拼沉醉。 ——《金缕曲》（卷四，第 332 页）	但有玉人长照眼，更无尘务暂经心。 ——卷下《梦游十二首》
但是有情皆满愿，更从何处着思量。 ——《浣溪沙》（卷五，第 361 页）	但是有情皆满愿，妙莲花说不荒唐。 ——卷上《和于氏诸子秋词》
白衣裳凭朱阑立，凉月趖西。 ——《采桑子》（卷五，368 页）	况复此宵兼雪月，白衣裳凭赤阑干。 ——卷上《寒词》
蓦地一相逢，心事眼波难定。 ——《如梦令》（卷一，第 7 页）	懒得闲行懒得眠，眼波心事暗相牵。 ——卷下《戏和子荆春闺六韵》
愁无限，消瘦尽，有谁知？闲教玉笼鹦鹉念郎诗。 ——《相见欢》（卷一，第 16 页）	排愁只有郎诗卷，日课鹦哥念一篇。 ——卷下《戏和子荆春闺六韵》
当时只道是寻常。 ——《浣溪沙》（卷一，第 34 页）	当初语笑浑闲事，向后思量尽可怜。 ——卷下《奏记妆阁六首》
银蒜押帘人寂寂，玉钗敲烛信茫茫。 ——《浣溪沙》（卷一，第 36 页）	玉钗敲竹立旁皇，孤负楼心几夜凉。 ——卷下《即事》
微晕娇花湿欲流，簟纹灯影一生愁，梦回疑在远山楼。 ——《浣溪沙·咏五更和湘真韵》（卷一，第 45 页）	绣被鄂君仍眺赏，蓬窗新署远山楼。 ——卷下《梦游十二首》
古今幽恨几时平！ ——《浣溪沙》（卷一，第 50 页）	暂堪同一醉，幽恨几时排？ ——卷上《友人招集不赴》
收取闲心冷处浓，舞裙犹忆柘枝红，谁家刻烛待春风？ ——《浣溪沙》（卷一，第 52 页）	个人真与梅花似，一片幽香冷处浓。 ——卷上《寒词》
容易浓香近画屏。繁枝影著半窗横。风波狭路倍怜卿。　　未接语言犹怅望，才通商略已瞢腾。只嫌今夜月偏明。 ——《浣溪沙》（卷一，第 61 页）	风波狭路惊团扇，花月空庭泣浣衣。 ——卷下《代所思别后》 未接语言当面笑，暂同行坐夙生缘。 ——卷上《和端己韵》 今日眼波微动处，半通商略半矜持。 ——卷下《赋得别梦依依到谢家》
月度银墙，不辨花丛那辨香。 ——《采桑子》（卷二，第 113 页）	忽然省得钟情句，不辨花丛却辨香。 ——卷上《和孝仪看灯词十二首》

（续 表）

纳兰词	王彦泓诗
却愁拥髻向灯前，说不尽灯前话。 ——《一络索》（卷二，第 121 页）	何年却话今年恨？拥髻灯边侍子手。 ——卷下《予怀》
刻残红烛曾相待，旧事总依稀。 ——《眼儿媚》（卷二，第 138 页）	想得阿娇燃烛待，也应初换第三条。 ——卷上《寒词》
魂是柳绵吹欲碎，绕天涯。 ——《摊破浣溪沙》（卷二，第 143）	梦魂弱絮从风乱，心绪繁花被雨沾。 ——卷下《代所思别后》
人到情多情转薄，而今真个悔多情。 ——《摊破浣溪沙》（卷二，第 144 页）	知音恼说是多情，情到多时处处轻。 ——卷下《问答词》
方悔从前真草草，等闲看。 ——《摊破浣溪沙》（卷二，第 145 页）	花里送郎真草草，人前见妾莫依依。 ——卷上《个人》
采得石榴双叶子，欲遗谁？ ——《摊破浣溪沙》（卷二，第 146 页）	空寄石榴双叶子，隔帘消息正沉沉。 ——卷上《无绪》
几为愁多翻自笑，那逢欢极却含啼。 ——《摊破浣溪沙》（卷二，第 147 页）	悔多翻自笑，怨极不能羞。 ——卷上《缧绪三十二韵》
当时领略，而今断送，总负多情。 ——《青衫湿・悼亡》（卷二，第 149 页）	也知此后风情减，只悔从前领略粗。 ——卷下《予怀》
药炉火暖初沸。 ——《河渎神》（卷二，第 154 页）	无奈药炉初欲沸，梦中已作殷雷声。 ——卷上《述妇病怀》
炉边换酒双鬟亚，春已到卖花帘下。 ——《秋千索・渌水亭春望》 （卷二，第 168 页）	曾向长陵小市行，买花帘下见卿卿。 ——卷上《纪遇》
曾是向他春梦里，瞥遇回廊。 ——《浪淘沙》（卷二，第 172 页）	别来清减转多姿，花影长廊瞥见时。 ——卷上《瞥见》
百尺游丝千里梦，无限凄迷。 ——《浪淘沙》（卷二，第 174 页）	春光漂荡别离天，心似游丝百尺牵。 ——卷上《寄怀韬仲秣陵并促归骑》
遥知独听灯前雨，转忆同看雪后山。 ——《鹧鸪天》（卷三，第 186 页）	浮尘扰扰一身闲，独看城南雪后山。 ——卷上《岁除日即事》
马上吟成促渡江，分明间气属闺房。 ——《鹧鸪天・咏史》（卷三，第 187 页）	间气不钟男子去，才情偏与内家专。 ——卷下《奏记妆阁六首》
为伊判作梦中人，索向画图影里唤真真。 ——《虞美人》（卷三，第 193 页）	从此更难同一笑，泣看图画叫真真。 ——卷下《悼欢》
叮咛休曝旧罗衣，忆素手，为余缝绽。 ——《鹊桥仙》（卷三，第 203 页）	难消素手为缝绽，那得闲心问织缣。 ——卷上《春暮减衣》

（续　表）

纳　兰　词	王彦泓诗
飞絮晚悠飏，斜日波纹映画梁。 ——《南乡子》（卷三，204 页）	晓日波纹漾镜台，玲珑窗户压池开。 ——卷下《梦游十二首》
已是深秋兼独夜，凄凉，月到西南更断肠。 ——《南乡子》（卷三，205 页）	月到西南倍可怜，照人双笑影娟娟。 ——卷上《纪事》
卢龙风景白人头，药炉烟里，支枕听河流。 ——《临江仙·永平道中》（卷三，216 页）	归去不妨翻本草，药炉声里伴秋灯。 ——卷下《澄江病痁口占》
眼底风光留不住，和暖和香，又上雕鞍去。 ——《蝶恋花》（卷三，第 228 页）	怜君辜负晓衾寒，和暖和香上马鞍。 ——卷上《骊歌二叠送韬仲春往秣陵》
丝雨织红茵，苔阶压绣纹。 ——《唐多令·雨夜》（卷三，第 236 页）	无限断肠踪迹处，坏墙风雨绣苔纹。 ——卷下《感旧游》
与谁更拥灯前髻，乍横斜疏影疑飞坠。 ——《月上海棠·瓶梅》（卷三，第 249 页）	何年却话今年恨？拥髻灯边侍子于。 ——卷下《予怀》
尽历遍情场，懊恼曾记。 ——《蓦湘云·送友》（卷三，第 255 页）	历遍情场滟滪滩，近来心性耐波澜。 ——卷下《即事》
如今但、一编消夜，冷暖谁知？ ——《凤凰台上忆吹箫·守岁》 （卷四，第 271 页）	痛逝无心走月明，一编枯坐过三更。 ——卷上《灯夕悼感》
刚是尊前同一笑，又到别离时节。 ——《念奴娇》（卷四，第 279 页）	又到尊前一笑同，履綦经月断过从。 ——卷下《续游十二首》
向拥髻灯前提起。 ——《秋水·听雨》（卷四，第 287 页）	何年却话今年恨？拥髻灯边侍子于。 ——卷下《予怀》
怪人间厚福，天公尽付，痴儿呆女。 ——《水龙吟》（卷四，第 290 页）	能知细腻风光处，恰羡顽痴福分来。 ——卷上《可叹》
信到痴儿多厚福，谁遣偏生明慧。 ——《金缕曲》（卷四，第 323 页）	能知细腻风光处，恰羡顽痴福分来。 ——卷上《可叹》
暂觅个，柔乡避。 ——《金缕曲》（卷四，第 332 页）	觅个柔乡寄此生，风流天付与卿卿。 ——卷上《个人》
鸳鸯小字，犹记手生疏。 ——《临江仙》（卷五，第 384 页）	戏仿曹蛾把笔初，描花手法未生疏。沉吟欲作鸳鸯字，羞被郎窥不肯书。 ——卷上《湘灵》
背立盈盈故作羞，手挼梅蕊打肩头。 ——《鹧鸪天·离恨》（补遗一，第 388 页）	可有绣帘楼上看，打将瓜子到肩头？ ——卷下《临行口占》

纳兰性德的现存词共 347 首，上表所列出的化用王彦泓诗句者竟有 46 首，接近七分之一。如果不考虑文献散佚的情况，这意味着纳兰性德每七首

词里就有一首词化用王彦泓诗，足证纳兰性德对王彦泓的特殊爱好！

二 纳兰性德接受王彦泓诗的人文背景

如果我们考察一下纳兰性德的人文背景，就会发现他喜爱王彦泓并不是一个孤立的现象。王彦泓在清初的江南有很高的知名度，他的诗受到非常广泛的欢迎。纳兰性德有很深的“尚南情结”①，特别喜欢结交江南文人，他的老师徐乾学说：“君所交游，皆一时俊异，于世所称落落难合者，若无锡严绳孙、顾贞观、秦松龄，宜兴陈维崧，慈溪姜宸英，尤所契厚。”②下面，我想通过考察与纳兰性德“尤所契厚”的几个江南文人，具体探讨纳兰性德爱好王彦泓诗的人文背景。

严绳孙字荪友，自称“藕荡渔人”。严绳孙是王彦泓的知音与倾倒者，他在为《疑雨集》所作的序中说：

> 诗发乎情，而《王风》之变，桑中洧外，列在三百，为艳歌之始。其后《读曲》《子夜》，寂寥促节。在唐则玉溪惝恍，旨近楚骚；韩相香奁，言犹微婉。于是，金坛王先生彦泓，以闳肆之才，写宕往之致。穷情尽态，刻露深永，可谓横绝今古也。今《疑雨集》之名籍甚，江左少年传写，家藏一帙，溉其余沈，便欲名家，而本集顾未有锓板以传者。侯子蔚駸，读而赏之。爰加校定，付之剞劂。由是先生之诗显然共之天下矣。嗟乎！金沙当承平之日，甲第相望。一时裙屐子弟，席华膴，擅才情，平居以声色相征逐，拂袖挂钗，留髡送客之事，习为故常。至于擘笺刻烛，才亦足以副之。故当日能诗之士，盖多其人，而风尚所归，并同一辙。虽其酣嬉荡轶，不可谓为正音，然由后以观盛衰之端，感慨系之矣。余既喜蔚駸之能刻是诗，而因征论其世，以俟后之览者定焉。③

严绳孙这篇序文是王彦泓诗歌接受史上极为重要的文献，邹文炳的父亲邹珍读到这篇序文时指出：“夫唯藕渔知次回者深，故倾倒次回者至。”④这篇序文至少告诉我们以下几个信息：其一，《疑雨集》在当时名声很大，受到“江左少年”普遍欢迎，被广为传写，甚至达到了“家藏一帙”的程度。其二，当时江南艳体诗的创作十分繁盛，《疑雨集》成了艳体诗写作的范本——“溉其余沈，便欲名家”。其三，严绳孙虽认为《疑雨集》“不可谓为正音”，但

---

① 胥洪泉《论纳兰性德的尚南情结》，《民族文学研究》2002 年第 1 期。

② 徐乾学《通议大夫一等侍卫进士纳兰君墓志铭》，《纳兰词笺注》(修订本)附录。

③ 严绳孙《〈疑雨集〉序》，《疑雨集》卷首，清康熙刻本。

④ 顾贞观《弹指词笺注》附邹文炳《弹指词序》，张秉戍笺注，北京出版社 2000 年版。

却对王彦泓评价甚高，称赞他“以闳肆之才，写宕往之致。穷情尽态，刻露深永，可谓横绝今古也”。若借用尧斯的说法，严绳孙可称为王彦泓诗的“第一读者”①，也是王彦泓诗审美价值的最初衡定者，他以独到的见解和精辟的阐释，奠定了《疑雨集》接受的基础，指引了接受的方向。

顾贞观字华峰，号梁汾，与纳兰性德同辑《今词初集》②，选录了王彦泓两首词：

> 眼角眉尖，谁会得这场抛散。怕向那定情帘下，诉愁窗畔。几度卸妆垂手望，无端梦觉低声唤。猛思量，此际正天涯，啼珠溅。　欲寄语，加餐饭。难嘱付，鱼和雁。隔云山，牵挽寸心如线。善病每逢春月卧，长愁多向花前叹。况如今，憔悴去侬边，何曾惯。（卷上《满江红·忆》）

> 帘栊午寂，正阴阴窥见，后堂芳树。绿遍千丛花事杳，忽接琼葩丰度。艳雪肌肤，蕊珠标格，销尽人间暑。还忧风日，曲屏罗幕遮护。　长记歌酒阑珊，微闻暗麝，笑觅衣沾露。月没阑干天似水，相伴谢娘窗户。浴后轻鬟，凉生滑簟，总是牵情处。惹人幽梦，枕边零乱如许。（卷上《念奴娇·茉莉，改刘叔安词》）

从数量上看王彦泓似乎并未受到重视，但若考虑到王彦泓甚少写词，则这两首词的入选，说明他还是为纳兰性德与顾贞观特殊注意的。《今词初集》卷下还选有王朗两首词，并注释道：“仲英，金坛王彦泓女，子秦松龄，官检讨。”可见纳兰性德和顾贞观对王彦泓非常熟悉，他们对王彦泓的创作整体有所了解，也是必然的。

陈维崧字其年，号迦陵，在京师时尝辑有《箧衍集》，书中对王彦泓有简短的介绍：“次回，江南金坛人，官广文，著有《疑雨集》。”③该书选王彦泓诗二十一题共二十七首，包括《效微之三十八韵》、《即事》三首、《逋客叔菊宴》、《续游》三首、《病讯》《感旧游》《有女郎钞余诗者玩而味之》《有感》《无题》《烧香曲》《个人》《即事》《梦游春》二首、《寄友秣陵》《代友人赠妓》《生辰曲》二首、《残妆》《炉节江边宴集》《豪筵即事》《寒词》和《悼亡》。另外，他的另一个选本《妇人集》里也选了王朗诗，说：“金沙王朗，学博次回女也。学博以香奁艳体盛传吴下，朗亦生而夙悟，诗歌书画靡不精工。尤长小词，

---

① 尧斯《文学研究中一种挑战的文学史》，《接受美学与接受理论》，辽宁人民出版社 1987 年版，第 24—25 页。

② 顾贞观、纳兰性德辑《今词初集》，清康熙刻本，《续修四库全书》第 1729 册。

③ 陈维崧《箧衍集》，清乾隆二十六年刻本，《四库禁毁书丛刊》第 39 册。

为古今绝调。"①可见,陈维崧不但是王彦泓诗的爱好者,而且对王彦泓的情况也很了解。

另外,朱彝尊也当属纳兰性德"尤所契厚"的人物,他也是王彦泓诗的推崇者,在《静志居诗话》中说:

> 风怀之作,段柯古《红楼集》,不可得见矣。存者,玉溪生最擅场,韩冬郎次之,由其缄情不露,用事艳逸,造语新柔,令读之者唤奈何,所以擅绝也。后之为艳体者,言之惟恐不尽,诗焉得工?故必琴瑟钟鼓之乐少,而寤寐反侧之情多,然后可以追韩轶李。金沙王次回,结撰深得唐人遗意。起句如:"雨下春泥月下霜,几年辛苦是萧郎。""一层芳树一层楼,只隔欢娱不隔愁。""月到西南倍可怜,照人双笑影娟娟。"中联如:"烧灯院落更衣影,听曲帘栊点屐声。""当初语笑浑闲事,向后思量尽可怜。""画舫帘衣凭雪藕,玉筝弦索见春葱。""明明可爱人如月,漠漠难寻路隔烟。""临水偶来同倚槛,隔花何路可登楼。""封来泪点红犹湿,翦后香丝绿未齐。""绣佛像前同下拜,泥金经尾独佥名。""含毫爱学簪花格,展画惭看出浴图。""花下小楼堆烛泪,柳边低舫载茶烟。""翻成绣谱传人画,会得琴心允客挑。""窗下有时思梦笑,灯前长不卸头眠。"结句如:"水国不生红豆子,赠君何物助相思。""残阳欲度梅梢尽,才向红窗拂镜奁。""蜡照渐微香炧冷,佩声才达画堂东。""阑干一曲无多地,才着思量便渺然。""仙家合住烟霞外,金屋藏渠也不堪。""今日席间谁认得,旧时家令沈休文。""分明蜡烛身相似,才上欢筵泪已零。""一生长羡金泥蝶,颤向钗边与镜边。"皆饶风韵,诵之感心嫮目,回肠荡气。②

朱彝尊对王彦泓诗的评价非常高,表现出敏锐的史家眼光,对后来王彦泓诗的接受影响很大。

从上面提供的资料不难看出,纳兰性德交往密切的朋友不少是王彦泓诗的爱好者和推崇者,纳兰性德喜爱王彦泓诗,创作中加以借鉴也就不难解释了。

三　纳兰词和王彦泓诗的相通点

纳兰性德接受王彦泓诗的人文背景已如上述,其词化用王彦泓诗的频

① 陈维崧编、冒褒注《妇人集》,《如皋冒氏丛书》本。

② 朱彝尊《静志居诗话》卷十九,人民文学出版社 1990 年版,第 570 页。

率又如此之高，那么他们的作品有哪些相通点呢？

第一个相通点是写情真切。上文已提到纳兰性德与顾贞观合选《今词初集》，这部词集选录当时词人一百八十四家六百一十五首，篇幅虽不算大，但却勾勒出当时词坛的风貌，从中亦可以看出选者的词史意识和批评眼光。毛际可跋《今词初集》说："今梁汾、容若两君，权衡是选，主于铲削浮艳，舒写性灵，采四方名作，积成卷轴，遂为本朝三十年填词之准的。"①可见，纳兰性德与顾贞观欲在词坛流派纷呈之际别树一帜，以"舒写性灵"作为自己的追求和宗旨②。纳兰性德在创作上践行了选词时的主张，成为重要的"性灵"词人，与陈维崧和朱彝尊鼎足于清初词坛。谢章铤《赌棋山庄词话》论三人所长，道："竹垞以学胜，迦陵以才胜，容若以情胜。"③王国维《人间词话》进一步指出："纳兰容若以自然之眼观物，以自然之舌言情。此由初入中原，未染汉人风气，故能真切如此。"④他们共同拈出了纳兰性德词的一个重要特色——善于自然真切地表现人物的思想感情。这恰恰也是王彦泓诗的一个重要特征。且各选他们一篇写男女初恋情景和心理的作品略作比较：

正是辘轳金井，满砌落花红冷。蓦地一相逢，心事眼波难定。谁省？谁省？从此簟纹灯影。（《纳兰词笺注》卷一《如梦令》）

此生幽愿可能酬，未敢将情诉蹇修。半晌沉吟曾露齿，一年消受几回眸。迷茫意绪心相印，细腻风光梦借游。妄想自知端罪过，泥犁甘堕未甘休。（《疑雨集》卷下《奏记妆阁》）

纳兰词前两句分别写相见的地点和时间。"辘轳金井"是心上人经常活动的地方，"正是"二字点明了这个场所在抒情主人公心中的分量，表明他一直想象着能有机会在"辘轳金井"旁与心上人相见。春意阑珊的时候，心上人终于出现了。"蓦地一相逢，心事眼波难定"是整首词的中心，化用王彦泓"心事眼波暗相牵"而意思更进一层。与心上人蓦然相逢，其喜可知，但她眼波摇漾却心事难知，怎不让人魂牵梦绕？"谁省？谁省？从此簟纹灯影"，疑问里包藏着期盼，期盼里渗透着怅惘，让人回味不尽。王彦泓诗首联直写对爱情的迷茫和无措。爱情的产生让人感到幸福，也会带来烦恼，对方是不是也喜欢自己？美好的愿望能够实现吗？这样的问题会在相思者的心头盘旋。"此生幽愿可能酬，未敢将情诉蹇修"把抒情主人公对爱情充满憧憬而又无

① 顾贞观、纳兰性德辑《今词初集》后附。

② 参看张宏生《〈今词初集〉与清初词坛》，《南开学报》（哲学社会科学版）2008年第1期。

③ 谢章铤《赌棋山庄词话》卷十二，唐圭璋《词话丛编》，中华书局1986年版，第3472页。

④ 王国维《人间词话》，上海古籍出版社1996年版。

法把握结局的微妙心理毫不掩饰地表现出来。在爱情力量的驱使下,他曾鼓足勇气,寻找机会向心上人表白,或许因为这份感情的分量太重,张开的嘴又被合上。时间就这样一天天拖延下去,让主人公略感宽慰的是两人相遇时对方的回眸,虽然一年中只有那么几回,但让他看到"迷茫"的希望。可是,"眼波心事难定",他无法确定心上人的真实想法,只能在梦中去体会两情缱绻的旖旎美好。在诗的结尾,主人公一改先前的犹豫彷徨,发出铮铮誓言,为了这份爱情,哪怕堕入泥犁地狱也心甘情愿,决不罢休!汤显祖说"世间只有情难诉"①,纳兰性德和王彦泓都具有高超的写情艺术,把初恋少年那种千折百回难以言传的微妙心态真切细腻地描摹了出来。当然,二者的风格也略有不同,纳兰词言情相对婉曲,而王彦泓诗则比较纵情恣肆。再看纳兰性德下面这两首《浣溪沙》词:

> 五字诗中目乍成,尽教残福折书生。手挼裙带那时情。　别后心期和梦杳,年来憔悴与愁并。夕阳依旧小窗明。

> 容易浓香近画屏,繁枝影著半窗横。风波狭路倍怜卿。　未接语言犹怅望,才通商略已瞢腾。只嫌今夜月偏明。

这两首词写恋人的心理同样真切生动。由上文列表可见,其中化用王彦泓诗多达五处,这再次证明纳兰词与王彦泓诗呼吸相通。

第二个相通点是哀感顽艳。哀感顽艳是个内涵极为丰富的批评术语②,我这里借用它,主要是指纳兰词和王彦泓诗所写哀情的强大艺术感染力。

从人生经历看,纳兰性德与王彦泓差异很大。纳兰性德生长在钟鸣鼎食之家,父明珠官居高位,炙手可热。纳兰性德本人十八岁中举,十九岁连捷会试,虽因患寒疾失去成为进士的机会,但后来在二十二岁时殿试中式,也可谓少年得志。步入仕途后,纳兰性德深得康熙隆遇,一生顺利③。而王彦泓虽出身名门望族,但到他这一代家道已开始衰落,父王楙锟为县令时因秉公执法而触怒权贵,遭陷害下狱,家庭也因此债台高筑。王彦泓本人科举、仕途都极为不顺,四十四岁时才成为华亭训导,直至去世④。两人境遇穷通如此不同,但其诗词都充满悲哀愁苦之情。据李寿冈统计,纳兰性德三百四十多阕词中,用"愁"字共 90 次,"泪"字 65 次,"恨"

---

① 汤显祖《牡丹亭》第一出《标目》,《汤显祖全集》(三),北京古籍出版社 1999 年版。

② 参看彭玉平《论词之"哀感顽艳"说》,《文学遗产》2011 年第 4 期。

③ 参看黄天骥《纳兰性德和他的词》,广东人民出版社 1983 年版。

④ 参看第一章第一节《家世考》。

字39次,其余"断肠""伤心""惆怅""憔悴""凄凉"等词触目皆是,真是页页言愁,篇篇寄恨①。而据我统计,王彦泓八百多首诗中,用"愁"字共141次,"泪"字76次,"恨"字45次,"断肠"15次,"伤心""惆怅""憔悴""凄凉"等也反复出现,情调高度相似。

纳兰性德与王彦泓写沉痛悲凉之情的作品都受到很高评价。陈维崧说:"饮水词哀感顽艳,得南唐二主之遗。"②顾贞观指出:"容若词,一种凄惋处,令人不能卒读。"③当代学者将纳兰性德作为哀感顽艳的典范,直接以此指称他的词④。而王彦泓诗,最为欣赏其沉痛悲凉情感的当推日本作家永井荷风。他在《初砚》中曾谈到读《疑雨集》时的感受:

> 我文坛之好西洋艺术者,恒谓中国之诗,如非故炫清寂枯淡之气,即强作豪壮磊落之概,一无道出人类胸中之奥秘弱点者。此或得之。然试繙王次回《疑雨集》,全集四卷,悉皆情痴、悔恨、追忆、憔悴、忧伤之文字。其形式之端丽,辞句之幽婉,又其感情之病态,往往可与蒲特雷(Charles Baudelaire,1821—1867)之诗相对抗。在中国诗集中,吾不知尚有如《疑雨集》之富于肉体美者。蒲特雷《恶之花》(*Les Fleurs du Mal*)集中横溢之倦怠颓唐之美,盖可直移之为《疑雨集》之特征也。⑤

永井荷风所说得"感情的病态"与"倦怠颓唐之美",实可看作"哀感顽艳"的别解。他共选录了王彦泓九首诗以佐证自己的感受,包括《岁暮客怀》一首、《强欢》一首、《愁遣》一首、《不寝》一首、《述妇病怀》二首、《悲遣十三章》二首、《寒词》一首⑥。

还是以具体作品来谈纳兰词和王彦泓诗哀感顽艳的风格吧。试看纳兰性德的《金缕曲·赠梁汾》:

> 未得长无谓。竟须将、银河亲挽,普天一洗。麟阁才教留粉本,大笑拂衣归矣。如斯者、古今能几。有限好春无限恨,没来由、短尽英雄气。暂觅个,柔乡避。　　东君轻薄知何意。尽年年、愁红惨绿,添人憔悴。两鬓飘萧容易白,错把韶华虚费。便决计、疏狂休悔。但有玉人常照眼,向名花美酒拼沉醉。天下事,公等在。

---

① 李寿冈《纳兰词之谜》,《湘潭大学学报》(哲学社会科学版)1979年第3期。
② 冯金伯辑《词苑萃编》卷八引,唐圭璋《词话丛编》,第1937页。
③ 冯金伯辑《词苑萃编》卷八引。
④ 汤高才《哀感顽艳纳兰词》,《中华词学》第二辑,东南大学出版社1995年版,第176页。
⑤ 转引自郑清茂《中国文学在日本·王次回研究》,纯文学出版社有限公司1981年版。
⑥ 永井荷风《初砚》,陈德文译,《永井荷风散文选》,百花文艺出版社1997年版,第234—236页。

这首词从开头至“大笑拂衣归去”，表达的是渴望建功立业，然后功成身退的豪情。但“如斯者，古能有几”，轻轻的喟叹扭转了整首词的情绪，其中包藏有多少无奈与不甘呀！接下来，感情转入愤懑与颓唐，词人希望躲进温柔乡里，以排遣心头的苦闷。这首词把追求与失落相交杂的痛切之感毫不掩饰地倾吐出来。纳兰性德在致顾贞观的书札中对词中表达的情绪作了说明：

> 弟比来从事鞍马间，益觉疲顿，发已种种，而执如昔，从前壮志，都已隳尽。昔人言，身后名不如生前一杯酒，此言大是。弟是以甚慕魏公子之饮醇酒、近妇人也。……弟胸中块垒，非酒可浇，庶几得慧心人以晤言消之而已。沦落之余，方欲葬身柔乡，不知得如鄙人之愿否耳。①

类似的“哀感”，纳兰词里多次出现，如“羡煞软红尘里客，一味醉生梦死”②等。纳兰词中“但有玉人常照眼”用的是王彦泓诗中现成的句子，“暂觅个，柔乡避”是化用王彦泓的诗句“觅个柔乡寄此生”，“向名花美酒拼沉醉”是王彦泓反复歌咏的生活，王彦泓在诗中也发出过“磨耗雄心渐已空，十年醇酒妇人中”③的慨叹。换言之，纳兰词与王彦泓诗中的某些作品在内在精神上是相通的，都是寓人生况味于艳情的倾向，通过在文学世界里构建的“温柔乡”以排遣哀愁与发泄愤懑。支撑他们哀愁和愤懑的是不甘，其根底里有一种叛逆的精神，或许应当称为反抗的精神。

在清代林立的词家中，纳兰能倍受学界关注，成为清代满族第一大词人，自是由于其词作的独特魅力所致。纳兰词独特魅力的形成，既与他本人的心性气质有关，也得力于深厚的汉民族传统文化的滋养，其中就包括王彦泓的诗歌。

第二节　“俱非才子不能道”

——《才子牡丹亭》批评视野下的《疑雨集》与《牡丹亭》

吴震生、程琼夫妇合作完成的《才子牡丹亭》——一部非常独特的《牡丹亭》评注本——把《牡丹亭》与《疑雨集》紧密地联系起来，他们征引王彦

① 纳兰性德《饮水词笺校(修订本)》附录，赵秀亭、冯统一笺校，中华书局2005年版。
② 纳兰性德《纳兰词笺注(修订本)》卷四《金缕曲·简梁汾》，第323页。
③ 《疑雨集》卷下《晚示内》，清康熙刻本。

泓《疑雨集》中的诗句达110余处，涉及《牡丹亭》55出中的30出①。吴震生、程琼夫妇在批点《牡丹亭》时指出，《疑雨集》与《牡丹亭》无论是思想主旨还是在情感的具体表现上均存在相通的成分。我们认为，认识这些相通之处不但有助于理解这两部作品本身，而且对考察晚明诗歌与戏曲的关系，甚或对深入认识晚明文学思潮的内涵和演变也不无裨益。

一 对“至情”主旨的抉发

《才子牡丹亭》在批点《牡丹亭》第一出《标目》【蝶恋花】时说：

> 万历时，金坛王次回情深之至，诗过冬郎。其《白山茶》诗云：“玉茗先生迥出尘，语言无处不清新。琼花风度钗头见，更觉堂名绝可人。”“第一人簪第一花，风吹花叶雾鬟斜。看来姿韵超天下，当得临川一叹嗟。”似曾在“玉茗堂前朝复暮”者。②

王彦泓《白山茶》诗全称为《白山茶插髻甚可观因书二绝》，第二首在《疑雨集》中为“第一人簪第一花，风吹花叶雾鬟斜。看来姿韵超天下，当得临川丽句夸”③，与《才子牡丹亭》所引微有不同。这段话有两点值得注意：一是吴震生、程琼夫妇认为王彦泓极善言情，“诗过冬郎”。冬郎乃韩偓小名，其《香奁集》是我国第一部个人所写的艳体诗集，影响深远，若联系《才子牡丹亭》所引的“来生只愿嫁冬郎，得知闺人意思详”④，“诗过冬郎”实是很高的评价。二是他们敏锐地感受到汤显祖对王彦泓创作的影响，而其中的核心乃一“情”字。

《牡丹亭》的中心是一个“情”字，汤显祖《牡丹亭记题词》对此作了明晰的说明：

> 天下女子有情，宁有如杜丽娘者乎！梦其人即病，病即弥连，至手画形容传于世而后死。死三年矣，复能溟漠中求得其所梦者而生。如丽娘者，乃可谓之有情人耳。情不知所起，一往而深，生者可以死，死可

① 《才子牡丹亭》又名《笺注牡丹亭》，是清雍正年间“笠阁渔翁”刻，此书批者署名“阿傍”。华玮曾将此书批语与史震林《西青散记》相关内容比对，认为笠阁渔翁的真实身份便是清代戏曲家徽州歙县人吴震生，而阿傍即其妻子程琼，此书系出自夫妇二人之合作。参见华玮《〈才子牡丹亭〉作者考述——兼及〈笠阁批评旧戏目〉的作者问题》，《戏曲研究》第55辑，文化艺术出版社2000年版。

② 吴震生、程琼《才子牡丹亭》，华玮、江巨荣点校，中国台湾学生书局2004年版，第8页。

③ 王彦泓《疑雨集》卷上。需要指出的是，吴震生、程琼《才子牡丹亭》在征引王彦泓的诗句时，文字与侯文灿刻《疑雨集》不同处颇多，似乎是凭记忆而为，下文不再一一注明。

④ 吴震生、程琼《才子牡丹亭》，第160页。

以生。生而不可与死，死而不可复生者，皆非情之至也。梦中之情，何必非真，天下岂少梦中之人耶？必因荐枕而成亲，待挂冠而为密者，皆形骸之论也。……嗟夫！人世之事，非人世所可尽。自非通人，恒以理相格耳！第云理之所必无，安知情之所必有邪！①

在汤显祖的时代，由于社会处于变革时期，传统的尊“天理”而抑“人欲”的程朱理学，已难以像以前那样起到维系人心、巩固统治秩序的有效作用。于是，在一部分知识分子中出现了怀疑程朱理学绝对权威的思潮，并进而对程朱理学以理制情的理论发出了某种抗议和批判。从《牡丹亭题词》看，汤显祖显然属于这股思潮中的一员。不过，尊情抑理的思潮在当时虽然有很强的影响力和巨大的生命力，但程朱理学依然为官方所尊奉，是维护社会伦理纲常的理论基础。表现在对戏剧的评论上，便是占据主流的戏剧评价标准依然是看作品是否合乎伦理、有益教化。为了节约篇幅，这里以明人对《琵琶记》和《西厢记》之褒贬为例。在《第七才子书琵琶记》所收“前贤评语”中，曾借徐文长（渭）之口对《琵琶记》大加褒扬：“《琵琶》高人一头处，妙在将妻恋夫，夫恋妻，都写作子恋父母，妇恋舅姑。……此其不淫不伤，发乎情，止乎礼义者也。”而对《西厢记》却非常不满，说其“毕竟只写得男女缱绻之私”②。虽然这些评语因与存世的徐渭戏曲著作尤其是其对《西厢记》之点评所反映出的文学观念大相径庭，而有一定理由怀疑为明末戏曲出版中常见的书商伪托之笔，并不能直接作为徐渭本人的戏曲观之表现，但其代正统立言的出发点不容忽视。不难想见，在这样的戏曲观念之下，以尊情抑理为主旨的《牡丹亭》，是很难受到公允对待的。陈继儒《批点牡丹亭题词》曾这样记载：

张新建相国尝语汤临川云：“以君之辩才，握麈而登皋比，何讵出濂、洛、关、闽下？而逗漏于碧箫红牙队间，将无为青青子衿所笑？”临川曰：“某与吾师终日共讲学，而人不解也。师讲性，某讲情。”③

此说又见于冯梦龙《古今谭概》、朱彝尊《静志居诗话》、周亮工《书影》、尤侗《西堂杂组》等，虽为传闻，难以据信，但从中可看出时人风气④。也就是说，在汤显祖的老师张位看来，以汤显祖才干，完全可以有更大的作为，而不应“逗漏于碧箫红牙队间”。在这种惋惜和遗憾的背后，正是时人对“濂、洛、

① 汤显祖《汤显祖集》，上海人民出版社 1973 年版，第 1093 页。

② 高明《成裕堂绘像第七才子书琵琶记》卷一《前贤评语》引，吴门程氏课花书屋刻本。

③ 陈继儒《晚香堂小品》卷 22，中国文学珍本丛书第一辑。

④ 参见徐扶明《牡丹亭研究资料考释》，上海古籍出版社 1987 年版，第 42—43 页。

关、闽”的肯定与推崇，对包括《牡丹亭》在内的言情之文的贬抑①。

吴震生、程琼夫妇对汤显祖的认识与张位这类人是大相径庭的，他们在批点《牡丹亭》第七出《闺塾》时说：

> 自古至今，有韵之文，十七皆儿女此事。亦以为非此一事，则文必不能妙也。佛以老婆为千劫系驴桩，然同此男女，或能为妙事焉，或不能为妙事焉。于何知之？于其文知之。若其文，既为必能为妙事之文矣，而欲其亦被禁杀，除非天下真有不淫好色一法。教以葩经，而“付与无邪”，亦不济事。②

他们借用并发挥金圣叹评点《西厢记》的话，不仅认为写男女情爱是文学的主体，而且进一步指出只有写男女情爱，文才能成为妙事之文，而妙事之文是任何力量都禁杀不了的。再看他们对《牡丹亭题词》的批语：

> 只一序已含蕴无穷，毫无瘢痕，便示人以放重笔用轻笔之法。……玉茗之心，全在一序。此即其断肠句也，此即其难诉情也，此即彼先以“死”处其身，但思不负之定计也。若士既复念庵以“师言性，弟子言情”，自此序一出，玉茗一军，遂与贤文，永作敌国。……此书大旨，大概言：色情一事，若非阳法未辱，则阴谴亦不必及，而归其罪于天公开花。天公既开花，则其不罪若辈可知。……佛教全在去妄，而若士独言色情是真，即西方亦必引人以妙好也。世间好话佛说尽，佛慧不过文士业，天下之言，只堪理极当，即百灵依随。原造物借一人之心，以宣其意也。若士以开花归天公，亦天借其口耳。……“第云理之所必无，安知情之所必有”，二语妙极！孤“情”绝照，寄托一编，“理”遂不能强敌。③

他们不仅明确把汤显祖《牡丹亭》定位为言情之作，给予了极高评价，而且清楚看到其与“理”与“贤文”的对立，对此江巨荣、华玮为《才子牡丹亭》所写的《导言》中已有具体论述，不再赘述④。

王彦泓在《白山茶》诗中对汤显祖的评价与吴震生、程琼夫妇上述批语是相通的，他所说的“玉茗先生迥出尘”，恐怕正是称赞汤显祖在“性”“情”

---

① 参看郭英德《明清传奇戏曲文体研究》，商务印书馆 2004 年版，第 49 页；朱万曙《明代戏曲评点研究》，安徽教育出版社 2002 年版，第 267—268 页。

② 吴震生、程琼《才子牡丹亭》，第 85 页。

③ 吴震生、程琼《才子牡丹亭》，第 2 页。吴震生、程琼夫妇认为“师言性，弟子言情”为汤显祖复罗洪先（念庵）之语，这与陈继儒《批点牡丹亭题词》所载似有矛盾。已有学者指出，罗洪先年岁与汤显祖相差较大，吴震生、程琼夫妇的认识有误，吴震生、程琼夫妇的错误可能沿自《吴吴山三妇合评牡丹亭》。

④ 吴震生、程琼《才子牡丹亭·导言》。

观念上迥别于流俗的认识。上文批语中的“佛慧不过文士业”用的也是王彦泓的诗句①。《才子牡丹亭》在批点《牡丹亭》第二十八出《幽媾》【浣沙溪】中的“拈诗话,对会家”时说:

> 金坛又云:“看镜徘徊影自怜,关心消息在今年。风情领略非容易,天付儿身若个边”,“拈诗话”也。“浴室笑言樊嫕侍,闺房风格济尼知。酿成消渴那因酒,画出娉婷赖有诗”,“对会家”也。……“感君同病更知音,许把闲情次第吟。别去向谁吟一字,纵无离恨也难禁”,所谓“诗话会家”也。又云:“妖唱能传作者心”,则不但批《牡丹亭》,虽唱演亦复不易。②

《才子牡丹亭》以王彦泓的诗句笺释《牡丹亭》中的“拈诗话,对会家”, 体会的确很深切,类似的批评很多,对此下文再展开分析。“妖唱能传作者心”出自王彦泓《栎园姨翁坐上预听名歌并观二剑即事呈咏》(《疑雨集》卷上),诗很长,节录于下:

> 练色知声第一流,檀痕亲掐教伊州。呼来绛树皆琼树,倚遍笙楼即镜楼。临川丽曲才人赋,慧业情钟兼妙悟。妖唱能传作者心,圆喉脆节如丝度。

从批语“‘妖唱能传作者心’,则不但批《牡丹亭》,虽唱演亦复不易”看,吴震生、程琼夫妇认为《栎园姨翁坐上预听名歌并观二剑即事呈咏》所说的“名歌”指的是《牡丹亭》。“临川丽曲才人赋,慧业情钟兼妙悟”,再次证明王彦泓对《牡丹亭》言情艺术的高度评价。《才子牡丹亭》在批点《牡丹亭》第十出《惊梦》时说:

> 《牡丹亭》言情,大概言至虽佛理亦不能解而后已。贤文其粗之又粗者矣……王阮亭曰:“王次回艳情诗数百篇,刻画声影,有致光、义山所未到者。”盖次回喜作艳诗而工,见者沁入肝脾,里俗为之一变。……古之才人,皆能抉其臆而显摅之,未有情不至而文至者。③

王阮亭即清初诗坛盟主王士禛。王士禛对王彦泓诗歌的评价,大概亦可看作是吴震生、程琼夫妇对王彦泓诗的理解,他们在对王彦泓艳情诗称赏的同时,进一步抉发了《牡丹亭》“至情”的主旨。换言之,在吴震生、程琼夫妇看来,王彦泓属于“遂与贤文,永作敌国”的“玉茗一军”,他与汤显祖一样,是

① 王彦泓《再用前韵酬孝先端已韬仲见和之作》,《疑雨集》卷下。
② 吴震生、程琼《才子牡丹亭》,第392页。
③ 吴震生、程琼《才子牡丹亭》,第140—143页。

"能抉其臆而显摅之"的才人。

二　对艺术奥秘的揭示

《才子牡丹亭》引用王彦泓《疑雨集》以评点《牡丹亭》，既体现在对言情之作的评价与"至情"主旨的抉发上，也体现在对《牡丹亭》艺术奥秘的揭示上。吴震生、程琼夫妇所引《疑雨集》的诗句，有时是对《牡丹亭》人物心理情态的真切体察，有时是对戏曲篇章字句的细致赏评，有时则只是随意联想与发挥。

1. 对《牡丹亭》人物心理情态的真切体察。《才子牡丹亭》引用《疑雨集》诗句，为理解《牡丹亭》中人物的情感，提供了适宜的参照物。如在批点第十六出《诘病》中老夫人的说白"中间缘故，春香必知，则问他便了"时说：

> 王金坛："腰肢未许同行拟，性格还从夫婿猜。阿母错疑教不嫁，几回偷看画图来"，又"说嫁惊心尽日痴"，"当初忍笑画鸳鸯，真个如今拟凤凰"。文友："欲语欢言碍小姑，捏郎臂上问寒无。交膝语欢言，低处便模糊。小姑却做痴呆态，故把欢言细问奴"，皆为"其间缘故"四字作许绮语。①

杜丽娘在春日美好景色的激发下，自我意识开始觉醒，产生了对异性强烈的渴望之情，以致由情入梦，因梦而病。杜丽娘一病半年的"缘故"，实由爱情意识觉醒后得不到满足的深刻苦闷而起。批点所引王彦泓诗句分别出自《疑雨集》卷上的《无题》和《催妆诗》，前几句诗细腻熨帖地传达出未婚女子对爱情的渴望和对阿母"错疑"的遗憾和怨恨，后几句诗传神入微地描摹出待嫁少女将信将疑，如在梦寐的复杂情态，而这实可看作对"其间缘故"的具体而婉转的阐释。

《才子牡丹亭》拈出"色情难坏"一语作为全剧精神之所在，不仅涉及形而上的精神层面，也较多触及到形而下的肉体之爱。《才子牡丹亭》有时引用《疑雨集》的诗句与《牡丹亭》中描写男女情爱的语句相对照。如在批点第十出《惊梦》【鲍老催】中的"娇凝翠绽魂儿颤"时说：

> "魂颤"而"翠绽"，则信宜谓之风情。眉与毛俱散为"翠绽"，是验室女法。声颤觑人"娇"，其状令人欲死。"娇凝翠绽魂儿颤"与次回"细唾柔嘶慢视时"同妙，君从何处看得此无人态耶？②

① 吴震生、程琼《才子牡丹亭》，第238页。
② 吴震生、程琼《才子牡丹亭》，第153页。

在批点第二十三出《冥判》【油葫芦】中的“溜笙歌惊梦纱窗外”时说：

> 盖天下之声，无有过于此声者。玉茗比之“笙歌”，真乃古今第一解人。王金坛云：“感郎珍重不能羞，红酣尝湿雨中鸠。更有销魂人不见，断云零雨数声中。”亦俱妙句。①

在批点第二十八出《幽媾》【滴滴金】中的“把他艳软香娇做意儿要，下的亏他？便亏他则半霎”时说：

> 王金坛《纪事》：“月到西南倍可怜，照人双笑影娟娟。擎来始信云非梦，抱定还疑玉是烟。忍把狂欢消此夜，难将辛苦合从前。由来半刻千金值，只得如花一黯然。”酷切“把他”数句。②

这几处所引王彦泓的诗句，都畅快的、毫不掩饰地描写了男女欢会，穷情尽态，刻画入骨，可谓至矣尽矣，批点者以之批点《牡丹亭》，赞为 “同妙”“俱妙”“酷切”，对二人描绘男女情爱的俊妙巧思极为赞许，深为折服。

在有的评点中，吴震生、程琼夫妇则直接称赞王彦泓为才子：

> “三生一会”，若生前已思而为理所格，直至今生“会”始无碍也。王金坛：“似梦浓欢复似真，细看原是掷梭人。当初薄怒尤娇绝，笑倩如花更一嗔”，唯彼“三生一会”者，较此和谐更趣。又“引开笑语欢初洽，逼出风情态转妍”，“矜严标格渐成狂”，俱非才子不能道。③
>
> 王金坛：“寻常意绪任郎猜，音信全无笑口开。尽日客窗孤烛下，取侬情味细尝来。”“临行记得语依依，莫昵杯觞莫睡迟。幸是不曾消费坏，谨持原样付还伊。”真才子语。④

在上述两处批语中所引《疑雨集》中的诗句，对男女情爱的描写深细而鲜活，达到通玄入微之境。吴震生、程琼夫妇赞为“俱非才子不能道”“真才子语”，是对《疑雨集》的极高评价，因为“才子”是他们对“笔端直欲戏弄造化”的汤显祖的称誉⑤。

总之，在吴震生、程琼夫妇看来，无论是汤显祖还是王彦泓，都对恋人的心理有真切的体察和洞悉，并成绮语藻思，产生了摄人心魄的力量。

2. 对《牡丹亭》篇章字句的细致赏评。吴震生、程琼夫妇引用《疑雨集》

---

① 吴震生、程琼《才子牡丹亭》，第 342—343 页。
② 吴震生、程琼《才子牡丹亭》，第 398 页。
③ 吴震生、程琼《才子牡丹亭》，第 484 页。
④ 吴震生、程琼《才子牡丹亭》，第 633 页。
⑤ 阿傍《批才子牡丹亭序》，吴震生、程琼《才子牡丹亭》卷首。

所作的有些评点，是对《牡丹亭》曲词的阐释和串解，可以看作是对《牡丹亭》的鉴赏活动。从这些批点文字中，我们可以看出批点者敏锐而独特的审美感受力。如在批点第二十出《悼殇》【红纳袄】中的“从今后谁把亲娘叫也，一寸肝肠做了百寸焦”时说：

> 读“一寸肝肠”句，颇觉痕血盈篇，鬼声震册。王金坛悼妻诗“最是舌根强短后”“户外遥闻便刺心”“我已自知生趣短，暂停相待却如何”“凄凉欲就魂宴醉”，颇有“一寸肝肠百寸焦”意。①

“世间只有娘怜女”，杜丽娘的逝去，最伤心的无疑是杜夫人，“一寸肝肠做了百寸焦”，写出杜夫人极其凄苦之情。王彦泓悼妻诗句同样是情至之语，读之使人凄然动心，与杜夫人失去爱女的沉痛悲哀完全相通。在批点第二十四出《拾画》【金玲璁】中的“惊春谁似我”时说：

> “惊春谁似我”，谁似我但见诸花即作色观也。……王金坛：“卖赋惟储瞷浴金”，又“裾飘屟响到阶墀，便遣萧郎不自持”，皆“谁似”意。其云：“里中可语人偏少，世上无情事却忙”，是不识“惊春”者，其云：“但有玉人长照眼，更无他务暂经心”，是最解“惊春”者②。

以王彦泓《疑雨集》中的诗句从正反两方面解释柳梦梅的唱词，挖掘出柳梦梅惊春惜春、钟情特甚的情感内涵。在批点第二十八出【宜春令】中的“他惊人艳，绝世佳。闪一笑风流银蜡”时说：

> 王金坛：“从来国色玉光寒，昼视常疑月下看。况复此宵兼雪月，白衣裳凭赤阑干”，与此“惊人艳”三句暗合。③

王彦泓诗名为《寒词》，是一首描绘绝色女子的诗篇，《才子牡丹亭》顺手拈来，以此与柳梦梅眼中杜丽娘的惊人之美相辉映。

《才子牡丹亭》在征引《疑雨集》批点《牡丹亭》时，甚至进一步指出《疑雨集》超过《牡丹亭》之处。在批点第十出《惊梦》【尾声】中的“困春心游赏倦，也不索香熏绣被眠”时说：

> 王金坛《花烛词》：“四月春蚕已剥绵，困人风日嫁人天。不知织就鸳鸯锦，废却如花几夜眠。”织绵者，想出房中百千情状也，较“不索香熏绣被眠”又高出多矣。④

---

① 吴震生、程琼《才子牡丹亭》，第 303 页。
② 吴震生、程琼《才子牡丹亭》，第 354 页。
③ 吴震生、程琼《才子牡丹亭》，第 394 页。
④ 吴震生、程琼《才子牡丹亭》，第 163 页。

在批点第二十八出《幽媾》【浣溪沙】中的“对他脸晕眉痕心上掐”时说：

> “脸晕眉痕”云云，亦无如次回“愿作君家扫除隶，一生常拜美人图”“要识寸心相喻处，明明如月在君看”四句之妙也。①

吴震生、程琼夫妇感受很深入，细加领会，《牡丹亭》中的上述曲词的确不如王彦泓的诗句细腻真切。

3. 批点者随意的联想与发挥。如在批点第九出《肃苑》【一江风】“小春香，一种在人奴上，画阁里从娇养。侍娘行，弄粉调朱，贴翠拈花，惯向妆台傍。陪他理绣床，陪他烧夜香。小苗条吃的是夫人杖”时说：

> 王金坛“琼枝何必问根芽”，“娇养在人奴上也”。又“见人佯不隐红鞋”，又“感卿觉我欲来前”，“特地兜鞋碧槛边”，此种犹甚。又“意外逢欢笑脸圆”，“半羞半喜依依处”，亦善写此一种。又“抽来书传情都浅，镜侧闲看婢扫眉”，写得他虽“侍娘行弄粉调朱”，别自含情蓄思，与“贫家灯昏，镜暗妆无样”心绪迥别。又“可能髻摆钗梁后，还向迷藏旧处行”，不知代人“贴翠拈花”时，殊有髻安钗梁之望。又“小玉添香瑟瑟衾，此味近来同嚼蜡”，若只“陪他理绣床”，益觉难乎为情也。……王金坛：“花落春喧日影移，侍儿出幔罢矜持。灯前侧立魂难定，细唾柔嘶慢视时”，皆因其惯向“妆台旁”耳。……若次回“津头狂暴毁妆风”，则“夫人杖”之说也。……王次回爱族婢阿姚甚，后卒娶之，诗云：“拾翠南湘有二姚，风情天付眼眉腰。合德可须分月彩，阿环那更惜风飘”；又：“芳姿旧喜擎团扇，合德何劳带异香”，则腰身虽好，已不“苗条”。②

这段文字所引王彦泓的诗句，有的可看作是对《牡丹亭》的赏评与注释，如以“津头狂暴毁妆风”来解释“夫人杖”的涵义。但更多的时候只是由《牡丹亭》的字句联想到《疑雨集》而已，如由婢女春香“侍娘行，弄粉调朱，贴翠拈花”联想到《疑雨集》所写作者与婢女情感的诗句，由“小苗条吃的是夫人杖”中“苗条”联想到《疑雨集》写阿姚“腰身虽好，已不苗条”的诗句，似乎脱离了剧本情境。不过，这些看似随意的批点仍然和情色联系在一起，批点者以其独特的感觉力注意到婢女春香的爱欲情感：在其为小姐弄粉调朱之时“别自含情蓄思”，在代小姐贴翠拈花之际“殊有髻安钗梁之望”。

总之，《才子牡丹亭》引用《疑雨集》批点《牡丹亭》时，往往和男女情事联系在一起，维系了其对《牡丹亭》的评论基调：“色情难坏”。中国文学传

---

① 吴震生、程琼《才子牡丹亭》，第 392 页。

② 吴震生、程琼《才子牡丹亭》，第 110—111 页。

统观念的主流强调“温柔敦厚”，提倡“乐而不淫”“哀而不伤”“怨而不怒”等特点，因此在抒发感情时，一般讲求含蓄蕴藉，对感情，尤其是男女之情进行淋漓表现的作品非常少，更何况是比情更进一层的性爱之欲！在《才子牡丹亭》的批点中，《牡丹亭》《疑雨集》无疑都突破了传统观念，它们都表现了包括性爱之欲在内的“情”的美好动人，把人物内心深处的奥秘穷情极态地加以表现。

三　《才子牡丹亭》批点的启示

限于评点的零碎，我们只能选择部分批语加以分析。实际上，《才子牡丹亭》在征引《疑雨集》时，其所涉及的问题和批评层面远不止上述我们所论及的范围。仅从我们上文的分析就可看出，在《才子牡丹亭》的批评视野中，《疑雨集》与《牡丹亭》都属“从情根种出，千古不灭”的才子之文。这或许只是评点者自己的咀嚼和领悟，不过借《牡丹亭》以宣扬自己的情色意识而已，如评点者所言：“信笔所至，可自成书，正不必尽于作者肤貌相属”[①]。但是，若联系晚明文学创作的大背景，《才子牡丹亭》的解读毕竟还是有一定文本依据的[②]。同为晚明时期的文学作品，一为诗集，一为戏曲，二者在思想主旨、情感表现中出现的相通之处值得我们深思。这表现在以下几个方面：

其一，晚明文学思潮一直是明代文学研究以至整个中国古代文学研究的热点之一，研究者一般认为，在晚明文学中出现了与传统文学迥异的新特点。多数研究者认为这些新的特点主要表现在小说、戏曲上，《金瓶梅》、“三言两拍”、《牡丹亭》是其中重要的代表作品。实际上，如章培恒先生指出的那样，对当时知识人来说，戏曲、小说仅仅是小道，诗歌依然是时人抒发内在情感的主要手段，如果只在小说、戏曲里出现新倾向，而在诗歌创作中一仍旧贯，文学的基本面貌就不能算是发生了变化[③]。吴震生、程琼夫妇以《疑雨集》来注释《牡丹亭》，注意到这两部著作都畅意描写了“情”与“欲”，表现了它们的美好动人，表明在晚明时期，小说、戏曲中出现的新倾向在诗歌中也有充分的反映，这启发我们应把同一时代的不同文体联系起来认识。

其二，学界一般认为，晚明文学思潮到天启、崇祯时已趋于消歇。吴震生、程琼《才子牡丹亭》出现在康雍之际，这是值得进一步探讨的话题，或许

---

① 阿傍《批才子牡丹亭序》，吴震生、程琼《才子牡丹亭》卷首。

② 参看商伟《一阴一阳之谓道：〈才子牡丹亭〉的评注话语及其颠覆性》，华玮《汤显祖与牡丹亭》，中研院中国文哲研究所2005年版，第429—466页。

③ 章培恒《元明清诗鉴赏辞典序》，《元明清诗鉴赏辞典》，上海辞书出版社1994年版。

能促使我们进一步思考晚明文学消歇的过程，深入认识晚明文学思潮的复杂性。

其三，《才子牡丹亭》将《疑雨集》与《牡丹亭》相提并论，无疑是对《疑雨集》的推崇，其实在吴震生、程琼夫妇之前，包括王士禛、陈维崧和朱彝尊等著名文人在内，对《疑雨集》的评价颇高。《才子牡丹亭》或许能够引发我们对《疑雨集》的重新思考和关注。

第三节 “造就香奁一代才”
——读国学萃编社刊行的《疑雨集题辞》

在王彦泓《疑雨集》的传播和接受史上，1909 年是非常值得重视的一年，这一年至少有三种版本的《疑雨集》得以刊行：上海扫叶山房石印本，上海著易堂石印本，京都国学萃编社本（丰记印书局铅印本）。京都国学萃编社刊行本共 5 册，前 4 册为《疑雨集》正文，分别对应《疑雨集》卷一、卷二、卷三和卷四，第 5 册封面题《疑雨集题辞》，内容由序和题词两部分组成。“序”共 3 篇，包括婺源江峰青《序》、番禺沈宗畸《重刊〈疑雨集〉序》和丹徒吴清庠《重刻〈疑雨集〉序》。“题词”共 96 篇，包括题词诗 86 首（其中闺秀诗 16 首），其顺序为王谢家 10 首、王佺孙 4 首、金绶熙 4 首、朱点衣 2 首、定信 2 首、令汝楫 4 首、李维藩 4 首、王潜刚 2 首、郑钟琪 2 首、阿邻 4 首、韩叔密 4 首、戴坤 2 首、史恩培 2 首、金葆桢 1 首、张仁寿 2 首、陈寅 1 首、钟绳武 2 首、李靖国 2 首、李盛基 1 首、孙奇 2 首、张瑞毓 1 首、陈索然 2 首、王延钊 2 首、孙熙鼎 5 首、吴仲 3 首、汪笑梅 2 首、沈雯 4 首、勒德慧 2 首、畹兰女史 1 首、赵静芙 4 首、晨风阁侍史兰睇 3 首；题词词 10 首（其中闺秀词 1 首），其顺序为袁祖光 1 首、叶玉森 2 首、余际春 1 首、吕调元 1 首、张其锱 1 首、张瑜 1 首、沈豫善 1 首、童闰 1 首、朱素贞 1 首。这些序、题词不仅是研究《疑雨集》传播和接受的重要资料，也涉及国粹思潮背景下对传统诗歌的认知、中国艳体诗发展演变的理论和实践等问题，有多方面的价值和意义，但目前尚未见有人提及，故于此略作论述。

一 著涒吟社的一次加课

国学萃编社本《疑雨集》于宣统改元（1909）四月望日印刷发行，重刊者为江都吴仲（梦兰），校正者为番禺沈宗畸（太侔），同校者为江都童闰（补罗）。沈宗畸《重刊〈疑雨集〉序》对重刊《疑雨集》的缘由有具体说明：

王次回先生，明万历间诗人也。其所为诗，摘粉搓酥，薰香猎艳，于明七子外，独竖一帜。《疑云集》不可得而见矣。《疑雨集》初仅有传钞本，先生殁后百余年，侯子蔚醼为之刊行，其后坊间复据侯本翻刻，即今坊间通行本是也。校勘不精，鲁鱼亥豕，触目皆是，吴子梦兰读而病之，出其家藏旧本，用聚珍板排印，委予雠校，固辞不获。

韩叔密在题词时也曾提及国学萃编社本《疑雨集》的刊印情况："镂月裁云自一家，艳情香语岂欹斜。著涒吟主（沈、吴）风流甚，点检遗编校舛差。"沈即沈宗畸，吴即吴仲。沈宗畸、吴仲重刊《疑雨集》时，他们正组织著涒吟社，编刊《国学萃编》。著涒吟社是由沈宗畸于清光绪戊申（1908）初在北京发起成立的，所谓"著涒"，取自《尔雅》太岁纪年法中的"著雍""涒滩"，即对应干支"戊""申"，盖以成立之年命名①。在著涒吟社编辑的《国学萃编》第五十期开头，列有著涒吟社第七十八课题目预告，说明该社社集正课至少有七十八课。沈宗畸编撰有《著涒吟社诗词钞》五卷，为著涒吟社的诗词选集，此书载录社集 55 课②，根据该书统计，先后加入著涒吟社的超过 200 人。为国学萃编社本《疑雨集》写序或题词的共有 43 人，其中参加著涒吟社社集且有诗词选入《著涒吟社诗词钞》就有 29 人。他们被选入的课次分别为：令汝楫 26 课、金绶熙 25 课、袁祖光 24 课、朱点衣 22 课、定信 20 课、阿邻 15 课、沈宗畸 10 课、张瑜 9 课、李维藩 9 课、张其鎡 8 课、王佺孙 6 课、李靖国 5 课、戴坤 5 课、陈寅（毓寅）4 课、韩叔密 3 课、孙熙鼎 3 课、吴清庠 2 课、李盛基 2 课、金葆桢 2 课、王潜刚 2 课、郑钟琪 2 课、史恩培 2 课、沈豫善 2 课、童闰 2 课、张仁寿 1 课、陈索然 1 课、吴仲 1 课、吕调元 1 课、王延钊 1 课。

沈宗畸无疑是著涒吟社和国学萃编社的核心和灵魂，张次溪《京华耆旧传》曾这样介绍沈宗畸：

繁霜翁，番禺沈氏，讳宗畴，辛亥后易名宗畸，字孝耕，一字太侔，号南雅楼主，晚更号南野。故扬州知府笔香先生长子也。先生幼孤苦，……甲戌成进士，廷试二甲，自是知名。……（庚寅）翁往省父，时当暮春残红堕水，翁赋落花诗数十首，大江南北和者百人，多称之为沈落花。……戊申翁卧病榻，尚组著涒社，刊《国学萃编》，凡名篇孤本，无

① 参看朱则杰《著涒吟社考》，《社会科学战线》2016 年第 2 期。

② 沈宗畸《著涒吟社诗词钞》，清末广益印字局铅印本。苏州大学图书馆藏《著涒吟社诗词钞》共五卷，其中 50 次正课（第 48、49 两课失录），5 次加课。南江涛选编、国家图书馆出版社 2013 年出版的《清末民国旧体诗词结社文献汇编》第 10 册收录的《著涒吟社诗词钞》，只有卷一及加课，包含正课第 1—10 课，加课 2 课。

> 不编次梓行，出书数十种。值辛亥国变，社遂解散。乱定，翁又组织艺社，名流多依之。①

张次溪所说的“著涒社”显为著涒吟社的简称 。沈宗畸编撰的《著涒吟社诗词钞》前有《著涒吟社同人录》②，按入社的先后为序编排，为《疑雨集》写题词的有 14 人名列其中，且有简单的介绍。现列举如下：

毓寅，号铁如，别号中成子。住东四牌楼五条。

王延钊，号镜航，别号如谏果室。山东济宁州人。住校场头条。

袁祖光，号小称，别号瞿园。安徽太湖县人。住校场二条。

张瑜，号郁庭，别号铁柱轩。顺天大兴县人。住江擦胡同。

定信，号可安，别号法界众生。满洲正黄旗人。住大院儿胡同。

阿麟，号子祥，别号竹隐生。正黄旗汉军人。住北沟沿东观音寺。

金绶熙，号绂青，别号勺园。浙江桐乡人。住嘉兴馆。

王佺孙，号曙笙，别号亦谙。顺天宝坻县人。住象房桥龙泉寺。

李靖国，号可亭，别号宜春馆主。安徽合肥县人。住东太平街。

李维藩，号麓石，别号湛园居士。湖南湘潭县人。住学部公所。

令汝楫，号莲舫，别号拙斋居士。山东平度州人。住吏部缮摺处。

李盛基，号仲衡，别号惰农。陕西长安县人。住石驸马大街施医局。

金葆桢，号实斋，别号意尹。河南祥符县人。住南横街祥符馆。

沈宗畸，号太侔，别号二禺山樵。广东番禺县人。住前青厂番禺新馆。

张文森撰于 1914 年的《著涒吟社诗同人小传》③，传主共收录 12 位，其中为《疑雨集》作序或题词的有金绶熙、沈宗畸、袁祖光和张瑜，介绍更为细致，兹录于下：

金绶熙，字绂青，号勺园，又号绮佛。年五十八岁。浙江桐乡人。前官补用知府。著有《清雅堂诗文集》《艳雪词钞》《勺园四种曲》。住北京虎坊桥天顺栈通信处天津北马路德馨栈。

沈宗畸，字孝耕，号太侔，又号南雅。年五十岁。广东番禺县人。己丑举人，前官礼部主事，现充交通部编辑员。著有《南雅堂诗词钞》。现住北京前青厂番禺新馆。

袁祖光，号小称，别号瞿园。年四十岁。安徽太湖县人。癸巳进士，前

---

① 张次溪《京华耆旧传（六）沈南野》，《文字同盟》1927 年第 5 期。转引自孙浩宇《清末北京著涒吟社岁时活动考》，《中国文化研究》2016 年秋之卷。

② 沈宗畸《著涒吟社诗词钞》，清末广益印字局铅印本。

③ 张文森《著涒吟社同人小传》，南江涛选编《清末民国旧体诗词结社文献汇编》第 10 册，国家图书馆出版社 2013 年版。

官吏部主事，改官直隶州知州。著有《瞿园诗文钞》《绿天香雪簃诗话》《瞿园杂剧》数十种。现住湖北官纸印刷局。

张瑜，字二周，号郁庭，别号铁柱轩主。年三十七岁。直隶大兴人。前清布衣，现司法使幕中事。著有《天碧阁诗》二卷、《铁花仙馆词》二卷、《六朝艳体诗选》八卷、《谜海二十六种》计百卷。住北京崇文门内箭杆胡同。

著涒吟社是清末影响甚大的文人社团，凝聚了当时众多的社会名流，是“国粹思潮中北方的社团代表”①。该社编有《国学萃编》，由吴仲任总理，沈宗畸任总编选；刊有《晨风阁丛书》，由沈宗畸编校。沈宗畸、吴仲等著涒吟社成员及其周围的文人之间掀起的为《疑雨集》题词的热潮，可以看作著涒吟社的一次加课②。吴仲在重刊《疑雨集》杀青后题有三绝，其二为：

> 一般骚怨非无记，六义风诗未可删。异代知音者谁氏，夷门而外有仓山。（自注：坊间通行本为侯氏所刊，而以《别裁》不登次回诗争之于沈归愚者，则袁简斋也。）

侯文灿是《疑雨集》的最早刊刻者，袁枚曾因沈德潜编《国朝诗别裁集》不登王彦泓诗而去信相争，侯文灿、袁枚对《疑雨集》的传播和接受发挥了积极作用，影响深远，吴仲将其看作王彦泓的“异代知音”。实际上，吴仲和沈宗畸同样可看作王彦泓的“异代知音”，《疑雨集》的重刊，受他们之邀而作的这些序文和题词，无疑对促进《疑雨集》的传播和接受、扩大《疑雨集》的影响，具有重要的意义。

二 丰富的传播史料蕴藏

如果仔细阅读这些与《疑雨集》正文一起刊印的序文和题词，实不难发现，这里有丰富的史料蕴藏，对研究《疑雨集》的传播和接受具有重要价值。

首先，这些序文和题词有助于了解《疑雨集》在当时的传播语境。从序文和题词透漏出的信息看，《疑雨集》在清末曾引起过很大的争议。一方面，《疑

① 孙浩宇《清末北京著涒吟社岁时活动考》，《中国文化研究》2016 年秋之卷。

② 国学萃编社本《疑雨集》附刊的序文和题词，当为吴仲所征求。吴仲征撰《疑雨集》题词的文字未见，但《国学萃编》第四十五期载有加课题目《征撰〈吉林纪事诗〉题辞》，为沈宗畸、吴仲代启：“此集乃沈大令钧平所著，其中子目分为《发祥》《巡幸》《天文》《地舆》《岁时》《职官》《人物》《金石》《物产》《杂俎》等十门，均各有诗，诗后注以事实，现已编辑成书四大册，定为异日志乘之一大助，期其必传，敝社代为付印，今春一准出版。敢乞海内名家，闺阁名媛，不吝珠玉。无论诗词序跋，一律征求，诗不限体韵，词不限词牌，序跋亦不拘长短，选刊者即赠全书一部，如有佳构，另行加彩，即不选刊，亦各有所赠。正月三十日截止，二月望揭晓。卷寄吉林省城都练公所兵备处文案室沈君钧平自收。”《疑雨集》附刊的序文和题词，也当是吴仲以类似方法征求。

雨集》曾受到众多读者普遍欢迎。吴清庠《重刻〈疑雨集〉序》云：

《疑雨集》，同郡金坛王次回先生所著也。……所惜梨枣模糊，丹采黝黯。郭公夏五，讹脱滋多，帝虎鲁鱼，刊除未尽。然犹贾人来购，囊空鸡林之金；豪贵传抄，价长洛阳之纸。此开卷者所由志逸肠抽，而校书者每恨臭朽蟫断也。江都吴君梦兰乃为访求旧钞，嘉惠艺林。鸠集卖文之钱，重付怀铅之手。纷搴华藻，独振芳尘。奏河间写真之能，擅南平雠校之美。将见徐庾绮艳之体传诵京师，颜谢词彩之名永垂江左。

从"贾人来购，囊空鸡林之金；豪贵传钞，价长洛阳之纸"的口吻中，不难想见《疑雨集》在当时所受到的喜爱和追捧。吴仲、沈宗畸之所以重刊《疑雨集》，很大程度上是看好《疑雨集》潜在的消费市场。另一方面，《疑雨集》也受到一些读者的批评和讥诮。沈宗畸《重刊〈疑雨集〉序》云：

客有过予者于案头见是书，读未终卷，怫然不悦，正襟危坐而诘予曰："艳体贵有含蓄，次回诗过于刻露，非香奁正轨。今君刻之，得毋有意诲淫耶？"

沈宗畸所写之"客"对《疑雨集》的态度，在当时恐怕并非个案，这也正是江峰青、吴清庠和沈宗畸在《序》中为《疑雨集》辩护的现实针对性。金葆桢在为《疑雨集》题词时说："词成绮语托荃荪，小雅风人义尚存。悱恻芬芳神女梦，温柔敦厚楚骚魂。文章一厄休相诮，著述千秋有定论。不待后来笺注作，分明顽艳效西昆。""文章一厄休相诮"正表明在当时有人讥诮《疑雨集》为"文章一厄"。

其次，这些序文和题词提供了不少生动鲜活的案例，为我们考量《疑雨集》在当时的传播和接受提供了一定的依据。题词的作者与普通读者不同，他们对作品往往有更深切的理解。如王谢家先题词 4 首，然意犹未尽，接着又撰成 6 首，在小序中说："前诗脱稿未见其可，雨窗多暇，复走笔成六长句，末首'红窗'云云，盖当年本事诗也。"其所说的"末首'红窗'"诗为：

少年结习慨销沉，绮语重拈感更深。尚忆红窗成对影，共翻湘帙试清吟。鹣鹣已向花前化，燕燕凭谁卷里寻。一片墨痕千点泪，几回掩抑湿罗襟。

王谢家字幼杭，山东济宁人。光绪癸卯(1903)举人。有《桥庵遗集》2 卷①。

① 遗集卷首民国三十一年(1942)江亢虎撰序云："辛巳腊尾，余返旧都，走视先生。……人日再往视疾，越七日先生遽下世。"辛巳为民国三十年(1941)。据此序，可知其卒年在民国三十一年(1942)。序又称其年近七十，则其生年约在 1874 年前后。

从诗意看，王谢家早年曾与恋人共读《疑雨集》，现在再次读到该书，内心珍藏的记忆被掘发出来，但物是人非，原来共读的人已黄土陇中卧，无处寻觅，不禁泪湿罗襟，感慨万千。王谢家的题词提供了王彦泓诗在晚清传播和接受情况的珍贵资料，说明《疑雨集》具有极强的感发力量。再看郑钟琪的题词：

> 卷开一读一销魂，粉滴酥搓笔底痕。浓着胭脂铺北地（集中赠左卿诸诗皆客京师时作），细参胎息压西昆。谢娘影事迷飞絮（集中“谢娘”两字屡见，有《戏占答客》句云：“风絮清才团扇曲，莫应长合属王郎”），蔡女清才种慧根（次回有女名朗，亦工艳体诗词，见陈迦陵《妇女集》）。旷代怜才谁最笃，延陵风趣抗夷门（是集始刊于梁溪侯氏，今为维扬吴梦兰君重刊）。

郑钟琪字寄伯，江苏溧水人。著有《茶醉轩诗选》[①]。“卷开一读一销魂”，反映了《疑雨集》引发的审美效应之强烈；“集中‘谢娘’两字屡见，有《戏占答客》句云：‘风絮清才团扇曲，莫应长合属王郎’”等注释，显示出郑钟琪对《疑雨集》印象之深刻。类似的题词还有不少。例如：

> 才不成名玉化烟，百无聊赖写婵娟。擘肌为纸肝为墨[②]，如此诗人亦可怜。（孙奇）

> 漫道王郎嗜好奇（集中有“天壤王郎嗜好奇”之句），灵均心事玉溪诗。哀时词客偏摇落，云雨高唐有所思。（韩叔密）

> 问卿甚事总干卿，如此茫茫百感并。倾国倾城中妇艳，春风春水丽人行。舌翻莲瓣婆心苦，眼触桃花圣解生。我亦东西爱涂抹，笑拈秃笔忏多情。（金绶熙）

> 鱼豕何从更质疑，庐山真面少人知。而今幸觅麻沙本，重读扬州买妾词。（王延钊）

> 隔世阅词场。词人两鬓霜。酒醒时、云雨荒唐。别有伤心人不解，将绮语，学冬郎。旧梦忆萧娘。温柔是此乡。最销魂、最耐思量，好约南皮吴季重，重领略，一分香。（吕调元《唐多令》）

韩叔密、金绶熙前已介绍。王延钊字镜航，山东济宁人，王谢家的父亲。吕

---

① 柯愈春《清人诗文集总目提要》，北京古籍出版社 2001 年版，第 1653 页。

② “擘肌为纸肝为墨”出自王次回《疑雨集》卷上《感遇》。原诗为“一顾难酬暗有期，自抽心茧报心知。擘肌为纸肝为墨，尚讶吟成鬓未丝”。

调元原名景平,字权子,号燮甫,安徽太湖人,民国时曾任安徽省长。他们在题词时或引用《疑雨集》的诗句,或叙述自己阅读时被打动,说明也都对《疑雨集》非常熟悉和喜欢。“重读扬州买妾词”,表明有的已不是第一次阅读《疑雨集》了。这些题词,使我们对《疑雨集》的接受效果有了比较深切的了解。

为《疑雨集》题词的还有一些闺秀。丰记印书局刊本共录闺秀题词诗16首,题词词1首。如:

> 谩云惯作懊侬篇,半为怜人半自怜。侍女挑镫郎伴绣,教侬转忆十年前。(赵静芙)

> 惜花往日笑郎痴,读罢遗篇也系思。莫怪归愚浑不觉,断肠滋味几人知。(赵静芙)

> 艳境迷离梦里春,此中疑假又疑真。花魂月魄描摹尽,名士前身是美人。(汪笑梅)

> 一日相思十二时,个中况味阿谁知。此生却被柔情误,谶绮词成悔已迟。(沈雯)

> 不写合欢写别离,谁将彩笔绕情丝。楼头杨柳青如许,愁煞先生一卷诗。(畹兰女史)

这些题词以女性特有细腻和敏感表达了阅读《疑雨集》时的感动甚至共鸣,她们显然为王彦泓出众的才华所深深折服。晨风阁侍史兰睇受丈夫沈宗畸之命也题词3首:

> 劫火丛残鬼哭闻,人间何处觅《疑云》。一编把向灯前读,绝代风骚让此君。

> 逸少风流早擅名,在腰为带寄闲情。才人不遇原多感,漫拟寻常郑卫声。

> 旧本麻沙细校雠,定香熏透骨都柔。独怜梦觉扬州后,尚欠情天万斛愁。(曩夫子刻《拜鸳楼小品四种》,其中《欠愁集》一卷为二姊拜鸳手录。今二姊逝已三年矣,伤哉!)

晨风阁侍史兰睇是带着自己的生命体验进入《疑雨集》描绘的意境的,她沉浸其中流连忘返。这些闺秀的题词值得特别注意,说明王彦泓的诗不但受到男性读者的喜欢,在闺阁中也有知音。

国学萃编社所刊《疑雨集题辞》中的序文和题词,既是一个个《疑雨集》

传播和接受的例证，同时也可看作是一则则广告，它们汇合成一场声势浩大的宣传活动，形成了一种强势传播效应，营造了某种氛围和舆情，从而引起读者的阅读期待。

三　辩护与阐释："奇才甘蠖绮罗丛"

《疑雨集》诗多艳体，如何认识、理解和评价艳体诗一直是《疑雨集》接受过程中的焦点问题，有的人对《疑雨集》口诛笔伐，不但斥责作者王彦泓有意诲淫，连刊刻者、推崇者也成了风雅罪人。正因为如此，对《疑雨集》艳体的辩护成了丰记印书局所刊《疑雨集》序的核心内容。如江峰青从王彦泓的人生际遇出发为《疑雨集》辩护：

> 美人香草之吟，惊鸿游龙之赋，作者其有忧患乎？文章之士，恒有英光，足以烛霄汉而不足辱王公一日之知者，乃愤而遁于粉白黛绿之场，冀当吾世而有知我、厚我、爱我、怜我之一人，而其人又为我所知、我所厚、我所爱怜之人，而于是焉借酒杯浇垒块，居恒愤郁不平之气与夫磊落奇伟之思，欲发扬蹈厉而无由者，假吟风弄月之余间而尽情倾吐，锋刃横溢，情思悱恻。不知者以为文人之艳福，其知者以为大化之商音。此王次回先生所为有《疑雨集》之作也。嗟乎！十年绮梦，悠悠薄倖之名；一枕红绡，滴滴穷途之泪。天盖高而长醉，地无冢以埋忧，被酒佯狂，长歌当哭，先生殆古之伤心人哉？然岂独先生哉！

艳情之作，有的是才人浪子在得意时所为，为"文人之艳福"，有的是志士才人不遇于时的英雄之泪，为"大化之商音"。在江峰青看来，《疑雨集》显然属于后者。"伤心人"王彦泓在个人价值难以实现时，不得已逃于"粉白黛绿之场"，希望在女性身上获得情感慰藉，以纵情声色的方式来发泄愤懑和绝望。《疑雨集》正是王彦泓人生遭际的反映，其与"美人香草之吟""惊鸿游龙之赋"等类似，艳情中寄寓着身世之感，"假借吟风弄月之间"尽情倾吐其愤郁不平之气，实为"长歌当哭""借酒杯浇垒块"之作。

沈宗畸《重刊〈疑雨集〉序》则采用主客对话的形式，通过回应"客"的诘问来为《疑雨集》辩护：

> 客有过予者，于案头见是书，读未终卷，怫然不悦，正襟危坐而诘予曰："艳体贵有含蓄，次回诗过于刻露，非香奁正轨。今君刻之，得毋有意诲淫耶？"予应之曰："子何迂之甚也！孔子删诗，独存郑卫，而河洲一什实为后世香奁之滥觞。《疑雨集》中诸作借题发挥，寄情绵邈，亦犹屈子《离骚》美人香草、《山鬼》萝衣，无非托物起兴，藉以写缠绵悱恻之

> 思,若必谓有是事乃有是诗,正所谓刻舟求剑。善读诗者,当不若是之拘迂。”客固解人,言下大悟,揖予曰:“唯敬闻命矣。”

针对王彦泓所写艳情不够含蓄,过于刻露,刊刻《疑雨集》为有意诲淫的质疑,沈宗畸从三个方面作了回应:一是攀附经典,用经典中的艳体篇章为《疑雨集》辩护。沈宗畸抬出被儒家奉为经典的《诗经》:郑卫之诗既然可以堂而皇之地出现在《诗经》中,孔子不将其删去,而《诗经》的首篇《关雎》(即河洲一什)实可看作后世艳体诗的滥觞,那么,《疑雨集》中的艳体诗也自有其存在的价值。二是强调比兴寄托,将《疑雨集》置于“美人香草”的文学传统中以挣得合法地位。认为《疑雨集》所写艳情不过是“借题发挥”,与屈原《离骚》《山鬼》等相似,“无非托物起兴,借以写缠绵悱恻之思”。三是认为《疑雨集》所写情事当不得真,不必刻舟求剑,过于拘迂。

相较而言,吴清庠的辩护更为细致深入,其《重刻〈疑雨集〉序》云:

> 顾或谓襞纸驱墨,横流可哀;嘲风弄花,六义浸失。方今青楼薄倖之流,城隅佻达之子,轻唇利吻,脂粉为之不芳;荡语淫哇,房帷于焉流秽。截断众流,端赖大雅。今复推波以助澜,嘘火以张焰,将以为后生准的,得毋作风雅罪人欤?虽然,艳歌有女,我闻乐府之音;香草美人,咸识灵均之怨。且也相思千里,范公填怀旧之词;归去一官,陶令草闲情之赋。根情苗言,具有定论;清词丽句,尽可为邻。况乎玉溪沦落之年,沉吟《锦瑟》;韩偓忧危之日,传写《香奁》。惟予怀其信芳,乃文外为独绝。所当略其迹象,通以性灵,则佳人绝代之词,不过自矜标格;倡妇登楼之作,多应聊寄生平。彼夫怀朴之伦,欲绝衔华之事。是必八音迭奏,进钟鼓而可退管弦;五色相煊,得青黄而可删红紫。何其固哉,可无取矣!然则此华篇丽纂,密制精裁,固宜并芍药以相遗,浣蔷薇而雒诵。道魔可厌人,莫来绿衣纻絮之讥弹;绮语遭呵我,不信马腹驴胎之梦呓!

在清末,随着道德伦理约束力的下降,当时社会兴起了竞相追求色欲的狂潮,有人指责此时重刊《疑雨集》是对这种人欲横流社会风气的推波助澜,刊刻者吴仲也被认为是风雅罪人。对此,吴清庠以公认的经典作家作品为例证明表现艳情的作品存在的合理性,从多个层面展开辩护:其一,在中国文学中,用爱情相思、美人香草比兴寄托是一种传统,如屈原的作品、傅玄的《艳歌有女篇》,都能从字里行间找出一些比兴寄托的微言大义。其二,写男女之情并不与人品名节相抵牾,正人君子也不废艳情。范仲淹填有《御街行·秋日怀旧》这样因景怀人、念远伤离的词,并不妨碍其成为政治革新家;

陶渊明著有《闲情赋》这样铺叙爱情之流宕的赋，并不妨碍其成为安贫乐道的第一流人物。其三，艳情描写中常常渗透着作者的身世之感："玉溪沦落之年，沉吟《锦瑟》；韩偓忧危之日，传写《香奁》。"其四，在评论艳情作品时应有一种通达、宽容的姿态和气度，"清词丽句，尽可为邻"。此外，对写艳情而要遭到报应的说法也提出了怀疑。

这三篇《序》可以相互补充参证，其主要内容皆为尽力洗刷《疑雨集》诲淫的嫌疑，这些话在今天看来似乎并无多少新意，但在当时却是有针对性的，有助于《疑雨集》被社会认可和向大众传播。

国学萃编社本《疑雨集》所附载的96篇题词在对《疑雨集》进行评价或叙述读后感想时，也往往以比兴寄托解读《疑雨集》中的艳情书写，将王彦泓所写艳情与其身世之感、人生体验联系起来，认为作者用心良苦，立意良深。题词诗如：

楚雨含情饶寄托，湘波如泪半离忧。（王谢家）

云雨生涯神女梦，兰荃怀抱楚人些。（金绶熙）

孤愤且凭柔翰诉，壮才应许定香熏。（王佺孙）

万方多难百忧集，镂草雕花亦可怜。（王潜刚）

痛饮排愁托艳歌，无家有泪似金波。（韩叔密）

可怜一掬荃荪泪，洒向毫端句亦香。（吴仲）

接轸千秋香草意，有功一代浣花吟。（陈寅）

莫把高唐讥宋玉，楚天云雨本堪疑。（沈雯）

题词词如：

黯澹江南，北望天涯，王孙芳草，骚情郁积，殢雨尤云，身世感愁绝。（袁祖光《虞美人》）①

美人投赠思香草。绮丽知多少。闲情寄托自遥深。只有玉溪声调是同心。　　高唐漫说荒淫赋。佳什堪千古。枣梨灾后渐凋残。恰幸羞翁珍重为重刊。（张其锱《虞美人》）

次回前辈，乃金坛诗伯。家学渊源绍贞白。具江淹别恨，元稹悲

① 《著涒吟社诗词钞》卷三载有第二十八课《仿元遗山论诗绝句》（专论本朝诗家，作七言绝句不拘首数），袁祖光论王次回云："楚骚风韵托兰蘅，儿女温柔遣性情。独有苦衷言不得，解人谁是玉溪生。"

怀,身世感、寄托花晨月夕。　　天涯维旧雨,断梦难凭,反复人情自怜惜。珠玉半沉埋,随处搜罗,赖侯子、汇刊成册。又亥豕、而今太模糊,愿季札重镌,寿同金石。(朱素贞《洞仙歌》)

上述题词或将王彦泓《疑雨集》纳入美人香草、比兴寄托的诗学传统,或强调绮罗脂粉背后作者的身世之感和人生之哀,但说得都比较笼统,并未明言哀感的具体内涵。有的题词则将哀感限定在故国之思、遗民怀抱上,将香艳之情融进忠爱之心。如:

霞裳绮丽茜裙红,都入江山感喟中。文藻凄凉悲故国,余生寥落托钗丛。采薇空洒夷齐泪,赠芍休嗤郑卫风。《哀郢》《怀沙》无限意,不堪高唱大江东。(王佺孙)

一卷闲情稿。写淋漓、妇人醇酒,遗民怀抱。百炼钢肠磨不断,化向指头缠绕。聊遣兴、修纤斗巧。热血满腔何处洒?旧山河、回首英雄老。家国恨、托香草。(童闰《金缕曲》)

据《史记 · 伯夷列传》载,周武王灭殷之后,“伯夷、叔齐耻之,义不食周粟,隐于首阳山,采薇而食之”。“采薇空洒夷齐泪”用的就是这一典故。《哀郢》《怀沙》是屈原《九章》中的两篇,前者所写是郢都被攻破后作者流亡的经历,作品充满对楚国的眷恋和忧虑,后者是屈原的绝命辞,感情及其沉痛。王佺孙注意到了《疑雨集》感伤的风格特征,并进一步将这种感伤与故国之悲相联系。童闰以“遗民怀抱”解读《疑雨集》,认为其艳情里寄寓着“家国恨”。实际上,王彦泓崇祯十五年已去世,离明朝灭亡尚有一段时间,说王次回“悲故国”“遗民怀抱”,未免显得无的放矢,但细读《疑雨集》,确实能感受到渗透到字里行间的感伤情绪,表现出明显的末世特征。张仁寿为《疑雨集》题词时云:“艳迹南朝事已空,独传绮语状惊鸿。金荃集尚留宗派,香草词原继国风。彩笔平驱烟墨气,奇才甘蠖绮罗丛。青楼脂粉青袍泪,都入迴肠荡气中。”“奇才甘蠖绮罗丛”应该是对王彦泓十分恰当的概括。

四　融入经典的谱系:“玉溪才调是前身”

在题材的多样性上,《疑雨集》其实和一般文人的诗集没有多大的差别,但不管是写序者还是题词者,都不约而同地将笔墨集中在艳体诗上。以香草美人的传统为《疑雨集》辩护,将艳情描写与作者的身世之感相关联,强调艳情书写的合理与合法,固然有利于《疑雨集》被读者接受和认可,但这毕竟是在外围打转,没能触及王彦泓《疑雨集》的独特价值。实际上,《疑雨集》常常为艳情而写艳情,用比兴寄托来解释其中的艳体诗,虽说不上是削足适履，但终觉没能搔到痒处。在序及题词中，很多作者都对《疑雨集》的艳情展开了正面的讨论。如吴清庠《重刻〈疑雨集〉序》云：

握孙楚之笔，文生于情；摛王昕之才，丽绝当世。呼屈、宋作衙官，驱李、温为奔命。巧心妙手，言成一家；缛旨繁文，卿推独秀。茂先艳体，不嫌儿女情多；总持侧篇，宜为好事讽遍。

吴清庠（1878—1961），字眉孙，号双红豆斋主。江苏丹徒人。清末优贡生，南社社员。著《寒芋词》《绿么韵语》等。吴清庠这段文字涉及孙楚、王昕、屈原、宋玉、温庭筠、李商隐、张华、江总等文学史上的言情高手，大意是说王彦泓诗多艳体，文辞华美，能自成一家，富有艺术感染力，深受读者的喜爱。在叙及自己的阅读体验时，题词者大都对王彦泓写艳情的"巧心妙手"表达了称许。他们有的指出《疑雨集》所写艳情类型丰富，情境繁多。如王谢家云：

欢悰别绪都吟遍，更写闲情夕秀诗。未必苕华皆薄命，尽教袍袄惹相思。青溪小妹青绫帐，白马三郎白纻词。收拾一编勤护袭，才人心血后来知。

"欢悰别绪都吟遍，更写闲情夕秀诗"说的正是《疑雨集》将男女情爱的各种情境体验都写到了。

有的则指出王彦泓善于描摹女性的意态神情，捕捉女性女性心曲的微妙波动。如：

冬郎藻思江郎笔，妙管生花值万金。一片媚情呼欲出，十分忍俊未能禁。红灯隔泪真佳句，黄绢成词耐细吟。惭愧题诗病司马，开篇酸透待灰心。（李靖国）

漫言儿女太情长，聊借悲欢写侠肠。电露六如归解脱，雨云一梦寓荒唐。吟成靡曼香三日，画出娉婷态万方。腻语缠人痴欲死，不愁妒艳有鸳鸯。（郑钟琪）

艳境迷离梦里春，此中疑假又疑真。花魂月魄描摹尽，名士前身是美人。（汪笑梅）

甘泽三生石，巫山一段云。阳台梦幻总非真，聊尔赋东邻。

点窜娇嗔态，描摹浅笑神。彩毫真欲摄香魂，忍俊不能禁。

红豆生南国，佳人出北方。庐家小妇郁金堂，都入笔端忙。

> 历尽蘼芜怨，余兹齿颊香。个中滋味指曾尝，意境至楚疆。（张瑜《巫山一段云》）

“一片媚情呼欲出”“画出娉婷态万方”“花魂月魄描摹尽”“彩毫真欲摄香魂”，指向的都是《疑雨集》表现艳情的具体生动、细腻熨贴，富于感染力。

有的赞扬王彦泓才调翩翩，辞藻艳丽。如：

> 王郎才调忒翩翩，簇锦团珠萃一编。初日朝霞难比艳，惊鸿彩凤与争妍。新词旖旎愁中侣，影事荒唐梦里天。欲向巫山问神女，疑云飞去是何年。（李靖国）

> 何时把卷上旗亭，赌唱双鬟更好听。秀语夺春千种绿，余音终曲数峰青。英雄草草谈风月，儿女喁喁见性灵。言外有人容绝代，低徊不嫁惜娉婷。（金绶熙）

> 物外睹吟情，胸中蕴玉清。山川澄秀色，天地泄琼英。奇藻三唐擅，风流两晋名。墨华春滟水，笔湛晓烟轻。（钟绳武）

王彦泓诗的语言既艳丽华美，又新鲜活泼，“初日朝霞难比艳，惊鸿彩凤与争妍”“秀语夺春千种绿，余音终曲数峰青”“山川澄秀色，天地泄琼英”，这些诗句描绘的正是王次回驾驭语言的本领。

有的则将王彦泓《疑雨集》与中国文学史上经典作家和经典作品相联系，在艳体诗词发展的历史长河中对王彦泓进行考察和定位。如：

> 郑卫风诗先屈宋，从来绮语最艰辛。艳词毕竟含敦厚，哀感何妨杂笑颦。开府清新堪嗣响，玉溪才调是前身。琳琅满纸芬芳溢，始信生花笔有春。（李盛基）

> 明月扬州杜牧之，枇杷门巷遍题诗。生耽冶习差同我，语涉风怀便郁伊。吟管不辞裙底秃，绮情半在酒边痴。玉溪不作冬郎死，《子夜》犹传绝妙词。（张仁寿）

> 幽韵芳情学楚骚，玉溪生后独挥毫。不为凡鸟呷唔语，此是祥禽一羽毛。（令汝楫）

> 江花吴月盛南天，寂寞风流二百年。长吉呕心传艳体，温岐叉手著吟篇。雌黄讵免当时口，翰墨终留异代缘。此际巾箱添韵事，《香奁》妙集快重镌。（王谢家）

> 冬郎藻思江郎笔，妙管生花值万金。一片媚情呼欲出，十分忍俊未能禁。红灯隔泪真佳句，黄绢成词耐细吟。惭愧题诗病司马，开篇酸透

待灰心。（李靖国）

我国艳体诗源远流长。在最早的诗歌总集《诗经》中的风诗，颇多男女相悦之作。屈原开创了以美人香草比兴寄托的传统，宋玉的《高唐赋》《神女赋》《登徒子好色赋》被称为文人艳体文学的百代之祖，“云雨高唐”成了艳情的象征。唐代是中国诗歌的黄金时代，艳体诗也大放异彩：李贺诗集中，有关男女之情的诗歌占了相当大的比重，对女性有出色的描写；温庭筠常出入青楼楚馆，他的“侧艳之词”造就了他在文学史上的声名；李商隐诗风绮艳，他的无题诗缠绵委婉，迷离惝恍，他的创作标志着艳体诗发展的新方向；杜牧寄情声色，其在诗歌中常以多情和轻狂自我标榜，他的形象被塑造为风流浪子型的人物；韩偓晚年称自己“不能忘情，天所赋也”，将自己幸存下来的艳体诗编为《香奁集》，严羽《沧浪诗话》就此提出“香奁体”之说，后来“香奁体”成了艳体诗的代称。一个作家或一部作品的价值不可能孤立地得到说明，只有在与他之前或之后的经典作家的联系中才能体现，题词者将《疑雨集》与《诗经》中《郑风》《卫风》相连，与屈宋骚赋等并提，与李贺、温庭筠、李商隐、杜牧、韩偓等类比，无疑是在反复证明王彦泓《疑雨集》的经典价值，在一定程度上帮助确定了该诗集在中国艳体诗发展史上的经典地位。

总之，国学萃编社《疑雨集题辞》中序文或题词，可看作是一篇篇的导读性文字，它们凝聚成阐释引线，引导甚至控制着读者的理解方向，对王彦泓《疑雨集》的传播和接受产生了极大影响。孙奇在为《疑雨集》题词时写道：“疑雨疑云入梦来，诗魂无日不妆台。荀郎熨体潘郎鬓，造就香奁一代才。”“造就香奁一代才”正可借来说明这些序文和题词对《疑雨集》在清末民国经典化的重要意义，王彦泓被历史性地定位为艳体诗的代表性人物，《疑雨集》自然融入了艳体诗的经典谱系。

余　　论

中国艳体诗源远流长，其绝对数量虽不算少，但一般认为中国艳体诗并不发达，有时中国诗里的男女爱情，看起来远不如同性朋友间的情谊笃厚①。而更有意味的是，历代不仅对艳体诗的评价大相径庭，在艳体诗的理解上也存在很大分歧，有的阐释者有意识地调整、置换诗歌的重心，把男女情爱的描写引向政治或道德伦理的框架中。因此，尽管学界对中国艳体诗已展开过多次讨论，亦取得了若干共识，但中国艳体诗似仍未得到合理对待，一些应进入研究视野的作家作品很长时间被冷略。尽管在内容的多样性上王彦泓《疑雨集》和一般文人的诗集没有根本的区别，除艳体诗外，悼亡诗、感怀诗也很有特色，但引起争论、产生重要影响的主要是其中的艳体诗。在论文的最后，我们以王彦泓《疑雨集》为切入点，简单谈谈中国艳体诗的历史命运及文学史书写问题。

一　中国艳体诗的历史命运

在《绪论》部分，我们探讨了袁枚、沈德潜因王彦泓艳体诗引发的争论及其后来的不同回响，说明不同的评论者对艳体诗的理解差异很大，态度也因之大相径庭。综合历代对待艳体诗的态度，大致有三种方式：

1. 对艳体诗的口诛笔伐。鲁迅在《摩罗诗力说》中指出：

> 如中国之诗，舜云言志；而后贤立说，乃云持人性情，三百之旨，无邪所蔽。夫既言志矣，何持之云？强以无邪，即非人志。许自繇于鞭策羁縻之下，殆此事乎？然厥后文章，乃果辗转不逾此界。其颂祝主人，悦媚豪右之作，可无俟言。即或心应虫鸟，情感林泉，发为韵语，亦多拘于无形之囹圄，不能舒两间之真美；否则悲慨世事，感怀前贤，可有可无之作，聊行于世。倘其嗫嚅之中，偶涉眷爱，而儒服之士，即交口非之。

① 黄永武《中国情诗论》，《古典文学》第七集下册，台湾学生书局 1985 年版。

况言之至反常俗者乎?①

鲁迅把中国文学中"嗫嚅之中,偶涉眷爱"之作放在"心应虫鸟,情感林泉""悲慨世事,感怀前贤"之上加以肯定的同时,也注意到中国主流观念对待艳体诗的基本态度:"交口非之"。中国历代"儒服之士"的行列极为庞大,如俞樾《秦肤雨诗序》在梳理了诗坛"丽"与"则"的关系源流之后,指责王彦泓为"风雅之罪人":

> 扬子云:"诗人之赋丽以则,词人之赋丽以淫。"是知古所谓诗人词人者,虽有则与淫之别,而丽则一也。……若夫唐人温、李之诗,寄托遥深,实古风骚之遗韵,而沿其体者,徒拾浮华,不存古意。至宋初杨、刘诸公衍为西昆体,则又丽而不则矣。其弊也,以韩致光《香奁》为滥觞,极而至于国朝王次回之《疑雨集》,丽而不则,又入于淫,斯风雅之罪人矣。②

吊诡的是,批评艳体诗的"儒服之士",有的本身也爱写艳体诗。据皮日休《论白居易荐徐凝屈张祜》记载,白居易选拔人才时"荐凝而抑祜",就是因为张祜好写乐府艳发之词,而徐凝的诗风朴略椎鲁。当令狐楚向元稹奉上张祜诗,元稹说的是:"雕虫小技,或奖激之,恐害风教。"其实当时艳体诗写得最多、最好的恰恰是元稹和白居易,文学史上所谓的"元和体",指的主要是那些"浮靡艳丽"的艳体诗③。杜牧很同情张祜的遭遇,曾借李戡之口说:"诗者可以歌,可以流于竹,鼓于丝,妇人小儿皆欲讽诵。国俗薄厚煽之于诗,如风之疾速。尝痛自元和以来,有元、白诗者,纤艳不逞,非庄士雅人,多为其所破坏。流于民间,疏于屏壁,子父女母,交口教授,淫言媟语,冬寒夏热,入人肌骨,不可除去。吾无位,不得用法以治之"④。口吻与《绪论》中提到的章学诚对袁枚的抨击何其相似!而杜牧自己又如何呢?"十年一觉扬州梦,赢得青楼薄幸名"已如自己轻狂放荡的自供状,以"娉娉袅袅十三余,豆蔻梢头二月初"来赞美青楼女子,其"浮靡艳丽"并不比"元和体"逊色⑤。不选王彦泓艳体诗的沈德潜本人又如何呢?他不也曾为苏州名妓张忆娘偶赋闲情吗?袁枚以此为佳话,书之《随园诗话》⑥;有研究者注意到,除《题簪花图遗照》外,沈德潜《归愚诗钞》表现男女风怀的作品还有不少⑦。

---

① 鲁迅《鲁迅全集》第1卷,人民文学出版社2005年版,第70—71页。

② 俞樾《春在堂杂文》三编卷三,《续修四库全书》第1550册,第331页。

③ 《全唐文》卷七百九十七,《元稹集》附,中华书局1982年版。

④ 杜牧《唐故平卢军节度巡官陇西李府君墓志铭》,《樊川文集》卷九,《四部丛刊》本。

⑤ 参阅康正果《重申风月鉴》,辽宁教育出版社1998年版,第260—261页。

⑥ 袁枚《随园诗话》卷六,人民文学出版社1982年版,第207—208页。

⑦ 参阅王炜《〈清诗别裁集〉研究》,上海古籍出版社2010年版,第192—193页。

2. 对艳体诗的删除

中国古代文人编集时,不录艳体诗是常态,这恐怕是我们感觉艳体诗不发达的原因之一。有时是编者所为,为尊者讳,有时则是作者自己有意为之。那些坚持收艳体诗入集的文人反而不被理解,成了另类。袁枚《答蕺园论诗书》开头说:"来谕谆谆教删集内缘情之作,云'以君之才之学,何必以白傅、樊川自累'。"[①]蕺园即程晋芳,他与袁枚相交甚深,他劝袁枚删去缘情之作,主观上无疑是为袁枚考虑,是爱惜袁枚的。其实,谆谆教袁枚将集中缘情之作大加删削的不只有程晋芳,还有朱珪。在给袁枚的书信中,朱珪以朱彝尊《竹垞先生集》不删《风怀二百韵》为恨事,以至于痛哭流涕[②]。袁枚当然没有听从程晋芳、朱珪的规勉,但由此不难想见,在编集时删削艳体诗,在很多人看来不是理所当然的吗? 有些被删削的艳体诗偶然会流传下来,但大多数被删削的艳体诗可能就此了无踪迹了。

更为极端的是,有的甚至把删削的大斧砍向流传已久的前代作品。如朱熹的三传弟子王柏,不明白为什么一些"淫诗"竟堂而皇之地出现在《诗经》这部经典中,竟主张把它们全部逐出《诗经》,"一洗千古之芜秽!"[③]

3. 对艳体诗的辩护

上文我们提到,在与沈德潜的论争中,袁枚搬出儒家经典为艳体诗存在的合理性辩护,认为《诗经》《周易》都有描写男女之情的作品,既然连圣人孔子和周公都不废艳体诗,那么后人有什么理由排斥艳体诗呢? 而这恰恰触动了"儒服之士"最敏感的神经,章学诚抨击袁枚"混侧清流,妄言文学,附会经传,以圣言为导欲宣淫之具,蛊惑少年,败坏风俗人心,真名教中之蟊贼,非仅清客之谓也"[④],针对的就是袁枚诸如此类的言论。

袁枚的理解是否合理且不去管它,但把《诗经》中"风"理解为艳体诗,并不是袁枚的首创。明代大戏曲家汤显祖,曾借杜丽娘之口指出《诗经》首篇《关雎》并非歌咏后妃之德,而是一首热烈的恋歌[⑤]。朱熹很早就对视为金科玉律的以"美刺之说"阐释《诗经》大义的做法产生了怀疑,在《诗集传序》中说:"吾闻之,凡诗之所谓'风'者,多出于里巷歌谣之作,所谓男女相

---

① 袁枚《小仓山房续文集》卷三十《答蕺园论诗书》,《小仓山房诗文集》下,上海古籍出版社1988年版,第1801页。

② 袁枚《小仓山房尺牍》卷九《答朱石君尚书》后《附来书》,《袁枚全集》第五册,凤凰出版社1993年版,第185页。

③ 王柏《诗疑》,《丛书集成初编》第1726册,中华书局1985年版,第13页。

④ 章学诚《论文辨伪》,《文史通义》外篇一,民国嘉业堂《章氏遗书》本。

⑤ 汤显祖《牡丹亭》第七出《闺塾》、第九出《肃苑》,《汤显祖集》(三),上海人民出版社1973年版。

与咏歌，各言其情者也。”在此认识基础上，他把《诗经》国风中三十首诗定性为“淫诗”①。“淫诗”这个名称本身虽意味着否定，是对艳体诗的贬称，事实上，只要在朱熹解读的基础上变化一下价值判断，就与袁枚的解读相差不远了。换言之，袁枚对《诗经》中艳体诗的理解，其实质与朱熹是相通的，不过价值判断的方向相反而已。当朱熹识破“淫诗”的真相后，他对《诗经》中何以会收入“淫诗”，作了煞费苦心的解释：“圣人删录，取其善者以为法，存其恶者以为戒，无非教者，岂必灭其籍哉！”正像莫砺锋先生分析的那样，朱熹的这些话都不够理直气壮，在逻辑上也不够严密。他明白那些爱情诗本是民间的歌谣，是民间男女自道其情、自叙其事的作品。但他无法说明为什么它们竟堂而皇之地出现在《诗经》这部经典中，为什么孔子也不将它们删去，于是只好勉强以“为戒”二字解之②。

为了提高艳体诗的地位，以比兴寄托来解释艳体诗就成了必然。陆游因李商隐无题诗多狎邪之语而加以指摘，清人吴乔对此不以为然，不承认李商隐的无题诗是写艳情的，指出“《无题》诗十六篇，托为男女怨慕之辞，而无一直陈本意，不亦《风》《骚》之极致哉！”③为此，吴乔写了《西昆发微》，专门选评李商隐的无题诗④。章学诚也认为“古人思君怀友，多托男女殷情”⑤，说明他其实也不排斥书写男女之情，只不过要施以道德伦理的装饰罢了，这实即沈德潜所说的“词则托之男女，义实关乎君臣友朋”⑥。当遇到写男女之情的作品，解诗者往往要从字里行间寻找出一些比兴寄托微言大义，这已成了中国古典诗歌的一种传统⑦。侯文灿在刊刻《疑雨集》时，为了能被更好地接受，曾用寄托为之辩护：

> 次回先生穷年力学，屡困场屋。断瑶琴，折兰玉。其坎坷潦倒，实有屈子之哀，江淹之恨，步兵之失路无聊，与杜少陵无家垂老之忧伤憔悴。而特托之于儿女丁宁，闺门婉恋，以写其胸中之幽怨，不得概以红粉青楼、裁云镂月之句目之也。⑧

---

① 参阅莫砺锋《从经学走向文学：朱熹“淫诗”的实质》，《文学评论》2001年第2期。

② 参阅莫砺锋《从经学走向文学：朱熹“淫诗”的实质》。

③ 吴乔《〈西昆发微〉序》，《西昆发微》卷首，丛书集成初编，中华书局1985年版。

④ 参阅吴宏一、何继文《清代艳体诗论二题》，张宏生主编《明清文学与性别研究》，江苏古籍出版社2002年版。

⑤ 章学诚《妇学》《文史通义》内篇五，民国嘉业堂《章氏遗书》本。

⑥ 沈德潜《唐诗别裁集·凡例》，上海古籍出版社1979年版。

⑦ 参看袁行霈《寄托——以美人香草为中心》，《清思录》，首都师范大学出版社2008年版，第535—553页。

⑧ 侯文灿《〈疑雨集〉序》，《疑雨集》卷首，清康熙刻本。

但是，王彦泓是将艳体诗的写作当作个人价值实现方式的诗人，他将全部的热情和精力投入到艳体诗的写作中，在艺术上精益求精，用心构建文学世界里的“温柔乡”，自我陶醉其中，只考虑如何把艳体诗写得真切感人，从中看不出政治的隐喻和道德的装饰。换言之，王彦泓尽管有将人生况味寓于艳情的倾向，但与沈德潜所说的寄托完全不同，既无关人伦日用，也无关政本国计，与传统的诗教观念迥异其趣。因此，像王彦泓《疑雨集》这样的作品很难得到持正统观念人的认可。钱钟书《中国文学小史绪论》曾对王彦泓《疑雨集》之类的艳体诗的历史境遇作了十分精到的概括：

同一《无题》诗，伤时感世，意内言外。香草美人，骚客之寓言，“之子”“夭桃”，风人之托兴，则尊之为诗史，以为有风骚之遗意，苟缘情绮靡，结念芳华，意尽言中，羌无寄托，则虽《金荃》丽制，玉溪复生，众且以廋词侧体鄙之，法秀泥犁之诃，端为若人矣！此《疑雨集》所以不见齿于历来谭艺者，吴乔《围炉诗话》所以取韩偓诗比附于时事，而“爱西昆好”者所以纷纷刺取史实，为作“郑笺”也。究其品类之尊卑，均系于题目之大小，而所谓大小者，乃自世眼观之，初不关乎文学；由世俗之见，则国家之事为大，而男女爱悦之私，无关政本国计，老子、韩非为学派宗师，而虬髯客、毛颖则子虚乌有之伦，宜其不得相提并论矣。①

二　中国艳体诗的文学史书写

袁枚与沈德潜因王彦泓《疑雨集》该不该选的争论，中国文学批评史、中国文学史著作一般都会介绍，在理论上大都肯定和赞成袁枚的观点，如袁行霈主编的《中国文学史》就认为，袁枚公开为写男女之情的诗歌张目，“在当时颇有振聋发聩之效”②，但具体到对王彦泓《疑雨集》的评价，似乎仍站在沈德潜一边，《中国文学史》并没有具体介绍王彦泓《疑雨集》的任何文字，完全被忽略了。其实，类似的悖论在《疑雨集》最早被刊刻时就已出现，严绳孙《疑雨集》序说：

诗发乎情，而《王风》之变，桑中洧外，列在二百，为艳歌之始。其后《读曲》《子夜》，寂寥促节。在唐则玉溪惝恍，旨近楚骚；韩相香奁，言犹微婉。于是，金坛王先生彦泓，以闳肆之才，写宕往之致。穷情尽态，刻露深永，可谓横绝今古也。今《疑雨集》之名籍甚，江左少年传写，家

① 《国风》第三卷第八期，1933 年 10 月 16 日。

② 袁行霈《中国文学史》第四卷，高等教育出版社 2005 年版，第 321 页。

> 藏一帙，溉其余沈，便欲名家，而本集顾未有锓板以传者。侯子蔚黢，读而赏之。爰加校定，付之剞劂。由是，先生之诗显然共之天下矣。嗟乎！金沙当承平之日，甲第相望。一时裙屐子弟，席华膴，擅才情，平居以声色相征逐，拂袖挂钗，留髡送客之事，习为故常。至于擘笺刻烛，才亦足以副之。故当日能诗之士，盖多其人，而风尚所归，并同一辙。虽其酣嬉荡轶，不可谓为正音，然由后以观盛衰之端，感慨系之矣。余既喜蔚黢之能刻是诗，而因征论其世，以俟后之览者定焉。①

严绳孙表现出一种文学史家的眼光，在中国艳体诗发展的脉络中为王彦泓《疑雨集》作了定位。"横绝今古"可不是随便就可给的评价，严绳孙无疑对《疑雨集》推崇备至！然而，批评与嗜好的矛盾如此错综交织：从描写艳情的层面看是"横绝今古"，而从诗教的视角却是"不可谓为正音"。沈德潜又何尝没有感受到《疑雨集》强大的冲击力，"最足害人心术"如果转换一下价值判断不就是最具有打动人的力量么？

王彦泓《疑雨集》为什么会被文学史家冷落呢？答案恐怕还得从《疑雨集》文本中去寻找。朱东润《中国文学批评史大纲》在论述袁沈之争时指出：

> 随园之言性情，是也，其失则在特重男女狎亵之情。归愚摒王次回诗，以为艳体不足垂教，随园争之，以为《关雎》即为艳诗，又曰："《易》曰'一阴一阳谓之道。'又曰'有夫妇然后有父子'，阴阳夫妇，艳诗之祖也"。其说甚辩，然以次回《疑雨集》，与《随园诗话》所举随园、香亭兄弟之诗论之，非特与男女性情之得其正者无当，即赠芍采兰，亦不若是之绘画裸陈也。章学诚《文史通义·妇学》篇斥为"洪水猛兽"，言虽过当，持之盖有故。性情之说，本为国人旧论，若因风趣二字，遂使次回一派，以孽子而为大宗，固不可矣。②

朱东润先生将艳体诗所表达的男女之情分为三种类型："男女性情之得其正者""赠勺采兰"与"绘画裸陈"，在他看来，每种类型的价值并不等同，而《疑雨集》所写男女之情多为"绘画裸陈"的"狎亵之情"，过了情的界限；所以朱东润先生虽认为袁枚所说"甚辩"，在对《疑雨集》的评价上，还是更接近沈德潜。

朱东润《中国文学批评史大纲》的上述论断大概曾受到日本铃木虎雄

---

① 严绳孙《〈疑雨集〉序》，《疑雨集》卷首，清康熙刻本。

② 朱东润《中国文学批评史大纲》，上海古籍出版社 2001 年版，第 359—360 页。

《中国诗论史》的启发,后者对袁沈之争的评述更为具体:

> 沈德潜以王次回诗为“害人心术”的“温柔乡语”而加以斥责,与此相反,随园则云“香奁诗,至本朝王次回,可称绝调”而予以激赏。王次回诗究竟如何,为便于说明,现举其《个侬》诗如下……这首诗大概是宿于妓馆的翌日所写。其此类诗句如“难藏靥晕依微笑,已露眉湾黯澹愁”……“未形猜妒思犹浅,肯露娇嗔爱始真”等,皆无非是对偎香倚玉、猜妒娇嗔的冶态柔情的细致描摹,而这也正是随园所称誉的“绝调”。……当然,对于所谓的情歌与艳诗,既不应一概加以排斥,也不可一味沉迷其中,而必须根据各种不同的实际情况,分析其情感抒发的诚挚程度以及艺术表现的形式特点,然后判定其在文学上的价值如何。有时某种作品在道德风教方面不足为训,而在文学方面却颇有价值,这在古今中外都是不乏其例的。在这方面,如果说沈德潜之见可谓“不及”,难么袁枚之见可谓“过”了。但若就王次回的艳诗看,我倒宁可赞同沈氏之见。①

朱东润、铃木虎雄所论实为持平之见,在大的原则上与我并无抵牾,对于艳体诗,当先看其性质如何,再论其艺术如何,艳体诗可以艳冶、亲密,但不可流于轻薄与狎亵,狎亵的艳体诗是不应该邀入文学经典之列的,受到文学史家的冷落,自然不足为怪。换言之,文学史研究中一个重要的任务就是遴选经典,诠释经典,轻薄、狎亵的艳体诗从文学史家的视野中淡出乃为题中应有之义。问题是如何界定轻薄与狎亵?不同时代,人们对轻薄与狎亵的理解并不相同,如朱熹眼中的“淫诗”,我们今天却公认为“爱情诗”,相去何止千里。即使同一时代,不同人的心目中,轻薄与狎亵内涵也有差异。如铃木虎雄颇有微词的诗句“未形猜妒思犹浅,肯露娇嗔爱始真”,却受到绮园的称许,被借来印证《红楼梦》第二十九回所写宝、黛之间的情感冲突②。就王彦泓《疑雨集》而言,尽管有一些诗篇咏金莲、写偷情,难逃轻薄之嫌、纤佻之讥,但从整体上看,大都是情诗而非淫诗。为节约篇幅,我们看潘德舆对王彦泓诗的斥责:

> 元末之诗宗杨铁崖,乃入於妖;明末之诗宗锺伯敬、谭友夏,乃流于

---

① [日]铃木虎雄《中国诗论史》,许总译,广西人民出版社 1989 年版,第 201—202 页。

② 庚辰本《红楼梦》第二十九回“看来两个人原本是一个心,但都多生了枝叶,反弄成两个心了”之后有署名绮园的评论:“一个心弄成两个心之句,期望之情殷,每有是事。近见《疑雨》诗集中‘未形猜妒情犹浅,肯露娇嗔爱始真’,信不诬也。”转引自俞平伯辑《脂砚斋红楼梦辑评》,中华书局 1960 年版,第 412 页。

鬼。王彦泓《疑雨》一集，以淫靡之思，刻划入骨，使人心流气荡，觉铁崖徒炫其貌，惑人伎俩，犹有未尽致者，彦泓乃足为妖中之妖耳。句如"含毫爱学簪花格，展画惭看出浴图"，"翻成绣谱传人画，会得琴心允客挑"，"窗下有时思梦笑，灯前长不卸头眠"，"陈王著眼先罗袜，温尉关心到锦鞋"，"体自生香防姊觉，眉能为语任郎参"，"素质乍看疑是月，清欢何暇想为云"，能以佻冶不堪之事，写到通微入玄处，此即朱竹垞《静志居琴趣》所本。然在词家，亦为下乘，况以之玷污风雅哉！①

潘德舆所征引王彦泓的诗句，体格固然不高，但其"淫靡"之思、"佻冶不堪"之处不但不及《诗经·召南·野有死麕》中的"舒而脱脱兮，无感我帨兮，无使尨也吠"，也不逮李商隐《北齐》诗中的"小怜玉体横陈夜"。周寿昌《思益堂日札》就不觉得王彦泓这些诗句"佻冶不堪"，认为平情论之，它们"不过写一憨慵小女子之情态"而已，潘德舆"力持诗教，坛坫气太重"，"从淫荡处着想，故见得如此"②。在潘德舆之前，朱彝尊《静志居诗话》也曾征引"含毫爱学簪花格，展画惭看出浴图""翻成绣谱传人画，会得琴心允客挑""窗下有时思梦笑，灯前长不卸头眠"等诗句，认为"皆饶风韵，诵之感心嫮目，回肠荡气"，并赞其"深得唐人遗意"。至于朱彝尊所称引的"一层芳树一层楼，只隔欢娱不隔愁""当初语笑浑闲事，向后思量尽可怜""明明可爱人如月，漠漠难寻路隔烟""水国不生红豆子，赠君何物助相思""分明蜡烛身相似，才上欢筵泪已零"等《疑雨集》中的诗句，更是与"淫靡""佻冶不堪"毫无牵连③。换言之，我们不能因为《疑雨集》中有个别的诗篇流于狎亵，就因此抹杀《疑雨集》的整体价值。郭沫若在为《郁达夫诗词抄》写的序中说："我认为，我们应该抱着望远镜去看，把他的优点引到我们身边来；而不是抱着显微镜去看，专门挑剔他的弱点。"④我想，这恐怕也应该是我们对待王彦泓《疑雨集》的正确态度。

艳体诗该不该进入文学史，其内容的出格程度固然需要关注，其艺术上达到的高度更加值得考量。中国历代艳体诗数量庞大，特别是明清时期，尚有大量艳体诗没有得到整理，如明末清初，诗坛刮起了一股浓郁的香艳之风，讴歌男女情爱的诗歌十分繁盛。钱谦益《牧斋有学集》卷三十九《与吴梅村书》说："江右艳曲，盈缃溢缥。西昆、香奁，塞破此世界矣。"⑤这些艳体

---

① 潘德舆《养一斋诗话》卷六，《清诗话续编》，上海古籍出版社1983年版，第2093—2094页。
② 周寿昌《思益堂日札》卷六"潘四农斥王次回诗"条，清光绪十四年刻本。
③ 朱彝尊《静志居诗话》卷十九，人民文学出版社1990年版，第570页。
④ 王自立、陈子善编《郁达夫研究资料》，花城出版社1985年版。
⑤ 钱谦益《牧斋有学集》卷三十九，上海古籍出版社1996年版。

诗泥沙俱下，需认真辨别，绝大多数的作品肯定只能成为文学史上的流星。我们之所以认为王彦泓《疑雨集》应该写进文学史，是因为其艺术上达到的成就。通过本书对王彦泓的研究，大体可见王彦泓“擘肌为纸肝为墨”（《疑雨集》卷上《感遇》），在艳体诗创作上倾注了大量的精力，进行了艰苦的艺术探索，并精益求精，形成了独特的风格，艺术成就可与李商隐、韩偓相媲美，为自己在文学史上争得了一席之地。我们非常赞成李详《〈疑雨集〉注序》给予《疑雨集》的定位：

> 诗有六义，其三曰比，在古原与赋、兴分编，孔子合之，令人各揣其意之所在。郑、卫之诗，多托为男女慕悦之词，而郑卿即赋之以见志，未可以淫亵视也。《古诗十九首》多具此义。至《子夜》《读曲》诸歌，则一意淫放，荡不可稽，比几于赋矣。唐之义山，以格诗写之，寓意最工；其姨子韩氏致尧和之。义山之诗，有吴江朱氏为之表章。致尧诗，近有吾友震钧在廷，著《香奁发微》。李、韩之诗，皆知其有为而言矣。明之季叶，金坛王次回出所著《疑雨集》，遂集此体之大成。①

总之，艳体诗作为诗家一格，应该对其作出历史的分析，在文学史著作中给予适当的位置，像王彦泓这样在艳体诗创作中达到很高成就的作家，应该在文学史中给予应有的关注。如果通过对王彦泓的研究，能引起对以前的文学评价标准进行深刻反思，那就出乎我们的奢望之外了。

---

① 李详《〈疑雨集〉注序》，《〈疑雨集〉注》卷首，上海扫叶山房石印本。

附录一 王彦泓年表

明神宗万历二十一年(1593)癸巳,一岁

九月十五日,次回生。是年,次回妻贺氏一岁,父王棶锟二十八岁,母姜氏二十五岁,祖父王启疆四十八岁,祖母贺氏四十九岁,曾祖父王樵七十三岁。

王肯堂四十五岁,王镨十五岁,王观宗十四岁,王彦湞九岁。

唐献可十七岁,杨彝十一岁。

明神宗万历二十三年(1595)乙未,三岁

于銮生。

明神宗万历二十四年(1596)丙申,四岁

杨文骢生。

明神宗万历二十五年(1597)丁酉,五岁

于儒端生。于钟元生。

明神宗万历二十六年(1598)戊戌,六岁

于儒颖生。

王樵作《彦湞字说》。

明神宗万历二十七年(1599)己亥,七岁

祖父王启疆卒。曾祖父王樵卒。

冯梦桢过金坛,会王肯堂。

明神宗万历三十年(1602)壬寅,十岁

唐宇昭生。

父王棶锟捐资刻《郁冈斋笔麈》。

明神宗万历三十一年(1603)癸卯,十一岁

父王棶锟中举。

明神宗万历三十二年(1604)甲辰,十二岁

郑元勋生。

董其昌过金坛,访王肯堂。

明神宗万历三十三年(1605)乙巳,十三岁

于铭盘生。

明神宗万历三十六年(1608)戊申,十六岁

祖母贺氏卒。

进学。

明神宗万历三十九年(1611)辛亥,十九岁

王彦淯卒。

明神宗万历四十一年(1613)癸丑,二十一岁

女王朗生。王肯堂卒。

明神宗万历四十三年(1615)乙卯,二十三岁

始有诗流传。

明神宗万历四十四年(1616)丙辰,二十四岁

有吴行。

于儒楚生。

明神宗万历四十六年(1618)戊午,二十六岁

入吴访贺无因。

明神宗万历四十七年(1619)己未,二十七岁

有云间之行。

明熹宗天启二年(1622)壬戌,三十岁

有诗赠冯元甫。

明熹宗天启三年(1623)癸亥,三十一岁

父王楙锟任南安令。

严绳孙生。

十二月,魏忠贤提督东厂。

明熹宗天启四年(1624)甲子,三十二岁

有诗赠唐宇昭。

明熹宗天启五年(1625)乙丑,三十三岁

父王楙锟为科道纠拾。

陈维崧生。

七月，下杨涟、魏大中、左光斗于狱，寻皆拷掠至死。八月，毁天下书院。十二月，榜示东林党人姓名。

明熹宗天启六年（1626）丙寅，三十四岁

与于氏诸子唱和。

有毗陵之行。

明熹宗天启七年（1627）丁卯，三十五岁

首春辞家薄游，过毗陵，会唐宇昭。

离居芙蓉湖外。

八月熹宗死，信王朱由检嗣位，诏改明年元为崇祯。十一月，崇祯榜魏忠贤罪示全国，魏自杀。

明毅宗崇祯元年（1628）戊辰，三十六岁

父王楙锟被赦。

妻贺氏卒。仲父王楙锫卒。

与邑人庄敛之同游虎邱。

明毅宗崇祯二年（1629）己巳，三十七岁

父王楙锟卒。

小试失意。

唐献可入京为唐顺之请谥。

明毅宗崇祯三年（1630）庚午，三十八岁

识阿姚。

于儒端在南京，唐宇昭读书阳羡山中，于儒颖之东昌。

明毅宗崇祯四年（1631）辛未，三十九岁

东游。

访于钟元、于儒颖龙山精舍。

明毅宗崇祯五年（1632）壬申，四十岁

无诗。

明毅宗崇祯六年（1633）癸酉，四十一岁

秋试时寓止荒僻。于钟元等携具过存。

母姜氏卒。

于钟元参加秋试。

明毅宗崇祯七年(1634)甲戌,四十二岁

于钟元卒。

明毅宗崇祯八年(1635)乙亥,四十三岁

娶阿姚。至北京考贡。结识阿锁。

明毅宗崇祯九年(1636)丙子,四十四岁

任华亭训导。

五叔父王观宗、唐宇昭到北京参加进士考试。

明毅宗崇祯十一年(1638)戊寅,四十六岁

婿秦德澄卒。

明毅宗崇祯十三年(1640)庚辰,四十八岁

阿姚卒。

明毅宗崇祯十四年(1641)辛巳,四十九岁

为杨彝题文水画吴中山水。买妾扬州。

明毅宗崇祯十五年(1642)壬午,五十岁

六月十八日戌时卒。

附录二　王彦泓研究资料选辑

说明：目前有关王彦泓的资料散见于典籍志录之中，为搜集相关资料，笔者曾花费了很大的气力，现将其中部分辑录于下。

一　传　记

乾隆庚午(1750)于枋等撰的《金坛县志》

王彦宏，字次回。岁贡生。博雅有俊才。诗工艳，格调逼真韩致光。所著有《泥莲》《疑雨》等稿，尝手录成秩，笔精墨妙，人称双绝。任松江训导。年甫艾而没。

光绪乙酉(1885)汪国风等纂《金坛县志》

王彦泓，字次回。岁贡生。博雅有俊才。诗工艳，格调逼真韩致光。所著有《泥莲》《疑雨》等稿，尝手录成秩，笔精墨妙，人称双绝。任松江训导。年甫艾而没。

民国十五年(1926)《重修金坛县志》

王彦泓，字次回。岁贡生。任松江训导。博雅有俊才。诗工艳，格调逼真韩致光。所著有《泥莲》《疑雨》《疑云》等集，尝手录成秩，笔精墨妙，人称双绝。

《三旌义门王氏族谱》

元五讳彦浤，字次回。任九次子。以岁贡为松江训导，卒于官。博雅有俊才。诗工艳体，格调逼真韩致光。所著有《泥莲》《疑雨》等稿，尝手录成秩，笔精墨妙，人称双绝；所评阅子史唐宋诗集十余种，并为好事者珍藏。而竟以湎于酒色，甫艾而逝。无子，以从弟彦沆之长子振麓为后。生万历癸巳年九月十五日，卒崇祯壬午年六月十八日。

钱谦益《列朝诗集小传》

彦泓，字次回，金坛人，恭简公樵之诸孙也。以岁贡为华亭训导，卒于官。博学好古，与其叔叔闻为同志。诗多艳体，格调似韩致光，他作无闻焉。

二 序 跋

严绳孙《疑雨集》序

诗发乎情，而《王风》之变，桑中洧外，列在《三百》，为艳歌之始。其后《读曲》《子夜》，寂寥促节。在唐则玉溪惝恍，旨近楚骚；韩相香奁，言犹微婉。于是，金坛王先生彦泓，以闳肆之才，写宕往之致。穷情尽态，刻露深永，可谓横绝今古也。今《疑雨集》之名籍甚，江左少年传写，家藏一帙，溉其余沈，便欲名家，而本集顾未有锓板以传者。侯子蔚霞，读而赏之。爰加校定，付之剞劂。由是，先生之诗显然共之天下矣。嗟乎！金沙当承平之日，甲第相望。一时裙屐子弟，席华膴，擅才情，平居以声色相征逐，拂袖挂钗，留髡送客之事，习为故常。至于擘笺刻烛，才亦足以副之。故当日能诗之士，盖多其人，而风尚所归，并同一辙。虽其酣嬉荡轶，不可谓为正音，然由后以观盛衰之端，感慨系之矣。余既喜蔚霞之能刻是诗，而因征论其世，以俟后之览者定焉。无锡严绳孙题。（清康熙刻本，国家图书馆藏）

侯文灿《疑雨集》序

明万历中，金沙王次回先生，以博学好古名闻于时。其为诗多艳体。向尝于《列朝诗集》中窥其一二，意殊未竟也。岁庚午，余选词于亦园。既辍简，客有谓余者曰："次回先生诗，沉博绝丽，无语不香，有愁必媚。'玉台''西昆'而后，不易多得，惜其遗稿未刻也。盍付之梓？"余曰："诺。"因出其所藏《疑雨集》以示余。余读而爱之，为之弁其首曰：凡物之精神尝萃于是者，其光怪陆离，必有不可遏抑之处。次回先生穷年力学，屡困场屋。断瑶琴，折兰玉。其坎坷潦倒，实有屈子之哀，江淹之恨，步兵之失路无聊，与杜少陵《无家》《垂老》之忧伤憔悴。而特托之于儿女丁宁，闺门婉恋，以写其胸中之幽怨，不得概以红粉青楼、裁云镂月之句目之也。先生既殁，其遗孤尚幼，诗几散轶矣。而故交弢仲于君藏之巾笥，屡欲售之剞劂，后因循未果。蠹蚀尘侵，又几散轶矣。而今尚有录而存之者。嗟乎！物之出也有候，其藏也有待。先生之去今百有余年矣，而先生之精神有尝萃于是者。余之为是刻也，余非知先生者也。夫亦先生之诗，所为光怪陆离，久而欲出者，自不可遏抑焉尔。梁溪后学侯文灿书于野草堂。（清康熙刻本，国家图书馆藏）

章藻功《疑雨集》序

问神女之生涯，听阴姬而意说。三月三日，多丽何如；一肌一容，极妍乃尔。东刍如玉，犹闻空谷之音；取酒于金，特作长门之赋。明王彦泓先生名著前朝，神传遗集。携将地下，若金碗之埋光；留在人间，为玉台而制序。则有肤真冰若，气较兰胜。每滴粉而搓酥，兼香奁而彤管。言情则妾龄二八，喜赋桃夭;送别则郎路三千,悔看柳色。双双蛱蝶,独许韩凭;对对鸳鸯,便名焦仲。阁常艳射,穿屧曲写商莹;乡可温柔,飞燕并传合德。日中与我,哪肯愆期;夜半无人,还闻私语。除是天荒地老,海石难凭;任教明月清风,江山未改。其人如在,其集斯传。思之者托菡萏以悁心,读之者借蔷薇而盥手。彼郊寒岛瘦,丑于西子之邻;即宋艳班香,美岂东宫之妹也。若云捉麈而谈,无妨名理;然脂以写,殊似妖淫。维土木其形骸,必纩旒其耳目。穷年兀兀,自任腐儒;春日迟迟,莫逢吉士。将未许于宋玉,曾不可于鲁男。伊方寸之弗灵,讵寻常之可道。抑知榛山苓隰,彼没寄想于西方;藻筥蘋筐,有齐陈词于南涧。甚至涉溱涉洧,惠在狂童;采麦采唐,窃将世族。十五国诗篇所载,勿斥淫风;一百年歌咏所存,何妨疑雨。寻厥命名之义,探其发兴之端。云惟恐而为霓,箕得毋其是毕。试占梅信,送迎则计月无差;忽讶苔痕,今旧则常时有别。而同蚁审,不复虬潜。斜谷铃闻,渭城尘裛。方踌躇而垤出,且跳跃于泉居。都无死别之悲,宁有生离之惨。意者神兮来暮,不徒想像行云;否则伯也之东,或亦依稀出日。(《思绮堂文集》卷二)

叶德辉重刻《疑雨集》序

前明王次回《疑雨集》,专为香奁艳诗。钱牧翁《列朝诗集》、朱竹垞《静志居诗话》、王文简《渔洋诗话》,均极推重之。乾隆时,沈归愚选《明诗别裁集》,摈斥不录,袁子才作书诤之,见所作《随园诗话》。又孙渊如《祠堂书目》载有四卷本,与今传本同。孙目分内外编,而入此于内编集部,是知其集流传海内。以朱、王、袁、孙诸先生之鸿辞博学,而心折其人,然则归愚之兢兢别裁,殆不免于村夫子之见矣。余幼时见书棚通行袖珍本,讹谬甚多。家有其书,屡为友人持去。近则科举将废,声律一事已渐无人考求。彼汉魏六朝以降各家之诗,且坐视其泯灭,而无所顾惜,何况是集之晚出者乎!光绪五年,广东双门底登云阁有新刻本,即据袖珍本重雕。长沙粟谷青户部检出以见示,字句讹夺,或在疑似之间。因与谷青分卷校雠,重写付刻,而后可以句读焉。惟四卷壬午年下忽有小注"六月十八日戌时长逝"云云与上下文不相属,以无别本可证,亦姑仍之。据严绳孙原序云,集名籍甚江左,未有锓梓以传者。是此集在当时本未刊行,其心力足以自传于今日,不可谓非厚幸也。今广东刻本,缮校未精,诗家闻名购求,亦且道远莫致。兹本出,则家弦户诵,近亦足传百年。所愿后之人,续金坛之艳缘,祛归愚之腐习,庶乎榛苓香草,不失风骚之传。斯则予表章此书之意欤!光绪三十一年乙巳七月立秋。长沙叶德辉序。(叶氏观古堂刻本)

江峰青序

美人香草之吟,惊鸿游龙之赋,作者其有忧患乎?文章之士,恒有英光,足以烛霄汉而不足辱王公一日之知者，乃愤而遁于粉白黛绿之场，冀当吾世而有知我、厚我、爱我、怜我之一人，而其人又为我所知、我所厚、我所爱怜之人，而于是焉借酒杯浇垒块，居恒愤郁不平之气与夫磊落奇伟之思，欲发扬蹈厉而无由者，假吟风弄月之余间而尽情倾吐，锋刃横溢，情思悱恻。不知者以为文人之艳福，其知者以为大化之商音，此王次回先生所为有《疑雨集》之作也。嗟乎！十年绮梦，悠悠薄倖之名；一枕红绡，滴滴穷途之泪。天盖高而长醉，地无冢以埋忧，被酒佯狂，长歌当哭，先生殆古之伤心人哉？然岂独先生哉！宣统己酉孟夏婺源江峰青湘岚甫叙于宣南寄庐。

沈宗畸重刊《疑雨集》序

王次回先生，明万历间诗人也。其所为诗，摘粉搓酥，薰香猎艳，于明七子外，独竖一帜。《疑云集》不可得而见矣。《疑雨集》初仅有传抄本，先生殁后百余年，侯子蔚畯为之刊行，其后坊间复据侯本翻刻，即今坊间通行本是也。校勘不精，鲁鱼亥豕，触目皆是，吴子梦兰读而病之，出其家藏旧本，用聚珍板排印，委予雠校，固辞不获。客有过予者于案头见是书，读未终卷，怫然不悦，正襟危坐而诘予曰："艳体贵有含蓄，次回诗过于刻露，非香奁正轨。今君刻之，得毋有意诲淫耶？"予应之曰："子何迂之甚也！孔子删诗，独存郑卫，而河洲一什实为后世香奁之滥觞。《疑雨集》中诸作借题发挥，寄情绵邈，亦犹屈子《离骚》美人香草、山鬼萝衣，无非托物起兴，借以写缠绵悱恻之思，若必谓有是事乃有是诗，正所谓刻舟求剑。善读诗者，当不若是之拘迂。"客固解人，言下大悟，揖予曰："唯敬闻命矣。"客既去，爰掇拾问答之辞，著之于篇，世有善读《疑雨集》者，或不以予言为强辩也。宣统元年四月既望，番禺沈宗畸太侔甫序。

吴清庠重刻《疑雨集》序

《疑雨集》同郡金坛王次回先生所著也，握孙楚之笔，文生于情；摛王昕之才，丽绝当世。呼屈、宋作衙官，驱李、温为奔命。巧心妙手，言成一家；缛旨繁文，卿推独秀。茂先艳体，不嫌儿女情多；总持侧篇，宜为好事讽遍。所惜梨枣模糊，丹采黝黯。郭公夏五，讹脱滋多；帝虎鲁鱼，刊除未尽。然犹贾人来购，囊空鸡林之金；豪贵传抄，价长洛阳之纸。此开卷者所由志逸肠抽，而校书者每恨臭朽蟫断也。江都吴君梦兰乃为访求旧抄，嘉惠艺林。鸠集卖文之钱，重付怀铅之手。纷搴华藻，独振芳尘。奏河间写真之能，擅南平雠校之美。将见徐庾绮艳之体传诵京师，颜谢词彩之名永垂江左。顾或谓襞纸驱墨，横流可哀；嘲风弄花，六义浸失。方今青楼薄倖之流，城隅佻达之子，轻唇利吻，脂粉为之不芳；荡语淫哇，房帷于焉流秽。截断众流，端赖大雅。今复推波以助澜，嘘火以张焰，将以为后生准的，得毋作风雅罪人欤？

虽然，艳歌有女，我闻乐府之音；香草美人，咸识灵均之怨。且也相思千里，范公填怀旧之词；归去一官，陶令草闲情之赋。根情苗言，具有定论；清词丽句，尽可为邻。况乎玉溪沦落之年，沉吟《锦瑟》；韩偓忧危之日，传写《香奁》。惟予怀其信芳，乃文外为独绝。所当略其迹象，通以性灵，则佳人绝代之词，不过自矜标格；倡妇登楼之作，多应聊寄生平。彼夫怀朴之伦，欲绝衔华之事。是必八音迭奏，进钟鼓而可退管弦；五色相煊，得青黄而可删红紫。何其固哉，可无取矣！然则此华篇丽篆，密制精裁，固宜并芍药以相遗，浣蔷薇而雒诵。道魔可魇人，莫来绿衣纻絮之讥弹；绮语遭呵我，不信马腹驴胎之梦呓！宣统改元三月上浣。丹徒吴清庠眉孙序于双红豆斋。

陈益《疑雨集》序

生于今世，名传后代，要为立德、立功、立言而已。顾无其位而德不征，无其权而功弗举，使尧、舜、禹、汤、文、武，不假其权位，终未成为尧、舜、禹、汤、文、武也！然而孔、孟初未有尧、舜、禹、汤、文、武之权位，其名足与尧、舜、禹、汤、文、武埒者，何也？立言也。鸿儒硕士，固负立功、立德之志，而时机不假，乃藉词章以自遣，卒成高山仰止，景行行止。嘻！其立言较与立功、立德苦矣。

王次回先生，明金坛人也。工文章，犹善于艳体小诗。性磊落，执爵推敲，颇有嵇、阮、李、杜之风。观其所著《疑雨集》之诗，天机清妙，音节琮琤，字字出于性灵，语语发自天籁；而妩媚轻盈，细腻熨贴，为艳诗中独步。以故家弦户诵，奉为圭臬者久矣！余爱其诗而惜其逆潮流，加以新式标点，并校勘文字，庶乎次回立言于今日也。丙寅仲春。陈益谨识于克复轩。（扫叶山房 1926 年新式标点本）

朱太忙《疑雨集》序

昔沈归愚选《明诗别裁》，不录王次回诗，随园老人特驰书诘责之。世之论者，亦以沈氏为有头巾气，非事理之公也。《列朝诗集》云："彦泓，恭简公樵之诸孙也。以岁贡为华亭训导，卒于官。博学好古，与其叔叔闻为同志。诗多艳体，格调似韩致光，他作无闻焉。"则钱蒙叟已选其诗，且称博学好古，略无贬词；沈老虽欲抑之，何可抑哉？予弱冠时，即熟读《疑雨集》，不啻数十过，录其尤为予所爱者，一再抉择，仅存十之二三。于是，有纂《艳体诗汇选》之意，上溯温、李，旁及他家，手稿储藏，尚未完尽。比岁以来，汩没尘埃中，无复畴昔多暇多读，意兴少衰，志亦不在此种笔墨矣。夫丽词腻句，谁不赏之爱之？而王氏之博学好古，予犹心折。是以世人只求风流，而无学问，直登徒子耳，不足为真风流。有学问而不解风流，不失为有头巾气、伪道学。予极愿世之谈《疑雨集》者，当拳拳于钱氏所称"博学好古"四字，勿徒溺夫丽词腻句;则作者、阅者,声价两高矣。古人既富有艳情,而文字又足以达之;今人宁无艳情?其亦能达于文字乎?则此艳情者,乃助人文思之宝物,原非有害于人,不当薄之訾之,正大恨其不丰且富耳!青年苟能一方博学好古,一方讲求艳情,以奋发之,予恐不特世之绝妙佳人,定将爱我不迭;即老师宿儒,亦将起而敬畏之,乌敢薄且訾耶?须知素来赋艳体者,皆古之伤心人,有托而然,非可人人妄议妄学。宋人《栽竹》诗云:“应筑粉墙高百尺,不容门外俗人看。”予于此集亦云然。吴夜锺《香天谈薮》云:“香奁艳体,至王次回《疑雨集》而极,实度越温、李。耳食者每讳言之。且故讥其纤巧,有伤大雅,直登徒子耳。余酷爱其不由熟径,仍入人心坎中,悉评跋之,丹铅不啻再四;嗜痂之癖,恐莫余同矣。”予于《疑雨集》亦可称酷爱者,吴君之后,不知复有太忙,太忙之后,又岂无他人?后世自有子云,尚何介介乎一区区《明诗别裁》?民国廿四年八月下浣。南汇朱太忙撰序。(大达图书供应社1935年版)

丁国钧《〈疑雨集〉注》序

光绪纪元之岁,桐乡金君次良读书吾家。笈中有旧抄本王次回《疑雨集》,系次回故交于君弢仲所手录,足正坊刻之误者甚夥。次良曾影抄副本二,因乞藏其一。课余相与览讽以为乐。遇隶事奥隐处,次良时时持卷相质,余辄为标注于书眉。积年余,书眉几满,而次良别去。临行,坚以全注是集相劝勉。余意亦愿成之。搜采群籍,稿凡两易。中间游闽、游皖、游鄂,恒置行箧,偶一展阅,时复增补所未备。细字错互,猝不易认。而意渐厌倦,杂乱帙中,不复省视。今岁,赵剑秋都转托曹君直舍人,索观甚殷。盖前同肄业南菁书院时,曾见余是注焉。因检旧稿,重加董理,付写官录成清本。昔黄石牧先生曾注是集而未成。余因同学之怂恿,得积渐成稿。缮写甫竟,嗜痂者争假传录,并有愿任剞劂者。昔次良墓木已拱,不复见是注之有定本焉。抚卷泫然。时宣统戊申孟冬,常熟丁国钧秉衡氏记于江南图书馆。(扫叶山房石印本)

李详《〈疑雨集〉注》序

诗有六义,其三曰比,在古原与赋、兴分编,孔子合之,令人各揣其意之所在。郑、卫之诗,多托为男女慕悦之词,而郑卿即赋之以见志,未可以淫亵视也。《古诗十九首》多具此义。至《子夜》《读曲》诸歌,则一意淫放,荡不可稽,比几于赋矣。唐之义山,以格诗写之,寓意最工,其姨子韩氏致尧和之。义山之诗,有吴江朱氏为之表章。致尧诗,近有吾友震钧在廷,著《香奁发微》。李、韩之诗,皆知其有为而言矣。

明之季叶,金坛王次回出所著《疑雨集》,遂集此体之大成。其侔色揣称,尽态极妍,读之,使人回肠伤气。狷薄子弟,为其所惑者多矣。然次回实负沉博绝丽之才，以意遣词，而隶事必古。虽以通儒，犹不能尽举其所出。其集之不敝于天壤者，亦以此。今之嗜次回诗者，能诵其词，试诘以某隶某事，往往瞠目，致谢不敏。无他，凭虚易循，征实难悉也。余同门友丁君秉衡，以余事注此。舟车所至，携以自随。历数十年，始写有定本。余请而观之，则一一疏豁，略无滞义。次回所误用者，如“窃铁”“同栏”诸条，能证其误之所由。又考次回所与往来者，综其贯履，其人多不通朝籍，君乃展转得之，可谓甚难。所惜于“画壁苍烟陆士龙”句，未知其审，君颇引以为憾。余谓：“无害。《文选注》为最古矣，然金章盈笥，秋储竟巧，吾家崇贤不能悉也；于崇贤无损。然则此与君何损哉？况君于‘江敩描摹’，证之《南史》，能纠近刻改‘江’为‘强’之误，又足自多矣。”君曰：“善。姑以副赠子，其为我点勘，著以姓氏。”余徇君之请，特附鄙说于内，一泰山之毫芒耳。将付友印行，而纪其崖略于右；所以托吾丁君，且使世之读者，毋以锐思流俗为病也。时宣统庚戌四月，兴化李详。（扫叶山房石印本）

顾序

说到情诗，不能不推《国风》做老祖宗。初民时代的道德观念原是很淡薄的，男女相悦可以采兰赠芍，随嘴唱几句情歌，毋须顾虑到社会的制裁，所以多半是大胆地率真地表现出来，富有一种健康美。宋朝的老夫子用了理学家的变态心理来注诗，什么美呀刺的鬼画符一阵，结果是马脚尽露，贻笑大方。

到了后世，道德空气渐渐浓厚，但是人们生理上的要求确不会今不如古，在辗转反侧之余，情诗仍不免要哼出来。譬如压在石头底下的草，只要根株不死，逢春依然要发芽，不过因受压迫，只能弯曲的生长。所以，后世情诗都尽量运用着象征写法，刻意的修饰词句，配置景物，使其中的情事，若隐若现。于是热烈欢呼变成了低微浅笑，号啕大哭变成了嘤嘤啜泣。我们读了《国风》，再次读李义山、温飞卿、韩冬郎的诗，就很可以明白作风是怎样的丕变了。

清朝是一个学术思想极发达的时代，一方面道德的空气尽管浓厚，一方面文艺的园地里，也暴生出各式各样的花木来，王次回便是其中的一株异藤，他在礼教的巨石底下曲曲折折蔓生出来，开放了许多美丽的小花，那就是世人所传诵的《疑云》《疑雨》集。

次回的诗，不消说和温、李、韩是一格，但仔细看去，也各有不同。义山深涩，飞卿浓重，冬郎时有言近意远之意，这是《疑云》《疑雨》集中所没有的，而情境之繁多，句式之变化，却远过于三家。这大概是时代的关系吧。总之，和《国风》是隔得愈远了。廿四年三月五日大漠诗人序。（上海中央

书店 1935 年版)

精校本《疑雨集》缘起

《疑雨集》一书,为金坛王次回先生原著,始刻于梁溪侯氏。一时风行海内,几欲家置一编。然历年既久,几经翻刻,鲁鱼帝虎,舛误滋多。读者病焉。兹本局览得家藏旧本,不敢草率行事,即付石印。因延聘通人,详加雠校,误者正之,阙者补之,以望尽善尽美,使读者展卷了然,更无遗憾。星霜两易,始克告成。爰特倩名手重录一通,详校再三,始行上石。现已出版,存书无多,定价从廉。如欲订购者,请认明本局图记,庶不致误。至是书字迹之工整,纸张之光洁,刷印之精良,装订美备,尤为余事。看识者自能鉴别焉。本局主人识。(上海著易堂 1909 年石印本)

吴元润《〈疑雨集〉选》序

原夫缘情之作,振响于兰台;累德之言,嗣音于栗里。青衣属咏,传丽制于中郎;锦瑟孤吟,标妍词于商隐。愁丝递引,能无晕碧裁红;意蕊纷含,靡不搓酥滴粉。金坛王次回先生者,雅善微词,独工绮语。楚骚宋艳,运藻翰以载赓;月姊星妃,拂芸笺而纪丽。徙倚春风亭畔,时酬拥髻之吟;徘徊碧月楼中,密奏定情之曲。花明栀子,并是同心;鸟啭迦陵,无非共命。斑骓小市,偶侧帽以经行;鹦鹉长廊,每掺袪而延伫。当玉钗之升挂,或珊枕之横陈。既缄意之甚长,宁含辞而莫写。遂倚生香之韵,积成《疑雨》之篇。细研乌丝,点染簪花之格;巧裁黄绢,纷披织锦之章。赋为晓人,竞欲镌将玉楮;贻诸好事,莫不贮以缥囊。虽昔梦之已虚,而余徽犹未沫。仆也端居不乐,枯坐无俚。梧月萧斋,虫有可怜之号;茶烟禅榻,花无蠲忿之期。猥因流览之余,缓讽及情之咏。是色原非色,岂真眩彼空华;言愁亦欲愁,殆自关乎结习。爰谋剞劂,稍事甄综。同□琴趣,还资骚客赏音;如曰诗妖,敢向痴人说梦。乾隆戊寅春仲。长洲吴元润书于逃禅阁。(清乾隆刻本,南京图书馆藏)

李定《疑云集》序

金沙王次回先生,怀沉博绝丽之才,伊郁不平之志;美人香草,微词寓意,生平所作,艳体为多。先生当万历时,慨国政之凌夷,伤边事之荆棘。久困场屋,司铎终身。遭家多故,中年丧偶,益以丧明。人生厄境,兼而有之。因而效颦韩柑,嗣响玉溪,荡佚酣嬉,穷形尽态,其为有托而逃,无疑矣。所撰《疑云》《疑雨》两集;《疑雨》已刻于梁溪侯氏,万本万遍,脍炙人口。惟《疑云》则尚在若存若亡间。今春晤江右易肯构君,云有家藏抄本,系其先人以百金,沽诸先生后裔名嗣原者。索阅一过,为之狂喜。易君为江右大贾,豪于资,发潜阐幽,当所乐为。他日得付剞劂,海内人士必有先睹为快者,因

作此以贻之。泰兴李定识。(扫叶山房石印本,上海图书馆藏)

程文远《疑云集》序

《疑雨集》为于氏所搜辑,刻于梁溪侯氏。此则易氏藏本,而友人陈履之君借以转抄者也。鲁鱼亥豕,讹夺颇多。校勘一过,年代事迹,无不吻合。李序云,易氏得之先生后人。《葆光簃杂志》有《疑云集》"赠阿招"诗两首,检查此集,只差一字,当非赝本。因集资付梓,以广流传云。黄山程文远识。(扫叶山房石印本,上海图书馆藏)

雷瑨《〈疑云集〉注》跋

明季金坛王次回先生,以擅长风怀诗著名。所著《疑云》《疑雨》二集,描写闺帏状态,香艳缠绵,销魂蚀骨,虽有唐温、李,无以过之。《疑雨集》早有刊本,吾友虞山丁秉衡先生国钧,又详加诠注,传诵艺林;《疑云集》向未刊印。三十年前,在缪澄江先师处,得一精抄录副,藏诸箧衍。嗣因次回先生曾秉铎吾松,又向邑中藏书故家,觅得旧抄本,与澄江师所藏,颇相吻合。持以校近时坊肆普通印本,多寡微有不同,且亦无坊本重复错误诸缺点。因恐久而不免滋讹,亟谋付之梨枣,并仿丁君注《疑雨集》例,于诗中运用故实,广征群书,一一详注出处,疑者缺之,讹者正之。阅一年告成。维不及丁君所注之详赡博雅,语简事明。然读是书者,借此可稍减检查之劳,或亦不无小补也。印既成,爰识缘起如右云。岁在丁卯仲春中浣。松江雷瑨君曜谨识。(扫叶山房石印本,复旦大学图书馆藏)

朱太忙《疑云集》序

《疑雨集》四卷,次回之友于弢仲藏之,越百有余年,而梁溪严绳孙序之,侯蔚䴢刊之,大传于世。于、侯之功,不可没也。《疑云集》诗三卷,词一卷,系清代江右易肯构之先人购得之,后藏于陈履之,刻于黄山程文远,而吾友王均卿先生于民国初年,复以二百金代价书籍,易得程本重刊者也。斯则易、陈、黄之功,亦不可没矣。程本流传殊少,王氏所得,已简帙破碎,多剥蚀漫漶处,占勘三月始毕。而余阅之,卷二《夜起》五律一首,观卷三,只易七字,似以后一首为定稿。《梦中》一首,卷三又复出,只易一字,亦以后改为胜,尚多失检。《疑雨》重浊,《疑云》轻清,作者殆得云、雨二字之本义,稍有先后差别欤?予最爱其《题荆文始姊夫红楼絮别图》云:"美人一寸怜才意,不是黄金买得来。"《答云客》云:"名士惯游行乐地,美人合住有情天。"《新秋》云:"白露已交犹酷热,人间莫怪重冰山。"《明妃》云:"美人不是黄金尽,只未甘心赂画工。"此联尤妙,美人高傲心目,一语道破;明妃有知,定当莞尔首肯。泰兴李定原序云:"先生当万历时,慨国政之凌夷,伤边事之荆棘;久困场屋,司铎终身;中年丧偶,益以丧明。人生厄境,兼而有之。因而效颦韩相，嗣响玉溪，荡佚酣嬉，穷形尽态，其为有托而逃，无疑矣。”予序《疑雨集》云：“自来赋艳体者，皆古之伤心人也！”观此益信。或疑是集较雅驯而弱，与《疑雨集》不类，恐系伪托。予案《葆光簃杂志》《研削斋日记》俱载之，并核集内各题，游迹朋好，与前悉符，决非赝本可知。先生女公子名朗，适梁溪秦氏，生而夙悟，诗歌书画，靡不精工，尤长小词，风韵绝伦，殊有凤毛。生平著撰甚多，惜散逸已久，无从搜刊；吉光片羽，仅见于《妇人集》中。东坡云：“消磨未尽只风情。”予不特爱诵艳体诗，尤爱女子作品，拟事搜辑，向于王均卿先生辄以书籍交换，意良自娱。今先生已归道山，予为此序，触事感旧，不禁怃然！非但失一良友，且无从互易奇书矣。然先生所刊之书，至今未死，则又为之一慰；古人所作，唯书独然。近又有注本《疑云集》，因未细阅，故不论及。民国二十四年八月下浣。南汇朱太忙撰序。（大达图书供应社 1935 年版）

王文濡《疑云集》跋

弱冠时应试菰城，见旧书摊上有王氏《疑雨集》，以四百文市之。反复展诵，心以为《国风》好色之遗，而无香奁家骈花俪叶、涂附堆砌之习。及读《研削斋日记》，知王氏尚有《疑云集》未梓。清光绪间，办学至苏，与昭文黄摩西交，亦以曾闻《疑云集》尚有抄本在江西易氏之说。转辗访闻，迄不可得。嗣创国学扶轮社于海上。一日晨起，忽有某君来访，手携此篇，余不觉惊喜过望。当以扶轮所出书，约二百金易之；即黄山程氏刊本也。计共诗三卷、词一卷。简帙破碎，剥蚀漫漶处，颇为不少。冥心苦索，点勘三月。其有可意会者，则填补之；不可意会者，则姑阙之。曩时仓促付梓，印以洋纸，友人辈啧有烦言。今特重写一过，用中纸石印，以广流传，而贻永久，亦犹程氏之志也。夏正戊午六月吴兴王文濡识。（国学维持社重刻本）

三　诗话、词话

贺裳《皱水轩词筌》

王次回名彦泓，后为云间学博，余从母孙也。喜作艳诗而工，凡数百首，见者沁入肝脾，其里习俗为之一变，几于小元白云。词不多作，而多改昔人词，殊有加毫颊上之技。余录其尤佳者十数篇。如：

改吴子和《蝶恋花》：“睡思恹恹莺唤起。帘卷西风，犹未欢梳洗。眼细眉长云拥髻，笑垂罗袖熏沉水。　　媚态盈盈闲举止。只有江梅，清韵能相比。笑问檀郎词内意，芳心透出眉尖喜。”旧作：“诗酒琴棋歌舞地，又还同醉春风里。”六事并举，此乃泛常推赞语。独抽一事言之，则不惟见女郎之慧心，作词者亦真鉴赏家也。

改郑中卿《画堂春》:“东风吹雨破花悭。客毡晓梦寒。有人斜倚小屏山,蹙损眉弯。　　合是一钗双燕,却成两镜孤鸾。翠绡封字问平安,寄与啼斑。”旧作:“暮云修竹泪留残,翠袖凝斑。”感慨于檐外之竹,虽是即景伤情,何如封字并泪痕寄之意为紧切。

改李汉老《小重山》:“又见东风腊里来,倩人传赠与,一枝梅。离踪何处暂徘徊,微露笑,拈插鬓云堆。　　玉冷晓妆台,粉绵浑剩却,淡香腮。红罗先绣踏青鞋,春犹浅,花信更须催。”旧作前半阙云:“谁劝东风腊里来?不知天待雪,恼江梅。东郊寒色尚徘徊,双彩燕,飞傍鬓云堆。”虽亦成语,改词则更饶情致矣。

改刘叔儗《永遇乐》云:“插髻夭桃,叩钗疏竹,亭亭如故。画阁尘凝,风帘絮捲,尽日无情绪。文园消渴,听琴人去,枉把远山眉赋。恨匆匆,风光掣电,梦里看花如雾。　　梅庭润裛,蕙衫凉渗,渐近朱明节序。解箨吹香,遗丸荐脆,小芰浮鸳浦。画栏仍旧,依稀犹记,伫立一钩莲步。销魂处,横波秀剪,隔人偷觑。”旧作:“青幄蔽林,白毡铺径,红雨迷楚。昼阁关愁,风帘卷恨,尽日萦情绪。阳台云去,文园人病,寂寞翠尊雕俎。惜韶容、匆匆易失,芳丛对眼如雾。　　巾欹润裛,衣宽凉渗,又觉渐回骄暑。解箨吹香,遗丸荐脆,小芰浮鸳浦。画栏如旧,依稀犹记,伫立一钩莲步。暗销魂,那堪又听,杜鹃声苦。”“杜鹃声苦”是了语;“横波偷觑”是不了语。

改刘叔安《咏茉莉》(《念奴娇》):“帘栊午寂,正阴阴窥见,后堂芳树。绿遍长丛花事杳,忽见琼葩丰度。艳雪肌肤,蕊珠标格,销尽人间暑。还忧风日,曲屏罗幕遮护。　　长记歌酒阑珊,微闻暗麝,笑觅衣沾露。月浸阑干天似水,相伴谢娘窗户。浴后轻鬟,凉生滑簟,总是牵情处。惹人幽梦,枕边零乱如许。”旧作:“调冰弄雪,想花神清梦,徘徊南土。一夏天香收不起,付与蕊仙无语。秀入精神,凉生肌骨,销尽人间暑。稼轩愁绝,惜花还胜儿女。　　长记歌酒阑珊,开时向晚,笑浥金茎露。月浸栏干天似水,谁伴秋娘窗户?困殢云鬟,醉攲风帽,总是牵情处。返魂何在,玉川风味如许。”原词起处竟就花立论,至稼轩二语,形容未免入鄙,结用反魂而入玉川,殊觉无谓。岂亦如今人用傅花水点茶,抑此茶香于花耶!改词从帘中堂后,绿阴庵霭间遥望见之,已自有情。“艳雪”“蕊珠”,状花之色;“暗麝”状花之香;“曲屏”“罗幕”“鬟间”“簟上”“枕边”,则举护花者之张设,戴花者之神情。摹拟毕到,语复俊丽,可称词中圣手。所用刘语不过四句,此可竟称次回作也。

改姜白石《长亭怨》:“渐吹尽、枝头香絮。是处人家,绿深门户。远浦萦回,暮帆零乱向何许。恁春时,哪堪离别,自思量十分辜负。料想伊,目断行踪,泪痕归去。　　回望,高城不见,只见乱山无数。韦郎去也,怎忘得、玉环分付。君去了，愁心怯怯，似西园冷花无主。须为我，早早归来，梦魂安妥。”旧作：“渐吹尽、枝头香絮。是处人家，绿深门户。远浦萦回，暮帆零乱向何处。阅人多矣，谁得似长亭树。树若有情时，不会得、青青如许。　日暮，望高城不见，只见乱山无数。韦郎去也，怎忘得、玉环分付。第一是、早早归来，怕红萼、无人为主。算只有并刀，难翦离愁千缕。”白石自叙曰：“桓大司马曰：‘昔年种柳，依依汉南。今看摇落，凄怆江潭。树犹如此，人何以堪。’余深爱之。”余意此子山用桓玄子语，为其赋作结。然入之小赋，则点染有情；入之于词，未免嵌珠于肉也。改作语虽不能绝高，音调则为柔贴。原本后半故佳，至结句“并刀难剪”，亦尚是无聊牵凑语。移其“早早归来”于下，足以“梦魂安妥”，则语既警丽，结构精密矣。

改冯伟寿《眼儿媚》云：“自颦双黛能啼鸦。帘外翠烟斜。社前风雨，重来燕子，未入人家。　鞋儿试着无人问，莫是略宽些。想他楼上，闷拈箫管，憔悴菱花。”旧作“已归燕子”，“略”作“忒”，“菱花”作“莺花”。虽止易数字，精神若增。尤妙于以“菱花”易“莺花”也。

改洪叔玙《阮郎归》曰：“东风吹破藻池冰。云穿天半晴。腊梅香老睡香新。妆成出画屏。　花艳艳，玉英英。罗衣金缕明。闹蛾儿簇小蜻蜓。相呼看试灯。”旧作次句作“晴光开五云”，甚丑。下云：“绿情红意两逢迎，扶春来远林。”此二语自妙，不妨并存。又改其《浪淘沙》曰：“花雾涨冥冥。欲雨还晴。薄罗衫子正宜春。解道明朝寒食近，且莫成行。　花下酒重斟。纤手殷勤。十三弦畔诉离情。又得一宵相傍也，无限叮咛。”旧作：“花雾涨冥冥。欲雨还晴。薄罗衫子正宜春。无奈今宵鸳帐里，身是行人。　别酒不须斟。难洗离情。丝绡如电紫骝鸣。肠断画桥芳草路，月晓风清。”如此改旧，几于虞允文用王权之卒，不止李太尉入河阳军也。《词品》云：“‘天气殊未佳，汝定成行否？寒食近且住’，为佳耳。辛稼轩化作《霜天晓月》，词云：‘宦游吾倦矣。玉人留我醉，明日落花，寒食得且住。’为佳耳。晋人语本入妙，而词又融化之，如此可谓珠璧相照矣。”按：升庵《落灯风》一词“银塘初暖溅裙水，催莫愁、兰舟遥舣。沽酒趁梨花，听双歌，温柔乡里且住”为佳耳。总以晋人为粉本。然杨感于辛，王用以改洪，非感于杨也。至稳妥合律，则如春谷者山精入凿，觉后来更胜。

如改徐文长《闺人纤趾》云：“多娇最爱鞋儿浅。有时立在秋千板。板已窄棱棱。犹余三四分。　一钩浑玉削。红绣帮儿雀。休去步香堤。游人量印泥。”旧作：“红绒止半索。绣满帮儿雀。”仅能刻画其纤，改语则加以皙而直矣，尤阿堵中语也。且雀不可以红绒绣，乃以绒绣雀於红帮上耳，亦改语为是。

（《昭代丛书》）

朱彝尊《静志居诗话》

王彦泓，字次回，金坛人。儒学，有《疑雨集》。风怀之作，段柯古《红楼集》，不可得见矣。存者，玉溪生最擅场，韩冬郎次之，由其缄情不露，用事艳逸，造语新柔，令读之者唤奈何，所以擅绝也。后之为艳体者，言之惟恐不尽，诗焉得工？故必琴瑟钟鼓之乐少，而寤寐反侧之情多，然后可以追韩轶李。金沙王次回，结撰深得唐人遗意。起句如："雨下春泥月下霜，几年辛苦是萧郎。""一层芳树一层楼，只隔欢娱不隔愁。""月到西南倍可怜，照人双笑影娟娟。"中联如："烧灯院落更衣影，听曲帘栊点屐声。""当初语笑浑闲事，向后思量尽可怜。""画舫帘衣凭雪藕，玉筝弦索见春葱。""明明可爱人如月，漠漠难寻路隔烟。""临水偶来同倚槛，隔花何路可登楼。""封来泪点红犹湿，翦后香丝绿未齐"。"绣佛像前同下拜，泥金经尾独佥名。""含毫爱学簪花格，展画惭看出浴图。""花下小楼堆烛泪，柳边低舫载茶烟。""翻成绣谱传人画，会得琴心允客挑。""窗下有时思梦笑，灯前长不卸头眠。"结句如："水国不生红豆子，赠君何物助相思。""残阳欲度梅梢尽，才向红窗拂镜奁。""蜡照渐微香炧冷，佩声才达画堂东。""阑干一曲无多地，才着思量便渺然。""仙家合住烟霞外，金屋藏渠也不堪。""今日席间谁认得，旧时家令沈休文。""分明蜡烛身相似，才上欢筵泪已零。""一生长羡金泥蝶，飘向钗边与镜边。"皆饶风韵，诵之感心娉目，回肠荡气。（卷十九"王彦泓"条）

冯班，字定远，常熟人。有《钝吟集》。启、祯诗人，善言风怀者，莫若金沙王次回，定远稍后出，分镳并驱。次回以律胜，定远以绝句见长，大都次回全学温、李，而定远多师，其源出《才调集》也。（卷二十二"冯班"条）

袁枚《随园诗话》

本朝王次回《疑雨集》，香奁绝调，惜其只成此一家数耳。沈归愚尚书选国朝诗，摈而不录，何所见之狭也！尝作书难之云："《关雎》为《国风》之首，即言男女之情。孔子删诗，亦存《郑》《卫》，公何独不选次回诗？"沈亦无以答也。唐李飞讥元、白诗"纤艳不逞，为名教罪人"。卒之千载而下，知有元、白，不知有李飞。或云：飞此言见于杜牧集中。牧祖佑，年老不致仕，香山有诗讥之，故牧假飞语以诋之耳。（卷一第三二条）

朱草衣《哭槎儿》云："罗浮南海历秋冬，烟水云山隔万重。前日寄书书面上，红签犹写汝开封。"洪銮《赠徐小鹤》云："早离讲席赋离居，知己逢难别亦疏。正是开门逢去使，接君三月十三书。"严冬友《忆女》云："料得此时依母坐，看封书札寄长安。"三诗，人传诵以为天籁；不知蓝本皆出于王次回。其《过妇家感旧》云："归宁去日泪痕浓，锁却妆楼第一重。空剩一行遗墨在，丙寅十月十三封。"（卷五第二八条）

王次回有句云："天台再许刘晨到，哪惜千回度石梁。"宝意先生反其意，作《秋霞曲》云："天台已入休嫌暂，尚有终身未到人。"（卷八第五一条）

王次回诗，往往入人心脾。余年衰无子，宾朋来者，动以此事相询，貌似关切，余深厌之，有诗云："厌听人寻得子无，些些小事不关渠。逍遥公有儿孙累，未必云烟得自如。"后见次回句云："最是厌人当面问，凤凰何日却将雏？"余评女以肤如凝脂为主。次回亦有句曰："从来国色夜光寒，昼视常疑月下看。"（卷十四第五一条）

香奁诗，至本朝王次回，可称绝调。惟吾家香亭可与抗手。录其《无题》云："回廊百折转堂坳，阿阁三层锁凤巢。金扇暗遮人影至，玉扉轻借指声敲。脂含垂熟樱桃颗，香解重襟豆蔻梢。倚烛笑看屏背上，角巾钗索影先交。""一帘花影拂轻尘，路认仙源未隔津。密约夜深能待我，吃虚心细善防人。喜无鹦鹉偷传语，剩有流莺解惜春。形迹怕教同伴妒，嘱郎见面莫相亲。""碧桃花下访临邛，含笑开门有病容。带一分愁情更好，不多时别兴尤浓。枕衾先自留虚席，衣钮迟郎解内重。亲举纤纤偎颊看，分明不是梦中逢。""惺惺最是惜惺惺，拥翠偎红雨乍停。念我惊魂防姊觉，教郎安睡待奴醒。香寒被角倾身让，风过窗棂侧耳听。天晓余温留不得，隔宵密约重叮咛。"其他佳句如；"他日悲欢凭妾命，此身轻重恃郎心。""常防过处留灯影，偏易行来触瑟声。""劝君莫结同心结，一结同心解不开。"皆妙。余戏谓："诗中境界，非亲历者不知。然阿兄虽亲历，亦不能如此之细腻风光也。"（《随园诗话补遗》卷三第一九条）

薛雪《一瓢诗话》

王次回云："诗家窠臼宜翻洗，人日慵拈薛道衡。"次回，团香缕雪手也，乃有此金针度人之语。不落窠臼，始能一超直入，若拖泥带水，终是土气息，泥滋味。（第四五条）

潘德舆《养一斋诗话》

元末之诗宗杨铁崖，乃入於妖；明末之诗宗锺伯敬、谭友夏，乃流于鬼。王彦泓《疑雨》一集，以淫靡之思，刻划入骨，使人心流气荡，觉铁崖徒炫其貌，惑人伎俩，犹有未尽致者，彦泓乃足为妖中之妖耳。句如"含毫爱学簪花格，展画惭看出浴图"，"翻成绣谱传人画，会得琴心允客挑"，"窗下有时思梦笑，灯前长不卸头眠"，"陈王着眼先罗袜，温尉关心到锦鞋"，"体自生香防姊觉，眉能为语任郎参"，"素艳乍看疑是月，清欢何暇想为云"，能以佻冶不堪之事，写到通微入玄处，此即朱竹垞《静志居琴趣》所本。然在词家，亦为下乘，况以之玷污风雅哉！古之燕女溺志，恐亦未臻此境也。竹垞斥刘钦谟、瞿宗吉、杨君谦、张君玉之艳诗如腻污人，而独谓彦泓追李轶韩，深得唐人遗意，既无定志，且误后学。他如选魏忠节公长子学洢诗数首，幽光劲气，发乎忠孝，令人起敬，而复选其弟学濂诗二首。夫学濂乞降闯贼，乃父兄之罪人，纵有佳诗，亦不当录；而况所录之诗，乃“帐钩触柱人初起，奁粉吹香扑未收”，“开箔先笼金约臂，插花仍露玉搔头”，与王彦泓相类者乎？竹垞之志亦荒矣！（卷六）

黄培芳《香石诗话》

《小仓山房诗集》门人薛起凤序谓：“随园先生论诗之旨，一见于集中《答归愚宗伯书》，再见于《续诗品》三十二首。”《续诗品》语近自然，自有佳处。《再与沈公书》则驳其明诗独不选王次回诗，至引孔子删诗，首《关雎》而不去《郑》《卫》。论固大矣，愚窃不谓然。书词有云：“《关雎》即艳诗也。”此语大谬。孔子曰：“《关雎》，乐而不淫，哀而不伤。”《小序》曰：“《关雎》，太姒之德也。”《御纂诗义折中》曰：“《关雎》，文王之本也。”此古今圣贤定论，岂寻常写艳可比，何得援此借口？试观次回《疑雨集》，果能不淫不伤否乎？孔子删诗，贞淫并录。贞者为万世法，淫者为万世戒，终不离乎“思无邪”之旨，非存采兰赠芍之句与后人学也。若沈公之选明诗，不过备一代诗格，为学者取法，亦能如孔子之意，存次回作以为戒乎？不存以为戒，宁必存以为法乎？次回艳诗自在，好之者选之读之，自无不可；而沈公不以入选，持一家之论，亦未尝不是。至作书难之，妄引圣人，甚不伦矣。抑《别裁》一集，遗美颇多，不他之问，而是之问，何耶？书词又云：“以求淑女之故，至于辗转反侧，使文王生于今遇先生，危矣哉！”此徒取快意，复成何议论？谓足以折服沈公之心乎？余论诗，未尝废香奁一体，余非恶夫艳诗也，恶夫附会之言邻于非圣，启后生无忌惮之渐，故辨之。（卷三）

倪鸿《桐阴清话》

《疑雨集》皆香奁之作，王笠舫大令素不喜之，赋诗云：“云雨荒唐竟梦思，非关宋玉有微词。浪传乐府携《桃叶》，失笑巴人和《竹枝》。绮靡即今犹作俑，淫奔自古不存诗。祖龙已死囊萤在，付与荼毗尚恨迟。”“燕赵归来慷慨多，基年谁分动关河。门中女自窥人面，壁上伶休唱我歌。杜曲烟花伤薄幸，兰成衰柳感婆娑。那能更听师涓调，向想霓裳问大罗。”余尝谓言情之作，当有寤寐求之之意，不可有伊其相谑之风，《疑雨集》不免近于淫亵，宜大令之不满意也。

周瘦鹃《香艳丛话》

王次回《疑云集》中有《子夜四时歌》八首，字香语艳，令人意远，特录之云：“灼灼桃花红，罗帷吹东风。鬟低玉钗褪，堕入郎怀中。”“蛱蝶探春回，交翅入侬室。如何纤纤虫，也要两成匹。”“菱叶一根出，莲花并头香。持扇拍郎背，呼郎看鸳鸯。”“冰簟长六尺，绡帐如笼烟。趁凉侬要浴，分付郎先眠。”“金风飘梧桐，袷衣渐知薄。侬冷犹未禁，况郎体质弱。”“倚郎听蛩声，声比前宵多。东邻荡子妇，今夜当如何。”“熏炉吊爇郎，不及侬体暖。人道寒夜长，侬嫌寒夜短。”“有花侬且插，有酒郎且醉。明朝是立春，与郎长一岁。”又《新嫁娘》云：“日上剖玉奁，云髻倚肩妥。明镜不能瞒，春酣夜来我。新试缕金衣，风情自省揀。邻娃随母来，看侬不转眼。”亦有风趣。（卷一）

王次回《疑雨》一集，绝多回肠荡气之作。录其一二于此，犹沧海之一勺耳。《秋词》云：“凉月微星自抱衾，罗鞋点露曲廊深。丁宁蜡烛休垂泪，为照寻郎一寸心。”“生成羞怯性难除，却笑遵涂便揽祛。别有关心人不觉，好风偏为拂罗裾。”“折与梅花插帽檐，清霜寒沁玉尖尖。寻常只伴熏炉坐，今日迎欢乍出帘。”“半睡花冠倦未除，枕棱钗溜点罗袪。玉郎何处潜来到，笑倩回灯整翠裾。”“白描纨扇夹湘筠，鬓影斜笼浅露唇。非是见君多掩敛，不禁羞怩为旁人。”“处处风波逐枕衾，相看今又到秋深。千阑百就多辛苦，只愿君心似妾心。”《杂记》云：“病榻香销半掩关，别离耽误一秋闲。近来本是梳头少，约髻红丝宛未殷。”“窄阑逢处不抬头，脸晕犹含灭烛羞。翻忆未成欢爱日，一番相见一回眸。”《寒词》云：“娇病生憎酒气烘，尊前长捧玉杯空。无端阿姊询闲事，氤得羞红似醉红。”“水沉清妙不生烟，兽焰微烘白玉钱。终是护花心意切，倩郎移过镜函边。”“家常爱着白生绡，纤弱难胜一束条。忽觉眼前颜色换，檀郎生日是明朝。”“窗楼映日满楼明，雪艳初临晓镜清。良久自看还独笑，不防身畔立卿卿。”《看灯词》云：“灯街试走断红鞶，新嫁桥南第几晨。夫婿却扶佯不要，一回低媚一回嗔。”“小玉飞琼动静俱，几回当面笑愁吁。眼波第一防他觉，不审狂郎解得无。”《湘灵》云：“戏仿曹蛾把笔初，描花手法未生疏。沉吟欲作鸳鸯字，羞被郎窥不肯书。”“玉指新传小忽雷，凌晨已按两三回。明知阿母娇怜甚，频唤梳头不肯来。”《问答词》（阿姚）：“双睛点漆面凝酥，笑靥愁蛾一世无。愿作君家扫除隶，一生长拜美人图。”“爱郎珍重转愁深，底样酬郎一片心。一自读郎诗句后，去年消瘦到如今。”“见说王郎骑到门，同袍先已暗窥人。无端脸晕无端笑，逗得疑情渐渐真。”“情痴自信定非痴，恩重真拚命一丝。想杀昨宵灯暗后，满身香雾近人时。”“相逢切莫径遮阑，眼耳丛中一笑难。要识寸心相喻处，明明如月任郎看。”“坐绣严闺女伴稠，笑谈时颇涉风流。明知阶底萧郎立，度彻金针未转头。”“多谢云英一碗浆，玉纤长沁瀹茶香。劳卿更为先尝看，暗度樱桃味与郎。”“知音恼说是多情，情到多时处处轻。幸我生平颇情寡，陡然迷惑为卿卿。”“意密形疏自幼闻，情深那更厌离群。人间多少双飞侣，未必如侬切念君。”“红笺烧过字千张，泪点牢收帕一方。无计徘徊归去也，一生赢得一思量。”“银瓶酒尽不堪筛,妾泪如波溅玉杯。莫恨此番孤负去,好寻方便为奴来。”《即夕口占》云:“睡情何处不相关,合度秾纤话等闲。枕上不妨频转侧,柔腰偏解逐人弯。”“斗帐香篝不漏烟,睡鞋暖窄困春眠。教郎被底摩挲遍,忽见红帮露枕边。”“梦回酒渴破漳柑,十月霜轻尚带酸。生受玉人绵样手,为郎频熨指尖寒。”“细楷香囊画睡鸾,来时曾记枕前安。传声为遣郎收拾,莫与兰闺女伴看。”又《口占示阿锁》云:“豪客欢筵列画堂,曲房低几暗留郎。频频刷鬓熏衣到,先付销魂一段香。”“盘鸦未竟厌人催,推托侯家昨未回。忽报意中人下马,笑持青绺出帘来。”“密订欢期几日前,自将金钏治盘筵。心嫌阿母叨叨问,只说郎来是偶然。”“受郎珍惜只侬知,难忘霞侵月满时。最是将归犹未忍,阿娘传语怪来迟。”“酡颜斜睇目生澜,饮兴风骚正未阑。可记鬓边花落下,半身凉月靠阑干。”“嗔怒才因半语讹,臂弯零乱指痕多。明朝翻向人前讳,不许檀郎卷袖罗。”(卷二)

汤春声有《夏闺晚景琐说》之作,余戏仿其体,而为《春闺琐说》,信手拈来,殊未见佳,徒足资大雅覆瓿而已。姑录于此云。……美人徒倚,有顷,状似弗耐,出王次回《疑雨集》一卷,曼声吟《问答词》。吟至“人间多少双飞侣,未必如侬切念君”句,笑涡生香,若不胜情。(卷五)

海纳川《冷禅室诗话》

人只知王次回《疑雨集》为言情之作,以为全集不脱香奁本事窠臼,其实亦不尽然。王集中凡朋友赠答之诗,山川凭吊之作,皆屏去浮华,力求简奥,始信大家固无不能也。如《寄怀唐云客》二首云:“鹤伴经行虎结邻,古藤幽竹翳苔纹。朝凭水槛千峰雪,昼锁岩扉一屋云。远浦上灯高阁见,下溪鸣橹半山闻。西崖木末孤亭上,定有书声达夜分。”“碧磴千盘白石梯,元卿碑版少霞题。晴分极浦毫芒见,雾接层峦咫尺迷。歌啸直穿烟雨上,家园遥掷雪云西。故人不虑难寻觅,剑气横空有白蜺。”《赠冯元甫》云:“浊醪倾罢奈愁何,客有冯骦慰放歌。飞骑肯辞燕市雪,困鲸羞借楚江波。更薪减灶鸿应少,集菀辞枯鸟更多。肝胆只君堪付托,为抽心铁一横磨。”《奇孝先子巨钟陵秋试》云:“画船歌舞日西东,过眼烟云过耳风。奇士剧谈聊扪虱,男儿低首暂雕虫。投刀立见千牛解,落笔真令万马空。灵运更推谁作佛,一生惟许阿连同。”昔李义山以“无题”诗见长,词句隐深,号“西昆体”。而《韩碑》《筹笔驿》诸作,直逼韩杜。此玉溪生所以千古也。吾于次回亦然。次回名彦泓,金坛人。

朱瘦月《不羡鸳鸯室诗话》

香奁诗似易实难,作者非经验、聪明、学力兼有过人之处不可。盖香奁多咏本事,贵意到笔随,不事雕琢,与“无题”专尚辞藻者有别。唐之韩冬郎后，迄今千数百年，诗人得无量数，其间香奁以专集传者，只明王次回之《疑雨集》，清黄莘田之《香草笺》、孙子潇之《天真阁外集》三数种而已。外子所著《怜心集》，专摩《疑雨》，聪明学力，均不逮次回，惟七绝间有佳句，松江名士雷君曜孝廉曾评以置诸次回集中可乱楮叶，未竟过誉矣。

王次回为江苏金坛人，其县志载："王彦泓，字次回。岁贡生。博雅有俊才。诗工艳，格调逼真韩致光。所著有《泥莲》《疑雨》等稿，尝手录成秩，笔精墨妙，人称双绝。任松江训导。年甫艾而没。"《泥莲集》湮没不传，《疑雨集》初为苏州木刻袖珍本，长广均三寸余。清光绪末扬州吴梦兰主京师《国学萃编》月刊时特遍征题词，用铅字排印，式颇精雅，继上海扫叶山房、著易堂、文瑞楼、文明书局、朝记书庄各家皆有石印本。扫叶、文明因是书销行逾百万册，为牟利计，更延通人笺注，另行出版。惜鲁鱼亥豕，各本皆然，求一完善无疵者，竟不可得。长沙叶德辉思以矫之，曾仿旧籍精刊，然亦未免此病。甚矣哉！刻书之大不易也。

《疑雨集》既风行一时，书贾见有利可图，复有《疑云集》出版。外子天目固私淑次回者，时寓扬州，特函上海扫叶山房总编辑雷君曜孝廉，孝廉寄赠二册，复书"曾有疑系赝鼎，敢以质诸高明"等语。展卷读之，较次回远甚，益信孝廉之言不虚。按《金坛县志》，次回固无《疑云》之作，作《疑云》者，当另有其人。

陈蝶仙《栩园诗话》

余改赵廷玉无题诗有一联云："睡眼细挼慵裹手，堕鬟教整许凭肩。"廷玉驳之曰："吾闻裹足者矣，未闻有裹手者。"不知王次回已有"裹手倩人收宝钏"之句。"裹手"者正状其撮手作裹形，小儿女睡起或啼后，每每有此形景，倘无次回用之在前，余犹不能描画出此语也。虽所状情景不同，而"裹手"二字实具画工。（卷三）

李伯元《南亭四话》

《疑雨集》云："却要因循簟未铺，鹦哥传道画堂呼。风光瞥去销魂在，赢得惊心也胜无。"自注云：却要，助辞。引韩偓诗"却要因循添逸兴"为证。余谓此诡言也，盖必私婢之作。《三水小牍》载某巨公有婢名却要，艳绝，巨公有子二人，均欲私之，相约于樱桃花下，云云。意次回必暗用此典，玩下语气可见。又《感怀》诗"手推自喜调家婢"云云，然则芳姿团扇，王氏固有家传也。

又《闺中杂咏》十五首，与前《新婚竹枝词》，皆出一人手笔，风神绝代，旖旎无伦，即本朝香奁大家王次回，亦不能如此作之细腻熨帖，深得女郎之神味。

方廷楷《习静斋诗话》

诗歌贵乎翻新。若人云亦云,则无味矣。王次回先生尝有句云:“天台再许刘晨到,那惜千回度石梁。”商宝意太史反其意作《秋霞曲》:“天台已入休嫌暂,尚有终身未到人。”梁山舟学士有《反游仙》诗云:“毕竟人间胜天上,不然刘阮不归来。”三人用意不同,而各极其妙。(《皖人诗话八种》,黄山书社 1995 年版)

追灵《新年诗话及其他》

王次回以描写风情之什擅场,袁子才推为香奁中圣手,可谓五体投地。王之《疑雨集》中关于新年之作品甚多,虽信手拈来,亦复尽成妙谛,孰有绥绥之致也。《灯宵纪事》四绝句云:“灯楼月沼映春云,箫鼓风前院院闻。但是酒旗歌板地,一时凄切想离群”,“踏月天街艳步狂,微风一路染衣香。游人暗逐芳尘去,拾得儿家紫佩囊”,“春空淡白照银纱,一径幽寻避月华。记得画桥南畔去,绿杨阴下是他家”,“赵李钿车昔昔游,酒边灯下其迟留。如何月照金堂夜,只有梅花伴莫愁”。《和孝仪看灯词》十二首,其一云:“帘外晴阴几遍探,侍儿犹恐意难堪。虽然残雪消还有,且喜今朝尚十三。”其二云:“灯街初出断红鞶,新嫁桥南第几晨。夫婿却扶佯不要,一回低媚一回嗔。”其七云:“暗风相约宋墙东,一寸灵心两处同。南去北来多邂逅,忽然俱在寺门中。”《试笔》一律云:“自笑猖狂浪得名,吟笺犹未破新正。新欢到手身难暇,尤物当前命易轻。闺阁裙衫争雪色,比邻丝管斗春声。诗家窠臼宜翻洗,人日慵拈薛道衡。”细腻工整,视前诸绝句尤胜。

榴芳《无题诗话》

金坛王彦泓先生,艳体诗家也。所著《疑雨集》四帙,传诵一时。其诗如蚌珠浴月,璞玉辉春,皆琅然可诵。开卷载《无题》四律,尤清芬袭人。其一云:“弄玉当年未嫁时,徘徊好影自矜持。几从画府回娇靥,羞向花间曳绮綦。千蝶帐深萦短梦,九雏钗重闲初笄。朝回夫婿鸣驺去,下却珠帘不肯窥。”他如“寒清泥拔金钗饮,醉浅佯邀小玉扶”“歌筵歇拍偷回眼,花径前行细转腰”“朱门逼近推敲细,袒服缠绵脱著迟”等句,风韵旖旎,虽和、韩亦为却步也。

杨南村《摅怀斋诗话》

义山《无题》,韩偓《香奁》,其用意深婉,盖别有所托,非咏闺事也。后人不明此旨,几欲将身化为妇女,淫词亵媟,至不堪寓目。王次回《疑雨集》,诗格既不高,而淫气满纸,直是描摹秘戏图耳。艳体诗非不可作,然必取法乎上,勿染近人恶习为妙。体制不同,似选词亦自各异也。村按:“无题”“香奁”之分,其说详于《两般秋雨盦随笔》中。体制不同,似选词亦自各具也。次回诗虽不能如杜老所谓“不废江河万古流”，然灵思绮笔，亦足自成一家。就中固有过甚之处，要未可以一恶而掩百臧也。不过后人学之，要有分寸耳。若一概抹煞，则袁简斋辨之于前，更毋庸南村之冗于后矣。

况周颐《蕙风词话》

尹梅津《眼儿媚·咏柳》云：“一好百般宜”，五字可作美人评语。明王彦泓诗：“乱头粗服总倾城”，所为“一好百般宜”也。

主要参考书目

说明：

1. 本书目著录的书籍，系本书撰写过程中征引和参考的古籍文献和研究著作。相关的参考论文随文加注，不再罗列。

2. 除王彦泓的著作外，其他书目以著作首字拼音为序。

《疑雨集》（明）王彦泓撰　清亦园藏本　国家图书馆藏

《疑雨集》（明）王彦泓撰　清聚秀堂梓　安徽省博物馆藏

《疑雨集》（明）王彦泓撰　清味兰轩藏板　上海师范大学图书馆藏

《疑雨集》（明）王彦泓撰　清五知堂藏板　国家图书馆藏

《疑雨集》（明）王彦泓撰　骚余馆藏板　复旦大学图书馆藏

《疑雨集》（明）王彦泓撰　郎园叶氏观古堂刻本　复旦大学图书馆藏

《疑雨集》（明）王彦泓撰　上海著易堂 1909 年石印本　南京图书馆藏

《疑雨集》(含《疑雨集题辞》)（明）王彦泓撰　国学萃编社编　丰记印书局 1909 年铅印本　国家图书馆藏

《疑雨集》（明）王彦泓撰　上海锦章书局 1919 年石印本　复旦大学图书馆藏

《疑雨集》（明）王彦泓撰　上海扫叶山房 1926 年新式标点本　复旦大学图书馆藏

《疑雨集》（明）王彦泓撰　上海启智书局 1934 新式标点本　南京图书馆藏

《疑雨集》（明）王彦泓撰　中央书店 1936 年新式标点本　南京图书馆藏

《〈疑雨集〉新编》（清）黄文炳撰　清刻本　南京图书馆藏

《〈疑雨集〉选》（清）吴元润选　清刻本　南京图书馆藏

《〈疑雨集〉注》　丁国钧注　扫叶山房石印本　上海图书馆藏

《王次回〈疑雨集〉》（明）王彦泓撰　大达图书供应社 1935 年版　上海图书馆藏

《王次回〈疑雨集〉注》（明）王彦泓撰　句漏后裔释　上海文明书局石印本　上海图书馆藏
《王次回诗集》（明）王彦泓撰　郑清茂校　联经出版事业公司 1984 年版
《疑云集》　补拙斋藏版　上海图书馆藏
《疑云集》　上海大东书局 1922 年石印本　国家图书馆藏
《疑云集》　大达图书供应社 1935 年版　上海图书馆藏
《疑云集》　中央书店 1936 年新式标点本　南京图书馆藏
《〈疑云集〉注》　雷瑨注　扫叶山房石印本　复旦大学图书馆藏

B

《白氏长庆集》（唐）白居易撰　《四部丛刊》影印日本翻宋大字本
《白雨斋词话》（清）陈廷焯撰　人民文学出版社 1959 年版
《白雨斋词话足本校注》（清）陈廷焯撰　屈兴国校注　齐鲁书社 1983 年版
《北美中国古典文学研究名家十年文选》　乐黛云、陈珏编选　江苏人民出版社 1996 年版
《北山四窗》　施蛰存撰　上海文艺出版社 2000 年版
《被开拓的诗世界》　程千帆等撰　上海古籍出版社 1990 年版
《本事诗》（清）徐釚编　影印清光绪十四年邵武徐氏刻本　《续修四库全书》第 1699 册
《本事诗》（唐）孟棨撰　影印文渊阁《四库全书》本
《冰心选集》　冰心撰　河北教育出版社 1992 年版

C

《才调集》（蜀）韦縠编　《四部丛刊》影印宋抄本
《才子牡丹亭》（清）吴震生、程琼批评　华玮、江巨荣点校　台湾学生书局 2004 年版
《曹子建集》（魏）曹植撰　《四部丛刊》影印明活字本
《苌楚斋四笔》　刘声木撰　中华书局 1998 年版
《陈子龙柳如是诗词情缘》［美］孙康宜撰　李奭学译　陕西师范大学出版社 1998 年版
《楚辞》《四部丛刊》影印明翻宋本
《春明外史》　张恨水撰　北岳文艺出版社 1993 年版
《词话丛编》　唐圭璋编　中华书局 1986 年版

《词苑萃编》（清）冯金伯辑 影印嘉庆刻本 《续修四库全书》集部第1733册
《词则》 陈廷焯编 上海古籍出版社1984年影印本

D

《大佛顶首楞严经》 大正新修《大藏经》 佛陀教育基金会
《澹园集》（明）焦竑撰 中华书局1999年版
《道古堂文集》（清）杭世骏撰 影印乾隆四十一年刻光绪十四年汪曾唯增修本 《续修四库全书》集部第1426—1427册
《断肠亭记》［日］永井荷风撰 汪正球译 河北教育出版社2002年版

E

《俄国形式主义文论选》 什克洛夫斯基等著 方珊等译 生活·读书·新知三联书店1989年版
《20世纪中国古代文学研究史》 黄霖主编 中国出版集团东方出版中心2006年版

F

《樊川文集》（唐）杜牧撰 《四部丛刊》影印明刊本
《樊山集》（清）樊增祥撰 影印清光绪十九年渭南县署刻本 《续修四库全书》集部第1574册
《方麓集》（明）王樵撰 影印文渊阁《四库全书》本
《分类补注李太白诗》（唐）李白撰 《四部丛刊》影印明刊本
《风骚与艳情》 康正果撰 河南人民出版社1988年版
《妇人集》（清）陈维崧编 冒褒注 《如皋冒氏丛书》本

G

《古代诗人情感心态研究》 黄世中撰 浙江大学出版社1990年版
《古典诗学的现代阐释》 蒋寅撰 中华书局2003年版
《古文苑》《四部丛刊》影印宋刊本
《谷园集》（清）杨彝撰 清道光二年谭家成抄本
《管锥编》 钱钟书撰 中华书局1986年一版6次
《国朝诗别裁集》（清）沈德潜撰 清乾隆二十五年教忠堂刻本 《四库禁毁书丛刊》集部第158册

H

《海上尘天影》（清）邹弢撰　上海古籍出版社 1990 年影印本
《韩非子》《四部丛刊》影印宋本
《韩偓集系年校注》（唐）韩偓撰　吴在庆校注　中华书局 2015 年版
《汉魏六朝笔记小说大观》　上海古籍出版社 1999 年版
《汉字的魔方》　葛兆光撰　辽宁教育出版社 1999 年版
《鸿苞节录》（明）屠隆撰（清）屠维烈编　清刻本
《侯鲭词》（清）吴唐林辑　清光绪刻本　复旦大学图书馆藏
《胡适古典文学研究论集》　胡适撰　上海古籍出版社 1988 年版
《花月痕》（清）魏秀仁撰　上海古籍出版社 1990 年影印本
《华亭县志》（清）冯鼎高等修　王显曾等撰　清乾隆五十六年刊本《中国方志丛书》华中地方·第四六二号　台湾成文出版社有限公司影印
《淮海集》（宋）秦观撰《四部丛刊》影印明刊本

J

《迦陵论词丛稿》　叶嘉莹撰　河北教育出版社 2000 年版
《涧谷精选陆放翁诗集》（宋）陆游撰《四部丛刊》影印明刊本
《剑桥中国文学史》　孙康宜、宇文所安主编　三联书店 2013 年版
《江南通志》　清乾隆元年刻本　复旦大学图书馆藏
《介存斋论词杂著》（清）周济撰　人民文学出版社 1959 年版
《金陵生文学史论集》　蒋寅撰　辽海出版社 2009 年版
《今生今世：我的情感历程》　胡兰成撰　中国社会科学出版社 2003 年版
《京江耆旧集》（清）王豫编撰　清光绪刊本
《静志居诗话》（清）朱彝尊撰　清嘉庆二十四年扶荔山房刻本《续修四库全书》第 1698 册
《旧唐书》　中华书局 1975 年版

K

《珂雪斋文集》（明）袁中道撰《续修四库全书》集部第 1375—1376 册
《可言》　徐珂撰《天苏阁丛刊》二集
《空空幻》（清）梧岗主人编次　卧雪居士评《明清稀见小说丛刊》　齐鲁书社 1996 年版

L

《赖和作品选集》 赖和撰 中国广播电视出版社 1987 年版

《乐府诗集》《四部丛刊》影印汲古阁本

《李贺歌诗编》（唐）李贺撰 《四部丛刊》影印金刊本

《李商隐的心灵世界》 董乃斌撰 上海古籍出版社 1992 年版

《李商隐诗歌接受史》 刘学锴撰 安徽大学出版社 2004 年版

《李商隐诗集笺注》（唐）李商隐撰 叶葱奇疏注 人民文学出版社 1985 年版

《李商隐研究论集(1949—1997)》 广西师范大学出版社 1998 年版

《李义山诗集》（唐）李商隐撰 《四部丛刊》影印明刊本

《李贽与晚明文学思想》 左东岭撰 人民文学出版社 2010 年版

《历代妇女著作考》 胡文楷编撰 商务印书馆 1957 年版

《丽情集》（宋）张君房撰 上海书店 1991 年据 1913 年上海中国图书公司和记铅印《香艳丛书》本影印

《梁溪诗抄》 清刻本 复旦大学图书馆藏

《两千年中西历对照表》 薛仲三、欧阳颐编撰 生活·新知·读书三联书店 1956 年版

《列朝诗集》（清）钱谦益撰 清顺治九年毛氏汲古阁刻本三联书店 1989 年缩版影印

《列朝诗集小传》（清）钱谦益撰 上海古籍出版社 1983 年版

《柳如是别传》 陈寅恪撰 上海古籍出版社 1980 年版

《磨剑室诗词集》 柳亚子撰 中国革命博物馆编 上海人民出版社 1985 年版

《柳永论稿》［日］宇野直人撰 张海鸥 羊昭红译 上海古籍出版社 1998 年版

《六朝文学论稿》［日］兴膳宏撰 岳麓书社 1986 年版

《六臣注文选》《四部丛刊》影印宋刊本

《鲁迅全集》 鲁迅撰 人民文学出版社 1981 年版

《陆放翁全集》（宋）陆游撰 北京中国书店 1986 年据世界书局 1936 年版影印

《绿雪堂遗集》（清）王衍梅撰 清刻本 国家图书馆藏

M

《罗隐年谱》 汪德振撰 《中国史学丛书》 商务印书馆 1937 年版

《洛阳伽蓝记》（魏）杨衒之撰 《四部丛刊》影印明刊本

《毛诗》《四部丛刊》影印宋刊本
《梅村家藏稿》（清）吴伟业撰 《四部丛刊》本
《美的偏至——中国现代唯美-颓废主义文学思潮研究》 解志熙撰 上海文艺出版社 1997 年版
《明代文学史》 宋佩韦 《民国丛书》第五编
《明代戏曲评点研究》 朱万曙撰 安徽教育出版社 2002 年版
《明代小说史》 陈大康撰 上海文艺出版社 2000 年版
《明代文学思想史》 罗宗强撰 中华书局 2013 年版
《明代文学思潮史》 廖可斌撰 人民文学出版社 2016 年版
《民国诗话丛编》 张寅彭主编 上海书店出版社 2002 年版
《明清传奇戏曲文体研究》 郭英德撰 商务印书馆 2004 年版
《明清江苏文人年表》 张慧剑编著 上海古籍出版社 1986 年版
《明清文学与性别研究》 张宏生编 江苏古籍出版社 2002 年版
《明诗综》（清）朱彝尊编 影印文渊阁《四库全书》本
《明唐荆川先生年谱》 唐鼎元编 《北京图书馆馆藏珍本年谱丛刊》第 47 册 民国二十八年铅印本
《明文海》（清）黄宗羲编 影印文渊阁《四库全书》本
《牧斋初学集》（清）钱谦益撰 《四部丛刊》影印明刊本
《牧斋有学集》（清）钱谦益撰 《四部丛刊》本

N

《纳兰性德和他的词》 黄天骥撰 广东人民出版社 1983 年版
《南村辍耕录》（元）陶宗仪撰 《四部丛刊》影印元刊本
《南亭四话》（清）李伯元撰 江苏古籍出版社 2000 年版

O

《欧阳文忠公集》（宋）欧阳修撰 《四部丛刊》影印元刊本

P

《曝书亭集》（清）朱彝尊撰 《四部丛刊》本

Q

《箧衍集》（清）陈维崧编 影印清乾隆二十六年刻本 《四库禁毁书丛刊》集部第 39 册

《箧中词》（清）谭献辑 影印清光绪刻本 《续修四库全书》第1732册
《钦定四库全书总目》（清）纪昀等撰 影印文渊阁《四库全书》本
《青楼梦》（清）俞达撰 上海古籍出版社1990年影印本
《清代词学的建构》 张宏生撰 江苏古籍出版社1998年版
《清代诗学史》 蒋寅撰 中国社会科学院出版社2012年版
《清思录》 袁行霈撰 首都师范大学出版社2008年版
《情感与形式》［美］苏珊·朗格撰 刘大基等译 中国社会科学出版社1986年版
《全明词》 饶宗颐初纂 张璋总纂 中华书局2004年版
《全清词抄》（清）叶恭绰编 中华书局1982年版
《泉州府志》（清）乾隆二十八年（1763）刻本 上海图书馆藏

R

《人间词话》 王国维撰 《词话丛编》本 中华书局1986年版
《儒林外史与中国士文化》 胡益民 周月亮撰 安徽大学出版社1995年版

S

《三旌义门王氏族谱》 清光绪六年（1880）刻本 国家图书馆藏
《山歌》（明）冯梦龙撰 影印明崇祯刊本 《续修四库全书》集部第1744册
《少室山房笔丛》（明）胡应麟撰 中华书局1958年版
《沈从文全集》 沈从文撰 北岳文艺出版社2002年版
《诗薮》（明）胡应麟撰 上海古籍出版社1979年版
《十九世纪文学主流》［丹麦］勃兰兑斯撰 张道真译 人民文学出版社1986年版
《石遗室诗话》 陈衍撰 《民国诗话丛编》本 上海书店出版社2002年版
《世说新语汇校集注》（南朝宋）刘义庆撰 （梁）刘孝标注 朱铸禹汇校集注 上海古籍出版社2002年版
《水浒研究》 何心撰 《中国古典文学研究丛刊》 上海文艺联合出版社1954年版
《思绮堂文集》（清）章藻功撰 影印清康熙六十一年刻本 《四库未收书辑刊》第8辑第24册
《四友斋丛说》（明）何良俊撰 影印明刻本 《续修四库全书》子部第1125册

《淞隐漫录》（清）王韬撰　人民文学出版社 1983 年版
《苏雪林文集》　苏雪林撰　安徽文艺出版社 1996 年版
《隋书》　中华书局 1973 年版
《隋唐五代文学思想史》　罗宗强撰　中华书局 1999 年版
《随园诗话》（清）袁枚撰　人民文学出版社 1982 年版

T

《谈艺录》(补订本)　钱钟书撰　中华书局 1984 年版
《汤显祖全集》（明）汤显祖撰　徐朔方笺校　北京古籍出版社 1999 年版
《汤显祖与〈牡丹亭〉》　华玮主编　台北中研院中国文哲研究所 2005 年版
《唐诗概论》　苏雪林撰　商务印书馆 1934 年版
《唐诗纪事》《四部丛刊》影印明刊本
《唐诗三百首》（清）蘅塘退士编　中华书局 1984 年版
《唐宋诸贤绝妙词选》《四部丛刊》影印明刻本
《唐弢文集》　唐弢撰　社会科学文献出版社 1995 年版
《唐五代笔记小说大观》　上海古籍出版社 2000 年版
《唐摭言》（五代）王定保撰　影印文渊阁《四库全书》本
《桃花扇》（清）孔尚任撰　人民文学出版社 1998 年版
《陶庵梦忆》（清）张岱撰　影印清乾隆刻本　《续修四库全书》子部第 1260 册

W

《宛陵先生集》（宋）梅尧臣撰　《四部丛刊》本
《晚明文学思潮研究》　吴承学、李光摩编　湖北教育出版社 2002 年版
《晚明士人心态及文学个案》　周明初撰　东方出版社 1997 年版
《晚明小品研究》　吴承学撰　江苏古籍出版社 1999 年版
《晚晴簃诗汇》　徐世昌编　中华书局 1990 年版
《万历野获编》（明）沈德符撰　中华书局 1959 年版　1980 年重印
《王国维及其文学批评》　叶嘉莹撰　河北教育出版社 1997 年版
《王士禛诗歌研究》　王利民　中华书局 2007 年版
《王叔闻先生诗钞》（明）王镃撰　影印清乾隆七年(1742)清芬堂刻本　《四库禁毁书丛刊》集部第 165 册
《维摩诘所说经》　大正新修《大藏经》　佛陀教育基金会
《文心雕龙》（梁）刘勰撰　《四部丛刊》影印明刊本

《文学理论》［美］雷·韦勒克、奥·沃伦撰 刘象愚等译 生活·读书·新知三联书店 1984 年版
《吴歌·吴歌小史》 江苏古籍出版社 1999 年版

X

《西方文论与中国文学》 周发祥撰 江苏教育出版社 1997 年版。
《西京杂记》《四部丛刊》影印明刊本
《锡山秦氏宗谱》 清乾隆刻本 上海图书馆藏
《献疑集》 章培恒撰 岳麓书社 1993 年版
《香港中国古典文学研究论文选粹·诗词曲篇》 江苏古籍出版社 2002 年版
《香天谈薮》（清）吴雷发撰 上海书店 1991 年据 1913 年上海中国图书公司和记铅印《香艳丛书》本影印
《新批评：一种独特的形式主义文论》 赵毅衡撰 中国社会科学出版社 1986 年版。
《洵美堂诗集》（清）杨文骢撰 1936 年贵阳陈氏金陵刻本
《栩园丛稿》初编 陈蝶仙撰 家庭工业社香雪楼藏板本
《宣侠父诗文集》 宣侠父撰 全国政协文史资料委员会 浙江省政协文史资料委员会 政协浙江省诸暨市委员会编 中共党史出版社 2003 年版

Y

《雅堂文集》 连横撰 《台湾文献丛刊》第八辑 台湾大同书局 1984 年印
《养一斋诗话》（清）潘德舆撰 影印道光十六年刻本 《续修四库全书》集部第 1706 册
《瑶华集》（清）蒋景祁编 影印康熙二十五年刻本 《续修四库全书》集部第 1730 册
《一个中国人的文学观——周作人的文艺思想》［英］卜立德撰 陈广宏译 复旦大学出版社 2001 年版
《一瓢诗话》（清）薛雪撰 上海古籍出版社 1990 年据《昭代丛书》本影印
《诒庄楼书目》 清刻本 复旦大学图书馆藏
《倚声初集》（清）邹祗谟、王士禛编 影印顺治十七年刻本 《续修四库全书》集部第 1729 册
《饮冰室诗话》 梁启超撰 时代文艺出版社 1998 年版

《饮水词笺》（清）纳兰性德撰　李勖笺　正中书局 1927 年版
《饮水词笺》（清）纳兰性德撰　李勖笺　中国华侨出版社 2012 年版
《饮水词笺校》（清）纳兰性德撰　赵秀亭、冯统一笺校　辽宁教育出版社 2001 年版
《永井荷风散文选》［日］永井荷风撰　陈德文译　百花文艺出版社 1997 年版
《永井荷风选集》［日］永井荷风撰　陈微译　作家出版社 1999 年版
《于氏族谱》　福兼堂梓　清光绪庚辰（1880）重修　南京大学图书馆藏
《玉梨魂》　徐枕亚撰　江西人民出版社 1986 年版
《玉山樵人集》附《香奁集》（唐）韩偓撰　《四部丛刊》影印旧抄本
《玉台新咏集》《四部丛刊》本
《玉台新咏笺注》　中华书局 1985 年版　2004 年第四次印刷
《玉溪生诗集笺注》（唐）李商隐撰　（清）冯浩笺注　上海古籍出版社 1979 年版
《郁达夫风雨说》　于听撰　浙江文艺出版社 1991 年版
《郁达夫研究资料》　王自立、陈子善编　花城出版社 1985 年版
《御选历代诗余》　影印文渊阁《四库全书》本
《御定全唐诗》　影印文渊阁《四库全书》本
《元白诗集笺证稿》　陈寅恪撰　生活·读书·新知三联书店 2001 年版
《元明清三代禁毁戏曲小说史料》　王利器辑　上海古籍出版社 1981 年版
《元明诗概说》［日］吉川幸次郎撰　李庆等译　中州古籍出版社　1987 年版　1999 年第一次印刷
《元氏长庆集》（唐）元稹撰　《四部丛刊》影印明刊本
《袁宏道集笺校》（明）袁宏道撰　钱伯城笺校　上海古籍出版社 1981 年版
《袁枚年谱新编》　郑幸撰　上海世纪出版集团 2011 年版
《袁枚全集》（清）袁枚撰　王英志主编　江苏古籍出版社 1993 年版
Yuan Mei: Eighteenth Century Chinese Poet. Arthur Waley. 1956. George Allen and Unwin LTD.
《云溪友议》（唐）范摅撰　《四部丛刊》影印明刊本
《恽代英日记》　恽代英、中央档案馆等编　中央党校出版社 1984 年版

Z

《章学诚遗书》（清）章学诚撰　文物出版社 1985 年版

《昭明太子集》《四部丛刊》影印明刊本
《镇江府志》《中国地方志集成》江苏府县志辑 27－28 江苏古籍出版社 1991 年影印清乾隆刻本
《郑伯奇文集》 郑伯奇撰 陕西人民出版社 1988 年版
《脂砚斋红楼梦辑评》 俞平伯辑 中华书局 1960 年版
《中国画学全史》 郑昶撰 《民国丛书》第一编
《中国古代文体研究》 吴承学撰 人民出版社 2011 年版
《中国古代文学批评方法研究》 张伯伟撰 中华书局 2002 年版
《中国近代小说的兴起》［美］韩南撰 徐侠译 上海教育出版社 2004 年版
《中国近现代通俗文学史》 范伯群主编 江苏教育出版社 1999 年版
《中国历代小说论撰选》(修订本) 黄霖、韩同文选注 江西人民出版社 2003 年第三版
《中国历史研究法》 梁启超撰 上海文艺出版社 1999 年版
《中国诗歌艺术研究》 袁行霈撰 北京大学出版社 1996 年版
《中国诗史》［日］吉川幸次郎撰 章培恒等译 复旦大学出版社 2001 年版
《中国诗学论集》 丁放撰 安徽师范大学出版社 2015 年版
《中国文学史》 章培恒、骆玉明主编 复旦大学出版社 1996 年版
《中国文学古今演变研究论集》 章培恒、梅新林主编 上海古籍出版社 2002 年版
《中国文学批评史大纲》 朱东润撰 上海古籍出版社 2001 年版
《中国文学史新著》 章培恒、骆玉明主编 复旦大学出版社、上海文艺出版总社 2007 年版
《中国文学在日本》 郑清茂撰 纯文学出版社有限公司 1981 年版
《中国之爱情：对中华帝国数百年来文学作品中爱情问题的研究》［意］史华罗撰 王军、王苏娜译 中国社会科学出版社 2012 年版
《中晚唐艳体诗歌研究》 刘艳萍撰 河南大学出版社 2011 年版
《中兴以来绝妙词选》《四部丛刊》影印明刊翻宋本
《周作人的是非功过》 舒芜撰 人民文学出版社 1993 年版
《皱水轩词筌》（清）贺裳撰 上海古籍出版社 1990 年影印《昭代丛书》本

后　　记

前段时间翻阅在复旦读书时的资料,两行娟秀的圆珠笔字映入眼帘:“未形猜妒情尤浅,始露娇嗔爱始真”。这是蔚然师姐写下的,写在严家炎先生讲座时所发的材料上。我的心里不由得一颤,当时的一幕清晰地浮现在眼前。那是2003年春天,已记不清具体的日子,约略是一个雨天,在北京大学严家炎先生讲座的中间休息时间,章培恒先生缓步来到我跟前,顿了顿说:“耿传友,你先看看《疑雨集》吧,看能不能以此作为博士论文选题。”说过后,章先生又回到自己的座位上。当时我非常茫然,我并不知道《疑雨集》是一部什么书,甚至怀疑自己会不会听错。好在蔚然师姐就坐在旁边,她先告诉我“疑雨集”是哪三个字,然后写下《疑雨集》中的上述两句诗,说有人曾以此来评价《红楼梦》。这是我阅读、研究王彦泓的开始,博士论文选题也由此而确定。论文写作过程的艰辛,这可能是复旦毕业的每个博士都经历过的,自不必多说。经过两年多的努力,博士论文《一个被文学史遗忘的重要作家:王次回及其诗歌研究》终于按期完成,于2005年5月30日通过答辩。在答辩时我作了这样的陈述:

> 这个研究课题是2003年春天开始提出的,按学校的规定,入学的第二学期需要确定博士论文选题。在选择博士论文题目时,颇经过一番周折。开始时我曾提出过几个想法,章先生觉得都不理想,最后先生对我说:“那你就先看看《疑雨集》吧。”说实在话,在此以前,我从来没听说过这部书。当时正在听章先生《中国古代文学概论》这门课,在课程将要结束时,先生要求选课的学生各自找一个研究课题,了解分析已有研究成果,找出自己的研究方向、设想。我就以王次回为题作了一个报告。先生给予了具体细致的指导,我也因此确定了现在这样的论文题目。
>
> 王次回是一个曾经受到众多读者喜爱的诗人,明末清初和清末民国时曾两度流行,许多文人如贺裳、严绳孙、朱彝尊、吴雷发、袁枚、徐枕

亚、张恨水、郁达夫、冰心、钱钟书、永井荷风等对其都有较好的评价，而且他对王士禛的诗、纳兰性德的词、晚清狎邪小说、民国通俗小说等也产生过一定影响。王次回同时也是一个一直不断受到非议、批评，甚至鄙弃和贬斥的诗人。沈德潜选《国朝诗别裁集》，在《凡例》中专门提到王次回《疑雨集》，称其"最足害人心术"，而乾隆时的王衍梅，对《疑雨集》可谓深恶痛绝，达到了"付与荼毗尚恨迟"程度。王次回本人甚至受到正统观念主导的流俗辱骂，被传为得到"厕上吟诗，误坠粪窖中，七窍粪渍而死"的报应。现在研究者在提到王次回时，也多持否定态度。可见王次回是个争议很大的诗人，袁枚、沈德潜为《疑雨集》而发生的争论正是两方面意见的直接交锋。一个能够引起人们如此极端、如此敌对情绪的诗人，显然是非常值得重视的。换句话说，王次回的诗能够激起人们强烈的爱和恨，正是其具有强大感染力的表现。

然而，王次回并没有为现在研究者所重视，在目前通行的中国文学史著作中对他连提都不提。正因为如此，对王次回进行研究就显得很有必要。

不过，王次回研究并不是一块处女地，有一些学者程度不等地涉猎过这一课题，已有的研究成果都成为我进一步思考的起点和宝贵的借鉴，特别是台湾郑清茂先生的论文《王次回研究》，筚路蓝缕，创见良多。我曾通过电子邮件与郑清茂先生取得了联系，他也给予了很大的鼓励。但是，限于条件，已有的研究成果所提供的资料十分有限，有关王次回的资料笔者不得不一条一条去找。这其中有辛苦数日、一无所得的苦恼，也有柳暗花明、意外发现的喜悦。如当我注意到胡适《百二十本〈忠义水浒传〉序》提到王次回的《小品》时，便推测胡适文集中可能还会有有关王次回的资料，便把《胡适全集》拿出来翻阅，整整翻了一个星期，竟然一条材料都没有找到，那份沮丧，真是难以言说。最后还是在翻看《吴歌》时，才发现一条胡适与王次回诗相关的材料。再如我在阅读《疑云集》时，感觉其在风格上与《疑雨集》并不一致，也注意到一些可疑之处，但一直苦于找不到直接的证据。一次到上海图书馆查阅资料，发现了俞廷瑛的《琼华集》，翻开一看，竟有大量的诗词与《疑云集》相同或基本相同。真可谓"踏破铁鞋无觅处，得来全不费工夫"，这应该是一个比较重要的发现，否则，整个论文可能是另一个样子了。为了尽可能地占有资料，我曾到国家图书馆、南京图书馆、南京大学图书馆等去看书，幸运的是每次都有所收获，发现了许多以前的研究者没有注意到的资料，如《疑雨集》的初刻本、王次回的家谱、金坛于氏的族谱等，这些都为论文的如期完成奠定了基础。章先生曾鼓励说,因为现在对王次回研究很少,多翻翻书是会不断有收获的。事实正是如此,文中所使用的有关王次回的材料,大都是一条一条翻来的。现在看来,这样做是有很多好处的。

由于知识面的狭窄和理论的准备不足,论文写作的过程非常艰辛,章先生也为此花费了很大的心血。大到论文的整体设想,小到材料的运用、字句的斟酌,章先生给予了切实的指教。尤其在学术规范上,先生要求极为严格,使我逐渐意识到学术研究的严肃性和科学性,这对以后的为学、为人无疑是大有益处的。

这篇论文的写作过程对我是一个"洗脑"的过程。在开始时虽然我在理论上已经认为文学是通过提供美感来打动人的东西,把追求自由、个性作为文学的审美价值取向,不再把所谓"教育意义"作为文学的根本追求,但在内心深处,其实还潜在地认可文学的功利性;虽然我在阅读王次回诗时能获得一种美感,体察到他诗中所传达的对人生的无奈和悲哀,但因为不能从中获得一种使人振奋的力量,所以我对王次回诗的价值的认识是有所保留的。我想我之所以形成这样的心态与较长时间作中学教师有关。随着时间的推移,我对文学本质的理解和认识有所改变,这中间章先生的影响起了决定性的作用。也正因为有了这段心理过程,我才更清楚地意识到,王次回被目前通行的文学史著作遗忘,很大程度上是由于偏重道德伦理、强调文学教化功能的文学观念和基于这种文学观念的文学史评价标准。如果我们真正地注重文学在心灵上的作用,作为一个在相当长的时间里受到众多读者异乎寻常喜爱的,而且对后来一些作家的创作产生过较大影响的诗人,王次回是很值得、也很应该加以研究的,理应在文学史上获得相应的位置。

在论文写作中,由于思考还不成熟,我不得不回避了一些问题,或者说是自觉搁置了。比如一些学者称王次回为"中国的波德莱尔",我曾想专列一章,把王次回与法国的波德莱尔加以比较,然而在准备了一段时间后,我感觉到以我现在的学力,是无法把握这一问题的,因此不得不回避。再如我曾把王次回的诗与纳兰性德的词作了仔细的比较,也找到一些纳兰词受到次回诗影响的证据,但还不足以形成一篇严密的文章,也只好暂时搁置。今天的答辩,对我既是一次考验,也是一次难得的学习机会。我将尽自己的努力,回答各位先生提出的问题。

重温这段文字,答辩时的场景历历在目,让人伤感的是,恩师章培恒先生已永远离开了我们。

本书是以博士论文《一个被文学史遗忘的重要作家：王次回及其诗歌研究》为基础形成，标题中的“一个被文学史遗忘的重要作家”，是预答辩时先生建议加上去的，现因出版需要删去，读者当自会心。在我的记忆里，章先生的两次指导给我的触动最深，现在想来仍然时时感到惭愧与感动。

一次是我在上海图书馆发现了确凿的资料，可证明《疑云集》是伪书，就非常兴奋地写了一篇文章交给章先生。过了几天，先生让我带齐收集到的资料到他办公室。见面后，章先生连续问了几个问题，并让我提出证据。我说是某某学者说的，先生非常生气，严厉地说：“你人厚道实在，也很有上进心，就是基础太差！”然后，让我拿出《疑雨集》，先生细细地看下去，边看边问，并对我的回答提出质问。我本沉浸在发现的喜悦中，被批评后心里隐隐有些不服气，所以在先生追问时，我接连提出了与先生不同的意见，最后竟脱口而出：“章先生您理解得不对！”先生非但没有生气，态度反而渐渐地温和下来。现在想来，自己当时是多么的无知啊！

一次是预答辩之后，章先生打电话让我去他家里，谈论文的修改。当时我的压力很大，因为预答辩时，先生虽对论文作了一定的肯定，但也指出了存在的严重问题。见面后，先生发现我很紧张，在指出了几个理解上的偏差后，便和我聊起了他在“文革”时的一些轶事。虽然先生的绍兴话我不是完全都能明白，但渐渐地被他的情绪所感染，久久压在心头的重负被彻底消除了。先生留我在他家吃了饭，谈了以后工作去向的事。

2007 年暑假我去看望章先生时，先生对博士论文的修改提出了意见，并表示正式出书，他可以写个序。此后先生的身体状况越来越差，每次打电话听过他苍老而微弱的声音后，心里都会难受好长一段时间，写序的事我自然不会再提起。先生对我论文的指导，先生给予我的全部教益，我所能做的，只能尽自己的努力来回报了。

作为博士论文指导小组成员，郑利华教授、谈蓓芳教授在论文开题和预答辩时提出了一些具体指导意见。论文写成后，经郭绍虞教授、齐森华教授、陈大康教授、谭帆教授、孙逊教授、黄霖教授、陈广宏教授组成的答辩委员会审阅评定，同时还得到了一些同行专家的匿名评议，他们都提出了宝贵的修改意见，使我得以订正一些疏失。中心的陈广宏教授、钱振民教授、黄仁生教授、陈正宏教授、黄毅教授，复旦大学出版社的韩结根编审等也给予了不少帮助。这些我将铭记于心。

我的硕士生导师朱万曙教授在工作和生活上都给予我非常多的关心与帮助，随着相处时间的增加，已慢慢从师生转化为亲人，任何言辞也表达不了我的感激。安徽大学文学院是个和谐的大家庭，许多老师都给予了我很多的帮助，在我父亲去世那段心理最困难的时候，在这样的集体里我感到了非常多的宽容和温暖。

本书要出版了，我特别想念我伟大的父亲，他已经离开我们十三年多了。在当年硕士研究生毕业时，我面临着艰难的选择，在收到复旦大学录取通知书不久，我和同宿舍的另一个同学一起接到了省委办公厅的考察电话。我当时非常矛盾，我知道，父亲非常希望我能到机关上班。我给父亲打了电话，向他说了我的想法。他略微沉默了一下，接着就表示我怎么选择他都支持。或许，只有父母才有这样宽厚的爱。

我父亲去世的那年腊月三十，正当我沉浸在悲哀而不知这个年如何过下去时，宝贝女儿要出生了，在紧张和期待中度过了这个除夕。女儿的出生给生活带来了很多乐趣，也使我的心态发生了很大变化，意识到自己要承担的责任。我的母亲承担了主要家务，使我得以安心工作。当然，最应该感谢的，还是我的爱人王颖，正是她的理解和支持，才使我得以以愉快的心情从事学术研究。

2019 年 9 月 10 日

附记：本书的主体部分 2012 年前后拟在安徽大学出版社出版，当时已走完所有出版流程，本书的后记就是当时所写后记的升级版。因偶然得到了一些重要的研究资料，经安徽大学出版社同意后，便从上海古籍出版社申报了国家社科基金后期资助项目。本书的部分章节已先期在《文学遗产》《文艺理论研究》《文献》《戏曲研究》等刊物上发表，感谢这些刊物主事者的帮助和辛劳。上海古籍出版社的杨晶蕾女士为出好这本书付出了不少心血，我的研究生刘畅、彭静雨帮我对全书作了校对，她们的工作使本书减少了一些错误，在此一并致谢。

2019 年 11 月 18 日

图书在版编目(CIP)数据

王彦泓及其诗歌研究 / 耿传友著. —上海：上海古籍出版社，2020.5
ISBN 978-7-5325-9520-4

Ⅰ.①王… Ⅱ.①耿… Ⅲ.①王彦泓—诗歌研究 Ⅳ.①I207.227.48

中国版本图书馆 CIP 数据核字(2020)第 051027 号

王彦泓及其诗歌研究

耿传友 著

上海古籍出版社出版发行

(上海瑞金二路 272 号 邮政编码 200020)

(1) 网址：www.guji.com.cn

(2) E-mail：guji1@guji.com.cn

(3) 易文网网址：www.ewen.co

上海商务联西印刷有限公司印刷

开本 787×1092 1/16 印张 17.75 插页 2 字数 309,000

2020 年 5 月第 1 版 2020 年 5 月第 1 次印刷

ISBN 978-7-5325-9520-4

I·3466 定价：72.00 元